古典詩歌研究彙刊

第十三輯

龔鵬程 主編

第 15 冊

宋人夢中作詩研究

王盈潔 著

國家圖書館出版品預行編目資料

宋人夢中作詩研究／王盈潔 著 — 初版 — 新北市：花木蘭文
化出版社，2013〔民 102〕
目 2+262 面；17×24 公分
（古典詩歌研究彙刊 第十三輯；第 15 冊）
ISBN 978-986-322-083-1（精裝）
1. 宋詩 2. 詩評
820.91 102000932

ISBN-978-986-322-083-1

9 789863 220831

古典詩歌研究彙刊
第十三輯 第十五冊 ISBN：978-986-322-083-1

宋人夢中作詩研究

作　　者 王盈潔
主　　編 龔鵬程
總 編 輯 杜潔祥
出　　版 花木蘭文化出版社
發 行 所 花木蘭文化出版社
發 行 人 高小娟
聯絡地址 235 新北市中和區中安街七二號十三樓
　　　　 電話：02-2923-1455／傳真：02-2923-1452
網　　址 http://www.huamulan.tw 信箱 sut81518@gmail.com
印　　刷 普羅文化出版廣告事業
初　　版 2013 年 3 月
定　　價 第十三輯 20 冊（精裝）新台幣 28,000 元

宋人夢中作詩研究

王盈潔 著

作者簡介

王盈潔，1977 生於新竹，靜宜大學中文系學士，玄奘大學中文所碩士、博士。
2007 年起任玄奘大學中文系兼任講師。現為玄奘大學中文系兼任助理教授、中華
文化總會《兩岸常用詞典》專案撰稿人員。

提　　要

　　夢境與詩境，作夢與作詩，隱約有些相似，有些相關。而夢中作詩則將夢與
詩牽連起來，審視這類作品，會不會使我們對詩有更深的體會？這是一個有興味
的問題，也是一個不容易處理的問題。

　　在我國的詩史上，到中晚唐才出現以「夢中作」為題的詩篇，但是為數不多。
到了宋代，夢中作詩的詩人近百，詩作出現二百餘首，已足以作為研究的資料。

　　文稿先勾勒宋人夢中作詩的輪廓，然後略分時空、人物、事件三方面加以
探索。其間往往藉助作者「非夢中作」的相關詩篇作為參照，冀能突顯夢中作詩
的特色，但處理的態度是力求審慎客觀，而不作過度的延伸。

誌　謝

　　本文能順利的完成，是因為每個學習階段都能得到許多貴人的協助。回顧漫長的學路，高中的范癸連老師最先給了我信心，鼓勵我閱讀與寫作，走適合我的文學路。很幸運的在大學裡，又有陳千武老師和張慧芳老師引領我體會文學的優美。

　　在玄奘中文研究所的十年，感謝張建葆老師總是溫和教導我，卻也嚴格地督促我寫論文，使我在心情鬆懈時，能很快上緊發條。而跟隨羅宗濤老師學習，是我人生中非常幸運充實的歲月。羅老師言教身教，增長我的智識，並教導我做人的道理，十年看似漫長，卻也像在春風裡愉快的一瞬。感謝口試委員李威熊老師、莊雅州老師、謝海平老師、何寄澎老師，在百忙中讀我的論文，協助我將論文修改得更加完善，指引我研究思考的新方向，我由衷的感謝。

　　感謝自我年幼就獨力撫養我的媽媽，全力的支持我，讓我無後顧之憂的完成學業。感謝看著我長大的王阿姨和向阿姨，對我如親人般的關愛。感謝林老師在電腦方面的協助，且一再幫我列印資料。感謝我的好友小蓓與明慧，日常生活裡有好朋友分享著彼此的喜怒哀樂，真的很幸福。最後，感謝我的學生們，謝謝你們對我的支持與鼓勵，讓我深刻體會教學相長的真義，其中特別感謝幸蓉、羿禎、廷毓，幫我處理繁雜的打字排版工作。謝謝大家。

王盈潔
2011 年 8 月 3 日

目

次

第一章　緒　論

第一節　研究動機

　　夢幾乎是全人類共有的經驗，然而，迄今我們對夢的認識仍相當有限，只能將夢定義爲一種意識的改變狀態，夢中所記憶的是一些暫時與外在現實相混淆的影像或幻想。研究者迄今尚不瞭解人們作夢的原因，更遑論爲何人們的所作所爲會出現在夢中。〔註1〕夢中相較於清醒，人在夢中的思維所受的拘牽較少，夢境往往靈動而自由。夢境往往也沒有明確的輪廓或理路，人處在活動、不定、深層的混沌狀態。如榮格（Carl Gustav Jung）所言：「夢是從潛意識心靈自發的無偏私的產物，在意志的控制範圍之外。夢是純粹的自然；讓我們看見未經虛飾的、本來的眞實，所以足堪還給我們一個合乎人性本質的心態，因我們的意識思維已經迷失得太遠，走進一條死路。」〔註2〕夢因能呈現合乎人性本質的誠心而可貴，更具探索的價值。

　　自古以來，夢彷彿隱身於黑暗之中，爲了能更理解夢，古今中外許多學者致力多方面探索，企盼能拼湊出夢的全貌。而難以掌握的

〔註1〕愛德華・史密斯（Edward E. Smith）撰，洪光遠譯《普通心理學》（臺北：桂冠圖書股份有限公司，2007年），頁291。

〔註2〕安東尼・史蒂芬斯（Anthony Stevens）撰，薛絢譯《大夢兩千天》（臺北：立緒出版社，2006年），頁225。

夢，卻一直是歷代文人重視的題材，自《詩經》以來，夢就不斷出現在詩歌當中，歷代詩詞文賦，小說戲劇等各類文學形式也都湧現著文人的夢，這些作品絕大多數爲紀夢，將夢境加以描述而已。

　　紀夢詩是將夢境單向反映於夢中，然而，卻另有一種「夢中作」，是詩人在夢中作詩，醒後如實記錄下來。夢境與詩境，作夢與作詩，隱約有些相似，有些相關，而夢中作詩則將夢與詩牽連起來，這是夢與詩的雙向互動，這種交光互影比單純的紀夢來得複雜，也引起我的好奇心，想要一探究竟。

　　從先秦經兩漢到六朝都還沒見到在夢中作成的詩篇，只有南朝謝靈運（385～443）〈登池上樓〉的警句「池塘生春草，園柳變鳴禽。」據說是他在夢到從弟謝惠連（397～433）而觸發的，依稀有點夢中作詩的影子。到了初盛唐，夢中作詩仍然沒有出現。直到中晚唐夢中作詩才漸露端倪，如李德裕（787～850）所作〈述夢詩四十韻〉在〈序文〉中明白指出「去年七月，潦暑之後，驪降，其夕五鼓未盡，涼風淒然，始覺枕簟微冷，俄而假寐斯熟，忽夢賦詩懷禁掖舊遊，凡四十韻，初覺尚憶其半，經時悉已遺忘，今屬歲杪無事，羈懷多感，因綴其所遺，爲述夢詩，以寄一二僚友。」他在夢中寫了四十韻，但夢後翌年要記錄時，只記得「賦命誠非薄，良時幸已遭。君當堯舜日，官接鳳凰曹。目睹煙霄闊，心驚羽翼高。」與「花迷瓜步暗，石固蒜山牢。」等八句。〔註3〕其他，尙有鄭顥（？～860）〈續夢中十韻（並序）〉、韓偓（844～？）〈夢中作〉、崔致遠（857～？）〈夢中作〉等，數量並不多。

　　到了中晚唐，夢中作詩的事實已完全確定，但作品的數量卻是屈指可數。到了宋朝，夢中作詩卻空前湧現，夢中作詩的詩人近百，詩作出現二百餘首，已足以作爲研究的資料，這引起了我濃厚的興趣，想就宋詩作全面的探索。宋朝夢中作詩的湧現，反映了宋人生活與詩

〔註3〕清聖祖輯《全唐詩》第十四冊（北京：中華書局，2003年），頁5391。

的密切結合，詩不僅成為生活的一部分，格律也成為生活的一部分。本文擬先勾勒宋人夢中作詩的輪廓，然後略分為時空、人物、事件三方面析論宋人夢中作詩，同時關注夢中作詩與非夢中作詩的參照應證，冀能突顯夢中作詩的特色。而夢中作詩的半成品，在詩人補作之後，局部夢中作詩與全體續成的關係，亦是本文關心的重點。但處理的態度是力求審慎客觀，而不作過度的延伸。透過主題式的宋詩研究，冀能超越個別詩人，而能歸納宋人的文化心理、生命反省、生活樣態、審美觀點、藝術視角，以發掘宋人的心靈狀態。

　　詩人在夢中還想作有格律的詩，將原本活潑的詩境以語言文字凝固成詩。詩人剪裁原本的想法以納入格律的框架當中，雖然詩人是在夢中作詩，卻仍受到限制。筆者嘗試藉由詩人夢中作詩的幾個層面加以考察，試著推斷詩人的夢境在變成詩句前是什麼原意？首先，儘量考察各詩紀錄的時地，俾還原詩人當時的情境。其次觀察夢中得句在全詩中之作用，因宋人夢中作詩近半數醒後只記得部分詩句，或僅記得幾個字、或一句、或一聯、或幾句，其他句子都是在夢醒後補足，有的詩句甚至是在多年後補足的，可見詩人對於夢中所得詩句之看重。再其次比較夢中作詩與相關詩篇，夢中作詩和其他編年相近的詩作相較有何特色。另外，藉由逐冊檢索夢中作詩，同時留意有夢中作詩之作者，在宋詩的地位如何？身分為何？皆是本文關心的重點。本文擬透過宋代詩人的夢中作詩，為文學與夢相關的研究，提供一個新的方向和視角。宋人夢中作詩中，亦或許有原本無夢，但是為了某種目的而編派的假夢，本文重點不在推斷或揣測每首宋人夢中作詩的真實性，而是試著解析宋人「以夢為內容、特色或在夢的土壤中生長，積澱起來的文化現象」〔註4〕，和藉夢與詩表露的內心深處。因此，

〔註4〕「到底什麼是夢文化呢？我以為從廣義而言，即人類以夢（包括真夢、假夢）為基礎所創造出來的一切物質文明和精神文明。」收錄於《傅正谷夢文化研討會暨首屆中國夢文化研討會論文集》（天津：天津古籍出版社，1995 年），頁 64。

對宋人夢中作詩作整體性、綜合性的研究，是一個值得嘗試開發的新領域。

第二節　文獻檢討

在前人的研究成果裡，以夢為主題的論文不勝枚舉，文學形式自詩詞、小說均有，文類跨度甚廣。若以唐宋詩詞中的夢檢索學位論文，計有莊惠綺《中唐詩歌中夢之探討》（臺北：政治大學中國文學研究所碩士論文，1994 年）、劉奇慧《陸游紀夢詩研究》（臺北：東吳大學中國文學研究所碩士論文，2004 年）、陳玟璇《唐代夢詩研究》（臺南：成功大學中國文學研究所碩士論文，2006 年）、邱志城《唐人夢詩的類型研究》（新竹：玄奘大學中國語文研究所碩士論文，2008 年）。趙福勇《北宋夢詞研究》（臺南：成功大學中國文學研究所碩士論文，1996 年）、林瑞芬《吳文英夢詞研究》（臺北：師範大學國文研究所碩士論文，1998 年）、洪慧娟《南宋夢詞研究》（臺北：東吳大學中國文學研究所碩士論文，1999 年）。其中劉奇慧以陸游紀夢詩為題，先細考陸游生平與交遊概述，再依紀夢詩的主題類型、藝術特色、美學風格，逐章探討，但是並未將陸游二十八首夢中作詩列為章節，納入討論。因此陸游的夢中作詩，保有相當的討論空間。另外，莊惠綺、陳玟璇、邱志城均研究唐人夢詩，僅陳玟璇於論文第五章唐代夢詩創作的新視域的第三節「夢中作」的特殊創作現象，將唐人夢中作詩析論甚詳，頗具參考價值。〔註5〕

至於以詩、詞、曲、小說為範圍，以夢為主題的單篇論文多達數百篇，其中與宋人夢中作詩直接相關的論文，計有羅師宗濤〈蘇東坡夢中作詩之探討〉與白貴〈論詩話傳統中的「夢中作」現象〉〔註6〕

〔註5〕詳見陳玟璇《唐代夢詩研究》（臺南：成功大學中國文學研究所碩士論文，2006 年），頁 231～242。

〔註6〕參見羅宗濤〈蘇東坡夢中作詩之探討〉，《玄奘人文學報》第一期，2003 年 7 月，頁 1～26。白貴〈論詩話傳統中的「夢中作」現象〉，

綜觀現有的研究成果，發現與本論文相關或間接相關的資料相當豐富，但討論範圍屬寬泛論夢，或針對某大家局部論夢，卻唯獨缺少針對宋代才蔚爲風氣的夢中作詩作全面且聚焦的剖析，因此筆者興起將宋人夢中作詩作全面考察的念頭。前人的研究成果可作爲本論文的參考，有助於相關文獻的佐證與議題的觸發。

第三節　研究範圍與方法

本文的研究議題爲：「宋人夢中作詩研究」，涉及的範圍包含了宋詩和夢中作詩。宋詩的取材，以北京大學古文獻研究所爲學術研究而編著的《全宋詩》爲主，《全宋詩》體例嚴謹，不但比使用各家別集方便，而且可收眾端參觀之效。關於夢中作詩的定義，按傅正谷在《中國夢文化》中爲夢中作詩下了定義，詳盡細分爲三類：〔註7〕

> 一是作品全成於夢中，夢覺後只是將其追憶寫出；二是作品雖全成於夢中，但夢覺後只記得其中部分，於是據此而續成全作；三是夢中本來只做成作品的部分，夢覺後再將其續全；有的是當時續成，有的則是過一段時間後再補作。這三種情況的作品雖基本上是在夢境中做成，但只有前者才稱得上是純粹的夢中之作。後兩者則介於記夢之作與夢中之作之間，即兼有這兩類作品的特點。

案傅正谷所言，第一類才是純粹的夢中作詩，但是第二、三類所得的夢中句，詩人特地記錄下來，常常在夢醒後，甚至夢隔多年後續成一篇，可見詩人對夢中部分得句的重視。藉由關照夢醒後續成的夢中作詩，能觀察夢中得句在詩中的作用。所以，本論文將第二、三類夢中作詩一併納入研究範圍，都屬於本文所認定的夢中作詩。另外，部分宋人夢中作詩註明是夢中他人作，但還是詩人自己的夢，只是藉他人的口、手表達而已，亦屬夢中作詩。還有一類是宋人在夢中作詩後，

《浙江大學學報》第五期，2003 年，頁 70～74。

〔註 7〕傅正谷《中國夢文化》（天津：中國社會科學出版社，1993 年），頁 453。

醒來僅記其大意而足成之詩，情況較爲少見，但並非爲紀夢詩，亦納入本文研究範圍，如孫應時〈十一月二十六夜夢與范石湖各賦梅花六言覺僅記其大意足成二絕〉。

至於，如何界定何者爲夢中作詩，即審視詩題或詩序，如刁衎（945～1013）〈夢中詩〉、謝濤（961～1034）〈夢中作〉、楊備（仁宗天聖中知長溪縣）〈爲長溪令夢中作〉、張方平（1007～1091）〈夢中吟〉乃爲詩作全成於夢中之夢中作詩。王禹偁（954～1001）〈淳化二年八月晦日夜夢于上前賦詩既寤唯省一句云九日山州見菊花間一日有商於貳車之命實以十月三日到郡重陽已過殘菊尚多意夢已徵矣今忽然一歲又逼登高追續前詩句因成四韵〉、梅堯臣（1002～1060）〈丙戌五月晝寢夢亡妻謝氏同在江上早行忽逢岸次大山遂往遊陟予賦百餘言述所覩物狀及寤尚記句有共登雲母山不得同宮處倣像夢中意續以成篇〉、李覯（1009～1059）〈春社詞　寶元二年，嘗夢大雨震所居室，驚而仆地。既已，有一人甚長大，紫衣而冠，意謂雷之神也。呼覯使前，授之題曰《春社詞》。覯懼栗栗，援筆得八句與之。及覺，尚記其首三句，頗怪麗。今七年矣，值暇日以五句足之。〉、晁說之（1059～1129）〈洛川驛中夢與一故人作詩十餘韵既覺惟記其兩句南山絡絛華四顧吃所哀因識之〉等，乃爲詩作全成於夢中，但夢覺後只記得部分，據以續成。蘇軾（1037～1101）〈行瓊儋間肩坐睡夢中得句云千山動鱗甲萬谷酣笙鐘覺而遇清風急雨戲作此數句〉、蘇轍（1039～1112）〈夢中咏醉人　四月十日夢得篇首四句，起而足之。〉、許景衡（1072～1128）〈乙巳八月二十九日宿內府夢過村落循溪而行問路旁人家此云何日士村也涉溪入山崦謂同行曰此可賦詩因得鳩燕二句既覺足之以爲異日之觀〉、李綱（1083～1140）〈足成夢中　五月十六日夜，夢中得兩句云：「誰信曹谿一滴水，流歸法海作全潮。」既覺，因足成一絕。〉、鄭剛中（1088～1154）〈十月初夢寄良嗣詩三句云相思一載餘身隨雲共遠夢與汝同居覺而足之〉等，乃爲夢中僅作部分詩作，醒後再續全，都是本文引證解析的對象，皆在夢中作詩的範圍內。

　　而紀錄夢境內容的詩歌──紀夢詩，按劉奇慧《陸游紀夢詩研究》
中之定義，乃是「詩人在睡眠狀態中做夢，意識活動且有知覺，待夢
醒後，回憶夢境的經歷，把它化爲詩歌文字的形式，記錄下來，或加
以抒發自己的感想，即成爲紀夢詩。……紀夢詩是詩人把夢境加工後
呈現的文學作品，是對夢的回憶與詮釋。」〔註8〕可知紀夢詩乃是詩
人醒後以詩歌記錄夢境，而並不是在夢中作詩，因此，本文並未將紀
夢詩納入研究範圍。

　　研究方法上，首先是對文本進行檢索、整理與汰選歸類等，做爲
專題研究的準備工作，刪選出《全宋詩》中的夢中作詩。其次，解讀
詩作後，予以適當歸類，進而擬定議題。最後，選擇最具代表性的詩
作爲例證，以利精準而平允的析論。在此，對論文的引詩例證作一說
明，各章中的引詩，因有不同用途功能，會有重複出現的情形，以省
翻檢之勞。如蘇軾（1037～1101）〈和子由記園中草木十一首之十〉
引用於第二章時空探索，主要討論蘇軾作夢時間是在秋季，蘇軾夢見
最能代表秋季的菊花，夢中的菊花帶著日間記憶的殘餘，不但與作夢
時間連結，更往前延伸，延續著中國悲秋的抒情基調。引用於第三章
人物探索時，主要討論本首夢中作詩屬夢中他人作詩，夢中作詩的主
體並非蘇軾，而是蘇轍，蘇軾夢中藉弟弟之手作詩。而引用於第四章
事件探索，則是分析蘇軾因日間欲和詩弟弟，而夜夢弟弟持詩而來，
蘇軾日間的和詩欲望，應可視爲本首夢中作詩的契機。另如歐陽澈
（1097～1127）〈宣和四祀季冬夢與人環坐傑閣烹茶飲於左右堆阿堵
物茶罷共讀詩集意謂先賢所述首篇題云永叔誦徹三閱遽然而覺特記
一句云東野龍鍾衣綠歸議者謂非吉兆因即東野遺事反其旨而足之爲
四絕句云〉引用於第三章人物探索時，主要討論夢中得句「東野龍鍾
衣綠歸」所指涉唐人孟郊以龍鍾高齡，卻仍居衣綠小官的坎坷際遇。
而引用於第四章事件探索，以指出或因茶具有醒腦特性，夢境中乃以

────────────

〔註 8〕劉奇慧《陸游紀夢詩研究》（臺北：東吳大學中國文學研究所碩士論
　　　文，2004 年），頁 7。

飲茶作爲文士間作詩贈答的楔子。又如釋文珦（1210～？）〈春夜夢遊溪上如世傳桃源與梵僧仙子遇具蟠桃丹液靈芝胡麻於雲窗霧閣間請賦古詩頗有思致覺而恍然猶能記憶五句云灘峻舟行遲亂峰青虬蟠一瀑素霓吼靈桃粲丹朱仙飯雜芝糇遂追述夢事足成一十七韻〉引用於第二章時空探索時，主在析論釋文珦以其佛教徒身分，卻在夢中造訪具道教意味的桃源。而引用於第四章事件探索時，著重探討夢中老僧所提供的飲食。本文部分引文雖爲同一首詩，運用於各章，討論卻是不同。

然後於下節由釋夢談起，將中國的夢文化作簡要爬梳，繼而將檢索所得共二百一十六首夢中作詩，依時代畫分爲北宋、南宋兩宋二階段，並製成表格，以利參照。再將刪選出的宋人夢中作詩彙編附錄於後，以利翻檢。冀先以外緣背景條件的研究，掌握宋人夢中作詩時代分布的概況，觀察整個大環境的變遷，對詩人夢中作詩之數量與內容有無影響。第二、三、四章做全面整體性的剖析研究，正式進入內部核心的探討，從宋人夢中作詩的情境，依時空、人物、事件三大面向，逐步論述。

其間嘗試廣泛地運用社會學、審美心理學、人類文化學等方法。首先，社會學乃是「社會學是一門研究人與人之間互動的社會科學，它試圖瞭解與分析人與團體、社會組織以及社會體系之相互關係，因此，社會學的範疇廣及家庭、政治、經濟、宗教、社區等之靜態與動態層次。」〔註9〕而詩歌創作除抒發一己情懷，也會反映時代風尚與人文思想，傳達社會現象，亦可經由具備社會外緣背景知識，達到深入解讀詩歌的目的。審美心理學原本是「作爲基礎美學的一個組成部分，從其研究的對象來看，含有哲學、社會學問題，但主要是個心理學問題，作爲獨立發展的學科，兼有美學和心理學雙重因素。」〔註10〕詩歌創作亦可視爲一種審美、創造美的心理活動，楊曉玫云：

〔註9〕蔡文輝《社會學》（臺北：三民書局，1993年），頁1。
〔註10〕楊恩寰《審美心理學》（臺北：五南圖書公司，1993年），頁20。

「客觀生活並不會自動進入作品中，生活的點滴必須經過詩人心理結構這個中介環節的作用，才可能昇華爲詩，這種心理結構運轉的過程，正是一種審美的感受、體驗或創造。」〔註11〕藉此觀察詩人夢中作詩和醒後續成詩句間審美心理之異同，將於各章討論。又如第四章第二節藝術生活，有題畫、題壁、和詩、弈棋等，不僅是個人審美的感受、體驗或創造，與人類文化學亦有交涉。所謂人類文化學乃指「社群規則性一再發生的活動，即組織性的知識體系、信仰體系，一個民族藉著這種體系來建構他們的知識和知覺，規約他們的行爲，決定他們的選擇。」〔註12〕文人在夢中賞畫、品茗、宴遊、酬酢的日常活動之餘，留下許多詩歌吟詠的記錄，與當時社會風氣、文化思想有所呼應。

　　除此之外，將審慎地運用心理學、夢的辭典和西方對夢的解析，試著藉由從生理和心理兩方面解析夢，進而解讀夢中作詩。本文將引用現今科學技術對睡眠與夢所能了解的部分，有幾分證據說幾分話。而夢的辭典，主要參考詹姆斯・劉易士（James R. Lewis）《夢的百科全書》，〔註13〕全書收錄不同文化與相異歷史時代的夢的觀點，涵蓋七百個夢的象徵。至於西方對夢的解析，主要參考安東尼・史蒂芬斯（Anthony Stevens）《大夢兩千天》，〔註14〕本書從夢的研究歷史，從考古學家發掘，約爲公元前三千年前，刻在泥字板上的夢境記錄講起。並介紹西方夢文化的研究，是發軔於公元二世紀，羅馬占卜者阿堤米多羅（Artemidorus）爲收集他的著作《夢的解析》所需的材料而旅行各地，成爲有系統研究夢的第一人。阿堤米多羅可說是弗洛伊德

〔註11〕楊曉玫《唐代文人尋訪詩研究》（新竹：玄奘大學中國語文研究所博士論文，2008年），頁21。

〔註12〕見基辛（Keesing, R.）撰，于嘉雲、張恭啓譯《當代人類文化學》（臺北：巨流出版社，1980年），頁202。

〔註13〕詹姆斯・劉易士（James R. Lewis）撰，王宜燕、戴育賢譯《夢的百科全書》（臺北：五南書局，1999年）。

〔註14〕安東尼・史蒂芬斯（Anthony Stevens）撰，薛絢譯《大夢兩千天》（臺北：立緒文化，2006年）。

（Sigmund Freud）的先驅，弗洛伊德將1899年發表著作命名爲《夢的解析》即意味自己受惠先人，並向先人致意。再由弗洛伊德談到榮格，與研究夢的後繼者。除解析夢的理論外，收錄了與夢相關的問題，如科學、宗教、人類學等，從多方面檢視夢的研究，可視爲研究夢的背景知識。關於夢的理論，本文還參考榮格的看法，希冀適當地釐清宋人夢中作詩的部分原因。

　　至於各個章節會使用的分析法、歸納法、比較法，也是基本的研究方法，就不一一贅述。

第四節　釋　夢

　　本節釋夢，大致區分中國的夢文化爲文字和古籍中的夢兩方面。藉由字書典籍，與中國古籍中的夢，以釐清夢字的造字意義和文化意涵。嘗試從未知的朦朧中，以歷代文獻資料，和前輩學者的研究成果，逐步勾勒古今中外所能拼湊出的夢的輪廓。

一、文字中的夢

　　東漢許愼《說文解字》：「□，寐而覺者也。從宀。從爿一。夢聲。」段玉裁注：「寐而覺與寤字下寤而覺同意。」〔註15〕許愼所謂「寐而覺者」，指人在睡眠中仍有知覺，字形結構就是畫著張眼而睡的人，應是強調人在睡眠中，意識仍在活動，仍有所見，即作夢之意。段玉裁注：「今字叚夢爲之，夢行而□廢矣。宀者覆也，爿一者倚著也。夢者不明。」〔註16〕今人李國英《說文類纂》系將夢視爲□的有本字之假借。〔註17〕簡省筆畫的夢取代了□，省略了代表覆蓋人的屋子，與屋子裡人所倚靠的床榻，只保留作夢的人。古人藉造夢字，反映人

〔註15〕東漢・許愼著，清・段玉裁注《說文解字》（臺北：萬卷樓出版社，2000年），頁350。
〔註16〕同上注。
〔註17〕李國英《說文類纂》：「□寐之□或假夢爲之。」（臺北：書銘出版社，1989年），頁365。

在夢中仍具意識的細膩觀察，但是也明言「夢者不明」，對夢仍有許多未知。

　　古人造夢字的原則，與 1930 年代後運用電極以記錄睡眠的生理狀況部分結果相符，研究人員將人入睡後分為快速眼動睡眠與非快速眼動睡眠，快速眼動睡眠的特徵是一個十分清醒的頭腦，處在實際上已麻痺的身體裡，而非快速眼動睡眠的特徵則是一個閒置不活動的頭腦，處在非常放鬆的身體裡，各種不同的睡眠階段會持續整晚不斷轉換。〔註18〕古人已察覺人在睡眠中意識仍會活動，而今人則以科學實驗證明之。

二、古籍中的夢

　　若從古籍文獻考察，反映出初民已有作夢的經驗，與處理夢的態度，如《山海經·西山經》云：〔註19〕

　　　其狀如鳥，三首六尾而善笑，名曰鵸鵌，服之使人不厭，
　　　又可以禦凶。

《山海經》中，三首六尾而善笑的鵸鵌，人若將鵸鵌佩戴在身上，可以使人不會有夢魘。而《後漢書·禮儀志》記載：「伯奇食夢」，也記載了會吞夢的神獸叫伯奇。〔註20〕前人藉由創造神話中會驅夢或吞夢的神獸，表現初民不願全盤接受夢，甚至有想要消滅夢魘的心態。

　　先秦思想家墨子對夢的詮釋，則類似先民造夢字的本義，認為人在睡眠時仍有知覺：〔註21〕

　　　夢，臥而以為然也。

墨子對夢的觀點，與許慎對夢的註解「夢，寐而覺者也。」可相符印。

〔註18〕詳見《普通心理學》，同注1，頁 284～286。
〔註19〕袁珂注校注《山海經》（臺北：里仁書局，1981 年），頁 57。
〔註20〕宋·范曄撰，唐·李賢等注《後漢書》（臺北：鼎文書局，1977 年），頁 3128。
〔註21〕周·墨翟，張純一箋《墨子閒詁箋》（臺北：新文豐出版社，1975 年），頁 112。

又云：〔註22〕

> 臥，知無知也。

又道出人在夢中會失去知的能力，雖然無法解釋清楚知的能力是失去還是潛藏，卻已發覺夢的複雜性。而尹喜細膩分析出夢會因人而異，而個人的夢又有活潑的多變性，點明了夢的變幻莫測，捕捉住夢的兩個特點：〔註23〕

> 天下之人，蓋不可以億兆計，人人之夢各異，夜夜之夢各
> 異。

天下以億兆計算的人，每個人所作的夢有其獨特性，同一個人每夜所作的夢又有差異性，夢的多變和難以歸類，應是與段玉裁謂「夢者不明」的原因之一。而早在《周禮‧春官》所設的占夢官，其職掌即為試著將夢分類：〔註24〕

> 掌其歲時，觀天地之會，辨陰陽之氣，以日月星辰占六夢
> 之吉凶：一曰正夢，二曰惡夢，三曰思夢，四曰寤夢，五
> 曰喜夢，六曰懼夢。

占夢官按致夢的原因，將夢分為六類《周禮》所載的六夢原文只有名稱，並無分類說明，至東漢方有鄭玄作注，至唐乃有賈公彥作疏。到了宋代，宋儒據六夢作簡明的定義：〔註25〕

> 正夢：聖人性情中和，中心無為以守至正，感而有夢，稱
> 為正夢。惡夢是驚愕之夢。思夢是心有思而後夢。寤夢是
> 醒時的白日夢。喜夢是喜悅而夢。懼夢是恐懼而夢。

周代的占夢官，在占夢的同時，也已關照到人的心理分析，以現今的眼光來檢視古人對夢的分類或許略顯疏略，但是卻影響了當代人的

〔註22〕同上注，頁114。
〔註23〕周‧尹喜撰，宋‧陳微注《關尹子》（臺北：中國子學名著集成編印基金會，1978年），頁50～51。
〔註24〕漢‧鄭玄撰，唐‧賈公彥《周禮‧春官》，收入《十三經注疏》（臺北：藝文印書館，1997年），頁381。
〔註25〕《周禮訂義》卷四十三，收入清‧納蘭性德輯《通志堂經解》（揚州：廣陵古籍刻印社，1993年），頁163。

思維。如同劉文英所說：「《周禮》六夢的劃分原則，主要以夢的內容及其心理特徵爲標準，這很可能是占夢官長期占夢經驗的一個總結。」〔註26〕東漢王符《潛夫論》，其中〈夢列〉篇將夢分爲十類：
〔註27〕

> 凡夢：有直、有象、有精、有想、有人、有感、有時、有
> 反、有病、有性。

王符所歸納的十夢，除直夢曾先見於《淮南子‧墜形訓》外，〔註28〕其餘九夢的名稱是前所未見。王符總結云：「凡此十者，占夢之大略也。」〔註29〕王符歸納的十夢，主要先將夢分門別類，再加以闡釋十夢意義，大部分最後附上典型夢例。其中雖然包含著迷信思維，如夢兆與人事完全符合的直夢，與夢兆爲人事象徵的象夢等，但同時也具備了理性分析，如注意夢境意義和個體差異相關的人夢，由於精神執著專注而有的精夢，與精神心理導致作夢的想夢。人夢指注重貴賤賢愚，男女長少之個體差異。感夢指夢與外界交感，如陰雨之夢使人厭迷；陽旱之夢，使人亂離。時夢指不同季節而常有不同之夢，反夢意指夢象爲人事的反兆，由夢象的反面來占斷吉凶。病夢指病氣之夢，陰病夢寒，陽病夢熱。性夢指夢者各有不同秉性和心情，以說明夢的個體差異。王符論夢時雖然不能完全擺脫迷信，卻已經注意到夢與個人精神、心理、生理、和外在環境均有相關。王符〈夢列〉篇可視爲

〔註26〕劉文英《夢的迷信與夢的探索》（北京：中華社會科學出版社，2000年），頁252。

〔註27〕漢‧王符《潛夫論‧夢列》：「先有所夢，後無差忒，謂之直。……比擬相肖，謂之象。……凝念注神，謂之精。……人有思，即夢其至；有憂，即夢其事，此爲想夢也。……貴賤賢愚，男女長少，謂之人。……風雨寒暑，謂之感。……五行王相，謂之時。……陰極即吉，陽極即凶，謂之反。……觀其所疾，察其所夢，謂之病。……心情好惡，於事有驗，謂之性。」

〔註28〕詳見漢‧劉安撰、高誘注《淮南子‧墜形訓》：「寢居直夢」高誘注云：「夢寐如其夢，故曰直夢。」（上海：上海書店，1986年），頁59。

〔註29〕同注27。

兩漢時期析夢的代表。

隋代楊上善注《黃帝內經太素》，將《內經》中相關夢的內容融入自己的見解，把夢簡易分爲三類：〔註30〕

> 一曰徵夢，人有吉凶，先見於夢，此爲徵夢也。二曰想夢，思想情深，因見之於夢，此夢爲想夢也。三曰病夢，因其所病，見之於夢，此爲病夢也。

徵夢意謂占夢，具迷信思維，是原本《內經》沒有的內容。而想夢泛指個人精神心理所致之夢。第三類病夢乃因個人自身病理所致。凡此三類不出《周禮・春官》和王符《潛夫論・夢列》的範圍。

佛教有不同宗派，因此佛典中的夢亦不盡相同，有三夢與四夢之說。據《法苑珠林・眠夢篇》的三夢之說，夢分爲一、善夢，二、不善夢，三、無記夢。所謂「善夢」如夢見佛、菩薩或禮佛聽法，而現善心。「不善夢」如夢見殺盜淫穢，而現不善心。「無記夢」其夢平常，無善無惡。而《眠夢篇・三性部》引《善見律》另有四夢之說，一、四大不和夢，二、先見夢，三、天人夢，四、想夢，「四大不和夢」指因地、水、火、風四大不協調，心神散逸而夢。「先見夢」是某種生活經驗而引起的夢。「天人夢」是天人啓示的夢。「想夢」是因思維疑慮而引起的夢。總之，佛教傾向認爲夢並非自性，俱爲虛妄。

本文逐詩解析時，多數夢中作詩並沒有藉夢闡發佛教要義，應是詩人們並不以爲自己正在作夢，而是進入夢境後，以爲自己正處於某一時空當中，夢中作詩並未藉「夢」檢討人生議題，除非是夢中作詩包含了夢中得句和醒後續作兩部分。少部分醒後補作的詩句，才可能流露著佛教哲思，如施樞（生卒年不詳）〈夢遊徑山值雪擁爐賦詩〉：「雪天元自冷，何況是山中。自注：此聯是夢中句。雙徑衝寒霧，千林戰晚風。室中人已定，爐內火常紅。萬事皆如夢，誰知夢亦空。」（《全宋詩》第六十二冊，頁39095）夢中得句顯示詩人雖然是在夢中，但是以爲自己正身歷山中雪天之境，僅於描寫當下感官感受。醒後補足

〔註30〕隋・楊上善《黃帝內經太素》（上海：上海古籍出版社，1995年）。

之句，才抒發了人生如夢的思維。

綜觀中國古籍中的夢，較著重於夢的分類，缺乏進一步探討人的心理狀態。因此，本文稿解析宋人夢中作詩時，審愼運用心理學和西方對夢的理論，冀能藉由生理和心理兩方面協助解讀出宋人夢中作詩之意涵。

第五節　夢與詩

雖然自《詩經》以來，夢就不斷出現在詩歌中，但在唐代以前描寫夢境的眾多詩篇，都是在夢醒後追述的，幾乎見不到夢中作詩，醒後如實記錄下來的作品。〔註31〕而謝靈運可視爲文學史上，紀夢詩與夢中作詩之間的一個轉折，「康樂每對惠連，輒得佳語。後在永嘉西堂，思詩竟日不就，寤寐間，忽見惠連，即成『池塘生春草』。故嘗云：『此語有神助，非我語也。』」〔註32〕雖似夢中得句，由於相關記載語焉不詳，不能確認究竟是否爲夢中得句。

仔細翻檢唐詩，在初、盛唐時期，幾乎未曾出現過夢中作詩，至中唐後才逐漸有幾篇詩作，李德裕（787～850）〈述夢詩四十韻〉在詩序中記載作詩之緣由：

> 去年七月，溽暑之後，驟降，其夕五鼓未盡，涼風淒然，始覺枕簟微冷，俄而假寐斯熟，忽夢賦詩懷禁掖舊遊，凡四十韻，初覺尚憶其半，經時悉已遺忘，今屬歲杪無事，羈懷多感，因綴其所遺，爲述夢詩，以寄一二僚友。
>
> 賦命誠非薄，良時幸已遭。君當堯舜日，官接鳳凰曹。目睇煙霄闊，心驚羽翼高。（此六句夢中作）椅梧連鶴禁，埤堄接龍韜。我后憐詞客，吾僚並雋髦。著書同陸賈，待詔比王褒。重價連懸璧，英詞淬寶刀。泉流初落澗，露滴更濡毫。赤豹欣來獻，彤弓喜暫櫜。非煙含瑞氣，馴雉潔霜毛。靜室便幽獨，虛樓散郁陶。花光晨豔豔，松韻晚騷騷。

〔註31〕同注5，頁3。
〔註32〕梁・鍾嶸《詩品》（臺北：地球出版社，1994年），頁141～142。

畫壁看飛鶴，仙圖見巨鰲。倚簷陰藥樹，落格蔓蒲桃。（此
八句悉是内署物色，惟嘗遊者，依然可想也）荷靜蓬池繪，
冰寒郢水醪。荔枝來自遠，盧橘賜仍叨。麝氣隨蘭澤，霜
華入杏膏。恩光惟覺重，攜挈未爲勞。（此八句以述恩賜，
每有賜與，常攜挈而歸）夕闚梨園騎，宵聞禁仗獒。扇回
交彩翟，雕起颺銀條。彎待袁絲攬，書期蜀客操。盡規常
謇謇，退食尚忉忉。（此八句述内庭所睹）龜顧垂金鈕，鸞
飛曳錦袍。御溝楊柳弱，天廄驌驦豪。屢換青春直，閒隨
上苑遨。煙低行殿竹，風拆繞牆桃。聚散俄成昔，悲愁益
自熬。每懷仙駕遠，更望茂陵號。地接三茅嶺，川迎伍子
濤。花迷瓜步暗，石固蒜山牢。（此兩句又是夢中所作）蘭
野凝香管，梅洲動翠篙。泉魚驚絲妓，溪鳥避杆旄。感舊
心猶絕，思歸首更搔。無聊燃蜜炬，誰復勸金舠。嵐氣朝
生棟，城陰夜入濠。望煙歸海嶠，送雁渡江皋。宛馬嘶寒
櫪，吳鉤在錦鞱。未能追狡兔，空覺長黃蒿。水國逾千里，
風帆過萬艘。閬川終古恨，惟見暮滔滔。（《全唐詩》第十
四冊，頁 5391）

若依傅正谷對夢中作詩的定義分類，本詩應屬於第二種情況，即作品
雖全成於夢中，但夢覺後只記得其中部分，於是據此而續成全作。李
德裕夢醒後僅記其半，當時沒有醒後續作也沒有記錄下來，卻在隔年
歲末因清閒無事，且羈旅異地觸發漂泊無根的感慨，李德裕把僅剩
的八句夢中作詩，敷衍成四十韻的長篇，並寄給了一二位好友，可見
詩人對這首夢中作詩的看重。在與李德裕交往過的詩人中，劉禹錫
（772～842）和元稹（779～831）均對這首夢中作詩有所唱和，劉禹
錫作〈浙西李大夫述夢四十韻并浙東元相公酬和斐然繼聲〉，元稹作
〈奉和浙西大夫李德裕述夢四十韻大夫本題言贈於夢中詩賦以寄一
二僚友故今和者亦止述翰苑舊游而已次本韻〉〔註33〕，特別的是元稹
在詩中一一註出李德裕在夢中所作之句，表現出他有特別注意到夢中
作詩。

〔註33〕同注3，頁 4099、4676。

其後，段成式（803～863）〈句〉：「新破毗曇義，相期卜夜論。（夢得句云云，因續成十韻）」〔註34〕段成式醒後續成夢中作詩的情形，與李德裕的情況有些雷同，可惜段成式此詩已成殘句，無從觀察詩作的原貌。

鄭顥（？～860）〈續夢中十韻（並序）〉，也是醒後續成的夢中作詩，但有其特殊之處，詩人在序文中詳細記載：〔註35〕

> 去年壽昌節，赴麟德殿上壽迴，憩於長興里第，昏然晝寢，夢與十數人納涼於別館，館宇蕭灑，相與聯句，予爲數聯，同游甚稱賞，既寤，不全記諸聯，唯有十字云：「石門霧露白，玉殿莓苔青」，用杜甫句。私怪語不祥，書之於楹，不敢言於人。不數日，上不豫，廢朝會，及宮車上仙，方悟其事。追惟顧遇，續石門之句爲十韻云。

詩人醒後只記得的夢中得句爲「石門霧露白，玉殿莓苔青」，而這卻是杜甫〈橋陵詩三十韻因呈縣內諸官〉中的句子〔註36〕，鄭顥居然在夢中作詩時套用了杜甫的詩句。〔註37〕而在鄭顥夢醒後回憶自己的夢中作詩，卻覺得是不祥的預兆，原因就出在杜甫〈橋陵詩三十韻因呈縣內諸官〉的詩序：「睿宗葬橋陵，故蒲成爲奉先，官如赤縣。」果真不久宣宗駕崩，鄭顥身爲「駙馬都尉」〔註38〕，與皇室關係親近，在感傷中續成了這首詩作：

〔註34〕同注3，頁6772。

〔註35〕同注3，頁6533。

〔註36〕同注3，頁2264。

〔註37〕據楊玉成所考，晚唐鄭顥是較早夢見杜甫詩的例子，到了宋代，宋人經常夢見杜甫，記載不下數十次，成爲一種奇特的集體心理現象，這些杜甫夢，可說是宋人集體意識的投射，突顯杜詩崇高神聖的地位，也顯現另一種潛意識的風景。詳見楊玉成〈文本、誤讀、影響的焦慮與反思──論江西詩派的閱讀與書寫策略〉，收入輔仁大學中國文學系；中國古典文學研究會主編《建構與反思──中國文學史的探索學術研討會論文集》（臺北：學生書局，2002年），頁358～366。

〔註38〕《全唐詩·鄭顥》：「登進士科，官起居郎。尚宣宗女萬壽公主，拜駙馬都尉，歷禮部侍郎。」

間歲流虹節，歸軒出禁扃。奔波陶畏景，蕭灑夢殊庭。境
象非曾到，崇巖昔未經。日斜烏斂翼，風動鶴飄翎。異苑
人爭集，涼臺筆不停。石門霧露白，玉殿莓苔青。若匪災
先兆，何緣思入冥。御爐虛仗馬，華蓋負云亭。白日成千
古，金縢閟九齡。小臣哀絕筆，湖上泣青萍。

詩人強忍悲傷，仍將這首夢中作完成，可見詩人對夢中得句的看重，並詳述夢中的經歷，再將夢中所得的杜甫句鑲嵌其中，最後盡是對宣宗不捨的悼念之情。

　　韓偓（844～？）〈夢中作〉亦有其特殊之處，首先，詩作全作於夢中，詩人夢覺後能完整地追憶出來，其次以〈夢中作〉爲詩題更是唐人首見：〔註39〕

紫宸初啓列鴛鸞，直向龍墀對揖班。九曜再新環北極，萬
方依舊祝南山。禮容肅睦纓綏外，和氣薰蒸劍履間。扇合
卻循黃道退，廟堂談笑百司閒。

據陳繼龍所考，此詩「作於後梁太祖開平三年，從詩的內容看，是對當年朝廷生活的追憶之作。」〔註40〕，詩人在夢中突破現實的拘牽，回到唐猶未亡之時，群臣朝見天子的盛大場面，和退朝後群臣間的悠閒談笑，夢中的氛圍莊嚴祥和，卻也流露詩人念念不忘舊朝的感傷。崔致遠（857～？）另有一首感嘆時局之作，同樣題爲〈夢中作〉：〔註41〕

糞墻詩有誡，笥經我無慚。亂世成何事，唯添七不堪。

此詩可惜無序文說明，惟編者按：「崔致遠歸國後詩，今獲見十一首，附錄於次，以便參考。」〔註42〕本詩應是詩人歸返新羅後所作，詩中傳達了對時局紛亂的慨嘆。因爲當崔致遠歸國後，新羅政局混亂，詩人被排擠而成爲政治迫害的犧牲者，中央政界將之外放爲地方官。

〔註39〕同注3，頁7801。
〔註40〕陳繼龍註《韓偓詩註》（上海：學林出版社，2001年），頁123。
〔註41〕《全唐詩補編》下冊，頁1244。
〔註42〕同上注。

〔註43〕本首夢中作詩應是詩人當下有志難伸的情緒投射。另編者按：「此詩爲崔致遠天復四年春夢中遇宰予、邊孝先二賢，前二句爲二賢句，後二句爲崔續成。」詩人在夢中作詩，引用了嵇康（223～263）反抗強權熱烈卻荒涼的氣節。本詩的特別之處還在於詩人在夢中只作了後兩句，前二句是宰予、邊孝先所作。這類在夢中別人作詩的情形，宋代也偶有出現，羅師宗濤論及蘇軾〈和子由記園中草木十一首〉時云：「其實，這都是他自己所作，只是假借別人之口手來呈現而已。」〔註44〕

　　唐人夢中作詩的數量著實不多。到了宋代，將夢中所作的詩記錄下來，才蔚爲風氣。可惜的是應有部分夢中作詩，在詩人醒後旋即遺忘，如唐庚（1071～1121）〈醉眠〉所言：「山靜似太古，日長如小年。餘花猶可醉，好鳥不妨眠。世味門常掩，時光簟已便。夢中頻得句，拈筆又忘筌。」詩人在夢中明明頻得詩句，可惜在醒後忘卻。

第六節　宋人夢中作詩之時代分佈

　　茲將宋人夢中作詩，略分爲北宋與南宋二階段，南渡時期詩人的作品，則以其「夢中作詩」之時間判定其屬北宋或南宋。其疑而未定者僅許安仁、洪炎、朱松、王珩、曹勛等五人。依次製爲一、北宋，二、疑而未定者，三、南宋共三個表格，以便參照。表格所列出的詩人序號，乃依據《全宋詩》所編排的順序。

一、北宋

序號	姓　　名	冊數	頁碼	詩　　　　題
1	习衖 （945～1013）	一	510	夢中詩

〔註43〕參見夏春豪〈中古朝鮮詩人崔致遠漢詩藝術成就〉，《城師專學報》第四期，1997年，頁61。

〔註44〕同注5，頁3。

2	王禹偁 （954～1001）	二	734	淳化二年八月晦日夜夢于上前賦詩既寤唯省一句云九日山州見菊花間一日有商於貳車之命實以十月三日到郡重陽已過殘菊尚多意夢已徵矣今忽然一歲又逼登高追續前詩句因成四韵
3	謝濤 （961～1034）	二	1045	夢中作
4	楊備 （仁宗天聖中 知長溪縣）	三	1427	爲長溪令夢中作
5	張君房 （眞宗景德二 年1005進士）	三	1487	夢中作
6	梅堯臣 （1002～1060）	五	2727	河陽秋夕夢與永叔遊嵩避雨於峻極院賦詩及覺猶能憶記俄而僕夫自洛來云永叔諸君陪希深祠岳因足成短韻
			2768	夢與公度同賦藕華追錄之
			2891	丙戌五月二十二日晝寢夢亡妻謝氏同在江上早行忽逢岸次大山遂往遊陟予賦百餘言述所覩物狀及寤尚記句有共登雲母山不得同宮處倣像夢中意續以成篇
			2963	夢同諸公餞仲文夢中坐上作
			2993	正月十日五更夢中
			3000	八月二十七日夢與宋侍讀同賦泛伊水詩覺而錄之
			3105	至和元年四月二十日夜夢蔡紫微君謨同在閣下食櫻桃蔡云與君及此再食矣夢中感而有賦覺而錄之
7	歐陽脩 （1007～1072）	六	3691	夢中作
8	張方平 （1007～1091）	六	3855	夢中吟
9	趙抃 （1008～1084）	六	4143	續夢中作

10	李　覯 （1009～1059）	七	4310	春社詞　寶元二年，嘗夢大雨震所居室，驚而仆地。既已，有一人甚長大，紫衣而冠，意謂雷之神也。呼覯使前，授之題曰《春社詞》。覯懼栗栗，援筆得八句與之。及覺，尚記其首三句，頗怪麗。今七年矣，值暇日以五句足之。
11	蔡　襄 （1012～1067）	七	4779	夢中作　年十八時入京就進士舉，過舒州相城夢中作
			4795	夢遊洛中十首　九月朔，予病在告，晝夢遊洛中，見嵩陽居士留詩屋壁，及寤，猶記兩句，因成一篇。思念中來，續爲十首，寄呈太平楊叔武。
12	金君卿 （仁宗慶曆間 1041～1048 進士）	七	4931	感夢因接夢中所得詩句
13	司馬光 （1019～1086）	九	6039	和始平公夢中有懷歸之念作詩始得兩句而寤因足成一章
14	王安石 （1021～1086）	十	6516	夢中作
15	徐　積 （1028～1103）	十一	7629	夢中作
16	王欽臣 （神宗熙寧三年 （1070）進士）	十三	8705	述夢
17	郭祥正 （1035～1113）	十三	8946	夢游金山作四韻既覺止記一聯因足成之　夢中作第二聯
18	蘇　軾 （1037～1101）	十四	9130	和子由記園中草木十一首之十
			9315	記夢回文二首　十二月二十五日，大雪始晴，夢人以雪水烹小團茶，使美人歌以飲。余夢中爲作回文詩，覺而記其一句云亂點餘花唾碧衫，意用飛燕故事也，乃續之爲二絕句云。
			9349	金山夢中作
			9442	破琴詩　舊說，房琯開元中嘗宰盧氏，與道士邢和璞出遊，過夏口村，入廢佛寺，坐古松下。和璞使人鑿地，得甕中所藏婁師德與永禪師書，笑謂琯曰：「頗憶此耶？」

				琯因悵然，悟前生之爲永師也。故人柳子玉寶此畫，云是唐本宋復古所臨者。元祐六年三月十九日，予自杭州還朝，宿吳淞江，夢長老仲殊挾琴過余，彈之有異聲，熟視，琴頗損，而有十三絃。予方歎息不已，殊曰：「雖損，尚可修。」曰：「奈十三絃何？」殊不答，誦詩云：「度數形名本偶然，破琴今有十三絃。此生若遇邢和璞，方信秦箏是響泉。」予夢中了然識其所謂，既覺而忘之。明日晝寢復夢，殊來理前語，再誦其詩，方驚覺而殊適至，意其非夢也，問之殊，蓋不知。是歲六月，見子玉之子子文京師，求得其畫，乃作詩并書所夢其上。子玉名瑾，善作詩及行草書。復古名迪，畫山水草木，蓋妙絕一時。仲殊本書生，棄家學佛，通脫無所著，皆奇士也。
			9524	十一月九日夜夢與人論神仙道術因作一詩八句既覺頗記其語錄呈子由弟後四句不甚明了今足成之耳
			9542	行瓊儋間肩輿坐睡夢中得句云千山動鱗甲萬谷酣笙鐘覺而遇清風急雨戲作此數句
			9573	往年宿瓜步夢中得小絕錄示謝民師
			9588	夢中作寄朱行中　類本注：舊傳先生本敍云：前一日夢作此詩寄朱行中，覺而記之，自不曉所謂，漫寫去，夢中分明用此色紙
			9598	數日前夢一僧出二鏡求詩僧以鏡置日中其影甚異其一如芭蕉其一如蓮花夢中與作詩
			9605	夢中絕句
			9608	數日前夢人示余一卷文字大略若論馬者用吃蹶二字夢中甚賞之覺而忘其餘戲作數語足之
			9621	夢中賦裙帶
			9636	句
19	蘇　轍（1039～1112）	十五	9998	將之績溪夢中賦泊舟野步
			10074	子瞻和陶公讀山海經詩欲同作而未成夢中得數句覺而補之

			10091	夢中咏醉人 四月十日夢得篇首四句，起而足之
			10103	夢中謝和老惠茶
			10114	夢中反古菖蒲 并引古詩云：「石上生菖蒲，一寸十二節。仙人勸我食，令我好顏色。」十一月八日四鼓，夢中反之作四韵，見一愚公在側借觀。示之，報然有愧恨之色。
			10122	夢中咏西湖
20	張　寅 （神宗熙寧時人）	十六	10711	夢中詩
21	釋道潛 （生卒年不詳 與蘇軾友善）	十六	10810	八月十七夜夢中作
22	黃庭堅 （1045～1105）	十七	11428	夢中和觸字韵 崇寧二年正月己丑，夢東坡先生于寒溪西山之間，予誦寄元明觸字韵詩數篇，東坡笑曰：「公詩更進于曩時。」因和予一篇，語意清奇。予擊節賞歎，東坡亦自喜。于九曲嶺道中，連誦數過，遂得之。
23	張　舉 （？～1105）	十七	11794	夢中作
24	秦　觀 （1049～1100）	十八	12118	夢中得此
25	張　耒 （1054～1114）	二十	13380	九月十八日夢中作聞雁詩
			13381	夢中作
26	晁說之 （1059～1129）	二十一	13698	洛川驛中夢與一故人作詩十餘韵既覺惟記其兩句南山絡絛華四顧吃所哀因識之
27	王　山 （生卒年不詳）	二十一	13913	夢中作
28	鄒　浩 （1060～1111）	二十一	13981	冬至夜夢中作

29	李　新 （1062～? 1124 以後）	二十一	14229	甲辰正月二十三日夕壬申夢坐一江樓上見雪月輝映汀洲高下澄流金碧林野疏迴景物清華絕非人間世所有因賦數詩既覺止記一首
30	洪　朋 （生卒年不詳）	二十二	14446 14462	夢中所作 夢登滕王閣作
31	慕容彥逢 （1067～1117）	二十二	14679	甲申十一月夢中詠假山
32	劉　允 （?～1125）	二十二	14763 14764	夢中作二首 又五言絕句一首
33	釋德洪 （1071～1128）	二十三	15308 15330	夢中作 明教夢中作
34	許景衡 （1072～1128）	二十三	15557	乙巳八月二十九日宿內府夢過村落循溪而行問路旁人家此云何日士村也涉溪入山崦謂同行曰此可賦詩因得鳩燕二句既覺足之以爲異日之觀
35	李　彭 （生卒年不詳）	二十四	15958	夢秦處度持生絹畫山水圖來語予此畫劉隨州詩也君爲我作詩書其上夢中賦此詩
36	王　耕 （徽宗大觀間 州貢入太學）	二十五	16473	夢中作
37	江端本 （徽宗初，特補 河南府助教）	二十五	16887	夢中作
38	李　綱 （1083～1140）	二十七	17575	足成夢中　五月十六日夜，夢中得兩句云：「誰信曹谿一滴水，流歸法海作全潮。」既覺，因足成一絕。
39	歐陽澈 （1097～1127）	三十二	20687	宣和四祀季冬夢與人環坐傑閣烹茶飲於左右堆阿堵物茶罷共讀詩集意謂先賢所述首篇題云永叔誦徹三闋遽然而覺特記一句云東野龍鍾衣綠歸議者謂非吉兆因即東野遺事反其旨而足之爲四絕句云

二、疑而未定者

序號	姓　名	冊數	頁碼	詩　題
1	許安仁 （徽宗政和間 為順昌尉）	二十二	14517	夢中作
2	洪　炎 （1067～1133）	二十二	14750	夢中作四言用前韵二首
3	朱　松 （1097～1143）	三十三	20755	夏夜夢中作
4	王　珩 （徽宗大觀三年 （1109）進士）	三十三	20913	夢中作
5	曹　勛 （1098？～1174）	三十三	21171 21180	夢中作四首 夢中作

三、南宋

序號	姓　名	冊數	頁碼	詩　題
1	劉一止 （1080～1161）	二十五	16713	和故人二首丁卯年九月二十二日夢中得之
2	胡　憲 （1086～1162）	二十九	18809	夢中賦白鷴
3	鄭剛中 （1088～1154）	三十	19079 19134	己酉三月二十一日夜夢中作 十月初夢寄良嗣詩三句云相思一載餘身隨雲共遠夢與汝同居覺而足之
4	陳與義 （1090～1138）	三十一	19521	夢中送僧覺而忘第三聯戲足之
5	張　嵲 （1096～1148）	三十二	20497 20512 20534	夢中作得六句覺後足成 余於今年二月初一日夜夢中與劉彥禮兄弟水邊飲酒賦詩曾記所作元八句忘其餘今足成之 夢中作後兩句前句覺後足成皆夢中所見也

6	王銍 （高宗建炎四年 （1130）權樞密 院編修官）	三十四	21301	夢中賦秋望
7	許顗 （生卒年不詳）	三十四	21597	夢中詩
8	晁公遡 （高宗紹興 八年進士）	三十五	22448	夢中作
9	陸游 （1125～1209）	三十九	24269	夜夢從數客雨中載酒出遊山川城闕極雄麗云長安也因與客馬上分韵作詩得遊字
			24433	九月十八夜夢避雨叩一僧院有老宿年八十許邀留甚勤若舊相識者夢中爲賦此詩
			24514	五月十一日夜且半夢從大駕親征盡復漢唐故地見城邑人物繁麗云西涼府也喜甚馬上作長句未終篇而覺乃足成之
			24550	夢中作
			24559	夢中作
			24569	夢宴客大樓上命筆作詩既覺續成之
		四十	24806	夢與數客劇飲或請賦詩予已大醉縱筆書一絕覺而錄之
			24938	五月七日夜夢中作二首
			24940	六月二十四日夜分夢范至能李知幾尤延之同集江亭諸公請予賦詩記江湖之樂詩成而覺忘數字而已
			24954	丁巳正月二日雞初鳴夢至一山寺名鳳山其尤勝處曰咪軒予爲賦詩既覺不遺一字
			25056	夢中作遊山絕句二首
			25061	夢中作　己未十二月五日夜作，所書皆夢中事也
			25064	夢題驛壁　十二月二十七日夜
			25234	二月二日夢中作

			25277	夢中賦早行
			25324	八月四日夜夢中作
			25337	夢中作　甲子十月二日夜，雞初鳴，夢宴客大樓上。山河奇麗，東南隅有古關尤狀。酒半樂闋，索筆賦詩，終篇而覺，不遺一字。遂錄之，亦不復加竄定也。
			25343	甲子歲十月二十四日夜半夢遇故人於山水間飲酒賦詩既覺僅能記一二乃追補之二首
			25358	夢中作
			25409	夢中作二首
		四十一	25416	十月十四夜夢與客分題得早行
			25430	夢中作
			25476	夢中作
			25494	夢中作
			25528	夢中作二首
			25637	夢中江行過鄉豪家賦詩二首既覺猶歷歷能記也
			25652	夢中作
			25703	夢中作二首
			25707	八月二十三夜夢中作
10	范成大 （1126～1193）	四十一	25949	夢中作
11	楊萬里 （1127～1206）	四十二	26384	記夢三首　夢遊一山寺，山水清美，花草方鮮。未見寺而聞鐘，夢中作三絕，覺而記之。
			26391	夢種菜　予三月一日之夜，夢游故園，課僕夫種菜，若秋冬之交者，尚有菊也。夢中得菜子菊花一聯，覺而足之。
			26405	夢作碾試館中所送建茶絕句
			26406	二月十一日夜夢作東都蚤春絕句
			26452	記夢中紅碧一聯

12	周必大 （1126～1204）	四十三	26699	九月十八日夜忽夢作送王龜齡詩兩句枕上足成之
			26716	夜夢次陳立夫韻　戊子十二月初八日
			26727	十二月十九日餞別劉文潛運使明日書來云醉夢中作小詩但記後兩句爲足成之　壬辰
			26784	讀張敬夫南軒集夜夢賦詩　庚申七月
			26819	甲申四月甲子夜夢以焦坑小團及宜春新芽送隆慶長老了遠戲作柬云云豐然而寤枕上又補一頌以茶送達數日前曾有此意而一點千林非因想所及也
13	虞　儔 （孝宗隆興元年 （1163）進士）	四十六	28590	夢中作薑鱠
14	薛季宣 （1134～1173）	四十六	28668	六月三夜夢觀某人詩什其詩一章四絕蓋絕筆也走讀竟太一眞人來告語青猿手裏得長書靜聞丹竈風中雨之句夢而默記之寤矣作詩導意
15	周　孚 （1135～1177）	四十六	28803	夢與辛幼安遇於一精舍予賦詩一篇覺而記其卒章云它年寄書處當記盧全窮因賦此詩寄之
16	林亦之 （1136～1185）	四十七	28997	續夢中所見兩句
			28997	記九月二十五夜夢中作
17	陳傅良 （1137～1203）	四十七	29232	夢人誦詩覺省數句足成一首
18	趙　蕃 （1143～1229）	四十九	30733	十二月初六夜夢客溧陽半月而未見晦菴夢中以見遲爲媿作詩謝之首句云平生知己晦菴老歲晚方懷見晚羞寐而診日覉於一官久去師門精神之感形見如此耶用其句賦詩一章寄上
19	孫應時 （1154～1206）	五十一	31791	夢蜀中一山寺曰龍塘有龍祠余似嘗屢游也題詩別之未足兩句而爲因足成之
			31797	十一月二十六夜夢與范石湖各賦梅花六言覺僅記其大意足成二絕

20	陳文蔚 （1154～1247）	五十一	31967	一夕夢中得絕句覺時惟記後二句最真因潤色足成之
21	徐 璣 （1162～1214）	五十三	32887	夢成
22	劉學箕 （生卒年不詳）	五十三	32919	九月十八日夜夢賞春某氏園池賦春詞二首題柱
23	程 珌 （1164～1242）	五十三	33028	五鼓夢中作覺而成之二首
24	戴復古 （1167～？）	五十四	33494	醉眠夢中得夏閏得秋早雨多宜歲豐一聯起來西風悲人且聞邊事
			33504	夢中題林逢吉軒壁覺來全篇可讀天明忘了落句
			33567	趙用甫提舉夢中得片雲不隔梅花月之句時被命入朝雪中送別用其一句補以成章
			33585	清明前夢得花字
25	蘇 泂 （1170～？）	五十四	33972	夢中作
			33973	夢句
26	洪咨夔 （1176～1236）	五十五	34486	青草夢詩後兩句早作足之
			34494	夢中得蕎粥詩覺而記其景聯
			34511	隆慶徐守作堂名蜀固一夕夢與余賦詩堂上有何時首歸塗樽酒逢故人之句未幾過其堂為賦之
			34536	夢中和人梅詩山礬韵二首
			34543	五月庚申夢人相指為馬周且誦詩兩句覺而足之
27	鄭清之 （1176～1251）	五十五	34622	八月初五夢桃杏枝上皆小蕊頃刻間一花先開既而次第皆拆色殊紅鮮可愛夢中為賦一詩覺但記其第二句戲足成之
28	魏了翁 （1178～1237）	五十六	34915	游北巖之疇昔夢作二詩覺而僅記一聯云鬢髮絲絲半已華猶將文字少年誇明日為客誦之客十三人請以是為韻予分鬢字

29	陽　枋 （1187～1267）	五十七	36131	端平甲午踏槐前記夢中作
30	劉克莊 （1187～1269）	五十八	36370	夢中爲人跋畫兩絕
31	嚴　羽 （1192？～ 1245？）	五十九	37199	夢中作　予客廬陵日，夢至一大府。主人自稱劉荊州，與予觴燕，各賦詩爲樂。覺而彷彿一二，因續成之。
32	晏　乂 （生卒年不詳）	五十九	37222	夢中
33	白玉蟾 （1194～？）	六十	37551	夢中得五十六字
34	劉　翼 （1198～？）	六十	38096	夢呈樂軒先生既覺不失一字錄呈竹溪玉堂
35	方　岳 （1199～1262）	六十一	38267	夢書十字史記冊上太史公此書眞是筆幹造化夢語非夸也因足之識於策
			38344	夢陳和仲如平生交有三言覺而記其一日錯後亂夢中了了以爲事錯之後此心撩亂不如早謀其始也
			38420	夢有饟予寶器一盒者曰僧某甲入寂奉以別也一念不敢受當與善知識作供耳顧僧在傍恢然偉岸與之揖其野劃然笑曰我不管也因墨格上筆書云老藤一枝孤雲萬里如是我聞我聞如是放筆趺座而逝既覺因作偈言焉知僧非異人與予宿有緣契庶幾聞之
36	李昴英 （1201～1257）	六十二	38866	夜夢漁父求詩覺能記其全書贈梁彌仙
37	施　樞 （生卒年不詳）	六十二	39095	夢遊徑山值雪擁爐賦詩
38	釋文珦 （1210～？）	六十三	39515	春夜夢遊溪上如世傳桃源與梵僧仙子遇具蟠桃丹液靈芝胡麻於雲窗霧閣間請賦古詩頗有思致覺而恍然猶能記憶五句云灘峻舟行遲亂峰青虬蟠一瀑素霓吼靈桃粲丹朱仙飯雜芝糗遂追述夢事足成一十七韻
			39515	夢中作

			39582	記夢 余九月三日忽病瘧，日必一作，肢體憊甚。至十日，隱几坐臥，忽夢二人幅巾杖藜，相過談詩。及寤，但記得一聯云：「骨換言方異，心空意始圓。」是夕瘧止。次夜又自夢坐亡，手書遺偈四句，前二句雖已書而不能記，憶後二句云：「放身行碧落，古樂聽鈞天」書至落字而覺，末句雖書未全，而口尚能誦。於是起就佛燈書之，病遂脫然。信詩之能愈瘧矣。今足以起結，成唐律一篇，語不工，以記異也。
			39582	春夜夢中得觀與心為度身將世作仇一聯既覺而足成四韻寄修觀者
39	陳 著 （1214～1297）	六十四	40130	春夜夢中得四句
			40131	與徐國英（名應蜚）坐西窗渴睡中得四句
			40182	夢中得詩二句王景雲聞之擬成八句來因次韻
40	許月卿 （1216～1285）	六十五	40535	夢中作
41	舒岳祥 （1219～1298）	六十五	40972	八月初三日五更夢覺追記 自注：夢行故都天街上，往訪一舊識。路甚迢遙，至其館，則所識不在。有二女子從樓上，亟道致其主偶出之意，請余少俟。因出酒肴酌余，歌詞有「惜花心性」之語。夢覺，不能全記，故追賦之。
			41014	紀夢 有序：初八日曉夢乘款段行故鄉麥隴上，見梅花兩株，一紅一白，意甚愛之。有一人同遊，故人也，取酒共飲，不知身在他山亂離中也。寐覺之間，恍成一絕，其人誦數過，既覺能記之。
			41014	夢中作
			41014	二十五日晚西窗坐睡夢美人出紈扇索題為題一絕既覺則童子已明燭矣忘其上三句足成此篇
42	方 回 （1227～1307）	六十六	41537	夢作
			41740	上饒周君夢至梅花洞吟曰我家本住梅花洞一陣風來一陣香為賦長句

43	何夢桂 （1229～？）	六十七	42194	夢中作
44	周　密 （1232～1298）	六十七	42556	記夢　余前十年，嘗臥遊神山，登紫翠樓，賦詩二章，自後忽忽時到其處。中秋後二夕，倚桂觀月，不覺坐睡。層城飛闕，歷歷舊遊，青童授詩語極玄妙。窹驚，已丁夜矣，僅憶青高不可極已下二十字。援筆足之，以記仙盟云。
45	陳觀國 （生卒年不詳）	六十八	42823	夢中作
46	趙　文 （1239～1315）	六十八	43253	二月十四夜夢中吟云隔溪啼鳥東風軟滿地落花春雨深次日陪謝少府飲章聖寺足成之
47	洪德章 （1239～1306）	六十九	43266	希文枕邊談詩謂律詩易工夢中與之辯詩以折其非既覺忘數字因足成之
48	鄭思肖 （1241～1318）	六十九	43418	補夢中所作　夢作一絕，覺而遺首兩句。君王二字夢作中原二字，嫌其忘於本朝，改而足之。
			43425	己卯十一月朔又夢食梅花夢中作
49	林景熙 （1242～1310）	六十九	43527	夢中作四首　自注：元兵破宋，河西僧楊勝吉祥行軍有功，因得於杭置江淮諸路釋教都總統，所以管轄諸路僧人，時號楊總統。盡發越上宋諸帝山陵，取其骨，渡浙江築塔于宋內朝舊址。其餘骸骨棄草莽中，人莫敢收。適先生與同舍生鄭樸翁等數人在越上，痛憤乃不能已，遂相率爲采藥者至陵上，以草囊拾而收之。又聞理宗顱骨爲北軍投湖水中，因以錢購漁者求之，幸一網而得，乃盛二函，託言佛經葬于越山，且種多青樹識之。在元時作詩，不敢明言其事，但以夢中作爲題。下篇多青花亦此意也。
50	戴表元 （1244～1310）	六十九	43713	夢中作
51	仇　遠 （1247～？）	七十	44197	予自存博解印歸鄉心日夜相趣古人有名山川處輒忘然歸未易忘也夢得一聯續之
52	羅公升 （生卒年不詳）	七十	44348	夢中作

53	陳　紀 （1255～？）	七十一	44651	夜夢遊一野人家萬竹蒼寒老翁款留意甚厚予題詩贈之獨記一聯云與誰共住只明月所可論交惟此君覺足成之亦夢中意也
54	汪炎昶 （1261～1338）	七十一	44822	余於汪推官別墅覩壁間蜀道山水欲賦未能一夕忽夢如所見而有作覺記門字韻一聯就枕上續之
			44828	程存虛夢與六人飲酒賦詩余亦與焉而眉長夾鼻下與鬢齊覺而記其詩以見示或以此爲余壽徵因憶羅漢中有長眉尊者戲次韻

　　北宋時期共三十九位詩人，有夢中作詩共七十二首；疑而未定者共五位，夢中作詩共十首；南宋共五十四位，夢中作詩共一百三十四首。兩宋共九十八位詩人，共夢中作詩二百一十六首，相較唐人夢中作詩，數量是大大地躍升，突顯出宋人夢中作詩，已足以作爲研究的資料，也是值得探究的議題。

　　縱覽宋人夢中作詩的作者，其作者包含了文臣：梅堯臣、歐陽脩、司馬光、王安石、蘇軾、蘇轍、黃庭堅、秦觀、陸游、楊萬里等，文士：徐積、歐陽澈、嚴羽等，釋道：釋道潛、釋德洪、釋文珦、白玉蟾等，理學家：趙蕃、胡憲、陳文蔚、劉翼等。舉凡這些夢中作詩的作者，其中雖然以文臣、文士居多，但在南北宋三百餘年間，夢中作詩作者的身分地位相當多元。

　　大致而言，人作夢都有其環境背景，藉由宋人夢中作詩表格化，作爲往後論述的座標，以期條理清楚，資料有所附麗。

第二章　夢中作詩的時空探索

　　本文從解讀與釐清，進而歸納宋人夢中作詩之特點，本章先論時令與場景，時間與空間是構成宇宙的要件，人類的理解和感受，都必須在時空的基礎上發展，因此人類是在一定的時空意識中生息著，時間有其消長變化的不確定性，於是帶來了推移的悲哀，甚至是面對死亡的恐懼。空間帶來了生離死別的悲苦，難以跨越的無奈，以及因距離而引發的感情轉變，人在現實生活中既無法自外於時間和空間構成的格局，那麼詩人在夢境中，對時空的感受究竟與現實生活有何異同，有何關聯？本章發端於是。

第一節　時　令

　　若以四季分類二百一十六首夢中作詩，出現最多的是春季，其次是秋、冬、夏。鄭毓瑜對中國古典詩歌中季節出現頻率的分析有云：「「秋」的系列詩作在早期多過於「春」的系列，在魏晉「惜春」還屬於附屬地位，到南朝宋、齊以後，才出現大量描寫「春」季的作品。」〔註1〕到了唐代，以《全唐詩》的字頻觀之，春居首位，秋次之，夏

〔註 1〕鄭毓瑜〈身體時氣感與漢魏抒情詩——漢魏文學與楚辭、月令的關係〉，收入鄭毓瑜《文本風景——自我與空間的相互定義》（臺北：麥田出版社，2005 年），頁 325。

第三，冬最少。而夏與秋之間有很大的落差。因夢境是自由的，有的夢境平穩規律地在時間秩序中進行，有的夢境卻跳脫時間的框架，往過去或未來自由躍進。以下，先將時令分為符合時間秩序，與打破時間秩序兩類，從中再歸納為四季與節令，以及由某個時間點跳脫至另一個時間。

一、符合時間秩序

（一）春季

宋人夢中作詩多藉植物象徵春天，其中以桃花為最多，細究桃花的特性，不但枝葉茂密，且果實豐盈，在人類心靈中有美好的意象存在。早在周朝，《詩經‧周南‧桃夭》已讚美了桃花代表生命綿延豐美的吉祥意象：「桃之夭夭，灼灼其華，……桃之夭夭，有蕡其實。」〔註2〕宋人夢中作詩內容即有以桃花為春季的信息，如楊萬里（1127～1206）〈二月十一日夜夢作東都蚤春絕句〉：

> 道是春來早，如何未見春。小桃三四點，偏報有情人。（《全宋詩》第四十二冊，頁26406）

張潮云：「春者，天之本懷。」林政華評曰：「春主生」〔註3〕春是抽象的概念，新生的「小桃三四點」將春具體化，讓人藉由視覺感官，明確感知春天來到。詩人能觀察到新生的「小桃三四點」，詩人內心抽象的多情遂也被具體呈現。

劉允（1067～1133）〈夢中作〉二首之一、〈又五言絕句一首〉與陸游（1125～1209）〈夢中作〉三首詩從不同角度領略桃花的美：

> 劉郎平昔志烟霞，時到雲山隱士家。除卻松篁芝朮外，川源遠近遍桃花。（《全宋詩》第二十二冊，頁14763）

> 武陵源上雪，片片雜雲霞。惟有雪中桃，長開三尺花。（《全

〔註2〕 漢‧毛亨傳、鄭玄箋，唐‧孔穎達疏《詩經‧周南‧桃夭》（臺北：藝文印書館，1997年），頁36。

〔註3〕 張潮著、林政華評註《幽夢影評註》（臺北：慧炬出版社，1980年），頁12。

宋詩》第二十二冊，頁 14764）

> 野鶴翩啄粒微，碧桃縹緲著花稀。海山又見春風到，丹竈
> 苔封人未歸。（《全宋詩》第四十一冊，頁 25494）

劉允詩有「川源遠近遍桃花」之驚人的數大美，「惟有雪中桃，長開
三尺花。」除了視覺有映襯的孤寂美，彷彿也流露著堅強的意志；陸
游詩「碧桃縹緲著花稀」則有初綻的秀麗美。其中又可以觀察桃花所
觸動的聯想與道教關係密切，即「道觀普遍種桃的現象，桃花在道教
中的象徵意義，可以營造清淨不染，與世隔絕的環境氛圍，觀賞者也
可藉此投射寄託嚮往之情。」〔註4〕

　　夢中作詩中春季與花的結合密切的尚有張嵲〈夢中作後兩句前句
覺後足成皆夢中所見也〉：

> 山南山北是人家，紅杏香中日未斜。傳語春風能幾日，慎
> 無吹折最高花。（《全宋詩》第三十二冊，頁 20534）

「傳語春風能幾日，慎無吹折最高花。」流露惜春又惜花的心情，據
詩題「前句覺後足成皆夢中所見也」詩人在夢中夢得很真切，仲春二
月，春風裡的杏花，〔註5〕不但在視覺上開得紅火，還有芬芳的嗅覺
感受。且詩人應是熟讀李商隱〈天涯〉：「春日在天涯，天涯又日斜。
鶯啼如有淚，為濕最高花。」，〔註6〕張嵲對詩中花已開到最高，代表
春天已將過去的傷感甚有體會，才會在夢中自然化用在詩句中。何夢
桂（1229～？）〈夢中作〉云：

> 草濃阡陌眠黃犢，沙煖汀洲浴翠禽。一徑梧桐花落後，半
> 江春水綠陰陰。（《全宋詩》第六十七冊，頁 42194）

夢到了代表春天的濃密青草，和滿徑的梧桐落花。戴復古（1167～？）

〔註4〕見楊曉玫《唐代文人尋訪詩研究》：「寺院較少種植桃花，即便有，
　　　只是寺院園林中的一景，道觀較見大規模的栽植。」，頁 70～72。

〔註5〕何小顏《花與中國文化》：「仲春二月是杏花時節，杏花開花時間介
　　　於梅桃李之間，晚於梅而早於桃李。《夏小正》：「梅、杏、桃始華。」
　　　梅、杏、桃，其次序井然，表明的正是花時的先後。」（北京：人民
　　　出版社，1999 年），頁 158。

〔註6〕《全唐詩》，頁 6193。

〈清明前夢得花字〉：「百歲光陰一場夢，三春消息幾番花。」（《全宋詩》第五十四冊，頁33585）言人生如夢，而春光易逝。趙文（1239～1315）〈二月十四夜夢中吟云隔溪啼鳥東風軟滿地落花春雨深次日陪謝少府飲章聖寺足成之〉：

> 留得餘寒伴客衾，驀然萬感赴沈吟。隔溪啼鳥東風軟，滿地落花春雨深。草草一樽聊若下，匆匆千載亦山陰。月溪橋上凭欄久，應有游鱗識此心。（《全宋詩》第六十八冊，頁43253）

趙文夢中得「隔溪啼鳥東風軟，滿地落花春雨深。」兩句，雖然柔軟宜人的東風吹送來富有生氣的鳥啼，但是淋漓的春雨卻打落春花，減去幾分春色，添上幾分淒涼。詩人次日，以夢中所得兩句為氣氛基調，哀愁地續成七律。

宋人夢中作詩也藉候鳥的歸巢，表現季節的流轉，如舒岳祥（1219～1298）〈夢中作〉：

> 桃李成蹊春不言，有人扶瘦倚欄杆。柔柔軟軟愁如困，燕子初歸帶薄寒。（《全宋詩》第六十五冊，頁41014）

以桃李不言寫春日的寂寞，藉燕子初歸的時節，寫薄寒中人。舒岳祥〈二十五日晚西窗坐睡夢美人出紈扇索題為題一絕既覺則童子已明燭矣忘其上三句足成此篇〉僅記得的一句夢中作「燕子梨花恰並時」點出類似的春季美景，燕子遨翔而梨花盛開。

（二）夏季

藉由詩題或詩中動植物生息狀態觀察，宋人夢中作詩時序屬夏季的作品很少，反映出夏季酷熱的只有朱松（1097～1143）〈夏夜夢中作〉：

> 萬頃銀河太極舟，臥吹橫笛漾中流。瓊樓玉宇生寒骨，不信人間有喘牛。（《全宋詩》第三十三冊，頁20755）

「喘牛」是夏季的高溫，但是詩人在燠熱的夏夜夢中，卻突破了空間限制，航向涼爽天宮，而以「不信人間有喘牛」。夏季開花植物較為

單純，而在宋人夢中作詩出現最多的便是荷花，「荷花，簡稱荷，別名甚多，曰蓮、芙蕖、芙蓉、菡萏、六月春、花君子等。」〔註7〕。自周敦頤於〈愛蓮說〉稱「蓮，花之君子者也。」〔註8〕「花君子」於是成爲眾所認同的荷之嘉名。陸游〈六月二十四夜分夢范至能李知幾尤延之同集江亭諸公請予賦詩記江湖之樂詩成而覺忘數字而已〉：

> 白菡萏香初過雨，紅蜻蜓弱不禁風。(《全宋詩》第四十冊，頁 24940）

夢中的江湖之樂因白菡萏猶帶雨露之風姿和淡雅清香而顯得高雅飄逸，展現出如君子逸士般的美質。陳觀國（生卒年不詳）〈夢中作〉：

> 千松拱綠，萬荷奏紅。(《全宋詩》第六十八冊，頁 42823）

由寬廣的角度以千松之綠，映襯萬荷之紅壯麗的場面。蘇軾（1037～1101）〈夢中絕句〉藉夢中楸樹開花，宣告夏天來到：

> 楸樹高花欲插天，暖風遲日共茫然。落英滿地君方見，惆悵春光又一年。(《全宋詩》第十四冊，頁 9605）

據羅師宗濤所考，本詩應作於辛巳（1101）初夏，〔註9〕也是蘇軾過世前不久。本詩寫夏天開花的楸樹〔註10〕，似乎更著眼於滿地零落的春花，沒有見楸樹開花的欣喜，卻有春花凋零的惆悵，彷彿詩人生命中的春天已然流逝，老病的東坡，在夢中的暖風裡，深深感受時間流逝的無力感，和來日無多的壓迫感。

（三）秋季

悲秋文學原是中國文學自楚辭以來的抒情傳統，宋人夢中作詩有部分繼承這哀傷的情調，如戴復古（1167～？）〈醉眠夢中得夏潤得

〔註7〕同注5，頁188。
〔註8〕清‧吳大鎔纂修《道國元公濂溪周夫子志》（臺北：廣文書局，1975年），頁179。
〔註9〕羅宗濤〈蘇東坡夢中作詩之探討〉，頁6。
〔註10〕見艾倫‧J‧柯莫斯（Allen J. Coonbes）撰、黃星凡審校《樹木圖鑑》：「初夏天開花，原產地中國西南部。」（臺北：貓頭鷹出版社，2004年），頁280。

秋早雨多宜歲豐一聯起來西風悲人且聞邊事〉：

> 夏潤得秋早，雨多宜歲豐。今朝上東閣，昨夜已西風。田
> 野一飽外，乾坤萬感中，傳聞招戰士，人尚說和戎。（《全
> 宋詩》第五十四冊，頁 33494）

夢中所得一聯詩句，情緒平穩，甚至有豐收的喜悅，但醒後補足之句，受了現實干擾，人的感情陷入悲秋之中。又如趙抃（1008～1084）〈續夢中作〉：

> 驚曉城鼓急，吹秋隴笛哀。（《全宋詩》第六冊，頁 4143）

傳統的抒情感受，原本秋風就吹送著草木搖落的蕭瑟感，但吹拂在邊地的秋風，更夾帶著神經質的情緒緊繃，其中的「哀」，除了是對時間的流逝的悲哀，更有對人世戰爭的無奈與懼怕，縱使秋風混入笛聲也難以緩和。南渡詩人王銍（高宗建炎四年（1130）權樞密院編修官）的〈夢中賦秋望〉，則在秋雨中抒發了故國之思：

> 閣小寒宜遠，林荒晚帶風。遙山秋色外，獨樹雨聲中。念
> 起三生異，心傷萬境同。此邦非我里，隨意作流通。（《全
> 宋詩》第三十四冊，頁 21301）

「當目視（regard）以個人種種不可化約之特質，使個人得以確立，因之便有可能以「個人」為軸心來建構某種理性語言。」〔註11〕王銍望見由遙山和荒林布置的大地，其間點綴著小閣和獨樹，在精微的表述裡傳達孤寂幽遠的情感。寒、風、雨以膚覺和視覺將秋色補充得更深刻也更淒涼，終於逼出了「此邦非我里」內心的唱嘆，誠如林美清言：「『望』既是一個生動的動詞，也是理解生命的關鍵概念。」〔註12〕洪朋（生卒年不詳）〈夢登滕王閣作〉中沒有強調「望」，而強化了「獨」：

> 朱簾翠幕無處所，抖擻凝塵戶牖開。萬里烟雲渾在眼，九

〔註11〕麥可・福考特（Michel Foucault）撰，劉絮愷譯《臨床醫學的誕生》（臺北：時報文化出版，1994 年），頁 9。

〔註12〕林美清〈極目傷神——杜詩視覺意象的形構與其儒家心性論的崩解〉，《玄奘人文學報》第三期（2004 年 7 月），頁 137。

秋風露獨登臺。西江波浪連天去，北斗星辰抱棟迴。獨佩
一瓢供勝事，恨無陶謝與俱來。（《全宋詩》第二十二冊，
頁 14462）

登高自然能遠望，地表上的「萬里烟雲」、「西江波浪」、「北斗星辰」
全在詩人眼前，衝撞出詩人的寂寞，孤身一人且在四面八方秋風秋露
包圍侵襲之下了。詩人以外表的風露體膚之寒，寫內心的淒涼孤寂之
感，尚友古人而憑添遺憾。

　　宋人夢中作詩爲秋季意象者，植物出現較爲單純，陸游〈夢中作〉
二首之二：

清秋纔幾日，黃葉已成堆。（《全宋詩》第四十一冊，頁
25528）

夢中成堆落葉，見證了生命由盛而衰，快速又悲哀的軌跡。蘇軾〈和
子由記園中草木十一首之十〉夢見最能代表秋季的菊花：

我歸自南山，山翠猶在目。心隨白雲去，夢繞山之麓。汝
從何方來，笑齒粲如玉。探懷出新詩，但記説秋菊。自注：
八月十一日夜宿府學，方和此詩，夢與弟游南山，出詩數十首，夢中
甚愛之。乃覺，但記一句云「蟋蟀悲秋菊」有如採樵人，入洞聽
琴筑。歸來寫遺聲，猶勝人間曲。（《全宋詩》第十四冊，
頁 9130）

《禮記・月令》：「季秋之月，鞠有黃華。」〔註13〕菊花經屈原與陶潛
品題後，富隱逸高潔之意象，別有一番清趣。此時是英宗治平元年
（1064）蘇軾在大理寺寺丞，簽書鳳翔府節度判官廳公事任寫的，當
時弟弟蘇轍在汴京侍父，寫了〈賦園中所有十首〉寄給哥哥，蘇軾在
和詩期間，於夢中創作出詩句。由心理學的角度來看，「人們在夢中
所表關切的事情正是他們在清醒生活中所關注的；他們夢到的，也正
是他們清醒時所思所爲。」〔註14〕也就是泰勒所說「當我們在清醒的

〔註13〕漢・鄭玄注，唐・孔穎達疏《禮記・月令》（臺北：藝文印書館，1997
　　　年），頁 337。

〔註14〕愛得華・史密斯（Edward E. Smith）等撰、洪光遠譯《普通心理學》
　　　（臺北：桂冠圖書股份有限公司，2007 年），頁 295。

生活中對於某件事務念念不忘，極有可能釋出塞滿的生命力。就這層意義而言，我們永遠在「孵」夢，即便我們並未意識到自己在這麼做。」〔註15〕。簡而言之，是日有所思，夜有所夢。

再由蘇軾的自注觀察，夢中弟弟創作了數十首之多的好詩，我們或許可以在此借用李希登堡的看法「當我在夢中與人爭論，他反駁我而後啓迪我，其實是我在啓迪自己。」〔註16〕其實作詩的是蘇軾自己，在夢中藉弟弟之手作出而已，可惜醒後他只記得「蟋蟀悲秋菊」一句，秋天菊花叢裡的蟋蟀，悲噪著來日無多，清雅又帶著悲秋的抒情基調，從中，我們或許可以窺見蘇軾的心情，「夢是大自然與意識心智的溝通管道，它所承載的內容，未經任何監控篩選，渾然流露心靈自身的完整風貌。」〔註17〕然而他清醒後，將僅記得的一句改寫，淡化夢中過於奔放的哀傷。

釋道潛（生卒年不詳與蘇軾友善）〈八月十七夜夢中作〉夢見與佛教文化密不可分的荷花，荷花具有特殊的象徵意涵：

> 夜半秋江不見人，翠荷擎出露華新。江神水仙來共飲，一
> 掬遺我生精神。（《全宋詩》第十六冊，頁10810）

李漁云：「迨至菡萏成花，嬌姿欲滴，後先相繼，自夏徂秋，此則在花爲分內之事，在人爲應得之資者也。」〔註18〕介紹了荷花的美艷，且花自夏秋相繼開謝不絕。而荷花對身爲佛門弟子的詩人而言，別具意義，詩人夢境中杳無人跡之地，荷花翠葉超塵脫俗地擎立著，花葉上凝聚了清淨露珠，而擷取飲用的是詩人、江神與水仙，在夢中人與神並列了，此刻的秋江好比是西方淨土的延伸，而「夢是公認最可能顯示神意的人類經驗」〔註19〕，詩人愉悅的立在那裡，飲用

〔註15〕安東尼・史蒂芬斯（Anthony Stevens）撰，薛絢譯《大夢兩千天》，頁352。

〔註16〕同上注，頁246。

〔註17〕安東尼・賽加勒（Stephen Segaller and Merrill Berger），龔卓軍等譯《夢的智慧》（臺北：立緒文化，2000年），頁95。

〔註18〕李漁《閒情偶寄》（臺北：長安書局，1979年），頁305。

〔註19〕同註15，頁29。

清露後精神清爽，醒後應更加堅定信仰的信念，是詩人靈魂的一項
體驗。

　　秋季也是候鳥遷徙的季節，花開花謝中，春去秋來，隨著四季流
轉的還有候鳥的去來，年復一年，總在天際上演，張耒（1054～1114）
〈九月十八日夢中作聞雁聲〉反映日常生活所見的經驗：

> 何日離燕磧，來投江上洲。高鳴雲際夜，冷度雨中秋。繒
> 繳須遠避，稻粱寒未收。春風歸翼便，容易一冬留。（《全
> 宋詩》第二十冊，頁 13380）

按弗洛依德所說，夢的內容來自兩種記憶的殘餘，一是日間的，一是
童年的〔註20〕，本詩應是融合了兩種記憶，應是詩人從小到大，日積
月累，在季節轉換的日間，都會聽見雁鳥的鳴叫聲。希爾曼亦在弗洛
依德的夢是來自日間記憶的殘餘上再次說明：「夢不是純的自然，而
是造就的自然。夢消化了白天的點點滴滴（即弗洛依德所說的『日常
瑣事的殘餘』）再轉化成為意象。這是把白晝世界打破與同化的過程」
〔註21〕。「鴻雁是「隨陽之鳥」，意即隨著日照長短南來北返，也就是
「九月而南，正月而北」，因而又稱為知時鳥。」〔註22〕有雲有雨的
秋夜，夜色更黯淡，氣溫更冷冽，悲秋氣氛於是得到烘托。雁鳥短暫
棲息在江洲上，路途上多得是繒繳等待著牠，只要還活著，這樣艱辛
險惡的南來北往旅程，就必須持續下去，而雁的鳴叫也世世代代縈繞
在多感的文人耳中。陳與義（1090～1138）〈夢中送僧覺而忘第三聯
戲足之〉夢中的鴻不只是鴻，而是「藉興式之思維方式，將外界景物
之蕭索與自身境況之寂寥互涉結合，形成其悲秋之情懷」〔註23〕：

> 兩鴻同一天，羽翼不相及。偶然一識面，別意已超忽。去
> 程秋光好，萬里無斷絕。雖無仁人言，贈子以明月。（《全

〔註20〕同注 15，頁 52。
〔註21〕同注 15，頁 99。
〔註22〕韓學宏《宋詞鳥類圖鑑》（臺北：貓頭鷹出版社，2004 年），頁 47。
〔註23〕何寄澎〈悲秋──中國文學傳統中時空意識的一種典型〉，《臺大中
　　　　文學報》第七期，1995 年 4 月，頁 83。

宋詩》第三十一冊，頁 19521）

這種興式的思維，類似榮格說的象徵，「象徵是對未知並可能是不可
知事物的表現因此是一種無意識的語言，正因爲無意識，便被定義爲
未知並可能是不可知之物。有關無意識如何通過象徵語言表現自己的
例子，可以從夢中去尋找，那裡蘊藏著各種經過濃縮並且變化無窮的
多層面象徵形象。」〔註24〕夢中兩鴻象徵著陳與義和其送別的僧人，
兩人短暫相會後，以風雅的明月贈別。醒後補足之一聯，說明兩人別
後雖相距萬里之遙，但是路途上盡是大好秋光，詩人面對離別，能以
寧靜祝福的心情，貫穿夢中與醒後。反映「悲秋」之情，已由中唐後
雙線發展，文人面對秋季，不再是一昧單調的悲，「感秋之作眞正揚
棄悲哀者，實始於宋。」〔註25〕宋人夢中作詩所流露的秋季情感並不
耽溺於悲哀。劉一止（1018〜1161）〈和故人二首丁卯年九月二十二
日夢中得之〉呈現詩人淡泊閑雅的主觀心境：

> 目前得已便休休，事業何曾有到頭。客問函三孰爲一，月
> 明風靜好清秋。（《全宋詩》第二十五冊，頁 16713）

自注云：「此篇不記第二句，覺後足之。覺時已五鼓。夢中他語，皆
談妙理。」，從詩人夢中作詩和醒後補足之句來看，詩人的情緒是一
致的。詩人以欣賞的眼光看待清秋裡的明月好風，視爲隱逸生活能勝
過仕宦生涯的條件，詩人擺脫悲秋之情，發現秋季可愛可賞的淡遠
美。鄭剛中（1088〜1154）〈十月初十月初夢寄良嗣詩三句云相思一
載餘身隨雲共遠夢與汝同居覺而足之〉云：

> 武昌分別處，江岸倚籃輿。對飲三杯後，相思一載餘。身
> 隨雲共遠，夢與汝同居。何日秋風夜，燈前聽讀書。（《全
> 宋詩》第三十冊，頁 19134）

夢中得句著眼與朋友相距之遠與相思之甚，倒與秋季無所相涉，但是

〔註24〕羅伯特・霍普克（Robert H Hopcke）撰，蔣韜譯《導讀榮格》（臺北：
立緒文化，2000 年），頁 20。
〔註25〕此悲之轉化論點詳見何寄澎〈悲秋——中國文學傳統中時空意識的
一種典型〉，頁 86〜91。

醒後補足之尾聯，傳達了一種幽靜清雅的文藝氣息。詩人忘卻人之形體會隨秋景而衰，或日月之逝所象徵歲月將盡的悲秋模式，反而期待某個秋風夜，與摯友同享讀書樂趣，悲秋之情有所轉化，而以樂的姿態出現。白玉蟾（1194～？）〈夢中得五十六字〉，以平和的目光和接受的心情，面對淒清的秋景，葉落花謝是自然循環，詩人也就單純賞景，切斷衰颯景象與個人有限年光的聯結：

> 醉醒曳杖訪松關，正在黃昏杳靄間。既去復來秋後暑，似無還有雨山中。澗邊幾葉晚花落，天際一鉤明月彎。自覺餘煙埋屐齒，行行印破蘚痕班。（《全宋詩》第六十冊，頁37551）

酒醒與黃昏是人情緒低落又易感寂寞的時刻，尤其時節還是秋季，詩人卻興致勃勃倚杖訪勝，乍寒還暖的秋暑，似無還有的山雨，澗邊數朵落花，天際一鉤秋月，詩人細數秋季豐富之美，一時遊興大起，踏蘚尋幽而去。「在尋訪詩裏，苔蘚代表時間的累積、繁華的消逝、空間的關鎖、人世的隔絕、被尋訪者心性的無染、生活的自在、與尋訪地的極度幽深靜謐。」〔註26〕此處已不見詩人悲秋的感傷，內心興起的是淡遠高曠的美感體驗。

（四）冬季

　　若觀察夢中作詩的冬季意象，則許多夢境都出現暮冬時節，凌霜而開的梅花。進一步來看，夢中作詩冬季意象出現梅花者，又集中在南宋詩人身上，宋人夢中作詩梅花出現的頻率，呼應了何小顏所說「兩宋之際是梅花顯貴的分水嶺：北宋牡丹稱雄，南宋則梅花居尊。」〔註27〕南宋時期陳景沂《群芳備祖》、而後明王象晉《群芳譜》、清康熙欽定《廣群芳譜》，均列梅花爲第一。孫應時（1154～1206）〈十一月二十六夜夢與范石湖各賦梅花六言覺僅記其大意足成二絕〉一寫月下梅香與梅影，其二寫梅花凌霜鬥雪，衝寒而開的獨特

〔註26〕同注4，頁217。
〔註27〕同注5，頁95。

品性：

> 小齋遙夜孤坐，何處香來可人。起看一窗寒月，更憐瘦影
> 相親。
>
> 江路月斜霜重，野橋風峭波寒。知負天公何事，十他冷淡
> 相看。(《全宋詩》第五十一冊，頁 31797)

詩人深夜獨坐，被可人花香吸引，起身至窗口，在寒冷月光下，覓得
細瘦花影，從中得到相親爲伴的安慰。以影寫花，以虛寫實，別有清
高的風骨氣韻。詩人把握住梅花特性，和周遭烘托的幽境雅物，小齋、
小窗、寒月與孤高的梅花有渾然的協調性。其二，仍以江路、斜月、
重霜、野橋、峭風、寒波組合的酷寒野地裡，發現一株遭造物者遺忘
的梅樹，就在僻靜寒冷和忽略裡，自開自落。

　　另有陸游〈夢宴客大樓上命筆作詩既覺續成之〉與洪咨夔（1176
～1236）〈夢中和人梅詩山礬韵〉二首，共三首夢中作詩之冬季意象
出現梅花：

> 梅蕊香清簪寶髻，熊蹯味美按新醅。眼邊歷歷興亡事，欲
> 賦章華恐過哀。(《全宋詩》第三十九冊，頁 24569)
>
> 溪路槎牙木葉乾，角聲吹動五更寒。疏疏梅蕊疏疏雪，一
> 段生綃不用礬。
>
> 竹外橫梢半欲乾，透香肌骨不勝寒。定知天上梅花腦，不
> 比人間柳絮礬。(《全宋詩》第五十五冊，頁 34536)

陸游生於北宋徽宗宣和七年（1125），卒於南宋寧宗嘉定二年（1209），
年八十五歲。南宋是他生長的環境，因此，陸游也有南宋人特厚梅花
之習氣，光是詩題以梅花爲名，主題爲歌詠梅花之詠梅詩，就多達一
百五十八首〔註28〕。本首夢中作詩，陸游寫眼裡看著梅花之色香，並
簪戴美人髮髻上，嘴裡吃喝著佳餚美酒，意象柔美又奢華，但結尾兩
句，卻情調一變，由個人色香味俱全的小夢，驟轉爲心繫民生社稷的

〔註28〕詳見歐純純《陸游與楊萬里詠梅詩之比較研究》（中正大學中文研究
　　　所博士論文，2003 年），頁 423～437。

「大夢」，〔註 29〕回復到愛國詩人本色。本詩作於孝宗淳熙九年（1182），而陸游於淳熙六年冬（1179）在撫州因開倉賑災，在一年後被趙汝愚彈劾而免官，〔註 30〕至淳熙九年，才得到主管成都府玉局觀的官職，但也只是領乾薪，不用至宮觀辦公的職務，所以陸游從淳熙八年被免官後，一直到淳熙十三年，都是在故鄉山陰領祠俸過生活。這賦閒在家的悠悠歲月，對照現實大環境依然困難，在上位者依然苟安，詩人無所用的悲慨，是心中難解的哀傷，夢中作詩乃收束於如是的失望與悲愁。

　　洪咨夔夢中和梅詩的創作模式，應與蘇軾〈和子由記園中草木十一首之十〉相似，於夢中得到藝術靈感進而創作出和詩，「夢的生物性功能是：處理日間曾縈繞腦際的事，用有創造性的方式在夜間予以回應。……夢的孵育和藝術靈感的關聯也可以由此得到證實。」〔註 31〕第一首時間明確為清晨五更，詩人以六根互用的技巧，以聽到的角聲，形容清晨凍人的膚覺感受，讓蒼涼角聲更添淒涼，強化清晨的寒意，也讓冷的膚覺感受多元且分出層次，同時梅與雪結合得更自然。第二首，則由花香和姿態寫梅。然後寫梅花之白，不是春天柳絮山礬的白可相並比的。

　　鄭思肖（1241～1318）〈己卯十一月朔又夢食梅花夢中作〉夢境中寫梅的特殊之處在於詩人清興一起，竟然吃盡整樹梅花，是中國詩歌中少見的情況：

　　　雁宇高高兔國斜，濕花飛露沁流霞。狂來清興不可遏，喫

〔註 29〕詳見安東尼・史蒂芬斯（Anthony Stevens），薛絢譯《大夢兩千天》：「總括人類學的研究結果，夢大致可以分成四種基本模式：(1)大夢，具有重要文化意涵；(2)預言夢，預卜將要發生的事或預先發出警戒；(3)醫療夢，有助於治病；(4)小夢，只與作夢者個人相關。」，頁 15。

〔註 30〕據元・脫脫《宋史・列傳第一五四・陸游》：「江西水災：『奏撥義倉賑濟，檄諸郡發粟與民。』召還，給侍中趙汝愚駁之，遂與祠。」（北京：中華書局，1997 年），頁 12058。

〔註 31〕同注 15，頁 352～353。

盡寒梅一樹花。(《全宋詩》第六十九冊，頁 43425)

中國最早對梅的關注，主要是它所結的果，《尚書·說命》:「若作和羹，爾惟鹽梅。」漢孔安國傳曰:「鹽鹹梅醋羹，需鹹醋以和之。」〔註32〕《周禮·天官》:「饋食之籩，其實棗、栗、桃、橑乾、榛實。」漢鄭玄注:「橑乾，乾梅也。」〔註33〕梅子在秦漢時以被當作調味品，運用於飲食，但尚未見吃梅花。梅的花朵開始被人食用，至宋代始有明確的文字記錄，如林洪《山家清供》記載有蜜漬梅花、湯綻梅、梅粥等，〔註34〕非常風雅的食梅花及果實的食譜。詩人一開頭寫天際高飛的雁鳥，藉視線遠望，帶出斜月，如同孫應時月下賞梅的佈局。流動的晚霞，沁著梅花產生一種濕潤的效果，前兩句相當符合當時人的審美情趣。第三句卻話鋒一轉，狂放不可遏制的清興，卻讓他吃盡一樹寒梅花，夢中粗放的吃法，和文人雅士風雅日常的吃法大相逕庭。「狂來清興不可遏，喫盡寒梅一樹花。」表現出異常的狂暴，與榮格所論夢的特點相符:「所有心靈現象之中，呈現最多非理性因素的，或許就屬夢了，……譬如它缺乏邏輯、敗德、野撲撲的表現形式，和大剌剌的荒誕不經。」〔註35〕回顧詩題之「又夢食梅花」，詩人作如此狂放荒誕的夢，居然還不只一次。

仔細翻檢宋人夢中作詩的冬季意象，惟一未出現梅花的是北宋慕容彥逢（1067～1117）〈甲申十一月夢中詠假山〉，其中仍有植物意象——苔蘚:

〔註32〕漢·孔安國傳，唐·孔穎達疏《尚書·說命》（臺北:藝文印書館，1997年），頁 142。

〔註33〕漢·鄭玄注，唐·賈公彥疏《周禮·天官》（臺北:藝文印書館，1997年），頁 83。

〔註34〕林洪《山家清供·蜜漬梅花》:「剝白梅肉少許，浸雪水，梅花溫釀之。露一宿取去，蜜漬之，可薦酒，較之敲雪煎茶風味不殊也。」〈湯綻梅〉:「十月後，用竹刀取欲開梅蕊，上下蘸以蠟，投蜜缶中。夏月以熱湯就盞泡之，花即綻香可愛也。」〈梅粥〉:「掃落梅英，揀淨洗之，用雪水同上白米，煮粥候熟，入英同煮。」收入《百部叢書集成》（臺北:藝文印書館，1965年），頁 16～18。

〔註35〕同注 17，頁 95。

欲雨烟雲凝，經秋苔蘚多。憑君莫拋擲，留取伴吟哦。（《全宋詩》第二十二冊，頁 14679）

苔蘚極易存活，一點生存條件就能滋長蔓生，經秋季雲雨水氣滋潤後，聚生在假山上的苔蘚，暴長得繁密新鮮，雖是夢中作詩，這兩句卻經營得合情合理，所謂石不可無苔。詩人覺得不言的苔蘚，正好陪伴自己吟詩讀書。本詩作於徽宗崇寧二年（1103），當時詩人三十八歲，正值春秋鼎盛的壯年，且詩人在徽宗崇寧元年（1102），除祕書省校書郎，擢監察御使、中書舍人，官運順遂的情況下，夢中作詩的氣氛卻是清雅，暗示詩人不以眼前官職公務，忘卻士人讀書本分，詩人身在不由自己的宦海，心卻能篤定幽靜，保持簡單、樸素、清幽的生活意趣。

二、打破時間秩序

（一）作夢時間為春季而夢中作詩時間並非春季，或夢中作詩屬春季意象卻打破時間秩序

鄭剛中（1088～1154）〈己酉三月二十一日夜夢中作〉是詩人在夢境中打破了時間的框架，詩人春夜夢到了秋天才會開的金錢花，春季的信息，多了一分進士及第的富貴徵兆：

曲闌干畔短籬邊，用意春工剪不圓。一夜西風借霜力，幽香噴出小金錢。（《全宋詩》第三十冊，頁 19079）

這是鄭剛中於高宗建炎四年（1129）所作，而詩人於高宗紹興二年（1132）中進士舉，所以夢中作當時詩人應處於備考狀態，「曲闌干畔短籬邊，用意春工剪不圓。」彷彿是預期將來應試的吉兆，而詩人仍然還是得經過一段醞釀、一番努力，才能「一夜西風借霜力，幽香噴出小金錢。」小金錢意指金錢花，《本草綱目‧草部》記載旋覆花又名金錢花：「葉似柳莖細，開花如菊花，小銅錢大，深黃色，上黨田野人呼為金錢花。」〔註36〕醞釀至秋天才盛開幽香的金錢花，不只

〔註36〕李時珍《本草綱目‧草部》（北京：中國書店，1996 年），頁 28。

是象徵著生之喜悅，更重要的是它本身花名的字面意義吧。

其他可象徵春季的植物尚有楊柳，蘇軾〈往年宿瓜步夢中得小絕錄示謝民師〉，詩題未註明作夢的季節，但其夢中得句有突破時間秩序的想像：

> 吳塞蒹葭空碧海，隋宮楊柳只金堤。春風似恨無情水，吹得東流竟日西。（《全宋詩》第十四冊，頁 9573）

蘇軾夢中的楊柳是白天景象的殘留，夢中更醞釀爲對歷史的虛無感，[註37] 楊柳讓詩人思考起時間的意義，時間是逝去不返的，激動了詩人無奈的情緒。但是在夢中，詩人的感慨得到救贖，夢中的春風似能體察詩人對時間的無力感，將時間逆轉。時間倒流，是人的夢想，詩人在夢中辦到了。

陸游〈夢中作〉在夢中夢得眞切，視、嗅覺立體感受，讓詩人忘了身在何處：

> 路平沙軟淨無泥，香草芊茸沒馬蹄。搗紙聲中春日晚，怳然重到浣花溪。（《全宋詩》第三十九冊，頁 24559）

由「路平沙軟」的膚覺感受，到「香草芊茸」之嗅覺、「搗紙聲中」之聽覺、「春日晚」之視覺，在夢中詩人幾乎是張開了全部的感官，感受太過逼眞的夢境，現實的羈絆力變得薄弱，以致詩人云：「怳然重到浣花溪」，詩人恍惚之間，重回自己曾居住過的成都浣花溪，當年在浣花溪經營了草堂，強烈的臨場感，已難分辨夢境還是眞實。陸游〈夢中作〉二首之二，則是在夢中喜聽春雨放晴後，熱鬧的鶯啼，視、聽覺的感官感受讓夢境立體而眞實：

> 大慶橋頭春雨晴，行人馬上聽鶯聲。祥符西祀曾迎駕，惆悵無人說太平。（《全宋詩》第四十冊，頁 25409）

「鶯，一向是深受詩人青睞的鳥兒，是詩詞中常見的嬌客。……詩詞中最常描寫的便是鶯啼了，大部分的鶯啼季節都在春日。」[註38] 春

〔註37〕同注9，頁 11。
〔註38〕同注22，頁 33。

雨放晴，人樂得春遊，鶯也樂得啼囀。在夢中，時節與禽鳥的生態能符合現實。按絕句起承轉合之寫作方式，第三句是詩人展開聯想之句，所以，本詩應作於寧宗開禧元年（1205），但是在夢中詩人掙脫現實，跳脫時空，回到真宗大宗祥符年間（1006～1015）的太平歲月，但夢境中的氣氛卻那麼冷清，不見有人歌頌太平，在夢境中，陸游將前後相隔二百年的情境揉到一塊兒。

（二）作夢時間為夏季而打破時間秩序

詩人作夢時間明確為夏季，而打破時間秩序的僅一首梅堯臣（1002～1060）作於仁宗至和元年（1054）孟夏的〈至和元年四月二十日夜夢蔡紫微君謨同在閣下食櫻桃蔡云與君及此再食矣夢中感而有賦覺而錄之〉，夢中見入夏後盤中纍纍的櫻桃：

> 朱櫻再食雙盤日，紫禁重頒四月時。滉朗天開雲霧閣，依稀身在鳳皇池。味兼羊酪何由敵，豉下蓴羹不足宜。原廟薦來應已久，黃鶯猶在最深枝。（《全宋詩》第五冊，頁3105）

櫻桃早在先秦已是名貴的珍果，款待櫻桃成了高級的禮遇。到了唐代科舉制度中，出現了櫻桃宴，是朝廷為新進士及第舉行的一系列如曲江宴、聞喜宴等重大宴會之一。〔註39〕梅堯臣在夢中與蔡襄（1012～1067）一同吃朝廷頒賜的櫻桃。其味之美連著名的羊酪和蓴羹都不足匹敵。案《世說新語・言語第二》二十六條云：「陸機詣王武子，武子前置數斛羊酪，指以示陸曰：『卿江東何以敵此？』陸云：『有千里蓴羹，但未下鹽豉耳。』」〔註40〕梅堯臣在夢中心情大好，覺得朝廷賜下的櫻桃，滋味之美，不但羊酪不能匹敵，連調了味的千里湖蓴羹都不足比並。櫻桃味之美，是因為其中包含了登科的喜悅。三年前

〔註39〕詳見何小顏《花與中國文化》：「夏季出產的櫻桃，要比李、杏難培育，喜溫暖濕潤卻不耐陰，適應性較李、杏為差，所以它分布地域不太廣，主要在長江流域一帶，尤以江蘇、安徽栽培為多，以北甚至以南少見出產。」，頁108～109。

〔註40〕邱燮友等《世說新語新譯》（臺北：三民書局，1997年），頁48。

登科的情境，在夢中又再度顯現出來。再者，事實上梅堯臣於仁宗皇
祐三年（1051）五十歲才賜同進士出身，蔡襄卻在仁宗天聖八年（1030）
十九歲即進士及第，梅堯臣雖年長於蔡襄仕途卻遠不及蔡襄順遂，梅
堯臣心裡應是對蔡襄有幾分欽羨，這份欽羨變幻爲與蔡襄共赴櫻桃宴
的夢境了。

　　《禮記・月令》：「羞以含桃，先薦寢廟。」漢・鄭玄注：「含桃，
櫻桃也。」〔註41〕新出的櫻桃，應先給祖宗薦新，梅堯臣初以從父
梅詢蔭補太廟齋郎，熟稔祭祀的規矩，在夢中又突破時間反映詩人
過去的人生經歷，當他們能吃櫻桃，祖宗們早已嘗過了。本首詩以
櫻桃爲思考線索的夢境，結合了詩人實際的人生經歷，與理想的順遂
仕途。

（三）作夢時間為秋季而夢中作詩時間並非秋季，或夢中作詩屬秋季意象卻打破時間秩序

　　許景衡（1072～1128）〈乙巳八月二十九日宿內府夢過村落循溪
而行問路旁人家此云何曰士村也涉溪入山崦謂同行曰此可賦詩因
得鳩燕二句既覺足之以爲異日之觀〉應作於北宋宣和七年（1125）初
秋：

> 仗策徐行山水間，天然新句得非難。鳴鳩報雨天欲曉，紫
> 燕哺雛春尚寒。物外勝遊方字適，枕邊幽夢忽驚殘。士村
> 他日尋陳迹，卻記曾爲內府官。（《全宋詩》第二十三冊，
> 頁 15557）

詩人爲夢中能得「鳴鳩報雨天欲曉，紫燕哺雛春尚寒。」二句先作出
說明，因爲夢境中「仗策徐行山水間」，周遭自然勝景觸動詩人作詩
的靈感，所以「天然新句得非難」。詩人作詩的當下是秋夜，而夢中
作的時間意象卻爲春季。劉學其（生卒年不詳）〈九月十八日夜夢賞
春某氏園池賦春詞二首題柱〉亦是詩人作詩當時是秋夜，而夢中作詩

〔註41〕漢・鄭玄注，唐・孔穎達疏《禮記・月令》（臺北：藝文印書館，1997
　　　年），頁 317。

的時間意象卻爲春季：

> 芍藥花開日漸長，小窗閒理舊笙簧。憑誰爲喚詩宗匠，共
> 賦留雲借月章。
>
> 樓下酴醿壓架香，翠圍帷幄覆池塘。桃花浪煖魚成陣，人
> 倚雕欄到夕陽。（《全宋詩》第五十三冊，頁 32919）

詩人在秋夜的夢境中，在某氏的園池中賞春，詩人以盛放的芍藥、酴
醿和桃花，讓夢中的春季具體呈現。但是芍藥是夏季開花，〔註 42〕而
酴醿是在春末夏初開花，因而被看做是殿春之花（酴醿一名獨步春），
它預示了春天的結束，夏天的到來。〔註 43〕桃花浪煖即桃花於春三月
盛開，農曆三月因被稱爲桃月。年年此時，正逢河水解凍，潺潺流水
被稱爲「桃花汛」桃花浪煖意即在此。〔註 44〕詩人在秋夜中突破時間，
夢見了春夏之交，水暖花開之景。鄭清之（1176～1251）也於仲秋之
際，夢見能將抽象春季具體化的桃杏：

> 天孫紅錦淺深裁，爲惜芳包未肯開。爭奈東風披拂甚，枝
> 頭次第吐香腮。（《全宋詩》第五十五冊，頁 34622）

這首〈八月初五夢桃杏枝上皆小蕊頃刻間一花先開既而次第皆拆色殊
紅鮮可愛夢中爲賦一詩覺但記其第二句戲足成之〉由詩題可觀察出詩
人在夢境中，有自己的時間節奏，再將「時間牢牢地掌握在自己手中，
充分發揮敘述時間靈活多變的優勢。」〔註 45〕先出見枝上桃、杏小蕊，
若按古人劃分，杏花應開於正月，而桃花應開於春二月，〔註 46〕這是
詩人在夢中首先調整了時間。繼而再藉「頃刻間一花先開既而次第」
調快時間，從醞釀的小花苞，頃刻間一朵先開，接著朵朵開，詩人快
轉了時間，如同佛斯特於《小說面面觀》所論的文學節奏：「節奏在

〔註 42〕見萊斯莉・布倫尼斯（Lesley Bremness）撰、傅燕鳳等譯《藥用植物
　　　　圖鑑》：「夏天開白色、粉紅色或紅色花，有香味。」（臺北：貓頭鷹
　　　　出版社，2004 年），頁 198。
〔註 43〕同注 5，頁 158。
〔註 44〕同注 5，頁 135。
〔註 45〕胡業敏《敘事學》（武漢：華中師範大學出版社，2008 年），頁 219。
〔註 46〕同注 5，頁 158。

小說中的功能；它不像圖案一樣永遠擺在那裡，而是經由它優美的起
落消長使我們產生驚奇，新鮮以及希望等感受。」〔註47〕詩人由桃、
杏自含苞到怒放的敘述夢境，畫面優美燦爛，卻快得有些驚心動魄，
因爲痛惜時間在花朵快速開落中飛逝。詩人僅記得夢中作詩的第二句
「爲惜芳包未肯開」，似乎傳達較少詩題中飛逝的不羈春光，而傳達
了較多的惜春心情。

　　宋人夢中作詩爲秋季意象，細察詩句，其中有三首不但打破了正
常時間規律，且三首詩有一個共同特徵，均爲人類學把夢分成四種基
本模式之一的預言夢。王禹偁（954～1001）〈淳化二年八月晦日夜夢
于上前賦詩既寤唯省一句云九日山州見菊花間一日有商於貳車之命
實以十月三日到郡重陽已過殘菊尚多意夢已徵矣今忽然一歲又逼登
高追續前詩句因成四韻〉：

> 節近登高忽歎嗟，經年憔悴別京華。貳車何處搔蓬鬢，九
> 月山州見菊花。夢裡榮哀安足道，眼前盃酒且須賒。商於
> 鄒魯雖迢遞，大底攜家即是家。（《全宋詩》第二冊，頁
> 734）

太宗淳化二年（991），王禹偁爲徐鉉辨誣，被貶商州團練副使，直到
淳化五年（996），才再知制誥。淳化二年是詩人仕途受挫、深受打擊
的一年，詩人在八月最後一天，夢見在皇帝面前賦詩，醒後僅記得一
句「九日山州見菊花」，第二日，因身負貶謫的命令，在十月三日到
貶地商於，九月九重陽節雖已過，但山城還開有不少菊花，眼前景象
與夢境吻合，先前夢中作詩彷彿是預兆。詩人很看重這一句夢中作
詩，這個夢在心中留下痕跡，才會在一年之後，又近重陽節時，將一
句夢中作詩續成律詩。

　　仁宗明道元年（1032），梅堯臣任河陽縣主簿，常因公務往來洛
陽，這段時期的實際人生經歷，或許可視爲〈河陽秋夕夢與永叔遊嵩

〔註47〕見佛斯特（E. M. Forster）撰、李文彬譯《小說面面觀》（臺北：志文
　　　　出版社，2002 年），頁 215。

避雨於峻極院賦詩及覺猶能憶記俄而僕夫自洛來云永叔諸君陪希深
祠岳因足成短韻〉的寫作背景：

> 夕寢北窗下，青山夢與尋。相歡不異昔，勝事卻疑今。風
> 雨幽林靜，雲煙古寺深。自注：此二句夢中得。攬衣方有感，
> 還喜問來音。（《全宋詩》第五冊，頁2727）

詩人夢到與歐陽脩同遊洛陽嵩山，是詩人日間記憶的改寫，夢中風
雨、幽林、雲煙、峻極院，夢得眞切。醒後差使自洛陽來云：「永叔
諸君陪希深祠岳」現實和夢境雖有差距，另有其人與歐陽脩遊嵩山，
但是其中的巧合，不禁讓人對預言夢，感到有股神秘力量。

　　以人類學的論點，這是預卜將要發生的事或預先發出警戒的預言
夢。在中國、印度的夢文化中，預言夢都不乏其例，而西方也有類似
的觀點，「最古老的夢的記錄是亞述帝國和巴比倫帝國的夢書。……
當時人們重視夢，最主要的原因似乎是：夢可以提供對人們有益的預
警。」〔註48〕榮格對夢的預測功能，也賦予極大的意義，榮格相信「夢
就像許多占卜系統一樣，可以顯示出心靈的眞實，而且有時可以提供
先知式的預言。」〔註49〕這觀點可以用來解讀王珩（徽宗大觀三年
（1109）進士）的〈夢中作〉：

> 杖屨步斜暉，煙村景物宜。溪深水馬健，霜重橘奴肥。春
> 罷雞爭黍，人行犬吠籬。可憐田舍子，理亂不曾知。（《全
> 宋詩》第二十五冊，頁16568）

《夷堅甲志》：「王彥楚少年時夢作詩云云。建炎初，將漕京西，遇寇
至，彥楚腦間中刃，奔走墟落，聞農家春聲，正如昔年夢中作詩景象。」
不同於王禹偁與梅堯臣的夢中作詩，兩人預言式的夢中作詩尙與當時
生活有些許相關，王禹偁的仕途失意，還有日間重陽節和菊花意象的
殘留；梅堯臣常因公往來洛陽，還有蛛絲馬跡可以解釋夢中作詩與日
間生活的關聯。但是王珩年少時的夢境在多年後竟然出現在現實生活

〔註48〕同注15，頁18。
〔註49〕麥基‧豪得（Maggie Hyde），蔡昌雄譯《榮格》（臺北：立緒文化，
　　　　2000年），頁73。

中，就只能歸因爲榮格所說「先知式的預言」了。

第二節　場　景

中國古代哲人多關注人與空間環境的關係，思考人與自然如何能達到均衡協調的狀態。若觀察宋人夢中作詩所鋪寫描繪的場景空間，大致可分爲三類：一、固定場景，二、動線場景，三、場景打破空間秩序。文人心境在場景空間會有所投射和呈現，因心而造境，有低迴、內斂，或奔放、激昂等多樣形式。場景空間不再只是固定的方位或眞實存在的地理地點，還是文人的情感方位或心靈空間，從中可以看出文人的生活狀態、宗教情懷、政治態度、與生命態度。

一、固定場景

（一）自然景觀

固定場景往往是單一畫面，山林、水邊或天際等自然風光是夢中作詩出現頻率最多的場景，試看以下詩句：

> 江路月斜霜重，野橋風峭波寒。知負天公何事，十他冷淡相看。（孫應時〈十一月二十六夜夢與范石湖各賦梅花六言覺僅記其大意足成二絕〉）

> 天孫紅錦淺深裁，爲惜芳包未肯開。爭奈東風披拂甚，枝頭次第吐香腮。（鄭清之〈八月初五夢桃杏枝上皆小蕊頃刻間一花先開旣而次第皆拆色殊紅鮮可愛夢中爲賦一詩覺但記其第二句戲足成之〉）

孫應時夢中作詩擇取了符合梅花孤高清雅氣質的江水、寒波、斜月、重霜、野橋組合爲固定場景，畫面經營得孤寂清麗，與梅花同訴無聲的寂寞嘆息。營造眾星拱月，互相幫襯的效果。鄭清之夢中作詩的畫面類似一個固定的鏡頭，專注記錄下桃杏次第開花的每個瞬間，也因爲場景單一，能讓花朵開放更聚焦清晰。

宋人夢中以自然景觀營造的固定場景，有山有水，空間概念與設

計佈局，好似運用了繪畫的構圖技巧，宗炳〈畫山水序〉：「則崑崙之形，可圍於方寸之內，豎畫三寸，當千仞之高，橫墨數尺，體百里之迴。」主導畫面的關鍵，唯在一心，方寸之間的抽象形構，藉輕筆點染，重筆揮灑，將天地山水定在紙上。宋人夢中的山水畫面，來自日間的記憶殘餘，除了目視自然山水的實際經驗，應還包含文人對繪畫文藝的理想，如許安仁（徽宗政和間爲順昌尉）〈夢中作〉：

> 山色濃如滴，湖光平如席。風月不相識，相逢便相得。(《全宋詩》第二十二冊，頁 14517）

夢境中山色飽滿濃郁，山間水氣蒸騰，感覺畫面若有似無地動著，配上讓畫面更靈秀的湖水，湖面微微閃著粼粼月光，感覺畫面又若無似有地靜著，動靜之間巧妙變化著。自然界沒有刻意的完美搭配，若月光籠罩的山水，能有風吹拂，藉山林樹木的擺動，湖面興起的波紋，表現風的線條，場景畫面會更貼近詩人的審美趣味。

今僅存詩三首的張舉（？～1105），其中一首爲夢中作詩，他夢境中固定的自然山水場景，是滿富文化意涵的楚峽巫山。在宋玉寫下〈高唐〉、〈神女〉二賦後，以恍惚迷離之辭，塑造了一位美麗多情的神女形象，自此巫山神女存活在中國文學裡，和許多浪漫文人的心裡，張舉也是其中之一：

> 楚峽雲嬌宋玉愁，月明溪淨印銀鉤。襄王定是思前夢，又抱霞衾上玉樓。(《全宋詩》第十七冊，頁 11794）

終生不仕，賜諡正素先生的張舉，能對仕宦名利保持一段清雅的距離，卻對羅曼蒂克的文學典故心嚮往之，而夢見隱身著浪漫神女的楚峽山水。一彎明月倒印在潔淨的溪水，氣氛靜謐，夢境畫面彷彿是詩人的眼睛，注視、鎖定等待著倩影，夢境也結束在等待中。釋道潛〈八月十七夜夢中作〉夢境場景固定在夜半無人的江邊，雖少了山的陪襯，但觸目所及是亭亭而立，凝有露珠的荷花，場景空靈，爲前來共飲的江神水仙，作了合宜的鋪墊：

> 夜半秋江不見人，翠荷擎出露華新。江神水仙來共飲，一掬遺我生精神。

張嵲（1096～1148）〈余於今年二月初一日夜夢中與劉彥禮兄弟水邊飲酒賦詩曾記所作元八句忘其餘今足成之〉夢境場景固定於泉水邊：

> 花邊置酒行杯速，石上聽泉得句遲。（《全宋詩》第三十二
> 冊，頁 20512）

在固定的場景裡，詩人和劉彥禮兄弟於泉水邊賞花賦詩，原本「夢中泉的象徵意義爲新工作以及創造努力，如『文思泉湧』一詞所表達的意義。」〔註50〕酒喝多了又分心聽泉，減緩作詩速度，卻不減同儕雅聚的興致。

（二）寺觀

宋代宗教文化以佛、道兩教爲盛，佛、道思想滲透社會結構諸層面。「在中國宗教發展史上佛、道兩家並重，成爲宋代宗教政策的一大特點。不僅宋代的開國君主重視兩教，而且如宋眞宗那樣著名的崇尚道教的皇帝，對佛教也是支持的。」〔註51〕但在宋代影響最大的仍是佛教，宋代是繼隋唐後，佛教再次復興的重要時期。佛、道風行的盛況，最直接的表現途徑之一，就是估算僧、尼，道士、女冠的人數，據《宋會要輯稿・道釋》記載眞宗天禧五年（1021）宋僧有三十九萬七千餘人，尼六萬一千餘人。而道士、女冠有兩萬人。〔註52〕至徽宗朝，據《長編拾補》卷二十七記載：「御筆批道士序位令在僧上，女冠在尼上。」〔註53〕徽宗首次將道教地位提升到佛教之上，但是在徽欽二帝被北俘，國破家亡，徽宗崇道亡國後，道教急遽的發展才趨向平緩。至「宋高宗紹興二十七年（1157），有僧二十萬，道士萬人。」〔註54〕這些數字應比實際人數少，不過，對於僧、尼，道士、女冠的

〔註50〕詹姆斯・洛威（James R. Lewis）撰，王宜燕、戴育賢譯《夢的百科全書》（臺北：五南圖書出版有限公司，1999 年），頁 385。

〔註51〕葉坦、蔣松岩《宋遼夏金元文化史》（上海：東方出版中心，2007年），頁 291。

〔註52〕清・徐松輯《宋會要輯稿》（臺北：新文豐書局，1976 年）。

〔註53〕《長編拾補》（上海：上海古籍出版社，1995 年）。

〔註54〕同注 52。

比例，大抵是值得參考的。

　　觀察宋人夢中作詩固定場景於寺觀者，寺院的場景也是多於道觀。夢中參訪寺院，有的是因尋幽探勝，如梅堯臣〈河陽秋夕夢與永叔遊嵩避雨於峻極院賦詩及覺猶能憶記俄而僕夫自洛來云永叔諸君陪希深祠岳因足成短韻〉：

> 風雨幽林靜，雲煙古寺深。自注：此二句夢中得。

夢中所得兩句，可知峻極院擁有得天獨厚的自然風景。梅堯臣入古寺是為了避雨，詩人描繪的場景固定在靜謐幽林，畫面還有風、雨、雲煙水氣，在自然景物層層的美麗堆疊下，被時間洗鍊過的古寺才隱隱顯露。綜觀全詩，不能由此詩看出詩人是否篤信佛教，但是夢境呈現清新澄靜的視野，應是詩人看待佛教的心情和體會。

　　陸游〈九月十八夜夢避雨叩一僧院有老宿年八十許邀留甚勤若舊相識者夢中為賦此詩〉也因避雨，無機心避入一僧院：

> 畫簷急雨傾高秋，夜投丈室燈幽幽。耆年擁氈雪滿頭，拂拭床敷邀我留。雛猊戲擲香出喉，蓬蓬結成蒼玉毬。蠻童揭簾侍者憂，觸散香烟當罰油。（《全宋詩》第三十九冊，頁 24433）

本詩作於孝宗淳熙四年（1177），詩人當時五十三歲，而就在前一年，淳熙三年（1176）被劾攝知嘉州時，宴飲頹放，罷職奉祠，因自號放翁。為此，詩人深受打擊，一直到淳熙五年（1178）都在成都過著飲酒、賞玩、賦詩的生活，處世態度遽變。對照詩人的現實狀況，夢境中的雨，深具象徵性。研究夢的學者郝爾曾說「夢的象徵符號要表達某些意思，不是要隱瞞。……夢中會有象徵符號，原因與詩有修辭比喻、日常生活有俚語的道理相同。人想盡量用客觀的言語把意思表達清楚。想用最適切的外衣妝點他腦中的意念。……基於這些原因，睡眠的語言要用象徵符號。」〔註55〕所以，釐清夢境中的象徵意義，有助於瞭解清醒時想隱瞞的思緒。再按心理學對夢境中雨

〔註55〕同注 15，頁 92。

的象徵分析，「夢中的雨可能暗指新的思考方向與目標——洗去舊的、滋養新的。另一種可能是灰色、陰暗的雲和雨表示寂寥和貧瘠。」〔註56〕詩人當下的心境，理當是灰暗寂寥交織著生活的貧瘠，但是他心底難以忘卻克敵復國、經邦濟世的理想。若參照他當時期詩作〈觀大散關圖有感〉：「志大浩無期，醉膽空滿軀。」〔註57〕日常行徑縱然閒散狂放卻無法抹滅愛國情思，仕宦仍是他人生目標的選項之一，他兩難著是否該洗去舊的不羈生活，滋養新的仕宦生涯。淳熙五年（1178）春正月，陸游終於得到孝宗的奉詔，別蜀東歸，結束他兩難的痛苦。

夢中聲色背景是又急又大的夜雨，陸游叩一僧門，應門老者邀留甚勤，人雖已暫避僧院，仍能感受強盛雨勢，雨自畫簷不斷傾瀉，予人精神壓迫。場景固定在已掌燈的精舍，夢中老者滿頭如雪白髮，身穿毳衣，拂床拭被，殷勤相留，對狼狽的陸游伸出援手。這一老人形象，類似榮格定義的智叟原型，以智叟的意象形式現身，「智婆或智叟原型，代表一種原始的能量，能夠協助這人成長與蛻變，這個原型會現身一個權威的引路人，帶著當事人追求成長、精神知識、或自我實現。」〔註58〕老人執意將陸游引入遮風避雨的室內，並予以溫暖人情，讓在夢中及日常生活皆遭受困厄的陸游，得到援助與安慰。

自淳熙三年陸游罷官後，一直到淳熙五年間，閒散的生活態度是如「先生解職後，今明兩年，遂多與道、釋、劍客遊，以謝安李白自況。」〔註59〕或許是受大環境對佛、道兩教並重的影響，陸游個人對佛、道人士的交往也是開放的，自由涉獵兩家思想，以一己生命去檢擇並運用，於寧宗開禧元年（1205）八十一歲所作的〈夢中作〉，夢

〔註56〕同注50，頁367。
〔註57〕《全宋詩》，頁24431。
〔註58〕同注50，頁236。
〔註59〕歐小牧《陸游年譜》（臺北：木鐸出版社，1980年），頁145。

中藉道教煉丹術流露當時心境：

> 華山敷水本閑人，一念無端墮世塵。八十餘年多少事，藥
> 爐丹竈尚如新。（《全宋詩》第四十冊，頁25358）

陸游早年佛、道兩教均有涉獵，當他年歲老大，夢境場景固定在道教聖地華山，夢中讓他墮落世塵的一念，應是貫串他終生的愛國思想，而時間推移帶來生命有限的壓迫，詩人透過入道求仙的信仰，表現對生命困蹇的解脫方式。華山、藥爐、丹竈象徵著入名山採藥煉丹，參道求仙是道教超脫生死的方法，「南宋流行的道派還有屬於丹鼎派系演化而來的金丹派。」〔註60〕助人長生的丹鼎派，始終是被寄予長生的厚望，反映芸芸眾生對神仙世界的企慕及追求。

（三）宴會

　　所謂宴會，就是擺設宴席，以達成某種人際互動交往的目的。此外，中國重視飲食文化，舉凡家族聚會、接風餞別、朋友相聚、社交應酬，幾乎均與飲食相關，梅堯臣〈夢同諸公餞仲文夢中坐上作〉描寫與友人一同餞別仲文，場景固定於宴席間的即興之作：

> 已許郊間陳祖席，少停車馬莫催行。劉郎休恨三千里，樽
> 酒十分聽我傾。（《全宋詩》第五冊，頁2963）

本詩作於仁宗慶曆八年（1048），梅堯臣四十七歲。是年，詩人授國子博士，夏間歸宣城，秋後赴陳州簽書鎮江軍節度判官任。觀詩人自己的經歷，在一年內官位快速轉換，不由自己，心情理當難以調適。夢中餞別畫面，依日間記憶的殘餘，詩中傳神地描繪席上殷勤勸酒、杯觥交錯的熱鬧場面。他在宴會上大展行令之才，夢中即興作詩，文采風流。人在夢中也毫不掩飾強烈的離情別緒，如榮格所說夢的特色之一：「夢不會欺瞞，不會撒謊，不作曲解也不偽裝。」其後榮格學派的賴考夫特，在榮格的理論基礎上提出「夢無邪論」（指夢是自然發生、沒有偽裝、夢不關心一般公認的範疇、也不會被含自我意識的

〔註60〕同注51，頁311～312。

意願污染）〔註61〕，夢中得句字字真情流露，先要車馬暫歇莫催行，爭取多一點相聚時光，再相勸別介懷相隔天涯，但要真能淡然處之，只能藉一杯再一杯的杜康。

陸游夢中作詩有兩首場景固定於大樓上的宴會，且均因登高俯視滿眼江山，激動壯志未酬的感嘆，和憂國憂民的愛國心。分別是於孝宗淳熙九年（1182）五十八歲作〈夢宴客大樓上命筆作詩既覺續成之〉，與寧宗嘉泰四年（1204）八十歲所作〈夢中作〉并序，兩詩寫作年代相距二十二年，但是詩作的中心主旨是一致的：

> 表裏江山亦樂哉，華纓滿座敵鄒枚。歌從郢客樓中聽。獵向樊姬墓上回。梅蕊香清簪寶髻，熊蹯味美按新醅。眼邊歷歷興亡事，欲賦章華恐過哀。（《全宋詩》第三十九冊，頁24569）

> 富貴誇人死即休，每輕庸子覓封侯。讀書歷見古人面，好義常先天下憂。獨往何妨刀買犢，大烹卻要鼎函牛。坐皆豪傑真成快，不負凌雲百尺樓。序：甲子十月二日夜，雞初鳴，夢宴客大樓上。山河奇麗，東南隅有古關尤壯。酒半樂闌，索筆賦詩，終篇而覺，不遺一字。遂錄之，亦不復加竄定也。（《全宋詩》第三十九冊，頁25337）

淳熙九年，詩人在故鄉山陰領祠奉過日子，這種不遇、無所用，終日閒居在家的生活，無法獲得實現理想的機會，這時期陸游的心境是無奈也是苦悶，參照他當時期的詩作，可看出他的心境，如〈書憤〉：〔註62〕

> 早歲那知世事艱，中原北望氣如山。樓船夜雪瓜洲渡，鐵馬秋風大散關。塞上長城空自許，鏡中衰鬢已先斑。出師一表真名世，千載誰堪伯仲間！

心中的愛國理想，遲遲無法得到實現的機會，北望中原，既悲慨又掙扎，這激烈的情緒延續到夢中。試觀〈夢宴客大樓上命筆作詩既覺

〔註61〕同注15，頁82～99。
〔註62〕《全宋詩》第四十一冊，頁25335。

續成之〉，宴客大樓上，視野開闊眼見「表裏山河」，一開始的感受是樂，美伎陪席，佳餚美酒，視聽享受、口腹飽足，多重感官深受滿足，都消磨不了他自眼見「表裏江山」的感官刺激後，內心憶起這片大好江山上演過的種種興亡事，想藉文字表現，卻怕過於哀傷。詩人在夢中作詩的過程，和文學家日常創作文學作品的歷程非常相似，均有理路可循。「由於外界的色、聲、香、味、觸、法六塵，和我們的眼、耳、鼻、舌、身、意六根對應起來，我們才有感覺，有了感覺，才有感情，然後用藝術化的文字語言來表現，於是產生了文學作品。」〔註63〕

　　寧宗嘉泰四年（1204）作〈夢中作〉并序時，陸游已高齡八十歲了。從孝宗淳熙十六年（1189），陸游遭罷回故鄉後，直到寧宗嘉定二年（1209）逝世，陸游大都在家鄉過田園生活，當時期的詩作內容也就融入了農民生活和農村風光。但愛國思想，對國家深切關懷，一直是生命中的重要部分，即使晚年閒居家鄉，仍是難以抹滅，臨終前所作〈示兒〉一詩，即可看出：〔註64〕

　　　　死去原知萬事空，但悲不見九州同。王師北定中原日，家
　　　　祭無忘告乃翁。

夢中作詩仍流露忠君愛國之思。序文詳述夢中場景固定在大樓上，居高臨下，同樣視野開闊，眼見奇麗山河，觸發寫詩的靈感，在酒精催化下，夢中即興作詩，「富貴誇人死即休，每輕庸子覓封侯。」輕視僅把富貴、官爵視為人生追求目標的人，讀過聖賢書，應當要有范仲淹「先天下之憂而憂」的胸懷，淡然說出他一直以來憂以天下的感慨。醒後不遺一字，也不再修改，保持夢中作詩的原貌，也可看出對夢中作詩的看重。

（四）居所

　　場景固定於居所，包含室內或室外兩類。今僅存詩一首的王耕

〔註63〕羅宗濤〈文學與感覺〉演講稿，2008年10月，頁1。
〔註64〕《全宋詩》第四十一冊，頁25722。

（徽宗大觀間州貢入太學），所作〈夢中作〉場景固定於一樓上：

> 樓上盧懷待月時，寫景應難不賦詩。一天列宿坐中見，萬
> 里青天雲外歸。（《全宋詩》第二十五冊，頁 16473）

宋・吳曾《能改齋漫錄》卷十八：「大觀間，鄉人王耕被貢西上。入
辟雍，丐夢於二相祠。是夕，夢在一樓上顧視，賦詩云云。明春，耕
以上舍二十八名釋褐，再任筠州司理，以旅櫬歸，豈雲外之應耶？」
王耕的夢可視爲預言夢，當時王耕在考試前夕，曾夢見身處二相祠，
應是日有所思，也可視爲入仕爲宦的吉兆，當晚又夢在一視野極佳的
樓上，一天星宿盡收眼底，但「萬里青天雲外歸」一句，卻被吳曾（生
卒年不詳）視爲是王耕客死異鄉的詩讖。如此，則此詩成爲一首預言
詩了。

洪咨夔（1176～1236）〈隆慶徐守作堂名蜀固一夕夢與余賦詩堂
上有何時首歸塗樽酒逢故人之句未幾過其堂爲賦之〉：

> 高堂挹橫山，雲木叫杜宇。樽酒逢故人，重圓夢中語。（《全
> 宋詩》第五十五冊，頁 34511）

有其特殊寫作背景，是因爲友人徐太守的一個夢，夢境中徐太守與
洪咨夔同在徐太守所作的蜀固堂，夢中場景及固定於堂上，而徐太
守夢中得兩句，其後不久，洪咨夔拜訪徐太守於蜀固堂，再依夢中
所得兩句中的一句，敷衍成三十六句的古詩。本詩應作於寧宗嘉定
十五年（1222）四十七歲後，當時洪咨夔隨崔與之至蜀，歷通判成都
府，詩人對四川的風土人情、地形氣候，相當熟悉，可一一細數。
詩人將「樽酒逢故人」引用入詩，把自己視爲故人，與徐太守邊飲
酒邊追憶夢境。

嚴羽（1192？～1245？）曾浪跡江楚等地，在那片富歷史遺跡的
土地上生息過，感染了實有卻又虛無的歷史氛圍，儘管一生隱居不
仕，無心宦途，卻作了一個與東漢末年割據諸侯劉表同室飲酒賦詩的
夢，詩題爲〈夢中作〉，藉詩序交代了歷程：「予客廬陵日，夢至一大
府。主人自稱劉荊州，與予觴燕，各賦詩爲樂。覺而彷彿一二，因續

成之。」嚴羽行至江西廬陵，東漢時曾是劉表的領地，夜間的夢留有
日間懷古記憶的殘餘，夢到一大府，主人自稱是劉荊州，古代沒有攝
影照相器材，不能記錄下劉表的相貌，嚴羽無法辨視，遂依夢中情況
爲序。酒是詩人抒情言志的最佳觸媒，也是現實缺憾中，能得到心理
補償的工具，夢中在酒精的助興催化下，想起自己也替前人劉表壯志
未酬深表遺憾：

> 少小尚奇節，無意縛珪組。遠遊江海間，登高屢懷古。前
> 朝英雄事，約略皆可觀。將軍策單馬，談笑有荊楚，高視
> 蔑袁曹，氣已蓋寰宇。天未豁狀圖，人空坐崩沮。丈夫生
> 一世，成敗固有主。要非儜儓人，未死名已腐。夫何千載
> 後，亦忝趨大府。主人敬愛客，開宴臨長浦。高論極興亡，
> 歷覽窮川渚。殷勤芳草贈，窈窕邯鄲舞。愧無登樓作，一
> 旦濫推許。懷哉揮此觴，別路如風雨。（《全宋詩》第五十
> 九冊，頁 37199）

詩人的情志主導飲酒後個人的言行表現，有的焦慮苦悶，有的放誕
佯狂，他則是在固定場景大府內樓上酣飲之際，雖以賦詩爲樂，但
是內容卻有些沈重。先訴說自己從年少至今，均無意宦途，但是在
漫遊行旅中，眼見荊楚腹地遼闊，身旁坐的又是劉表，不禁登高懷
古。劉表作爲荊州牧，愛民養士，夾在曹操和袁紹兩大勢力之下，
自保於江漢之間，嚴羽在詩句中流露欽佩之意。然而，在曹操穩定
了中原局勢開始向南發展，位處南北交會富庶的荊州，成爲曹操的
目標，劉表病故後，其子劉琮投降曹操。對於無法保衛疆域，嚴羽將
成敗歸給天命已定。追憶過往，再說身旁主人身分的劉表，對自己的
盛情款待，再舉杯告別後，自己踽踽獨行的路途，仍有人世成敗起
落的風雨。

　　因詩序言：「覺而彷彿一二，因續成之。」可惜詩人沒有清楚交
代，哪些爲夢中作，哪些又是醒後續成，在夢中是視劉表爲歷史人
物，遂稱「前朝英雄事」，又視爲身邊熱忱的主人，遂云：「主人敬愛
客」，究竟在夢中是視爲古人抑或時人，哪一部份是醒後續成？又或

者正因爲是夢境，所以在嚴羽的眼中劉表可以兼具兩重身分，等量齊觀。

二、動線歷程

宋人夢中作詩呈現的夢境場景，有部分是動線的歷程，隨著文人的身體或僅由視線的移動，變換場景，歷經夢中旅程。翻檢動線歷程的路徑，可分爲（一）陸路（二）水路兩大類，陸路又因場景的不同，區分爲山行和行旅。《論語・雍也》：「仁者樂山，智者樂水，智者動，仁者靜。」〔註65〕山沈穩靜穆孕育萬物，彷彿仁者廓然大度，包容萬物；水流動變化，彷彿智者周流無滯，不拘一法。仁或智，都是重要的人文素養，而隨個人稟性才性的不同，會有偏好山或水的差異，所以遊歷名山大澤，除了是讓心靈親近自然，更藉近距離觀察山水的不同特性，從中聯想比況，修養調息，萌生智慧。而在個人夢境中，移動的動線歷程有山行、行旅與水路，分述如下。

（一）陸路

1. 山行

檢視夢境裡山行的動線歷程，首先會注意到陸游，陸游自寧宗慶元三年（1197）七十三歲後，共有五首夢中作詩的場景是在山林間。首先是作於寧宗三年的〈丁巳正月二日雞初鳴夢至一山寺名鳳山其尤勝處曰味軒予爲賦詩既覺不遺一字〉此時陸游已遭罷回歸故鄉山陰八年了，夢境中詩人入山旅遊，行經鳳山寺並登上景色最佳的味軒，爲眼前之景賦詩一首：

> 已窮阿閣勝，更作味軒遊。不盡山河大，無根日月浮。吾身元是幻，何物彊名愁。久覓卓庵處，是間應可留。（《全宋詩》第四十冊，頁24954）

「旅行的夢有很多意義，包含從障礙或困境中解放自我，以及航向新

〔註65〕漢・鄭玄注，唐・孔穎達疏《論語・雍也》（臺北：藝文印書館，1997年），頁30。

生活等。」〔註66〕陸游老病回歸山陰的閒適生活，不是他最想要的生活，他陷入年歲已高又有志難伸的雙重困境裡，夢中山林遊歷，進入佛寺道場，便感染佛寺遠離喧囂，清幽出塵，莊嚴靜穆的氣氛，居高臨下，眼見山川景色變換，日昇月落，感悟自我形體或許只是我執太重的幻影，若放下我執，拋卻形體，那麼長久困擾詩人的憂愁，也就無可依附了。如約翰‧希克（John. H）所說：「宗教是人的終極關切，人有種種關切和追求，有探索人生意義的願望，而且有對終極存在或宇宙本源的意識，有探索它並同它和諧一致的願望。」〔註67〕詩人尋覓能安身立命之地已久，夢中覺得有佛教薰習的山寺，是適合他的居所，在宗教助益下，他可以放下自我個體，與自然和諧為一，可以航向新生活，也可以說他在夢中得到宗教的安慰與智慧，得以暫時從老病不遇的自己解脫出來。

　　陸游在夢中經歷幽林景致的變換，在夢中跨步前行邁進，登臨佛寺道場，類似神話學者坎伯（Campbell Joseph）所說，如冒險般去發現嶄新的生命體驗：「英雄自日常生活的世界外出冒險，進入超自然的奇蹟領域。」在兩年後，寧宗慶元五年（1199）七十五歲時，又作了一次類似經驗的夢，寫下〈夢中作遊山絕句二首〉：

> 霜風吹帽江村路，小蹇迢迢委彎行。忽到雲山幽絕處，穿林啼鳥不知名。

> 寺樓已斷暮鐘聲，照佛琉璃一點明。不道溪深待船久，老僧驚怪太遲生。（《全宋詩》第四十冊，頁 25056）

其一藉「霜風吹帽江村路，小蹇迢迢委彎行。」說明這段在夢中山行冒險的路徑，走來並不輕鬆，又冷又強勁的風，吹落了帽子，代步坐騎還跛了腿，漫漫長路，踽踽獨行，忽然已身在雲山深處，時有不知名的鳥鳴穿林而出，歷經了艱辛才進入到的接引之地。這段山行動

〔註66〕同注 50，頁 393。

〔註67〕約翰‧希克（John. H）撰，王志成譯《宗教的解釋》（四川：四川人民出版社，2003 年），頁 2。

線，以山路爲主，穿插溪水，使沿途風景更加靈動變化，夢中的山行
路徑，符合中國山水的構圖理想，「山和水是構成山水風景的要
素，……山和水（或嶺與溪）代表自然山水的抽象概念，意指美麗的
山水風景，兩者並置，則織成一幅完整的山水圖，其間景物細節的必
然存在，盡在不言中。」〔註68〕夢中景致或許可以說是詩人日間記憶
的殘餘。

　　寧宗嘉泰四年（1204）陸游八十歲，夢中作〈甲子歲十月二十四
日夜半夢遇故人於山水間飲酒賦詩既覺僅能記一二乃追補之二首〉
云：

> 拂衣金馬門，稅駕石帆村。喚起華山夢，招回湘水魂。心
> 親頻握手，目擊欲忘言。最喜藤陰下，翛然共一樽。
>
> 小山緣曲澗，路斷得藤陰。忽遇平生友，重論一片心。興
> 闌棋局散，意豁酒杯深。雞唱俄驚覺，淒然淚滿襟。（《全
> 宋詩》第四十冊，頁 25343）

在夢境中，高齡的陸游憶起與宗教聖域華山相關的道教神仙傳說，營
造玄奇浪漫色彩，但或許如詩題所言，本首夢中賦詩「僅能記一二」，
大部分是醒後補足，恢復理智的拘率，相較隔年寧宗開禧元年（1205）
的〈夢中作〉他視煉丹企求長生爲夢，淡薄看待，但讀書不能遂其志，
屬文不能盡其才，縈繞終生的現實痛苦，相對明晰起來，讓他以屈原
自比。其二，有較多描寫山行風景的變換，小山夾著曲澗，這時華山
宗教意味淡化許多，詩人著眼林泉之勝，使第二首呈現自然清新，閑
靜恬淡的氣氛。在怡然的氣氛中，忽逢故友，人在夢中，情緒容易放
大激動，也有許多「忽然」的場面，牽連出場景或人物，再產生事件
情節。友人忽然出現，有對象讓他重論一貫的愛國思想後，下棋的興
致闌珊。在夢中，詩人殘留日間壯志難伸的記憶，長久處在自我理想
與社會現實的夾縫中，備受壓抑，情緒鬱悶，連在夢裡也只能靠酒調

〔註68〕王國瓔《中國山水詩研究》（臺北：聯經出版公司，1986 年），頁
　　364。

和愁苦，排憂解愁，當成宣洩管道。夢境中，山行場景由沿途山水相襯穿插，並且隨路途行進，美景中增添了可貴人情，但是自然與人情都沖淡不了詩人心中的不遇痛苦，兩首夢中作詩重複出現酒的意象，讓詩人暫且在夢中藉酒力的發揮，得到片刻悠然的心理補償，但是在雞鳴驚醒後，暫忘的悽滄又襲回，逼出一襟眼淚。

　　隔年開禧二年（1206）陸游八十二歲，〈夢中作〉的場景是故鄉山林：

> 世事何由可控搏，故山歸臥有餘歡。澗泉見底藥根瘦，石室生雲丹竈寒。人遠忽聞清嘯起，山開頻得異書看。一朝出赴安期約，萬里烟霄駕紫鸞。（《全宋詩》第四十冊，頁25430）

夢中詩人漫遊在故鄉山林間，閒適的退隱生活讓他覺得還讓他覺得有幾分樂趣，群山夾著泉水，活水為厚實堅硬的山形，增添靈氣。一路行進，看見象徵道教的石室和丹竈的遺址，山林蘊含靈秀之氣，加上遠離塵囂，環境清幽，是寺觀選址的最佳地點，而石室正是道教建築物。詩人行經此室，丹竈沒有煉丹的痕跡，頸聯言結交異人，頻讀異書。尾聯言期待一朝得道，赴仙人安期生之約，乘坐祥禽紫鶴，遨遊天地之間。

　　楊萬里（1127～1206）〈記夢三首〉其序文云：「夢遊一山寺，山水清美，花草芳鮮。未見寺而聞鐘，夢中作三絕，覺而記之。」說明了本組詩的特殊之處，在於楊萬里於夢中欲遊山寺，山行有特定明確的目的地，但是在夢中卻只聞鐘聲，而未見山寺：

> 雲袖危相複，霜鐘韻正遲。忽然數聲急，卻是住撞時。
>
> 水動花梢動，水搖水影搖。不知各無意，為復兩相招。
>
> 霧外知何寺，鐘聲只隔山。望來無里許，還在九霄間。（《全宋詩》第四十二冊，頁26384）

本詩應作於孝宗淳熙十四年（1187）六十一歲，時任祕書少監，深受朝廷重用，是他仕途相當順遂的時期，卻作悠遊山寺的方外之夢，且

按于北山《楊萬里年譜》記載:「在學術思想上,誠齋出劉安世、劉廷之、王庭珪諸儒之門;既仕,又師張浚,友張栻,自躋於依洛正傳,以二程為依飯。平生攘斥佛老,也不信命相風水等妄說,在當時士大夫行列裡,並不多見。」〔註69〕楊萬里平生攘斥佛老之論,或許過重,但觀三首夢中作詩著重之處,並非宣揚或探究佛法,乃著重抒發尋訪山寺時,山行的清靜心情,和描寫一路上變換的自然景致,山寺只借鐘聲隱約存在,自始至終沒有朗現。〈記夢三首〉之一,先由高山被雲遮覆,清冷霜寒的空氣中,傳來一陣山寺的鐘聲,但是就在快要停止撞鐘之時,卻突然加快節奏,撞得很急。夢中楊萬里藉視覺、觸覺、聽覺三重感官意象,細膩周延地記錄下夢境。第二首藉水與花,看似不相干,卻又有點聯繫的兩者,楊萬里琢磨著其中的禪意。第三首,又由聽見雲霧外的鐘聲,注意力又集中回尋訪山外寺院,但山寺還遠在九霄之外。縱觀三首夢中作詩的情境,圍繞「未見寺而聞鐘」展開,流露楊萬里偶而會有點慕道的心情,但是並不打算揭開箇中玄機,也覺得自己是門外漢,未參透禪意,楊萬里心中感覺自己與精深的佛法是有距離的。

而就在同一年,夢中作詩不久前,楊萬里作了數首詩,記下遊山寺的歷程與心境,如〈游水月寺〉、〈題水月寺寒秀軒〉、〈歸塗觀劉寺新疊山石〉和〈題劉寺僧房〉:

> 烝日蒸雲乍暑天,倦投山寺借床眠。清涼世界誰曾到,卻在紅塵紫陌邊。

> 小寺深門一逕斜,繞身撲面總煙霞。低低簷入低低樹,小小盆盛小小花。經藏中間看佛畫,竹林外面是人家。山僧笑道知儂渴,其實迎賓例瀹茶。

> 風月肝脾冰雪胸,道人妙手鑿虛空。斫翻諸嶺雲煙骨,幻出山巖紫翠峰。細看分明非釘餖,如何雕得許玲瓏。為誰若死忙歸去,知是斜陽是晚鐘。

〔註69〕于北山《楊萬里年譜》(上海:上海古籍出版社,2006年),頁3。

曾醉山間金巨羅，山應識我我懷它。頓添花竹明松檜，依
舊菰蒲暗芰荷。試問錦屏無恙否，向來梅樹已無多。未須
看遍新亭榭，勝日重來一一過。(《全宋詩》第四十二冊，
頁 263870)

楊萬里於陽光不強，天邊還有雲靄的孟夏，遊覽水月寺，水月寺位處
山中，楊萬里到達時已經感到疲乏，遂投宿一宿。然觀第三、四句
「清涼世界誰曾到，卻在紅塵紫陌邊。」水月寺並非在深山中，反而
有些挨近人世，但在楊萬里主觀的感受，水月寺即是佛家境界的「清
涼世界」，只要親近，心即可得清涼。而「紅塵紫陌」似化用了劉禹
錫〈元和十一年自朗州召至京戲贈看花諸君子〉之「紫陌紅塵拂面
來。」[註70] 由〈題水月寺寒秀軒〉一詩，可看出楊萬里遊訪山寺時，
只著重描寫名勝景致，對佛法並不一探究竟，「經藏中間看佛話」只
流覽大藏經中的圖畫，對經文要義，既不認真追尋，也無深刻體會。
觀〈歸塗觀劉寺新疊山石〉和〈題劉寺僧房〉的詩意，楊萬里依然將
山寺當成風景名勝遊覽，與佛教疏淡。但楊萬里的內心仍會對生命感
到不安，想探尋生命究竟，加上實際尋訪山寺的經驗，如「菸日蔫
雲」、「山寺」、「煙霞」、「晚鐘」等意象，均在夢中出現，加上實際尋
訪山寺的經驗，多層原因和心理需求，導致楊萬里雖對佛教保持一段
距離，卻在夢中尋訪山寺，並賦詩三首。

　　提倡儒釋道三教融和的道教南宗創始人白玉蟾(1194～？)所作
〈夢中得五十六字〉反而較感受不到宗教意味，且不同於一般人飲酒
時的苦悶焦慮，飲酒後的放浪佯狂，白玉蟾在山路漫遊，靜觀沿途景
物，一一細數，感受漫漫秋日，不僅真正懂得如何駕馭酒，與享受酒
帶來的深味真趣，更能深度體悟生命的存在意義：

醉醒曳仗訪松關，正在黃昏杳靄間。既去復來秋後暑，似
無還有雨山中。澗邊幾葉晚花落，天際一鉤明月彎。自覺

─────────────────

〔註70〕劉禹錫〈元和十一年自朗州召至京戲贈看花諸君子〉之「紫陌紅塵
　　　拂面來，無人不到看花回。玄都觀裡桃千樹，盡是劉郎去後栽。」
　　　《全唐詩》第十一冊，頁 4116。

> 餘煙埋屐齒，行行印破蘚痕班。（《全宋詩》第六十冊，頁
> 37551）

藉由詩人在夢中仍敏銳細膩的感官，讀者可以從多方面身歷其夢境，看見杏靄、山、雨、澗、落花、明月、炊煙、苔蘚，一路變換的景色，感受秋老虎的暑氣，山林雨水的潮氣，花落無常的哀感，屐齒踩著苔蘚的觸感，我們跟著詩人的腳步，也經歷了一趟詩人的夢境，同時揣摩了詩人靜觀自然的平穩心境。張耒〈夢中作〉中清晨山行逢雨的場面，少了從容靜觀的雅興，反而顯得有幾分折騰：

> 去路迎朝日，齊安客馬西。山行逢曉雨，客褲濺寒泥。歷
> 險輿何健，衝風酒自攜。回頭思舊止，陳跡已淒淒。（《全
> 宋詩》第二十冊，頁 13381）

張耒清晨在山中行進，雨迎面灑下，雨讓清晨低溫降得更低，灰暗沈重的雲雨主導了夢境場景的陰鬱氣氛。路面積水和著塵土濺得行人褲子都是，此刻山行已無心欣賞沿路風景，詩句流露的是山行歷險的狼狽，此刻破風而行，也無品酒雅興，飲酒只為禦寒暖身，是生物求生的本能，最終，回首來時路，景象淒涼寒冷。許景衡〈乙巳八月二十九日宿內府夢過村落循溪而行問路旁人家此云何日士村也涉溪入山崦謂同行曰此可賦詩因得鳩燕二句既覺足之以為異日之觀〉由夢中得「鳴鳩報雨天欲曉，紫燕哺雛春尚寒。」二句來看，場景同樣清晨山行逢雨，又春寒料峭，低溫凍人。差別在於夢中人氣定神閒，循水入山，讀者跟隨其腳步跋山涉水，同享玩興與詩興。

　　夢中作陸路山行的動線歷程，常常展現原始山林的風貌，同時符合中國山水詩講求的山水畫面，如山水相間、山中多雨多霧、寺觀多隱身山中的特色，施樞（生卒年不詳）〈夢遊徑山值雪擁爐賦詩〉，自注夢中所得一聯即強調山中寒氣：

> 雪天元自冷，何況是山中。自注：此聯是夢中句雙徑衝寒霧，
> 千林戰晚風。室中人已定，爐內火常紅。萬事皆如夢，誰
> 知夢亦空。（《全宋詩》第六十二冊，頁 39095）

山中溫度隨山勢高度遞減，山中雪天自是天寒地凍，只得在室內火爐

邊取暖。室外路徑上滿是寒氣和水霧，寒風侵襲廣闊林間，和安定溫暖的室內，形成對比。在詩人的體會，萬事如夢變幻無常，哪知夢還終歸空無。

2. 行旅

夢中作詩屬陸路行旅的動線歷程，有一特殊的情況，全是陸游的詩作。除一首作於孝宗淳熙七年（1180），其餘五首集中在寧宗慶元二年（1196）至寧宗嘉定二年（1209），自七十二至八十五歲間。首先，淳熙七年所作〈五月十一日夜且半夢從大駕親征盡復漢唐故地見城邑人物繁麗云西涼府也喜甚馬上作長句未終篇而覺乃足成之〉：

> 天寶胡兵陷兩京，北庭安西無漢營。五百年間置不問，聖
> 主下詔初親征。熊羆百萬從鑾駕，故地不勞傳檄下。築城
> 絕塞進新圖，排仗行宮宣大赦。岡巒極目漢山川，文書初
> 用淳熙年。駕前六軍錯錦繡，秋風鼓角聲滿天。首莒峰前
> 盡亭障，平安火在郊河上。涼州女兒滿高樓，梳頭已學京
> 都樣。（《全宋詩》第三十九冊，頁 24514）

當時陸游人在撫州（位今江西省東部），夢中動線是從大駕親征，自中唐天寶年間安祿山之變喪失西北疆域，從天寶到淳熙取一整數是五百年，漫長悠悠歲月過去了，在夢中陸游終於實現北復中原的願望，激動興奮的眼睛記錄下沿途場面，彰顯皇帝威儀的排場、邊地新築的守望亭和堡壘、視線所及的重巒疊障重歸宋朝疆域，孝宗的命令可由中央貫徹至西北，六軍軍容壯盛，秋風傳送著軍營的鼓角號令聲，還可以遠望郊河燃放代表邊界平安的長煙，涼州女孩打扮已學會南方臨安流行的樣貌，代表南北已頻繁交通。詩人一一細數西北局勢的轉變和人文的漢化，呈現目不暇給的歡樂。他最大的心願在夢中實現了，這是陸游少數歡樂的「大夢」。

寧宗慶元二月（1196）七十二歲時所作〈五月七日夜夢中作二首〉就屬多數哀愁的「大夢」：

征行過孤壘，寂寞已千年。馬病霜菅瘦，狐鳴古冢穿。烟
塵身欲老。金石志四方。零落英雄盡，何人共著鞭。

霜露薄貂裘，連年塞上留。蘆笳青冢月，鐵馬玉關秋。振
臂忘身憊。憑天報國讎。諸公方袞袞，好運帷中籌。（《全
宋詩》第四十冊，頁 24938）

當時陸游已回歸故鄉七年了，北復無望的理想破滅，讓他醒時惆悵，
睡時變成惆悵的夢。相同主題的夢，陸續出現，直到寧宗嘉定二年
（1209）逝世，所謂主題，是指相同的基本情節或事件，「個人的夢
系列會有這種情形，一群人的整組的夢也是如此。我們稱之爲典型的
夢。這種夢是幾乎每個作夢的人都有的，但個人和群體都有出現頻率
上的差異。」〔註71〕典型的動線歷程是漫漫征途，煙塵僕僕，獨自無
望踽行。陸游牽著病馬，征行過不成邊防的孤壘，沿途野狐嘶叫著荒
涼，四周包圍他的還有異族的音樂和兵馬勢力。塞外秋季入夜後寒氣
即盛，路途上的霜露讓貂裘都難以抵擋，這樣身心承受極大壓力壓迫
下，他心心念念的還是與諸公共商北復中原的大計，振臂一呼就能消
盡征途上的疲憊。寧宗慶元五年（1199）十二月，陸游又作了兩首相
同征行主題的夢中作詩，分別是〈夢中作〉己未十二月五日夜作，所書
皆夢中事也，與〈夢題驛壁〉十二月二十七日夜：

長堤行盡古河濆，小市人稀露雨昏。櫪馬垂頭囓菅草，驛
門移路避槐根。斷碑零落苔俱徧，漏壁微茫字半存。催喚
廚人燎狐兔，強排旅思舉清樽。（《全宋詩》第四十冊，頁
25061）

半生征袖厭風埃，又向關門把酒杯。車轍自隨芳草遠，歲
華無奈夕陽催。驛前歷歷埃雙隼，陌上悠悠人去來。不爲
途窮身易老，百年回首總堪哀。（《全宋詩》第四十冊，頁
25064）

夢境中路途迢遞，一路景物的變換就隨著夢境開展，水霧、微雨、昏
暗光線覆蓋漫漫長路，詩人走不出烏雲的氛圍。先經過古河旁長堤，

〔註71〕同注15，頁 91。

來到人煙稀少的市鎮，馬兒低頭吃菅草，驛門特意避開槐樹根，石碑已斑駁斷裂，苔蘚聚生其上，用「徧」這字眼來描寫，表示經過時流的淘洗，頹敗荒廢的徹底，牆上字跡也遮掩大半，顯示了生命成住壞空的無常流轉，詩人心情低落下，催請廚子燒酒榮，藉酒力忘卻自己天涯遊子的身分，以獲得滿足與補償。二十二天後，再次夢見風塵僕僕，奔波征途的自己，同樣借酒澆愁，用「又」字表示飲酒的頻繁，心情低落，需要長時間的麻痹。驛門前來時的車輪軌跡隨芳草連接至天邊，無言說明浪跡多時，驛站前土塑的碉堡，也無言說著隱藏的戰爭危機。在戰爭陰影底下，百姓承受著情緒壓力，還是依然卑微活著。在夢裡，陸游帶著直到年老都走不出窮途的日間記憶，小我的挫折，他或許可以放下，但國家的失土難復，才令他深深悲哀。本詩是題壁詩，代表公開發表，也代表一種傳播的手段，〔註72〕在夢中毫不掩飾自己的淒滄，展現人生姿態。

　　寧宗嘉泰三年（1203）七十九歲，夢中作〈夢中賦早行〉，又夢回行旅征途上：

> 夜分秉炬治裝賚，千里霜風入馬蹄。擁褐卻尋孤驛夢，垂鞭時聽近村雞。荒烟漫漫沈殘月，宿莽離離上古堤。天色漸分寒更力，道傍沽酒坼官泥。（《全宋詩》第四十冊，頁25277）

接近清晨，天色未亮，沿途刺骨寒風、寒氣，拖慢馬兒行旅的腳步，路途上擁褐保暖，想找驛站，四周荒烟漫漫，景色變化不大，時而聽見鄰村雞鳴報曉，看見殘月西沈，才知覺行旅已久。登上古堤，天色漸亮，寒氣更盛，詩人道旁沽酒，此刻有借酒澆愁的用意，也想藉酒暖身。

　　陸游逝世於寧宗嘉定二年（1209），是年〈夢中作〉二首之一，

〔註72〕羅宗濤〈從傳播的視角析論宋人題壁詩〉：「我認為題壁是唐代詩人一種重要的發表方式，也是一種傳播的手段。……而宋代雖有印刷的詩集出現，卻無礙於題壁詩的繁榮。」（東華學報，2008 年 4 月），頁 39。

動線歷程仍是在征途上行進，征途主題常出現的雨和酒的意象也再次出現：

> 征途遇秋雨，數士集郵亭。酒拆官壺綠，山圍草市青。劇談猶激烈，瘦影各伶俜。四海皆兄弟，悠然共醉醒。（《全宋詩》第四十一冊，頁 25703）

蕭瑟的秋雨灑在流離的征途上，數士只好在郵亭內聚集談論，飲酒後顧慮暫消，釋放出埋藏胸中的壯志豪情，在酒精催化下，讓知識份子有勇氣堅持自己的信念，固守自己的節操，或許平日囿於現實情勢受盡束縛，但在酒力發揮下談論激烈，一澆心中塊壘，無論醉時如何激辯，酒醒後都不傷和氣，仍是四海一家。郵亭場景熱鬧高張，場景慢慢往四周青山拉去，山的沈靜又營造一對比氣氛。

縱上所述，在行旅的動線歷程中，征行成為一典型主題夢，這類作品集中在詩人七十二到八十五歲間所作，個人時不我予之暮氣，壯志未酬的悲慨，或許都轉化成夢境中時常出現的酒、寒、雨、驛站、古堤等意象，一個個意象再交織組合成陰鬱衰颯的氛圍。

（二）水路

動線歷程屬水路的夢中作詩，大部分會留有山的空間配置，詩人儘管是在夢中作詩，仍帶著日間作山水詩的殘留記憶以建構畫面，「山水詩中山水畫面的展露主要是靠空間的表現。詩人經常利用對比的技巧來傳達他對山水全貌所懷的空間意識。……水對山，展現的不僅是山高水低的起伏地勢，還有山明水秀的風景全貌。」[註73] 如梅堯臣〈八月二十七日夢與宋侍讀同賦泛伊水詩覺而錄之〉主要以伊水為動線場景，但是詩人夢中重塑山水形象時，會以憶起耳目所及的山水全貌為目標，和水相依相襯的山，於是也重現：

> 遨遊非昔時，輕舸偶同泛。山水心有慕，屢往如有欠。平生共好尚，飲食未嘗厭。茲日不言多，醉如春酒釅。（《全宋詩》第五冊，頁 3000）

〔註73〕同註68，頁 359～360。

無論是否爲夢中作詩，中國古典詩受限於句數和字數，不能大規模地
毯式把空間中的山水情態全盤托出。因此詩人必須取捨，擇取最能觸
發美感、最具代表性的景物，以概括山水全貌。詩人與友人同泛一小
舟，以「山水心有慕，屢往如有欠。」抽象地說伊水沿岸山靈水秀，
怎麼都看不盡、看不膩，忽略細節，但是讀者反而能在心裡，自由浮
現想像中值得讓人流連的伊水風景。

　　人以船行於水路，航行於江河水道，似乎不如行於陸路可恣意前
後左右移動來得自由，但正因爲江河水道類似流向固定的軌道，有一
定的軌道，外力難以干預，也必得前行的目的地，反而獲致航行的自
由。只要在船上，就自成一不繫之舟，可以行於所當行，止於不可不
止。在宋人夢中作詩以水路爲動線歷程的詩作中，釋德洪（1071～
1128）之〈夢中作〉可爲代表：

　　　　無賴春風試怒號，共乘一葉傲驚濤。不知兩岸人皆愕，但
　　　　覺中流笑語高。（《全宋詩》第二十三冊，頁 15308）

詩人與友人共乘一葉小舟，在水量最豐沛的春水中，乘風破浪而行，
河岸兩邊的人看得很緊張，但是舟中人有安全駕馭的把握，對風浪毫
不在乎，反而一行人相談甚歡。有宗教爲心靈的依歸，詩人對生死輪
迴，對舟行有不同一般的體會，「我們生命的船一開動，出發、靠岸，
船體（本性）不變，只要船一直在行駛，兩岸（身體）就不斷地變，
風景（經歷）就隨之不同了。這是佛教對輪迴觀念極優美的譬喻，也
是對生命的通觀與慧解。〔註74〕」詩人對生命有深刻的體悟，自然可
以摒除不安和焦慮，面對險境也從容不迫。

　　蘇洞（1170～？）〈夢句〉也以語言指涉的幾項山水片段或人物，
但是讀者不但能自由想像一幅山水圖，還能揣摩清高寂寞之情：

　　　　元日新春又一年，剡溪仍是舊山川。白頭野叟無時事，獨
　　　　自尋僧雪滿船。（《全宋詩》第五十四冊，頁 33973）

本詩應作於理宗嘉熙三年（1239）七十歲之後，詩人已經歷春去秋來

〔註74〕同注4，頁 166。

七十寒暑，相較時間流逝，剡溪靜靜座落在時間裡循環四季。詩人在時間裡白了頭，在剡溪中脫離時事，我們可以想像剡溪遠離塵囂的靜美。最後表明尋訪的意願、對象和辛苦的尋訪動線歷程，「雪滿船」為航行歷程中遭遇的困頓與不遂，隻身一人赴野外雪地，道出詩人任意率真的離世性格，尋訪對象是方外之士，更感受由此水路動線能離開濁世凡塵，航向清靜氛圍，領受佛土淨地就在人間，非虛幻不實的目標，也不在遙不可及的世界，而是經由路徑可以到達的彼岸。本詩輕描淡寫剡溪的自然樣貌，著重詩人徜徉在山水歷程中的幽情雅趣，一方面將隱逸的心境向靜美的自然開放，調適淨化，一方面尋僧促使自我向精神的內部挖掘，以期獲得解悟和超越的可能性。蘇轍〈將之績溪夢中賦泊舟野步〉也經水路動線歷程，穿越自然山水，心境轉換，欲隱逸安居之心，夢中亦然：

> 扁舟逢野岸，試出步崇岡。山轉得幽谷，人家餘夕陽。被
> 畦多綠茹，堆屋剩黃粱，深羨安居樂，誰令志四方。（《全
> 宋詩》第十五冊，頁9998）

神宗元豐二年（1079）四十一歲，兄軾被罪，轍亦坐貶監筠州（今江西高安市）鹽酒稅，留滯筠州四年後（1083），恩移為績溪令，雖稍心喜於恩移西還，卻已厭倦浮沈宦海，遂有「此去仍家江海上，不妨一葉弄清波」之句，[註75] 夢中乘一小舟，突逢無人岸口，營造小舟對比陸地的並列景象，一小一大，兩兩相襯。接著步上高岡，再隨山轉入幽谷，將山崗和幽谷兩高低懸殊的地勢並置，產生高下起伏的空間距離感，可以在夕陽下總覽山水風景的全貌，夕陽裡幽谷中，隱身著人家，黃昏是每天最動人離情的時刻，詩人深羨眼前能在日落前回家而息的百姓，入仕為宦的士人抱負已被無情黨爭，連年貶謫，消磨殆盡。

神宗元豐七年（1084）蘇軾四十八歲，於四月離開黃州貶所，五月赴筠州訪子由，七月回舟過金陵，見王安石。八月至京口，將離京

〔註75〕《全宋詩》第十五冊，頁9997。

□時，作了〈金山夢中作〉：

> 江東賈客木綿裘，會散金山月滿樓。夜半潮來風又熟。臥
> 吹簫管到揚州。(《全宋詩》第十四冊，頁 9349)

雖仍是有罪之身，在夢中穿著商人穿的木棉襖，卻有稍得抒解的舒
泰，一群聚在金山期待再起之人，夜半長江大潮又有風利於行船，高
速行船，像詩人輕快的心情。夢中水路的動線歷程，即由金山往北夜
行至揚州。因為是夜航，航線沿途視線不佳，並未詳述山水風景。而
詩人身心舒泰，以吹奏簫管為樂，在簫聲中輕舟輕快地航向揚州。好
似詩人的人生漸漸步上坦途，往北回歸政治權力中心。

　　陸游於寧宗開禧三年（1207）八十三歲所作〈夢中作〉二首之
二：

> 平羌江上月，伴我故山來。幽興依然在，浮雲正爾開。清
> 秋纔幾日，黃葉已成堆。未醉江樓酒，扁舟可得回。(《全
> 宋詩》第四十一冊，頁 25528)

夢回四川平羌江，依稀回到陸游在蜀地為官的日子，重回乾道六年
（1170）四十六歲，至淳熙五年（1178）五十四歲，前後約有九年的
時光。

　　詩人們創作的遊覽詩，呈現的山水和風景景色，大致可分為三種
視點的觀察結果：(1)從定點看，(2)從動線歷程看，(3)包含第一、
二點，即由動線歷程走至某地，再定點描寫。而陸游夢中作詩出現大
量動線歷程，情況頗為特殊，其原因應與他一生遊歷甚豐有關，閱歷
多遊覽經驗亦多。再者，陸游的非夢中作詩，多數亦是動線歷程。日
間的遊覽記憶，成為夢境的材料，也成為夢中作詩的詩料，夢中作詩
承襲了部分非夢中作詩的寫作特色。

三、場景打破空間秩序

　　空間概念，包括對生活所處空間的認知，和人與環境間各種關係
的掌握，對於空間的體驗和觀照，中國人的思維已突破物質性的空間
認知，超越有形的空間範圍，進入精神性的空間意識。在宋人夢中

作詩中，也有場景打破空間秩序的呈現，對空間場景的鋪寫描繪，是詩人心理在地理空間中的投射和想像，空間不再只是眞實存在的地點，而是詩人的心靈空間和想像地域，仇小屏稱之爲「虛空間」，「所謂的虛空間，就是當時無法眼見的，或是不存在於實際生活的空間。」〔註76〕宋人夢中作詩的虛空間大致可歸爲兩類（一）設想空間（二）神話空間，於下逐步探討。

（一）設想空間

宋代收拾了晚唐五代的割據局面，能夠維持較長時間的統一，不過，宋的國勢遠不及漢唐強大，一直不能再現漢唐盛世。北宋中葉以後，內憂外患，水深火熱的情況越來越嚴重，終於亡國於金人鐵騎。到了南宋，局勢國力更加窘迫，卻無損南宋愛國志士的滿腔復國熱血，淪陷的宋人迫於環境與金人習而相安，祖國的記憶卻仍在心頭，錢鍾書談到北方遺民云：「對祖國的懷念是留在情感和靈魂裡的，……是一種活記憶，好比在樹上刻的字，那棵樹愈長愈大，它身上的字跡也就愈長愈牢。」〔註77〕看得出無論身處淪陷區抑或南宋領地，心中都存有久而不變的愛國心，但是礙於異族兵強馬壯，南宋積弱不振，想光復神州，重回故土，只能在臥榻上作夢神遊，如南渡詩人晁公遡（高宗紹興八年進士）之〈夢中作〉：

> 舉鞭重到故都行，予亦咨嗟恨不勝。心與隴雲留漢苑，目
> 隨煙樹遠秦陵。（《全宋詩》第三十五冊，頁 22448）

本詩作於高宗紹興十一年（1141），而詩人是紹興八年進士，當作於進士及第後，準備一展抱負之時，現實政治環境不能實現的復國夢，詩人轉移到臥榻上。在夢境中，打破現實的拘牽，疆域的藩籬，執一馬鞭，便輕騎重回魂牽夢縈的故都汴京，內心不勝感慨欷噓。詩人用帶著依戀的眼睛看著故土，漢苑周圍的隴山和雲氣，秦陵四周的樹林

〔註76〕仇小屏《古典詩詞時空設計之研究》（臺北：花木蘭文化出版社，2007年），頁 142。
〔註77〕錢鍾書《宋詩選註》（臺北：書林出版社，1990年），頁 8。

和水霧，曾經強大的秦漢盛世早已過去，廣闊的領土和豐富的文物，全拱手異族，詩人心理怎麼能不遺憾？陸游五十六歲時夢作〈五月十一日夜且半夢從大駕親征盡復漢唐故地見城邑人物繁麗云西涼府也喜甚馬上作長句未終篇而覺乃足成之〉，詩人也在夢中突破空間秩序，重回早在唐朝安祿山之變即失守的新疆，和北宋時被西夏佔領的甘肅西涼。陸游的夢境更加美好，不僅是打破空間秩序的暫時重回故地，而是已經收復失土。

身體有病痛的折磨，心理有政治的失落。高宗紹興三十二年，孝宗即位後，任命陸游為樞密院編修官兼編類聖政所檢討官，並為陸游遭秦檜罷黜平反，賜進士出身，還他公道。陸游直言急諫，冀能整頓時弊，其抗金思想引起主和朝臣的反感，終使孝宗於隆興元年（1163），將陸游調鎮江通判，乾道元年（1165）再改任江西隆興通判。滿腔熱血換來連年貶謫，命運多舛，宏願難伸，可想見其心中的黯然與鬱悶。在江西通判隆興府時，其身心都陷在痛苦裡，在這樣的時空背景下，陸游從夢中解脫，自己完成重回故國的夢想，作了生平第一首夢中作〈夜夢從數客雨中載酒出遊山川城闕極雄麗云長安也因與客馬上分韻作詩得遊字〉：

> 有酒不謀州，能詩自勝侯。但須繩繫日，安用地理憂。射雉侵星出，看花秉燭遊。殘春杜陵雨，不恨濕貂裘。（《全宋詩》第三十九冊，頁 24269）

「如果社會不能提供，自己就會在夢中製造，以彌補這項缺憾。」〔註78〕朝廷決策是主和，陸游自己在夢中「從數客雨中載酒出遊」，夢中不經意就突破空間秩序，回到大唐故都長安。

孝宗淳熙七年（1180）陸游五十六歲，因受趙汝愚彈劾而免官，當淳熙八年（1181）作〈夢中作〉時，是賦閒在故鄉山陰領祠奉過活：

> 路平沙軟淨無泥，香草芊茸沒馬蹄。搗紙聲中春日晚，悅

〔註78〕同注15，頁 200。

然重到浣花溪。（《全宋詩》第三十九冊，頁 24559）

「路平沙軟」之觸覺，「香草丰茸」之視、嗅覺，「搗紙聲中春日晚」聽、視覺兼寫，詩人利用多重感官摹寫讓夢境立體逼真，還原浣花溪沿岸風光，詩人彷彿知道自己是在夢中跨越空間秩序，所以稱「怳然」回到成都的浣花溪，故地重遊。

舒岳祥（1219～1298）〈紀夢〉雖題為紀夢，然觀其序文：「初八日曉夢乘款段行故鄉麥隴上，見梅花兩株，一紅一白，意甚愛之。有一人同遊，故人也，取酒共飲，不知身在他山亂離中也。寤覺之間，怳成一絕，其人誦數過，既覺能記之。」可得知是夢中作詩，夢中詩人打破空間秩序，重回故鄉浙江，夢中心情輕鬆，腳步輕快，欣賞麥隴上一紅一白，相映成趣的兩株梅花：

款款徐行穩不危，迢迢溪路見疎梅。青枝欲挽憐香雪，喚取芳尊樹下來。（《全宋詩》第六十五冊，頁 41014）

本詩應作於元世祖至元（1280）六十二歲後，元人鐵騎已南下，江山易主。詩人日間飽受戰火離亂之苦，亡國之痛，夜間卻作重回故鄉，賞梅飲酒的美夢。夢中拋卻了日間流離之苦，夢成為心靈暫時的避風港，同時期與夢相關的詩作多達六首。〔註79〕夢中場景設定在故鄉麥隴上、溪路旁，並佈置一紅一白兩色梅花，因詩人甚愛梅花，有「生愛梅花是性情，故園阻隔淚縱橫。」〔註80〕之句。礙於現實政治環境，不能重回故鄉賞梅，詩人藉夢中打破空間秩序，在夢中滿足欲望，詩作讀來閑靜優雅，卻深含隱而未見的悲哀與無奈。

（二）神話空間

「神話的空間，是相對於科學的、地理的、物質性的地理空間形

〔註79〕同時其與夢相關之詩作尚有〈九月二十七日曉起書夢〉、〈夢歸〉、〈夢成〉、〈二十五日晚西窗坐睡夢美人出紈扇索題為題一絕既覺則童子已明燭矣忘其上三句足成此篇〉、〈紀夢〉、及一首〈夢中作〉，見《全宋詩》第六十五冊，頁 41014～41015。

〔註80〕見舒岳祥〈九月初十日山房午睡怳見梅枝已吐白矣驚喜而作〉，收入《全宋詩》第六十五冊，頁 41020。

式而存在，具有宗教的、哲學的、想像的、情感的、象徵的抽象意涵，隱喻著人的宇宙觀察與存在定位。」〔註81〕宋人夢中作詩的神話空間，同樣呈現多種不同面向，有的較爲單純，反映先民對仙界的美好想像，藉以解脫人世的辛苦，如朱松（1097～1143）〈夏夜夢中作〉深受夏熱所苦，夢中便想像置身天界的清涼：

> 萬頃銀河太極舟，臥吹橫管漾中流。瓊樓玉宇生寒骨，不
> 信人間有喘牛。（《全宋詩》第三十三冊，頁 20755）

因「天河與海通」的想像〔註82〕，詩人在夢中搭上了「八月槎」，打破了空間限制，由人世再經由銀河，一路輕鬆寫意地臥吹橫笛，航向想像中不同於酷熱人世的涼爽又美輪美奐的天宮。

神宗熙寧時人張寘，今僅存詩一首即爲〈夢中作〉：

> 天風吹散赤城霞，染出連雲萬樹花。誤入醉鄉迷去路，傍
> 人應笑不還家。（《全宋詩》第十六冊，頁 10711）

據《西清詩話》所載：「張寘，熙寧中夢行入空中，徐見海中樓闕金碧，瓊裾琅珮者數百人，揖寘，出紙請賦詩，且戒之曰：「此間文章，要似隱起鸞鳳，當與織女機杼分巧，過是，乃人間語耳。」寘成一絕句云云。」〔註83〕夢境中飛行空中，見海上金碧輝煌的建築，其中有穿戴華麗的數百群眾。張寘夢裡不知身在何處，也沒有企圖釐清的念頭，自然而然接受夢境的安排，夢境裡的群眾也未曾明言，僅稱「此間」，且「此間文章，要似隱起鸞鳳，當與織女機杼分巧」與人間文章有所差別，「此間文章」或許即意指夢中作詩，張寘遂在夢中作成一絕。前兩句描繪風吹霞動，豁然朗現的城樓，城樓四周萬樹開滿呼應晚霞雲色的花朵，景色壯麗。後兩句，說明不知身在何處，幾度空間，似乎也沒有還家的念頭。

以上，朱松與張寘的夢中作詩，所突破至的虛空間，以個人對仙

〔註81〕高莉芬《蓬萊神話》（臺北：里仁書局，2007 年），頁 8。
〔註82〕西晉·張華撰《博物志》卷三（臺北：中華書局，1983 年），頁 3。
〔註83〕《西清詩話》，收入宋·朱弁《風月堂詩話》（臺北：廣文書局，1973 年），頁 106。

界的想像爲主。要留心的是張壹夢裡的海中樓闕意象，與中國古代文化的兩大仙鄉神話系統之一的東方蓬萊神話有關，〔註84〕海洋、島嶼具有神話地理空間的想像氛圍。陳觀國（生卒年不詳）〈夢中作〉即明確夢見海上蓬萊：

> 水聲兮激激，雲容兮茸茸。千松拱綠，萬荷奏紅。爰宅茲巖，以逸放翁。屹萬仞與世隔，峻一極而天通。予乃控野鶴，追冥鴻，往來乎蓬萊之宮。披海氛而一笑，以觀九州之同。（《全宋詩》第六十八冊，頁42823）

周密《齊東野語》：「丙戌之夏，（觀）寓越，夢訪余於杭。一翁曳杖坐巨石上，仰瞻飛鶴翔舞。煙雲中彷彿有字數行，體雜章草，其詞云云。旁一人指云：此放翁詩也。用賓驚悟，亟書以見寄。詩語清古，非思想之所及。」本詩應作於元世祖至元八年（1286），詩人是永嘉（浙江溫州）人，夢中訪周密於杭，永嘉、越、杭，三地均位東部沿海，屬東方海系、蓬萊神話的空間中，詩人所處的地理位置，或是南宋覆亡，改朝換代的傷痛，都有可能讓詩人對神話仙山興起嚮往之心，「此一非常世界以神山、仙島的地景建構在原始的大海中，託喻著人類集體潛意識中逃脫歷史線性空間，超越此界有限空間的永恆慾望。」〔註85〕此時的神話空間，更是詩人的解脫空間。本詩另一特殊之處，在於詩人夢中見並與人討論放翁詩，所反映出時人頗留意放翁詩。

南宋詩僧釋文珦（1210～？）之〈春夜夢遊溪上如世傳桃源與梵僧仙子遇具蟠桃丹液靈芝胡麻於雲窗霧閣間請賦古詩頗有思致覺而恍然猶能記憶五句云灘峻舟行遲亂峰青虬蟠一瀑素霓吼靈桃粲丹朱

〔註84〕見顧頡剛〈莊子和楚辭中崑崙和蓬萊兩個神話系統的融合〉：「崑崙神話發源於西部高原地區，它那神奇瑰麗的故事流傳到東方以後，又跟蒼莽荒窅冥的大海這一自然條件結合起來，在燕、吳、齊、越沿海地區，形成了蓬萊神話系統。」收入《中華文史論叢》第二輯（上海：上海古籍出版社，1979年）。

〔註85〕同注79，頁13。

仙飯雜芝糗遂追述夢事足成一十七韻〉特殊之處，在於以佛教徒的身分，夢中情境與得句有佛教意象卻也包括道教語彙：

> 隨意作清遊，唯與筇竹偶。徘徊望原田，宛轉赴林藪。隔溪更幽奇，欲往興彌厚。漁人自知心，涉我不待叩。爛爛桃花明，粼粼白沙走。灘峻舟行遲，輟棹入崖口。亂峰青虯蟠，一瀑素霓吼。微徑上青冥，高木掛星斗。梵宇金碧開，萬象發蒙蔀。老僧雪眉長，妙語滌心垢。乘雲者何人，笙鶴自先後。邀余過殊庭，酌以流霞酒。靈桃粲丹朱，仙飯雜芝糗。白鹿守天壇，彩煙生藥臼。謂言保其真，物我盡芻狗。窗外鐵鐘鳴，驚覺復何有。乃知百年間，夢境匪長久。（《全宋詩》第六十三冊，頁 39515）

夢境中詩人闖入桃源，遇梵僧仙人，看見梵宇、老僧，卻也看見「爛爛桃花明」、「笙鶴自先後」、「白鹿守天壇，彩煙生藥臼。」之仙景與仙藥，吃的是蟠桃、丹液、靈芝、胡麻等仙食。道教系統遊仙詩的語彙兼備，〔註86〕且運用得活潑自然，意象鮮明。釋文珦還曾寫過〈贈道士褚雪巘〉、〈遊仙〉六首、〈山中道士居〉、〈贈孤山道士〉等多首和道教相關的作品，〔註87〕從中得知他既多與道士往來，也略含道教思想，暗示他對佛道之間，並未加以嚴格區隔，而容許兩者之間有模糊地帶，他會寫出遊仙詩也就很自然了。

「唐朝的宗教政策是開放的，各教信徒往往不互相排斥，而有些人的思想就是兼容並蓄的。……僧侶涉獵道教是尋常的事情，他們略含道教思想，也不足為怪。」〔註88〕據羅師宗濤的研究成果，唐代詩僧如貫休、皎然、齊己，多有和道教神仙思想有關的作品。基本上宋朝與唐朝的宗教政策是一致的，這或許可以解釋釋文珦是

〔註86〕李豐楙《憂與遊：六朝隋唐遊仙詩論集》：「構成遊仙詩的語彙，從六朝以來基本上有仙人、仙景及仙食、仙藥等。」（臺北：學生書局，1996 年），頁 61。

〔註87〕分別見《全宋詩》，頁 39510、39532、39601。

〔註88〕羅宗濤〈唐五代詩僧之夢初探〉，《政治大學學報》（1994 年 10 月），頁 12。

佛教徒的身分，卻何以會夢中作遊仙詩。但是我們不能就此認爲釋
文珦是佛道不分的思想，他畢竟是佛門弟子，據「老僧雪眉長，妙
語滌心垢。」兩句，能讓他反省獲得啓發的還是以佛教修心爲根本，
方術仙藥是枝微末節，他的思想終究是以佛法爲核心。全詩不見宗
教的對立衝突，而是詩人以佛教徒身分，一次偶然造訪桃源的夢境
記錄。

　　宋人夢中作詩的神話空間，還有中國文化裡，因終日雲煙繚繞的
群山地理環境，最先楚襄王的一個夢，加以文人浪漫的藻飾與想像，
創生了巫山神女。自此，神女長佇巫山山頭，供千百年來前往的遊客
嚮往，長佇文人案頭，供浪漫的文人引用，更長佇文人心頭，醒的時
候想，睡的時候夢，如許月卿（1216～1285）〈夢中作〉：

> 我來煙水遠，漁艇夜鳴榔。萬仞巫山聳，一宵秋夢長。金
> 翹何婀娜，玉佩遽叮噹。月冷天雞曉，空餘枕屏香。（《全
> 宋詩》第六十五冊，頁 40535）

「神啓的夢存在於每個社會之中，但顯示的意象必然與各個的社會文
化理念和共同信仰有關。……不僅是刻意醞釀的夢會受暗示和文化因
素影響，所有的夢皆然。」〔註89〕許月卿的夢中作詩，含有對中國人
來說別具意義的文化符碼，或許可以說詩人必是讀過巫山典故，才會
作此夢。「萬仞巫山聳」的場景，配上雨意迷離的水霧，朦朧裡婀娜
的身影，搖盪叮噹響的玉佩聲，神女若有似無出現，清晨衾枕空留餘
香，神女卻又若有似無消失，即便是在詩人自己的夢裡，巫山神女仍
是難以捉摸。

　　還有一型宋人夢中作詩，是在夢中的神話空間裡，人能自生病的
軀體解脫。在人類學對夢的研究結果裡，夢大致可以分成四種基本模
式，其中包含這型夢，稱之爲有助於治病的醫療夢，〔註90〕如釋文珦
（1210～？）〈記夢〉并序：

〔註89〕同注 15，頁 32。
〔註90〕同注 15，頁 15。

余九月三日忽病瘧，日必一作，肢體憊甚。至十日，隱几坐臥，忽夢二人幅巾杖藜，相過談詩。及寤，但記得一聯云：「骨換言方異，心空意始圓。」是夕瘧止。次夜又自夢坐亡，手書遺偈四句，前二句雖已書而不能記，憶後二句云：「放身行碧落，古樂聽鈞天」書至落字而覺，末句雖書未全，而口尚能誦。於是起就佛燈書之，病遂脫然。信詩之能愈瘧矣。今足以起結，成唐律一篇，語不工，以記異也。

吟是大乘禪，禪深夢亦儒。放身行碧落，古樂聽鈞天。骨換言方異，心空意始圓。手接黃菊蕊，寫放瀑崖邊。（《全宋詩》第六十三冊，頁 39582）

釋文珦藉一次夢境，讓每天傍晚發作的病瘧暫停發作，隔日又夢坐亡，這是「死亡之夢」，在詩僧之夢中，甚為罕見。羅師宗濤在〈唐五代詩僧之夢初探〉一文中談到，齊己年邁時，曾作〈傷秋〉一詩，夢到雙林，雙林是佛入滅的地方，推論死亡的陰影已潛入了他的夢境。〔註91〕釋文珦當時病重，日日發作，時時折磨，這或許可以解釋，為何會作死亡之夢。夢中他平靜放鬆地面對死亡，走上神話傳說裡的黃泉路，醒後卻不藥而癒。西方在古希臘時代也有夢能療病的紀錄，是夢的醫療功能最發達的時期，人們篤信療病之神阿斯克列比歐，「阿斯克列比歐通常會在病者夢中顯現，賜予療病訊息，這訊息本身可能就有藥到病除的效果。夢中訊息不必加以圓解，因為有夢的經驗就足以使人痊癒。」〔註92〕古希臘以夢療病和釋文珦夢境療病的差別在於，古希臘人療病的力量來自刻意夢見阿斯克列比歐，釋文珦的力量來自偶然夢境、詩和宗教信仰。

徐積（1028～1103）亦作一首與療病相關的〈夢中作〉，差別在於，詩人僅交代在夢中擺脫病體，卻無交代醒後是否康復：

詩翁吟袖忽翩然，使脫紅塵騰紫煙。一身病骨如生翅，兩道銀河不用船。奔星相隨趁明月，鳴鸞引去追飛仙。琅玕

〔註91〕同注86，頁 12。
〔註92〕同注15，頁 32。

樹下夜宴起，雲童爲汲瑤山水。仍遣詩筒寄閬風，詩筒落
下煙霞中。人閒知是吟哦翁，舉頭齊望青冥空。（《全宋詩》
第十一冊，頁 7629）

徐積是英宗治平二年（1065）進士，當時三十八歲正值壯年，但是入
神宗朝後，神宗數召對，卻因耳聵不能出仕，可知他長年受病痛所
苦，清醒時人世間難以解脫的苦，他在夢中拋去，並飛昇上天，與明
月星星爲伴，仙童汲取仙水給他飲用，無比輕鬆自在。夢中讓他深感
愉快的還有在夢中作詩，和釋文珦認爲詩能療病有相似處，作詩對
他們來說，都是非常看重的事情，或許也是他們爲何會有夢中作詩的
原因。

　　夢中神話空間還有一型，爲打破空間秩序，任意想像，如梅堯臣
〈丙戌五月二十二日晝寢夢亡妻謝氏同在江上早行忽逢岸次大山遂
往遊陟予賦百餘言述所覩物狀及寤尚記句有共登雲母山不得同宮處
倣像夢中意續以成篇〉：

晝夢與予行，早發江上渚。共登雲母山，不得同宮處。何
嗟不同宮，似所厭途旅。樹杪俯鳥巢，圻殼方仰乳。雄雌
更守林，號噪見飛鼠。鼠驚豎毛怒，裊枝如發弩。逡巡吼
風雲，遠望射巖雨。東南橫虹霓，萬壑水噴吐。下尋歸路
迷，欲暮各愁語。忽覺皆已非，空庭日方午。（《全宋詩》
第五冊，頁 2891）

本詩應作於仁宗慶曆六年（1040），詩人當時三十九歲，其妻謝氏已
過世，詩人與妻子在夢境裡再次相會。析論靈魂自我的印度古奧義
書《婆里阿多磨訶・優波尼沙曇》云：「靈魂主要有兩種狀態，一在
陽世，一在幽冥。另有一種是介乎兩者之間的，及睡眠狀態。靈魂
若處於中間的這個狀態，就能對陰陽兩種狀態一目了然，「陽世的這
個與冥界的那個」都看得見。依照的榮格的看法，夢的內容乃是作
夢者清醒時經歷的事（陽世）與人類集體潛意識的原型活動程式（幽
冥）的互動結果，與印度古籍所說的正相仿。古印度人認爲，清醒
狀態不及睡夢「眞實」，因爲睡時可以同時領會陰陽兩界的知識與經

驗。」〔註93〕若以印度古奧義書的觀點，詩人睡眠時的靈魂，介於陰陽之間，因此看見了幽冥狀態的亡妻，還同在江上早行，又「共登雲母山」的經驗。又如同榮格所言，夢的內容是作夢者清醒時經歷的事（陽世），所以雖然突破空間限制與亡妻「共登雲母山」，卻「不得同宮處」，詩人潛意識裡還記憶著人鬼殊途的無奈，夢中場景「鼠驚豎毛怒，梟枝如發弩。逡巡吼風雲，遠望射巖雨。」氣氛恐怖，令人不安，在漸暗的天色裡，歸路難尋，彼此傾訴的，仍是哀愁的話語。

　　人在夢中比醒時受的拘牽和制約都要少，宋人夢中作詩呈現的時空創作特質，較醒時創作來得活潑，部分甚至可以超越時空。但是人儘管在夢中，仍達不到全然的自由。因此，以時空而言，符合時空秩序和打破時空秩序二者，夢中作詩是兼而有之。

〔註93〕同注 15，頁 21。

第三章　夢中作詩的人物探索

　　繼以時間與空間為座標，論述宋人夢中作詩後。本章再就人物作一番檢視，將詩題與詩中出現人物的各篇一一挑出，在分類後，予以析論。觀察夢中作詩所出現的人物類型，有的僅指出人、友、客、故人等泛稱，有的卻出現明確的人名，而其中包含著時人或古人，有的是在世或過世的親友，還有君王、僧道以及鬼神，還有第一人稱的「我」。第一節將討論無具名之人物，分為自己、親人、君王、僧道、鬼仙等；第二節將具名人物分為歷史人物與當代人物兩類，依序析論。

第一節　無具名人物

一、自己

　　整首詩中的人物就只有自己，而不涉及他人。例如王銍（生卒年不詳）與晁公遡（紹興八年（1138）進士）兩位南渡詩人，分別以〈夢中賦秋望〉、〈夢中作〉，抒發面對北宋覆亡的憾恨：

> 閣小寒宜遠，林荒晚帶風。遙山秋色外，獨樹雨聲中。念起三生異，心傷萬境同。此邦非我里，隨意作流通。（《全宋詩》第三十四冊，頁 21301）

> 舉鞭重到故都行，予亦咨嗟恨不勝。心隨隴雲留漢苑，目

隨煙樹遠秦陵。(《全宋詩》第三十五冊,頁 22448)

王銍在夢中寫自己避難江南,登小閣而遠眺,故國在視野之外,而小庭中只有一株淋著秋雨孤獨的樹。詩人撫今追昔,展望未來,念念相續,思潮起伏,但覺哀傷充滿了整個時空。晁公遡則在夢中重回故鄉,並遊歷秦漢以來祖先經營的大好河山,這一切都令他不勝悵恨。

南宋末年的鄭思肖(1241~1318),面對偏安江南的半壁江山也被元人端走,國土盡失,漢人無可遁逃於天地之間,淪為受異族統治的賤民。鄭思肖面對兩宋三百餘年覆亡於一旦,比王銍與晁公遡面對宋室南遷的反應,要激烈得多,見其〈補夢中所作〉并序一絕,覺而遺首兩句。而夢中所作的「中原」二字,醒後嫌其忘於本朝,故改「君王」並補足前兩句:

鴻雁流離夢亦驚,滿懷淒怨足秋聲。此身不死胡兒手,留
與君王取太平。(《全宋詩》第六十九冊,頁 43418)

南宋覆亡之際,鄭思肖僅是太學生,並未擔任朝中官職,亦無顯赫的家世和履歷,然而,他不肯俯首為順民,是自我道德要求較高的人。夢後所補首二句流露天地與之同悲的淒怨。夢中作詩的後兩句寫的是自己僥倖未死於異族之手,希望保能有用之身,等待報效君王的復國時機,醒後特地將夢中作「中原」二字,改為「君王」,以惕勵自己不忘本朝。宋代詩人面對亡國,反應強烈, [註1] 但藉夢中作詩流露自我心跡的「大夢」篇章,僅以上三首。為數較多的是自我抒情寫意,內容多元而立體的「小夢」。

首先,生息在北宋仁宗朝的楊備(生卒年不詳),在大致昇平的時代,他做著他的「小夢」,如〈為長溪令夢中作〉:

月入蚨錢數甚微,不知從宦幾時歸。東吳一片清波在,欲
問何人買釣磯。(《全宋詩》第三冊,頁 1427)

〔註 1〕羅宗濤〈唐末詩人對唐亡的反應試探〉:「相較於宋、明覆亡之際詩
人強烈的反應,唐末詩人的反應,大體而言,是要來得溫和一些。」
收入《唐代文化學術論文集》,頁 404。

楊備，建平（今安徽郎溪）人，於仁宗天聖朝知長溪縣，明道初知華亭縣，因愛姑蘇風物，遂家吳中，慶曆中以尚書虞部員外郎分司南京。身為中國古代的知識分子，心中最根源的思維，就是儒家思想，也是最符合文化傳統，最能見容於社會的選擇，因為關心的是民生社稷等入世層面，心力傾向於社會責任、文人道德、歷史責任等面向。但是，往往在宦海漂流久後，會有另一種出世思想讓知識分子嚮往，繼而產生欲平衡主流文化和內在價值的矛盾，該如何取捨、調和、排列的兩難。不過通常都是將出世思想置於附庸。楊備酷愛姑蘇風物，嘗效白居易體作〈我愛姑蘇好〉十章、〈姑蘇百題〉等，楊備的夢中作詩訴說的正是薄宦無味，而想歸隱於東吳清波之中。

　　較楊備稍晚的蘇轍（1039～1112），中年因難以自外於新舊黨爭的漩渦中，連年受累貶謫，遂萌生退隱之心，因作〈將之績溪夢中賦泊舟野步〉，這樣的感受不只是瞬間的心靈猛醒，而是對官場的深切失望後，心中仕、隱的界線逐漸游移，遂將隱在心中的版塊擴大，於是對清幽離塵的方外之地之嚮往，逐漸取代殺戮官場，到徽宗大觀元年（1107）詩人年近七十，人已脫離宦海，閑居潁昌，心在夢中飛向西湖，寫下〈夢中咏西湖〉自注：前四句夢中得，後四句起而足之：

　　　　誰鑿西湖十里中，扁舟載酒颺輕風。草木蕃滋百事足，寒
　　　　暄淡薄四時同。……（《全宋詩》第十五冊，頁10122）

詩人夢中「扁舟載酒」乘著輕風，自由自在徜徉西湖，令他開懷的是自然界的四時佳景，在仕、隱的天秤上，讓以退休的他心中的「仕」隱沒不見，而讓詩人內心的「隱」，在自然山水中豁然朗現。在山水的薰染洗滌下，推翻了儒生所秉持的入世精神和世俗價值，反之，隱逸意識的高昂，精神自由的追求，在夢醒後仍不能自己，應而有醒後補作四句：

　　　　……東鄰適與吾廬便，西岸遙將岳麓通。閑遊草草無人識，
　　　　竹杖藤鞋一老翁。

視自己爲「竹杖藤鞋一老翁」是經歷過種種名利價值後的超脫，放下了古代士人「學而優則仕」的進程，淡化了進德修業背後的政治目的。社會學家韋伯曾說：「儒教是表示受奉祿者和以世俗理性主義爲特徵的儒生的地位理論，如果人們不屬於這一文化階層，就會被輕視。」〔註2〕但是子由這時已然拋卻了士人身分帶給他的壓力和困限，在他身上已不復見傳統文化中士與仕密不可分的關係。

從儒家的角度，士並非一昧爭取社會地位的上升，或汲汲於世俗功名，而是承擔起社會落在個人肩上的各種職責，將自己置於社會倫理的整體之中，南渡詩人江端本（生卒年不詳）早年不赴科舉，在士與仕之間有所緩衝，試看其在北宋晚期抒發個人不捨離情的〈夢中作〉：

> 晚風殘日下危樓，斜倚闌干滿眼愁。休唱陽關催別酒，春
> 情離恨總悠悠。（《全宋詩》第二十五冊，頁 16887）

看來潛入江端本夢中的是他自己那悠長的離恨春情。

北宋劉允（？～1125）爲哲宗紹聖四年（1097）進士，初任循州戶曹，改知程鄉縣，歷任化州、循州，卒於徽宗宣和七年（1125），他在國力日漸衰潰的北宋末年，擔任朝廷命官。在他傳世的十二首詩中（紀夢詩八首、夢中作三首），均不見反映現況時事，無論紀夢詩或夢中作的內容，或十二首詩中惟一與夢無關的〈韓山〉都跳脫時代困境，以其〈夢中作〉爲例：

> 盡日看山不厭山，白雲飛去又飛還。傍人莫指雲相似，雲
> 自無心我自閑。（《全宋詩》第二十二冊，頁 14763）

劉允的詩較無時代性，其詩始終保持著閒適、高遠、寬敞的意境，不介入塵世的紛擾糾葛，而有其獨特性。南宋蘇泂（1170～？）的詩作之數量與風格均較劉允豐富，但其一首〈夢句〉，夢中繁華與時事一同落盡，且褪去朝臣、詩人等多重身分：

〔註2〕羅伯特・色柯克（Robert. S.）等編，龔方震譯《宗教與意識型態》（四川：四川人民出版社，1992 年），頁 31。

元日新春又一年，剡溪仍是舊山川。白頭野叟無時事，獨
自尋僧雪滿船。（《全宋詩》第五十四冊，頁 33973）

夢中象徵新年新開始、新年新希望的元日，詩人夢到剡溪的自然天
地，反璞歸眞，自視爲不再掛懷時事的白頭野叟，象徵遠離政治、遨
遊世外，作了出處進退的選擇，所以獨自一人冒雪前行，復返靜寂，
而尋求的目標，也是象徵復歸於道的方外僧人。

　　在論釋宋人夢中作詩所出現的人物時，陸游（1125～1209）是相
當特殊的一位詩人，除夢中作詩數量龐大外，夢中作出現的人物，大
致可分爲自我（個人）和從數客（團體）兩大類。而詩中人物僅有自
我的篇章，自我的情感和思緒可區分爲幾方面。首先，夢中稍將強烈
愛國心暫時放下，把心思放回自己身上，如〈夢中作〉、〈夢中作〉二
首之二：

路平沙軟淨無泥，香草半茸沒馬蹄。搗紙聲中春日晚，怳
然重到浣花溪。（《全宋詩》第三十九冊，頁 24559）

平羌江上月，伴我故山來。幽興依然在，浮雲正爾開。清
秋纔幾日，黃葉已成堆。未醉江樓酒，扁舟可得回。（《全
宋詩》第四十一冊，頁 25528）

分別作於孝宗淳熙八年（1181）五十七歲，正因趙汝愚彈劾而免官，
賦閒在家，與作於寧宗開禧三年（1207）八十三歲，遭罷再度回到故
鄉已十八年了。兩首夢中作，都是詩人官場失意，回歸故鄉時所夢作，
但是相較於八十三歲所作的夢中作，五十七歲時人尙中年，雖身處困
境，內心仍有東山再起的希望與熱情，或許因此，夢境是溫暖柔和充
滿生機的春天。八十三歲夢中作的自己「幽興依然在」，但已是落葉
成堆，暮氣已深的秋日了，陸游此時的人生也即將走入終站。陸游夢
中作常出現酒的意象，也是一個特點，不僅夢境中宴客的群體場面有
酒，夢中他獨自一人亦常有酒的出現，而「未醉江樓酒」，夢中沒有
喝醉，似已看淡歲月消逝的悲秋之愁了，陸游年少心裡畏懼的不遇與
無所用的痛苦，此刻得到美景的消解。從自然獲致的「幽興」，由日

間帶入了夢境，在夢中落實成文字，又帶回日間。

在第二章討論過陸游有許多以征行爲場景的夢中作詩，而這些征行的旅途又有數篇是一人獨行，若將有背景人物的詩篇刪去，則獨自一人征行的共有三篇：〈五月七日夜夢中作〉二首之一、〈夢題驛壁〉、〈夢中賦早行〉等三首：

> 征行過孤壘，寂寞已千年。馬病霜菅瘦，狐鳴股冢穿。煙塵身欲老，金石志方堅。零落英雄盡，何人共著鞭。（《全宋詩》第四十冊，頁 24938）

> 半生征袖厭風埃，又向關門把酒杯。車轍自隨芳草遠，歲華無奈夕陽催。驛前歷歷堠雙隻，陌上悠悠人去來。不爲途窮身易老，百年回首總堪哀。（《全宋詩》第四十冊，頁 25064）

> 夜分秉炬治裝貲，千里霜風入馬蹄。擁褐卻尋孤驛夢，垂鞭時聽近村雞。荒煙漫漫沈殘月，宿莽離離上古堤。天色漸分寒更力，道傍沽酒坏官泥。（《全宋詩》第四十冊，頁 25277）

三首詩分別作於寧宗慶元二年（1196）七十二歲，寧宗慶元五年（1199）七十五歲，寧宗嘉泰三年（1203）七十九歲。遭罷回到故鄉後，歷經八年的閒置，對陸游而言是「寂寞已千年」的漫長，他還擔心著「煙塵身欲老」的時間壓迫。而另一首則有「歲華無奈夕陽催」之句，在夢中的消解之道還是無奈地端起酒杯。陸游仕途的困厄，上無明君賞識，下無同志扶持，一路走來，倍嘗艱辛孤苦，這或許也是何以夢中作裡有不少獨自征行的意象。

二、親人

宋人夢中作詩出現親人的詩篇僅六篇，數量並不多，其中二篇爲兒子、一篇兒孫、二篇兄弟、一篇亡妻。

楊萬里（1127～1206）〈記夢中紅碧一聯〉夢中夢到了兒子：

> 喜教兒聯句，那知是夢中。天窺波底碧，日抹樹梢紅。覺

後念何說，意間難強通。元來一夜雪，明曉散晴空。(《全宋詩》第四十二冊，頁 26452)

本詩作於光宗紹熙元年（1190）六十四歲，當時楊萬里在江東轉運副使任上。夢中情境爲楊萬里在夢中教兒子聯句，而他醒後也僅記得示範的一聯詩句。楊萬里會喜歡教兒聯句，以致於夢中作詩，應與童年的記憶有關聯，按弗洛依德所說，夢的來源之一爲童年的記憶殘餘。楊萬里的父親楊芾字文卿，隱於吉水之南，號南溪居士。「家無田，授徒以養，暇則教子。」〔註3〕可知楊萬里有重視讀書的家庭環境，父親以身教、言教教育他，胡銓在〈楊君文卿墓誌銘〉曾言：「歲入束脩之貲，以錢計者纔二萬，太饑穀，忍饑寒以市書，積十年得數千卷，謂其子：是聖賢之心具焉，汝何戇之。」〔註4〕楊芾忍貧苦，就爲能買書教子，對楊萬里有嚴格的督促與期待，以培育聖賢的格局，養成他高尚的品性與心胸，也讓他在學識上不斷精進，進而有日後的成就。他的父親扮演嚴父與嚴師的雙重角色，而這些既是日間又爲童年的記憶，日後轉化成夢的內容。楊萬里於紹興二十四年（1154）二十八歲中進士第後，開始仕宦生涯，初入仕途後即漸受重用，尤其孝宗淳熙十一年（1184）五十八歲後至淳熙十五年（1188）六十二歲，楊萬里任職京中，由吏部郎中，擢太子侍讀，又遷秘書少監，是他最受重用，意氣風發的時期，如周啓成言：「可以說楊萬里在這幾年中，基本上是受到朝廷的信用的，已經逐步進入統治機構的核心部分，他對國事也非常熱心。」〔註5〕楊萬里可以改善自己的生活，提高自己社會地位，憑藉的是讀書。在夢中，他效法他的父親，也教起自己的孩子，而家庭經濟不再艱困，家學的環境相對較輕鬆愉快，遂有「喜教兒聯句」歡喜與後輩吟詩作對、舞文弄墨之句。

〔註3〕參胡銓〈楊君文卿墓誌銘〉，收入《胡澹菴文集》下冊，卷二十五（臺北：漢華文化事業有限公司，1970年），頁1310。

〔註4〕同上注。

〔註5〕周啓成《楊萬里和誠齋體》（臺北：萬卷樓出版社，1993年），頁61。

戴復古（1167～？）〈清明前夢得花字〉同樣夢到兒子，不同於楊萬里父子風雅地鍊字鍛句的傳承家學，夢中年事已高的戴復古，把主家的責任交付兒子：

> 白頭那辦老生涯，幸有癡兒可主家。百歲光陰一場夢，三春消息幾番花。掃松欲造清明酒，入峽先租穀雨茶。隨分支吾度時節，那求不死煉丹砂。（《全宋詩》第五十四冊，頁 33585）

本詩應作於理宗淳祐三年（1233）高齡七十七，已由其子琦自鎮江迎還，不必擔憂年老無依，而可以安享天年的心情下，故夢作「白頭那辦老生涯，幸有癡兒可主家」之句。而陸游於寧宗嘉定元年（1208）以八十四歲高齡夢作〈夢中江行過鄉豪家賦詩二首〉以告誡兒孫立身處世的原則，流露的是另一種關愛教誨的親子關係：

> 兒孫勿遊惰，常念起家勞。（《全宋詩》第四十一冊，頁 25637）

英宗治平元年（1064），二十七歲的蘇軾（1037～1101）記錄下他的第一首夢中作詩，夢中夢見了弟弟蘇轍：

> 我歸自南山，山翠猶在目。心隨白雲去，夢繞山之麓。汝從何方來，笑齒粲如玉。探懷出新詩，秀語奪山綠。覺來已茫昧，但記說秋菊。自注：八月十一日夜宿府學，方和此詩，夢與弟游南山，出詩數十首，夢中甚愛之。乃覺，但記一句云「蟋蟀悲秋菊」有如採樵人，入洞聽琴筑。歸來寫遺聲，猶勝人間曲。（《全宋詩》第十四冊，頁 9130）

且特別的是夢中得句「蟋蟀悲秋菊」也是出自弟弟之手，弟弟在夢中形象「笑齒粲如玉」甚爲鮮明地「探懷出新詩」，據黃啓方教授的統計：「東坡畢生所作詩兩千六百餘首，與子由唱和者兩百一十七首，子由所作一千八百餘首，與東坡唱和者亦兩百零六首，兩人唱和之作相當，而兄弟的手足深情，也大概可以見知。」〔註6〕，在哲宗元祐七年（1092）東坡曾寫下「我年二十無朋儔，當年四海一子由。」

〔註6〕黃啓方《東坡的心靈世界》（臺北：學生書局，2002 年），頁 135。

〔註7〕將子由在東坡心中的份量表現得一清二楚。

黃庭堅（1045～1105）〈夢中和觴字韵〉在序文中將夢境敘述甚詳「崇寧二年正月己丑，夢東坡先生于寒溪西山之間，予誦寄元明觴字韵詩數篇，東坡笑曰：「公詩更進于曩時。」因和予一篇，語意清奇。予擊節賞歎，東坡亦自喜。于九曲嶺道中，連誦數過，遂得之。」黃庭堅夢中誦讀寄給哥哥黃大臨的數篇觴字韵詩，應是將平日二人唱和的經驗，在夢中複製。

夢中作詩出現親人中較爲特別的是梅堯臣（1002～1060）〈丙戌五月二十二日晝寢夢亡妻謝氏同在江上早行忽逢岸次大山遂往遊陟予賦百餘言述所覩物狀及寤尚記句有共登雲母山不得同宮處傲像夢中意續以成篇〉夢見了亡妻謝氏，這也是宋人惟一夢見過世親人的夢中作詩。梅堯臣二十六歲（1027）與二十歲謝氏結婚，夫人爲謝濤之女、謝絳之妹，一位官宦世家培育的婦女。夫婦二人感情深厚，平時爲妻子寫下不少詩篇，而在梅堯臣四十三歲（1044）湖州監稅任滿，攜同家眷前赴東京途中，路經高郵，謝氏病歿，他寫下〈悼亡〉三首宣洩喪妻之痛，〔註8〕往後多有懷妻感傷之作，本首夢中作就爲其中一首。另外多首也與夢相關，如〈夢感〉、〈椹澗晝夢〉、〈靈樹鋪夕夢〉、〈夢覩〉、〈戊子正月二十六日夜夢〉〔註9〕，應當是晝想夜夢了。

三、君王

分別有王禹偁（954～1001）、秦觀（1049～1100）與陸游三人共三篇夢中作詩出現君王。首先，王禹偁所作〈淳化二年八月晦日夜夢于上前賦詩既寤唯省一句云九日山州見菊花間一日有商於貳車之命實以十月三日到郡重陽已過殘菊尚多意夢已徵矣今忽然一歲又逼登

〔註7〕蘇軾〈送晁美叔發運右司年兄赴闕〉，收入《全宋詩》第十四冊，頁9470。
〔註8〕《全宋詩》第五冊，頁2895。
〔註9〕分別見《全宋詩》第五冊，頁2872、2882、2891、2927、2935。

高追續前詩句因成四韵〉應作於太宗淳化二年（991）三十八歲，是年爲徐鉉辨誣的結果，被貶商州團練副使。看詩題可知夢境中的情境，王禹偁是在太宗面前賦詩，對忠而被謗的他，原本沒有機會在天子面前說明澄清，此詩卻能誦於天子面前，對他是別具意義，儘管醒後只記得「九日山州見菊花」一句，但已深記心中，有機會仍要將詩句敷衍成篇。誠如劉小楓《拯救與逍遙》云：「政治家身分與詩人身分的奇妙組合，正是多數中國詩人的突出形象，詩成爲發洩官場失意的工具，成爲歷史的政治活動失敗的安慰。」〔註10〕

秦觀於哲宗元祐五年（1090）四十二歲，〈夢中得此〉云：

> 縞帶橫秋匣，寒流炯暮堂。風塵如未息，持此奉君王。（《全宋詩》第十八冊，頁 12118）

秦觀於神宗元豐八年（1085）三十七歲進士即第後，授蔡州教授，哲宗元祐五年召爲秘書省校對黃本書籍，秦觀在元祐年間宦途稱不上亨通，但是大致平順，也就是在這時期，秦觀在夢中夢見了君王，展現了身爲知識分子、士大夫那種剛健不息、自信滿滿的氣質。

陸游〈五月十一日夜且半夢從大駕親征盡復漢唐故地見城邑人物繁麗云西涼府也喜甚馬上作長句未終篇而覺乃足成之〉：

> 天寶胡兵陷兩京，北庭安西無漢營。五百年間置不問，聖主下詔初親征。熊羆百萬從鑾駕，故地不勞傳檄下。築城絕塞進新圖，排仗行宮宣大赦。岡巒極目漢山川，文書初用淳熙年。駕前六軍錯錦繡，秋風鼓角聲滿天。首蓿峰前盡亭障，平安火在交河上。涼州女兒滿高樓，梳頭已學京都樣。（《全宋詩》第三十九冊，頁 24514）

此詩作於孝宗淳熙七年（1180）五十六歲，屬陸游出蜀後的仕途，淳熙五年春自蜀東歸，冬入福建任提舉常平茶鹽公事，六年秋，改除提舉江南西路常平茶鹽公事，冬抵撫州。當時期的輾轉宦遊生活，無法獲得實現真正抱負的機會，即使獲得官職，也沒有真正賞識他的人。

〔註10〕劉小楓《拯救與逍遙》（臺北：久大，1991 年），頁 84。

現實生活不能實現北復神州的理想，陸游自己在夢中製造，以彌補缺憾，[註11] 夢中聖主形象的孝宗，果斷有魄力，下詔親征，陸游跟隨聖主，收復安史之亂以來的西北失土，並且在邊境有穩固的邊防，平安火能永續燃燒。

　　王禹偁會夢中夢見在君王面前賦詩，多少和他遭貶的委屈冤枉心情有關，夢中跨越階級的障礙，平日高高在上，難以企及的君主，夢中卻在眼前。秦觀夢中作詩的君王形象，是象徵他初步仕途不久，心中忠誠熱烈的效忠對象，形象較爲模糊。陸游夢中的孝宗形象，是有勇氣下詔親征的聖主，夢中宋軍是能收復五百年來都光復不了的西北的富強部隊，夷漢之間燃著代表雙方相安無事的平安火，在夢中一切都合於他的理想。

四、僧道

　　宋人夢中作詩出現的僧道以與佛教相關的七篇，略多過於與道教相關的五篇。

　　蘇軾平日作了不少饒富禪味的詩篇，而夢中作則以〈數日前夢一僧出二鏡求詩僧以鏡置日中其影甚異其一如芭蕉其一如蓮花夢中與作詩〉與〈破琴詩〉敍文中夢見僧人，且禪味濃郁：

> 君家有二鏡，光景如湛盧。或長如芭蕉，或圓如芙蕖。飛電著子壁，明月入我廬。月下合三璧，日月跳明珠。問子是非我，我是非文殊。（《全宋詩》第十四冊，頁 9598）

> 破琴雖未修，中有琴意足。雖云十三絃，音節如佩玉。新琴空高張，絲聲不附木。宛然七絃箏，動與世好逐。陋矣房次律，因循墮流俗。懸知董庭蘭，不識無聲曲。（《全宋詩》第十四冊，頁 9442）

二詩分別作於神宗元豐六年（1083）四十七歲，東坡仍在黃州貶所，

〔註11〕安東尼・史蒂芬斯（Anthony Stevens）撰，薛絢譯《大夢兩千天》：「如果社會不能提供，自己就會在夢中製造，以彌補這項缺憾。」，頁 200。

與哲宗元祐六年（1092）五十六歲，東坡於京師所作。首先，夢中僧
人拿出二鏡向東坡求詩，而夢中二鏡的光影亮如歐冶所煉鑄的寶劍。
末句「我是非文殊」應是東坡日間讀《楞嚴經》的晝想夜夢了，案《楞
嚴經》云：〔註12〕

> 如汝文殊，更有文殊，是文殊者爲無文殊。如第二月，誰
> 爲是月，又誰非月，又於自心現大圓鏡。

東坡在黃州貶所，因「不得簽書公事」，得閒之餘頗讀佛典，此詩呈
現他對「無我」已有一番體會，黃啓方云：「「是文殊、非文殊」、「是
月、非月」即如「是我非我」、「是夢非夢」。……應是平日沈思有得
而見於夢吧！」〔註13〕具濃厚禪味。

〈破琴詩〉有篇序文云：「舊說，房琯開元中嘗宰盧氏，與道士
邢和璞出遊，過夏口村，入廢佛寺，坐古松下。和璞使人鑿地，得甕
中所藏婁師德與永禪師書，笑謂琯曰：「頗憶此耶？」琯因悵然，悟
前生之爲永師也。故人柳子玉寶此畫，云是唐本宋復古所臨者。元祐
六年三月十九日，予自杭州還朝，宿吳淞江，夢長老仲殊挾琴過余，
彈之有異聲，熟視，琴頗損，而有十三絃。予方歎息不已，殊曰：「雖
損，尚可修。」曰：「奈十三絃何？」殊不答，誦詩云：「度數形名本
偶然，破琴今有十三絃。此生若遇邢和璞，方信秦箏是響泉。」予夢
中了然識其所謂，既覺而忘之。明日晝寢復夢，殊來理前語，再誦其
詩，方驚覺而殊適至，意其非夢也，問之殊，蓋不知。是歲六月，見
子玉之子子文京師，求得其畫，乃作詩并書所夢其上。子玉名瑾，善
作詩及行草書。復古名迪，畫山水草木，蓋妙絕一時。仲殊本書生，
棄家學佛，通脫無所著，皆奇士也。」東坡以「舊說」開端，據羅師
宗濤所考，所謂舊說是《太平廣記》卷一百四十八〈房琯〉條引《明
皇雜錄》所記，〔註14〕夢中出現的人物可分爲兩類，一是唐代宰相婁

〔註12〕南懷瑾《楞嚴大義今釋》（臺北：老古文化事業公司，1987年），頁
184。
〔註13〕同注6，頁172。
〔註14〕羅宗濤〈蘇東坡夢中作詩研究〉，頁13。

師德、房琯、宋復古、柳子玉、柳子文父子，一是宗教人士道士邢和璞，與棄家學佛的仲舒長老，人物橫跨古今，情境相當複雜，又是修琴，又涉及前身、後身的議題，或夜或晝，東坡連續兩天入夢。「完全相同的夢，這些夢在細節上不大相同。但在感情上有著相同的基調。……其意義在於夢者擺脫不了某種解決不了的問題。」〔註15〕王文誥云：「琴夢房圖，渺不相涉，即以邢、董牽合，義不可通，此蓋有難言事，欲後人發明之耳！」此詩中道士、僧人所傳達的宗教義理並不多，夢中出現複雜的人物與事件似乎是經過東坡佈局，與當時朝廷中的政爭有較大的關聯，破琴依然琴音高雅，相較之下，雖然是新琴卻琴音過於尖亮，分別象徵著舊黨和新黨，東坡似藉夢中作詩暗暗地批評新黨，但是他能作的也限於此，新舊黨爭或許就是他擺脫不了，也解決不了的問題。

蘇轍於徽宗崇寧四年（1105）六十七歲作〈夢中謝和老惠茶〉：

西鄰禪師憐我老，北苑新茶惠初到。晨興已覺三嗅多，午枕初便一杯少。七碗煎嘗病未能，兩腋風生空自笑。定中直往蓬萊山，盧老未應知此妙。（《全宋詩》第十五冊，頁10103）

徽宗崇寧中重開黨禁，蘇轍罷祠，閑居潁昌，過了十二年閑適生活，直到徽宗政和二年（1112）去世，年七十四。此詩即作於閑居時期。子由晚年好佛，在潁昌城西西湖之濱的宅院內蓋有佛堂，「蘇轍好佛（尤其在晚年），東廂就是他的佛堂：『東廂靖深，以奉嘗烝。老佛之廬，朝香夜燈。』」〔註16〕，不僅如此，平日與僧人多有來往，同年另有詩作〈施崇寧寺馬〉序文云：「僧悟緣自成都來，爲予致一滇馬，甚駿。」〔註17〕子由日常生活中有與僧人往來餽贈的經驗，日間的記憶轉化成夢境，夢中西鄰禪師道和致贈子由新茶，所贈的茶對子由而

〔註15〕詹姆斯・洛威（James R. Lewis）撰，王宜燕、戴育賢譯《夢的百科全書》，頁204。

〔註16〕曾棗莊《蘇轍評傳》（臺北：五南圖書公司，1995年），頁270。

〔註17〕《全宋詩》第十五冊，頁10102。

言，能在午睡後醒腦，有助於日常保健，讓子由兩腋生風，快活如登蓬萊山。

周必大（1126～1204）於孝宗隆興二年（1164）三十九歲，也夢作一首與佛教人士和贈茶相關的詩作，藉詩題〈甲申四月甲子夜夢以焦坑小團及宜春新芽送隆慶長老了遠戲作柬云云矍然而寤枕上又補一頌以茶送達數日前曾有此意而一點千林非因想所及也〉敘述夢的情狀：

> 達上座，惺惺著，靈根一點便神通，敗葉千林都掃卻。自注：夢中戲作。（《全宋詩》第四十三冊，頁 26819）

孝宗隆興元年（1163）三十八歲，因繳駁龍大淵、曾覿除知閤門事，奉祠。直至乾道四年（1168）才起知南劍州。隆興二年是他較爲沈潛、較遠離政治的時期，作了贈茶予龍慶長老的夢中作，但有意掃除政壇污穢的念頭，卻深藏在他的潛意識中。

陳與義（1090～1138）〈夢中送僧覺而忘第三聯戲足之〉與陸游〈夢中作遊山絕句二首〉之二，夢中均出現僧人：

> 兩鴻同一天，羽翼不相及。偶然一識面，別意已超忽。去程秋光好，萬里無斷絕。雖無仁人言，贈子以明月。（《全宋詩》第三十一冊，頁 19521）

> 寺樓已斷暮鐘聲，照佛琉璃一點明。不道溪深待船久，老僧驚怪太遲生。（《全宋詩》第四十冊，頁 25056）

陳與義夢中送別的對象是位僧人，面對眼前僧人後，再面對離合聚散，彷彿受到佛法的感悟，體會緣起難免緣滅，對離別較能自在處之。陸游夢遊山寺，但因待渡太久，到佛寺時，已是入夜時分，老僧對訪客的晚到頗感驚怪。不知陸游是否感到自己悟道太遲而有此夢？畢竟他作此夢時已是七十五歲的老人了。陸游在十年後，寧宗嘉定二年（1209）八十五歲另作有一首〈八月二十三夜夢中作〉：

> 道士上天鶴一隻，老僧住庵雲半間。去來盡向無心得，癡點相除到處閑。江山千里互明晦，魚鳥十年相往還。高巖縹緲人不到，醉中爲子題其顏。（《全宋詩》第四十一冊，

頁 25707）

夢中陸游的心，已不侷限在特定宗教裡，如道士來去自在隨緣，或如老僧在山上寧靜修持，只要心無滯礙，到處都能得自在清淨。

方岳（1199～1262）〈夢有饟予寶器一盒者曰僧某甲入寂奉以別也一念不敢受當與善知識作供耳顧僧在傍恢然偉岸與之揖甚野劃然笑曰我不管也因墨格上筆書云老藤一枝孤雲萬里如是我聞我聞如是放筆趺座而逝既覺因作偈言焉知僧非異人與予宿有緣契庶幾聞之〉：

> 何師何許人，何用與世絕。向來修何行，於今得寂滅。復
> 以何因緣，夢與老夫訣。是身如虛空，而有何差別。云何
> 作我相，饟別何屑屑。彼分香賣履，何者謂豪傑。老師出
> 世間，亦復何戀結。我法一切無，何以此寶訣。問寶何從
> 來，豈爲我輩設。師今何方去，更吐廣長舌。（《全宋詩》
> 第六十一冊，頁 38420）

夢境中僧人以《金剛經》「如是我聞」入詩賦詩一首，情境是方岳夢中見僧人賦詩，方岳醒後再加以改寫，在宋人夢中作中甚爲特殊。

與方岳夢中夢見他人作詩情境相似者，尚有薛季宣（1134～1173）〈六月三夜夢觀某人詩什其詩一章四絕蓋絕筆也走讀竟太一眞人來告語青猿手裏得長書靜聞丹竈風中雨之句夢而默記之寤矣作詩導意〉不同處在於方岳夢中乃僧人作詩，而薛季宣夢中作詩者，爲一道教人物「太一眞人」：

> 多謝眞人警夢書，青猿馴擾尚趦趄。任從爐鼎喧風雨，爭
> 奈神明復古初。君樂鍊形咀丹火，我甘飲水灌園蔬。惟當
> 敬佩終焉意，子欲無言致匪虛。（《全宋詩》第四十六冊，
> 頁 28668）

南宋夢中作詩僅此一首出現道士，雖然北宋有兩首，總數仍比僧人少，在上位者的態度應爲原因之一，「宋室南渡之後，有鑒於宋徽宗崇道亡國的歷史的歷史教訓，道教的發展趨於平緩。……南宋歷朝皇

帝對佛教的尊崇都超過了道教。」〔註18〕詩人於夢中先讀了某人詩作，詩人譽爲絕筆的詩句，詩人於詩題隻字未提，並未記憶，僅作爲鋪墊，心神聚焦於其後太一眞人所告的兩句，並在夢中默記，醒後改寫，足見詩人看重。薛季宣原本是理學家，但是卻夢見道教人物太一眞人，在夢中顯示他習染道教。醒後卻想恢復儒家正統，在他的體會，生命終極的意義蘊藏在自然中，他想過樸素的生活。本詩由夢中得句前後擴散，最後以薛季宣對生命的體悟作結。

王山（生卒年不詳）今存詩七首，六首寫歌妓盈盈，〈答盈盈〉、〈弔盈盈〉三首、〈憶盈盈題玉女池〉二首，〔註19〕惟一一首詩題與盈盈無關的〈夢中作〉內容仍與盈盈相關：

> 絳闕琳宮鎖亂霞，長生未曉棄繁華。斷無方朔人間信，遠阻麻姑洞裏家。歷劫易翻滄海水，濃春難謝碧桃花。紫臺樹穩瑤池闊，鳳懶龍嬌日又斜。（《全宋詩》第二十一冊，頁13913）

盈盈過世後，王山戀念難忘，作六首詩以記之。在王山的心裡，盈盈就像是思凡、下凡的仙女，可惜兩人緣盡後，盈盈又重返仙界，回到麻姑身邊。王山藉美化、神話盈盈的死，以安慰自己。但是又爲無人從中傳信，以致盈盈不曾入夢而深深痛苦。

劉允（？～1125）傳世十二首詩中，均與道教相涉。按《夷堅甲志》：「劉少時，當元祐甲寅中秋之夕，夢遊一洞府，見塑像道裝，青娥在旁指曰『此公前身也』。既寤，作詩八首以紀之云云。」醒後以紀夢八詩記述夢境。按《夷堅甲志》所載，傳說劉允身後爲開元宮主，其前生、生前、身後與道教均關係密切。〈夢中作〉二首之一：

> 劉郎平昔志烟霞，時到雲山隱士家。除卻松篁芝朮外，川源遠近遍桃花。（《全宋詩》第二十二冊，頁14763）

夢中情境和人物都有濃厚道教色彩，劉郎、隱士有宗教的神秘感與距

〔註18〕葉坦、蔣松岩《宋遼夏金元文化史》，頁307～308。
〔註19〕《全宋詩》第二十一冊，頁13912～12913。

離感，本詩寫出他們局部的日常生活，讓人能一窺一二。首先，隱士的居所築於深山絕嵐，所居之地雲煙繚繞，選擇這樣的棲息地，是刻意離群索居，不受打擾，也是爲了能更貼近自然界的靈秀氣場，也適合栽培草藥，因道教的飲食是與養生修練相結合的，芝是草木藥，〔註20〕道家視服藥爲延年益壽，長生不死的方法，陶宏景〈養性延命錄〉云：「《神農經》曰：食穀者，智慧聰明。食石者，肥澤不老。食芝者，延年不死。食元氣者，地不能埋，天不能殺。是故食藥者，與天相畢，日月並列。」〔註21〕白雲深處的隱士家，適合栽種與採集藥草。本詩點出隱士飲食的大概，除可服食的藥草，水邊遠近遍是道教意味濃厚的桃花，亦有「世外桃源」的象徵。以劉郎、隱士爲人物，松篁爲背景，芝术、桃花等多重意象，使道教意象更爲豐盈。

五、鬼仙

　　夢中作詩出現的神仙，可分爲兩類，可分爲兩類。（一）泛指一般仙人（二）具名的雷神、江神水仙、巫山神女。在此先言泛指一般仙人。

（一）泛指一般仙人

　　夢中作詩出現的尚有泛指仙人一類，如蘇轍〈夢中反古菖蒲〉并引：

> 石上生菖蒲，一寸十二節。仙人勸我食，再三不忍折。一人得飽滿，餘人皆不悅。已矣勿復言，人人好顏色。（《全宋詩》第十五冊，頁 10114）

詩人在夢中仍保留日間的記憶，記著古詩所云，仙人勸食菖蒲的記憶，因而作此翻案的文章，而詩人不願獨享特權那種大公無私的信念，已進入他意識的深層。曹勛（1098～1174）〈夢中作〉四首之一、

〔註20〕楊曉玫《唐代文人尋訪詩研究》將道教服食的藥材分爲兩類，一類是草木藥，以植物和菌類爲主；一類是礦石藥，即丹藥，頁 134。
〔註21〕陶宏景〈養性延命錄〉。

周密（1232～1298）〈記夢〉均流露對仙界和仙人的想像：

曹勛詩云：

> 閬苑東頭白玉京，五雲拂拂護層城。龍鸞高並旌幢過，知是仙班退紫清。
>
> 鮮雲覆首肅朝衣，青靄橫宵映玉鷗。浩闋一聞金石奏，人間幾度歲華移。（《全宋詩》第三十三冊，頁21171）

> 余前十年，常臥遊神山，登紫翠樓，賦詩兩章，自後忽忽到其處。中秋後二夕，倚桂觀月，不覺坐睡。層城飛闕，歷歷舊遊，青童授詩語極玄妙。寤驚，已丁夜矣，僅憶青高不可極已下二十字。援筆足之，以記仙盟云。

> 剛風吹翠冰，倒景浮玄樞。蕭臺萬八千，上有真仙居。冰綃絅清氣，寶笈龕瓊書。至人青瑤冠，風動雲霞裾。顧我一笑粲，勻以青琳腴。泠泠徹崑崙，肝鬲生明珠，玉童發清謠，引鶴開金鋪。授我碧露牋，字字如瓊琚。惡受九拜起，雲氣隨捲舒。靈文眩五色，奧語探皇初。青高不可極，玄晤常集虛。玉苗日茂茂，珠蕊春如如。天妙不費言，悟解超仙衢。飛樓入紫翠，笑語多天姝。馴龍耕玉田，小鳳扶金車。香滿十二簾，春動紅流蘇。脩欄瞰雲雨，黃道通清都。憶昔遊五城，十載纏須臾。正坐一念差，不覺秋塵汙。華池滌凡髓，重佩三元符。凜凜不可留，欲去還踟躕。仰天發長嘯，萬竅皆笙竽。約我更百年，來此騎鯨魚。（《全宋詩》第六十七冊，頁42556）

曹勛夢中作所描繪的仙界，建築群華美雄偉，雲彩拂拂護衛，龍鸞雙雙覆上，氣氛飄渺神秘。在詩人的夢境裡，仙界如同凡間，仙人亦需上朝集會，亦有紀律嚴肅的一面。周密在序文中表示在寫下〈記夢〉詩的十年前，已夢遊過神山，登上過紫翠樓，已經於夢中賦詩過二首，惜未在醒後錄下。此後，詩人常在夢中重遊神山，持續重複夢同一主題的情形，在宋人夢中作詩中並不常見，詩人並於一次夢醒後作詩為〈夢遊紫霞寤而感愴〉：「紫霞當日按涼州，曾到仙家十二

樓。秋影滿堂花外燭，冷香飛句柳邊舟。冰絃泛月傳新譜，芳檻移春接俊遊。授簡梁園人老去，年年葵麥長新愁。」〔註22〕以記錄夢中仙境。

　　詩人在某年中秋後，再次夢赴神山，且青童授予極玄妙的詩句，詩人醒後僅記四句二十字，卻敷衍成四十六句，二百三十字的長詩，將仙人居所、裝扮、人神相處的愉快情形、玉童授詩的情狀，與不捨離去乃有後約，一一細數，足見詩人對此夢的看重。本詩作於南宋末度宗咸淳十年（1278）前，當時國勢已衰頹至無可挽回的地步，詩人反覆夢見仙界，似可解讀爲一種不滿現況卻又無力挽救的逃避心理，藉由夢境跳脫現實的艱困、人世的污濁，遁逃到夢中的烏托邦。

　　再者「宋代雖云崇儒，并容釋道，而信仰本根，夙在巫鬼，故徐鉉吳淑而後，乃多變怪讖應之談。」〔註23〕北宋太宗太平興國二年（977）李昉、徐鉉、吳淑等奉詔監修《太平廣記》收錄野史傳記小說諸家成書五百卷，目錄十卷。包涵神仙五十五卷、女仙十二卷、異僧十二卷、報應三十三卷、神二十五卷、鬼四十卷、妖怪九卷、精怪六卷、再生十二卷等。供文人學子覽讀，「迨徽宗惑於道士林靈素，篤信神仙，自號道君，而天下大奉道法。至於南遷，此風未改，高宗退居南內，亦愛神仙荒誕之書。」〔註24〕在位者的喜好，引領文化思潮與社會風尚，士人階級如此，普羅百姓亦然，在宋代呈現空前繁榮的「說話」，故事主題之一即爲靈怪，「至南宋，說話分爲四家，據《都城紀勝》之〈舍眾伎〉條載，小說以講烟粉、靈怪、傳奇、公案等故事爲主。」〔註25〕周密所處的時代，案頭文學有靈怪類，說話藝人口頭演說也多有靈怪故事，耳濡目染下，靈怪之說易鑲嵌在詩人心靈，

〔註22〕《全宋詩》第六十七冊，頁 42541。
〔註23〕魯迅《中國小說史略》（北京：團結出版社，2005 年），頁 79。
〔註24〕同上注，頁 80。
〔註25〕張燕瑾主編《中國古代小說專題》（北京：高等教育出版社，2005年），頁 64。

當人世受頓挫時，有一個美好仙境可供詩人嚮往與遁逃。

第二節　具名人物

宋人夢中作詩出現的具名人物涵括古今，茲將其分為歷史人物、當代交遊兩大類，而將少數具名的神祇附於後。

一、歷史人物

依歷史人物之時代，再將其分為（一）先秦時期、（二）漢魏晉南北朝時期、（三）唐宋時期，茲分述如下：

（一）先秦時期

宋人夢中作詩出現次數最多的先秦時期人物為堯舜，共三次。首先是金君卿（仁宗慶曆間 1041～1048 進士）〈感夢因接夢中所得詩句〉：

> 我后同堯舜，君臣詠載歌。天顏春日煦，庭列眾星羅。雅奏鈞音合，穠香瑞氣和。逢辰膺帝睠，既醉任顏酡。薦蔞珍蒲異，儀庭舞獸多。太平無一事，圖報顧如何。（《全宋詩》第七冊，頁 4931）

金君卿生卒年已不可考，僅知為仁宗慶曆年間進士，神宗熙寧尚在世。本詩應作於仁宗皇帝逝世後。夢中詩人跳脫仁宗已逝之現實，一心感佩仁君奠定太平盛世之功績，乃將仁宗類比為堯舜，全詩之重心有二，一是盛讚仁宗個人賢德足與堯舜並比，二是盛譽君臣關係和諧，且上位者知人善任，臣下鞠躬盡瘁，君臣上下一心，開誠布公，如同堯舜，諦造了太平盛世，這是金君卿個人對仁宗的感受。翻檢《宋史》，史家對仁宗評價亦甚高，以「恭儉仁恕」形容仁宗〔註26〕，「在位四十二年之間，……朝未嘗無小人，而不足以勝善類之氣。君臣上下惻坦之心，忠厚之政，有以培壅宋三百餘年之基。〈傳〉曰：

〔註26〕元・脫脫等撰《宋史》：「仁宗恭儉仁恕，出於天性。」（臺北：鼎文書局，1980 年），頁 250～251。

爲人君，止於仁。帝誠無愧焉。」〔註27〕仁宗朝縱使有奸小，但難以坐大，雖有小疵，但瑕不掩瑜，難以遮掩奠定宋代基礎的功績，無怪金君卿將仁宗譽爲堯舜，也無怪金君卿對仁宗的逝世感到哀痛難捨。金君卿對仁宗辭世之不捨，另作有〈挽仁宗皇帝詞〉五首〔註28〕，以盡其哀。

蘇軾〈夢中作寄朱行中〉中亦出現舜，但詩中舜所代表的意義與金君卿詩中的堯舜意義卻大相逕庭。《全宋詩》錄此詩並引〈類本注〉以解題：

> 舜不作六器，誰知貴璵璠。哀哉楚狂士，抱璞號空山。相如起睨柱，頭璧與俱還。何如鄭子產，有禮國自閑。雖微韓宣子，鄙夫亦辭環。至今不貪寶，凜然照塵寰。（《全宋詩》第十四冊，頁9588）

徽宗靖國元年（1101），東坡自韶關至南雄度大庾嶺至虔州，四月抵當塗，五月自金陵過眞州，六月抵常州，病甚，請老，以守本官致仕，七月二十八日卒於常州城中。據羅師宗濤所考，此詩當作於致仕前。〔註29〕依《類本注》所載，雖「自不曉所謂」，仍如實「漫寫去」忠實地記錄下來。

同年二月，徽宗即貶章惇爲雷州司戶參軍，〔註30〕欲消彌多年黨爭，無奈黨爭沈痾已深，政風已敗壞至無法挽救地步，群小結黨，排擠忠良，徽宗終究是欲振乏力，在吏治難再刷新的時局，東坡夢中作出現了舜，此時舜象徵的不僅是太平盛世的英主，更以卓越的賢能奠定下普世價值，「倘若舜不創作玉器來禮天地四方，人們就不會特別看重玉器了。」〔註31〕全篇由舜領起，繼而於夢中聯想到能相玉卻遭刖刑的楚人和氏、「完璧歸趙」的藺相如、據理力拒韓宣子的鄭子

〔註27〕同上注，頁251。
〔註28〕《全宋詩》第七冊，頁4930～4931。
〔註29〕同注14，頁6。
〔註30〕同注26，頁361。
〔註31〕同注14，頁12。

產等。〔註32〕東坡在夢中保持著清明的思路，並從日間記憶中搜尋出數位與寶玉相關的歷史人物後，再經剪裁，化入格律，以戒貪爲宗旨，微露盡管年事已高，且早已被排除權力核心之外，仍忠貞不移的愛國心。

　　另有南渡詩人胡憲（1086～1162）生於哲宗元祐元年，卒於紹興三十二年，年七十七歲。長從從父胡安國學，爲程頤一派。今僅存詩一句與一首〈夢中賦白鷳〉，詩中提及堯舜：

　　惟餘虛名在，長江與蒼山。不逢堯舜世，終此若鳥閑。（《全宋詩》第二十九冊，頁 18809）

胡憲一生歷北宋末年哲宗、徽宗、欽宗與南宋開國高宗、孝宗，經歷北宋衰潰至亡國，又經歷南宋動盪中建國，「不逢堯舜世」所言不虛，觀其「終此若鳥閑」，或許可視爲秦檜擅權，胡憲辭官，家居不出之前後作。白鷳古又名閑客、白鷴、白翟、白鵫、林鷴等，〔註33〕命名皆強調白與閑。《本草綱目》記載：「出江南，鵰類也，白色而背有細黑文，可畜。……有黑文如漣漪，尾長三四尺，體備冠距，紅頰，赤嘴，丹爪，其性耿介。」〔註34〕歷代文人喜歌詠白鷳一身潔白羽毛，如李白〈贈黃山海公求白鷳〉：「白鷳白如錦，白雪恥容顏。」〔註35〕歐陽脩亦有〈再答公儀白鷳〉：「珍奇來自海千里，皎潔明如璧一雙。」〔註36〕皆嘆賞白鷳羽色之雪白。另外，白鷳性情耿介的特性，也讓文人多所著墨，因有「傳宋末陸秀夫抱宋帝趙昺投水自盡時，舟中白鷳也奮擊哀鳴，隨籠墜水而死。」〔註37〕之傳說。胡憲以白鷳自況，雖生不逢堯舜太平盛世，自己仍可獨善其身，如白鷳耿介。即便紹興二十九年，再度召爲秘書省正字，有再度爲官的機會，仍以老辭，見其

〔註32〕晉・杜預注，唐・孔穎達疏《左傳・昭公・十六年》，頁 825～829。
〔註33〕韓學宏《宋詞鳥類圖鑑》，頁 112。
〔註34〕明・李時珍《本草綱目・禽部》，頁 91。
〔註35〕《全唐詩》第五冊，頁 1764。
〔註36〕《全宋詩》第六冊，頁 3700。
〔註37〕同注33，頁 113。

耿介心志。

　　張輿（？～1105）〈夢中作〉有「楚峽雲嬌」、「月明溪淨」的巫山自然山水，如此煙水恍惚的美景，延伸進襄王的夢，觸發宋玉（約BC 298～BC 222）創作的靈感：

> 楚峽雲嬌宋玉愁，月明溪淨印銀鉤。襄王定是思前夢，又抱霞衾上玉樓。（《全宋詩》第十七冊，頁 11794）

苟波將人神戀情中的人分成四類，(1)神女與謫世神靈，(2)神女與帝王，(3)神女與異人，(4)神女與有德之人。〔註38〕人世間手握重柄的襄王，即為第二類。「神話傳說中的人神戀情，在後代文學家眼中無疑是完美兩性關係的象徵，神女的美麗和熱情也使她們成為後人欣羨和嚮往的女性形象。但是，神話中人神戀情中的人卻非普通凡人，而是特殊人物群體，這種人神戀情乃是一種特殊形式的英雄神話。」〔註39〕襄王與神女邂逅的浪漫情事，在御用文人宋玉的潤飾下，更為後人津津樂道。

　　陸游作於寧宗嘉定元年（1208）八十四歲之〈夢中江行過鄉豪家賦詩二首既覺猶歷歷能記也〉之二，詩中出現了愛國詩人屈原（BC 340～278）：

> 蒲席乘風健，江潮帶雨渾。樹餘梢纜迹，崖有刺篙痕。酒酹湘君廟，歌招屈子魂。客途嗟草草，無處采芳蓀。（《全宋詩》第四十一冊，頁 25637）

「愛國思想，一直是生命中的重要部分，即使晚年閒居在家鄉約二十年的生活，陸游還是以此思想為主體。」〔註40〕儘管回歸平民生活，陸游當時詩作仍有不少愛國詩篇，如〈三月二十五日達旦不能寐〉等。本首夢中作詩作於當時期，也是逝世前一年，詩中以「歌招屈子魂」盼從未知幽冥處召喚出屈原的英靈，流露陸游尚有古人的愛國情懷。

〔註38〕苟波《仙境仙人仙夢──中國古代小說中的道教理想主義》（四川：巴蜀書社，2008年），頁 100。
〔註39〕同上注，頁 100。
〔註40〕歐純純《陸游與楊萬里詠梅詩比較研究》，頁 39。

自《史記·屈原賈生列傳》：「屈平正道直行，竭忠盡智，以事其君。」〔註41〕即推崇屈原正道直行，竭心盡力的人格精神。而陸游所生處的時代強化了他的愛國心，「尖銳的民族矛盾和岌岌可危的國勢，使有強烈責任感的宋代文人和思想家對屈原那種「恐皇輿之敗績」、「雖九死其猶未悔」的愛國精神產生了強烈的共鳴。」〔註42〕再者，陸游生息的年代，已是南宋，領地播遷至南方，進入南方生活，自然也容易聯想到南方人。加上屈原對陸游的意義，有欽敬、嚮往亦有比附，或許都是陸游夢中作以屈原入詩的部分原因。

梅堯臣〈夢與公度同賦藕華追錄之〉，因藕花而聯想到吳王（？～BC 473）與西施（生卒年不詳）：

> 吳王舊宮闕，水殿芙蓉披。濁泥留玉骨，疑是葬西施。西施魂不滅，嬌豔葬清池。（《全宋詩》第五冊，頁 2768）

仁宗景祐元年（1034），詩人赴開封應進士試不第，以德興縣令知建德縣事，建德縣治今浙江省建德市梅城鎮，屬吳郡。〔註43〕本詩應作於仁宗寶元元年（1038）詩人三十七歲，轉赴開封之前。詩人夢中與公度同賦藕華，公度爲蔡充的字，蔡充爲天聖進士，以廉節見稱。詩人客居建德縣五年間，雖客居吳國舊地，有地緣關係，但是僅此一首夢中作寫吳王與西施的懷古詩。詩人夢中因見吳王宮殿栽植大量芙蓉，由花聯想到美人，由美人聯想到芙蓉下的濁泥，或許即是西施的埋葬處，本詩無論斷吳王的政治上的功過，僅嘆息美人如花易逝。洪炎（1067？～1133）〈夢中作四言用前韵二首〉之二亦出現西施：

> 鵁鶄珍腿，猩猩美脣。醴齊調適，勺藥和勻。

〔註41〕瀧川龜太郎《史記會注考證》（臺北：萬卷樓，1996 年），頁 1009～1010。

〔註42〕鄧瑩輝《兩宋理學美學與文學研究》（湖北：華中師範大學出版社，2007 年），頁 227。

〔註43〕戴鈞良等主編《中國古今地名大辭典》（上海：上海辭書出版社，2005 年），頁 1192。

老商嬉笑，西施解顰。倦龜若士，斵桑餓人。（《全宋詩》
第二十二冊，頁 14750）

洪炎詩中的西施並無哀愁的意象，反倒是面對珍希的美食，解顰開
懷。

謝濤（961～1034）今僅存詩二首，其〈夢中作〉夢見周公（生
卒年不詳）與孔子（BC 551～BC 479）：

百年奇特幾張紙，千古英雄一窖塵。惟有炳然周孔教，至
今仁義浸生民。（《全宋詩》第二冊，頁 1045）

《澠水燕談錄》記載本首夢中作詩的創作由來：「謝濤晚節乞知西臺，
尋分務洛中，接賓客，屏去外事，日覽舊史一編以待賓話。將終前一
日夢見詩一章云云。」謝濤於仁宗明道元年（1132）七十二歲轉太子
賓客後，摒去外務，每日讀舊史一編與太子討論，直到將終前夢見此
〈夢中作〉。檢視謝濤晚年生活夢見周公、孔子當與日間讀史的記憶
相關，夢境可視爲日間記憶的延續，且謝濤所處的時代，歷太祖、太
宗、眞宗、仁宗朝，天下已定，百姓生活逐步穩定富足後，可行周孔
主張的仁義，即「衣食足而後知榮辱」。

方岳〈夢陳和仲如平生交有三言覺而記其一日錯後亂夢中了了
以爲事錯之後此心撩亂不如早謀其始也〉也提及先秦聖賢孔子和顏
回：

……江湖浩浩二三子，風雨寥寥十五秋。莫向斷雲多感慨，
孔顏無命不伊周。（《全宋詩》第六十一冊，頁 38344）

方岳意指縱使是一代聖賢，如孔子與顏回，在命運前仍不得不低頭，
無法如伊尹、周公獲得重用，實踐理想。

宋人夢中作詩出現的先秦歷史人物，偏重堯、舜、周公、孔子、
顏回等聖賢。除聖賢之外，尚有忠愛的屈原，和吳王與西施。梅堯
臣夢中作詩雖然出現吳王，但只是藉吳王爲引子，自然帶出西施，
梅堯臣夢中的西施，有著似周敦頤所說，出淤泥而不染的高潔清淨
之美。

（二）漢魏晉南北朝時期

蘇軾〈記夢回文二首〉並序之一，夢見趙飛燕故事：

> 十二月二十五日，大雪始晴，夢人以雪水烹小團茶，使美人歌以飲。
> 余夢中為作回文詩，覺而記其一句云亂點餘花唾碧衫，意用飛燕故事
> 也，乃續之為二絕句云。
>
> 酡顏玉碗捧纖纖，亂點餘花唾碧衫。歌咽水雲凝靜院，夢
> 驚松雪落空巖。（《全宋詩》第十四冊，頁9315）

本詩作於元豐四年（1081），當時蘇軾人在黃州貶所。蘇軾於詩序云
「覺而記其一句云『亂點餘花唾碧衫』，意用飛燕故事也。」翻檢《漢
書・外戚傳第六十七》史書上並無記載此事，而載於舊題漢江都尉伶
玄撰〈趙飛燕外傳〉：「后與婕妤坐，后誤吐婕妤袖，婕妤曰：『姊唾
染人紺袖，正似石上花。假令尚方為之，未必能若此衣之華。』以為
石華廣袖。」〔註44〕蘇軾用典來源並非史冊，而來自閒暇所讀的筆記
小說。夢中藉眼前捧玉碗的纖纖美人，聯想到趙飛燕。且本首夢中作
詩的特殊之處，還在於蘇軾在夢中作詩不僅格律清楚，甚至可以作回
文詩。

嚴羽〈夢中作〉則夢見與東漢末年割據諸侯劉表（？～208）同
室飲酒賦詩：

> 少小尚奇節，無意縛珪組。遠遊江海閒，登高屢懷古。前
> 朝英雄事，約略皆可覩。將軍策單馬，談笑有荊楚，高視
> 蔑袁曹，氣已蓋寰宇。天未豁壯圖，人空坐崩沮。丈夫生
> 一世，成敗固有主。要非儓儗人，未死名已腐。夫何千載
> 後，亦忝趨大府。主人敬愛客，開宴臨長浦。高論極興亡，
> 歷覽窮川渚。殷勤芳草贈，窈窕邯鄲舞。媿無登樓作，一
> 旦濫推許。懷哉揮此觴，別路如風雨。（《全宋詩》第五十
> 九冊，頁37199）

本詩應作於理宗紹定三年（1230）之後，「理宗享國長久，與仁宗同。
然仁宗之世，賢相相繼，理宗四十年之間，若李宗勉、崔與之、吳潛

〔註44〕歷代學人《筆記小說大觀》第八冊（臺北：新興書局，1978年）。

之賢，皆弗究于用；而史彌遠、丁大全、賈似道竊弄威福，與相始終。治效不及慶曆、嘉祐，宜也。」〔註45〕理宗朝兵連禍結，國土日蹙，民不聊生，縱使詩人一生浪跡江、楚等地，隱居不出，但身處亂世，不禁渴望得英主，遂在客居江西廬陵時，夢見東漢佔據廬陵的諸侯劉表。本詩由史書上「將軍策單馬」〔註46〕以寫劉表「單馬入宜城」英勇卓絕之不凡氣概寫起，據《後漢書·袁紹劉表傳》記載：「初平元年，長沙太守孫堅殺荊州刺史王叡，詔書以表爲荊州刺史。時江南宗賊大盛，又袁術阻兵屯魯陽，表不能得至，乃單馬入宜城。」〔註47〕東漢獻帝初平元年（190）劉表獨馬赴荊州，方得以上任。「談笑有荊楚」言其作爲荊州牧，與蒯良、蒯越等共謀大略，穩定了境內局勢，陸續收復了襄陽、零陵、桂楊，坐擁千里疆域，甲兵十餘萬，招誘有方，威懷兼治，於是萬里肅清，臣民悅服，得以「高視蔑袁曹，氣已蓋寰宇。」和曹操分庭抗禮。然劉表夾在曹操與袁紹兩大勢力之下，只希望自保於江漢之間，以觀天下之變，可惜「天未豁壯圖，人空坐崩沮。」錯失乘亂而起事，或擇一能統天下之人相從，當曹操統一北方勢力後，荊州這兵家必爭的富庶要地，成爲曹操進攻的第一目標，「丈夫生一世，成敗固有主。」詩人以成敗在天，寬慰劉表。劉表亦善盡主人待客之道，設宴款待嚴羽，且臨行贈別，離情依依。

其後嚴羽另作一首〈劉荊州答〉本詩可當作前首〈夢中作〉的續篇，嚴羽夢醒後除記下〈夢中作〉外，再另將夢境中劉表的言論鋪寫入詩。夢境中嚴羽替換身分，以己之心，度劉表之腹，代劉表發聲，可視爲代言體形式：

> 皇漢失中德，四海橫雕戈。驚塵暗九有，豺虎臨長河。流
> 人滿川谷，積屍亂如麻。關洛既蕩析，楚壤空嵯峨。謬當
> 牧守寄，無以救時訛。竟貽百代誚，家世隨蹉跎。安知千

〔註45〕同注26，頁888。
〔註46〕宋·范曄《後漢書·袁紹劉表傳》（臺北：鼎文書局，1978年），頁2419。
〔註47〕同上注，頁2419。

載下，夫子感慨多。人生固有志，成敗飄風過。且復登城隅，逍遙望山河。日暮襄漢碧。鳧鴨遊輕波。何以慰我心，玄熊閒黃駝。清觴宜城酒，二八邯鄲歌。願言寫懷抱，聯用寬吾家。勿言此歡易，樂罷歸無何。（《全宋詩》第五十九冊，頁 37200）

東漢末年，天下失序，群雄爭起，戰禍連年。劉表自認憑一己荊州牧之力，無法主控全局，統一天下，遂偏安一隅，翻檢《後漢書·袁紹劉表傳》「劉表道不相越，而欲臥收天運，擬蹤三分，其猶木偶之於人也。」〔註48〕品評甚爲肯切，劉表觀天下之變的觀望與自保，錯失有所作爲的良機，結果兵敗病重身亡，維持至子劉琮，即遭曹操吞併，家室衰頹，受百世譏嘲。然而，夢境中嚴羽藉劉表之口，陳述的是另一番情懷，意在即使人生而有志，但面對失敗，還能秉持成敗轉眼而過的曠達，自後寄情山水，悠遊天地之間。

南渡詩人劉一止（1080～1161）於高宗紹興十七年（1147）六十八歲所作〈和故人二首丁卯年九月二十二日夢中得之〉之一，夢見魏晉人物謝鯤（280～323）與嵇康（223～263）：

平生事業較粗疏，晚歲欣陪謝幼輿。林下商量好消息，不須嵇子絕交書。（《全宋詩》第二十五冊，頁 16713）

「平生事業較粗疏」呼應劉一止不甚得意的際遇，紹興年間，劉一止以忤秦檜，兩次奉祠。一止爲官之心淡泊，尚友古人，喜讀謝鯤詩文，《晉書·列傳第十九》載：「鯤少知名，通簡有高識，不修威儀，好老易。……鯤知不可以道匡弼，乃優游寄遇，不屑政事，從容諷議，卒歲而已。每與畢卓、王尼、阮放、羊曼、桓彝、阮孚等縱酒。」〔註49〕謝鯤成名甚早，見識不凡，尤好老易。待謝鯤感時局人心已衰潰至不可挽救，亦能灑然而去，優游山林，以平和自在的心面對出處進退，這正是劉一止企盼能達成的心境。一止淡泊名利之心，在紹

〔註48〕同注 46，頁 2425。

〔註49〕唐·房玄齡等撰《晉書·列傳第十九》（臺北：鼎文書局，1976 年），頁 1377～1378。

興二十五年（1155）秦檜死後，仍力辭官職得以彰顯，據《宋史‧劉一止傳》：「秦檜死，召至國門，以病不能拜，力辭，進直學士，制仕。」〔註50〕退休後，與朋友盡談愉快事，彼此間相契同調，不似嵇康與山濤，出處調性有所不同，《晉書‧列傳第十九》：「山濤將去選官，舉康自代。康乃與濤書告絕。……此書既行，知其不可羈屈也。」〔註51〕徵引嵇康因山濤薦代己職，遂修書絕交的典故。

　　陸游〈夢中作〉二首之一，出現好酒的山簡（253～312）藉政治手段，以獲得煉丹原料的葛洪（284～363）：

> 試說山翁事，諸君且勿譁。百年看似夢，萬里不想家。夜艾猶添酒，春殘更覓花。卻嗤勾漏令，辛苦學丹砂。（《全宋詩》第四十一冊，頁 25528）

本詩作於寧宗開禧三年（1027）陸游八十三歲，已閒居故鄉山陰養老近二十年。山翁意指山簡（253～312）字季倫，為山濤（205～283）幼子，晉河內懷人（今河南省武陟縣）。山簡溫雅有父風，惟性喜飲酒，《世說新語‧任誕》記載：「山季倫為荊州，時出酣暢，人為歌之曰：『山公一時醉，徑造高陽池，日莫倒載歸，茗艼無所知。復能乘駿馬，倒著白接䍦，舉手問葛彊，何如并州兒？』」〔註52〕後以「山簡醉」為醉酒之典。本詩也表現了他對葛洪棄家煉丹以求長生的看法，《晉書‧葛洪傳》：「好神仙導養之法，從祖玄、吳時學道得仙，號曰葛仙公。……以年老，欲煉丹以祈遐壽，聞交趾出丹砂，求為勾漏令。」葛洪為取得煉丹原料丹砂，自願請調為勾漏令，為求得個人長生，甘願離家萬里，遠赴蠻荒之地交趾。相較之下，何須千里求藥煉丹，只要一飲酒就能得到長足的快慰，忘卻有限的年光。

　　首先，蘇轍〈子瞻和陶公讀山海經詩欲同作而未成夢中得數句覺而補之〉因日間欲和子瞻所作和陶淵明（？～427）讀山海經詩而未成，蘇轍便在和詩期間，於夢中得數句：

〔註50〕同注26，頁 11675。
〔註51〕同注49，頁 1370～1372。
〔註52〕邱燮友等《世說新語‧任誕》，頁 713。

此心淡無著，與物常欣然。虛閑偶有見，白雲在空間。愛
之欲吐玩，恐爲時俗傳。逡巡自失去，雲散空長天。永愧
陶彭澤，佳句如珠圓。(《全宋詩》第十五冊，頁 10074)

心理學者所言「夢境連貫說」：「作夢也是一種認知的活動，因爲它們
與清醒時的思想和行爲間有連貫性。……作夢正是反映每個人的概
念、興趣，與主要情緒的想像歷程。」〔註 53〕可藉以說明蘇轍日間清
醒時，欲作和子瞻和陶詩而未得，清醒時主要的思想，便延伸入夢境。
詩題云「欲同作而未成」，可知詩人日間已耗費心神思索而不得詩句，
達成夢境「孵夢」的要件：「事前必須將資料收集好、整理妥當、反
覆思索、一一吸收，邏輯上的一切可能性都要考慮到，並且一試再試。
然後，令人興奮的啓迪時刻才會發生。夢境孵育的要義就在此。……
而孵夢的成敗關鍵在於事前「全心投入」的程度。當我們在醒著的生
活中對於某件事務念念不忘，極有可能起動原型結構，並釋出其中塞
滿的生命力。」〔註 54〕

　　紹聖元年（1094）兄弟二人以元祐黨人落職，蘇軾自紹聖元年貶
惠州後，「衣食漸窘」、「樽俎蕭然」生活窘迫，心卻已完全棄官，而
嚮往陶潛躬耕，遂作許多和陶詩，如〈和陶公讀山海經詩〉作於哲
宗紹聖二年（1095）五十九歲，在寧遠軍節度副使、惠州安置、不得
簽書公事貶所。同年另有〈和陶歸園田居六首〉并引、〈和陶貧士七
首〉并引、〈和陶己酉歲九月九日〉并引〔註 55〕。弟弟蘇轍亦自紹聖
元年後貶汝州、袁州、筠州、雷州，和子瞻之和陶詩即多達十首，除
本首夢中作詩外，另有〈次韻子瞻和陶公止酒〉雷州作、〈次韻子瞻
和淵明擬古九首〉〔註 56〕唱和子瞻，除文人雅士之技藝切磋，也是
向陶淵明的曠達和詩作致意，更是兄弟二人對呼應陶潛對人生的感

〔註 53〕愛德華・史密斯（Edward E. Smith）撰，洪光遠譯《普通心理學》，
　　　　頁 295。
〔註 54〕同注 11，頁 351～352。
〔註 55〕以上詩作見《全宋詩》第十四冊，頁 9511、9519、9521。
〔註 56〕以上詩作見《全宋詩》第十五冊，頁 10077、10081。

悟，首先「宋人對陶淵明十分推崇，從人格精神來看，首先是他們對陶淵明節義凜然，不屈服於強枝的高尚人格的推重。」〔註57〕其次「宋人對陶淵明的欣賞，則主要著眼於順應大化、抱素守真的明道與悠然自得、無適不可的見性。前者是一種了悟天道的人生智慧，後者是一種優雅自在的生命情調」。〔註58〕這可概括蘇軾會頻作和陶詩的緣由。

另有洪朋〈夢登滕王閣作〉以陶潛與謝靈運（385～443）入詩：

> 朱簾翠幕無處所，抖擻凝塵戶牖開。萬里烟雲渾在眼，九秋風露獨登臺。西江波浪連天去，北斗星辰抱棟迴。獨佩一瓢供勝事，恨無陶謝與俱來。（《全宋詩》第二十二冊，頁 14462）

洪朋為黃庭堅甥，與兄弟芻、炎、羽并稱「四洪」，為江西詩派中著名詩人，黃庭堅愛其詩〈書舊詩與洪龜父跋其後〉：「龜父筆力可扛鼎，它日不無文章垂世。」周紫芝亦讚其詩「用意精深，頗加雕飾之功。」呂本中《紫微詩話》更盛讚：「作詩至此，殆無遺恨矣。」洪朋詩名甚高，卻兩舉進士不第，以布衣終身，卒年僅三十七歲。本詩藉秋風中獨自登高望遠，興孤寂身世之感，似唐人陳子昂登上幽州臺，興「前不見古人」之慨。洪朋夢境中的古人特定為魏晉南北朝詩人陶淵明和謝靈運，陶謝除在文壇上享譽盛名外，兩人政治失意，仕途不順，轉而寄情山水亦呼應著洪朋布衣終身。《晉書》列陶淵明於隱逸傳〔註59〕，謝靈運出生豪門貴族，晉車騎將軍謝玄孫，襲封康樂公，食邑三千戶。然「靈運為性褊激，多愆禮度，朝廷唯以文義處之，不以應實相許。自謂才能宜參權要，……既不見知，常懷憤憤。」〔註60〕以其貴族身分，言行對朝野具影響力，樹大招風，為上所忌，

〔註57〕同注 42，頁 232。
〔註58〕周裕鍇《宋代詩學通論》（上海：上海古籍出版社，2007 年），頁 52。
〔註59〕同注 49，頁 2460～2463。
〔註60〕梁・沈約著《宋書・謝靈運列傳第二十七》（臺北：鼎文書局，1975 年），頁 1753。

遂降公爵爲侯、出爲永嘉太守、臨川內史，一路貶謫削權，最後落至依叛亂罪行棄市刑。陶謝二人宦途顛沛，卻在文壇上大放異彩，「陶潛田園詩，與謝靈運山水詩，爲晉宋間詩歌主流中兩個不同流派。」〔註61〕二人各爲流派中的開山，也是高峰。

　　漢魏晉南北朝時期出現的人物，有東漢美人趙飛燕，魏晉英雄人物劉表，風流人物山簡、葛洪、嵇康、謝鯤等，與文士陶淵明與謝靈運。而綜觀漢魏晉南北朝時期，出現次數最多的歷史人物是文士陶淵明，宋人在夢中都仍推崇陶淵明的造詣。

（三）唐宋時期

　　南宋詩人洪咨夔（1176～1236）於理宗寶慶三年（1227）五十二歲作〈五月庚申夢人相指爲馬周且誦詩兩句覺而足之〉中，夢見唐人馬周（601～648）：

> 伸縮一雙手，去來三世身。新豐驚昨夢，斗酒滿懷春。（《全宋詩》第五十五冊，頁 34543）

夢中洪咨夔與人相指並稱對方爲馬周，馬周少孤貧好學，尤精《詩經》、《春秋》，《舊唐書》稱其「援引事類，揚搉古今，舉要刪蕪，會文切理，一字不可加，一字不可減，聽之靡靡，令人忘倦。」〔註62〕馬周生逢大唐盛世，憑其天資聰慧與後天勤學，將自己鍛鍊得機辯通達，深識事端，眼光敏銳，深受唐太宗賞識，爲古今士人深羨伯樂與千里馬之遇合。

　　寶慶元年（1225）洪咨夔遷金部員外郎，以言事忤史彌遠，遭罷，讀書故山，達七年，直至理宗紹定六年（1233），史彌遠死後，才召爲禮部員外郎。本首夢中作詩即在遭罷後，回故鄉於潛（今浙江臨安）所作。當時期皇帝昏昧，奸臣弄權，南宋政局已江河日下，而「我們每個人，不分男女，內在都有正式取得某種身分的原

〔註61〕葉慶炳《中國文學史》（臺北：學生書局，1997 年），頁 220。
〔註62〕後晉・劉昫等撰《舊唐書・列傳第二十四》（臺北：鼎文書局，1979年），頁 2617。

型需求。」〔註63〕洪咨夔內在的嚮往與需求，應是成為馬周型人物，在夢中與人相指，或許可以解釋為洪咨夔一分為二，二人皆是洪咨夔，可視為洪咨夔的分身，在夢中享受現實社會不能提供的春風得意。

李彭（生卒年不詳）〈夢秦處度持生絹畫山水圖來語予此畫劉隨州詩也君為我作詩書其上夢中賦此詩〉：

> 隨州句法自無敵，寫作無聲絕妙詞。（《全宋詩》第二十四
> 冊，頁 15958）

夢中出現唐代詩人劉長卿（？～790？），劉長卿曾任隨州刺史，故稱劉隨州。「權得輿稱為「五言長城」，……每題詩，不言姓，但書長卿，以天下無不知其名者云。」〔註64〕可知長卿在當代已詩名甚高。

周必大（1126～1204）〈讀張敬夫南軒集夜夢賦詩〉庚申七月：

> 道學人爭說，躬行少似君。中心惟至一，餘事亦多聞。湖
> 廣規模遠，濂伊講習勤。平生忠與敬，彷彿在斯文。（《全
> 宋詩》第四十三冊，頁 26784）

周必大日間讀張栻（1133～1204）南軒集，因張栻觸發聯想，夜夢理學宗師周敦頤（1017～1073）與程頤（1033～1107）。前四句崇敬張栻之學養與德行，而「湖廣規模遠」應指周敦頤豐富的經歷，「熙寧初，知彬州。用抃及呂公著薦，為廣東轉運判官，提點刑獄，以洗冤澤物為己任。行部不憚勞苦，雖瘴癘險遠，亦緩視徐按。」〔註65〕曾轉赴湖南與廣東，行萬里長路。「濂伊講習勤」指程珦「使二子顥、頤往受業焉。敦頤每令尋孔、顏樂處，所樂何事，二程之學源流乎此矣。」〔註66〕程頤承周敦頤衣鉢，致力講學，《宋史》載其：「平生誨

〔註63〕同注 11，頁 200。

〔註64〕傅璇琮《唐才子傳校箋》第二冊（北京：中華書局，2000 年），頁
323～324。

〔註65〕同注 26，頁 12711。

〔註66〕同注 26，頁 12712。

人不倦，故學者出其門最多，淵源所漸，皆爲名士。」〔註67〕將道學再發揚。「平生忠與敬，彷彿在斯文。」謂二人除學識淵博外，人品甚高，胸懷灑落，力行講授的德目，足爲讀書人的表率。

周孚（1135～1177）〈夢與辛幼安遇於一精舍予賦詩一篇覺而記其卒章云它年寄書處當記盧仝窮因賦此詩寄之〉，醒後將僅記的詩句改寫，仍保有夢中作詩裡出現的中唐詩人盧仝（795～835）：

> 破屋仰見天，何人記盧仝。（《全宋詩》第四十六冊，頁
> 28803）

「仝，范陽人。初隱少室山，號玉川子。家甚貧，惟圖書堆積。後卜居洛城，破屋數間而已。『一奴長鬚不裹頭，一婢赤腳老無齒。』終日苦哦，鄰僧送米。」〔註68〕《唐才子傳》與韓愈詩〈寄盧仝〉都記錄下盧仝之窮，貧至住破屋，食鄰僧接濟之米，所使奴婢皆弊甚，困窘至極。盧仝尙出現在蘇轍〈夢中謝和老惠茶〉：「定中直往蓬萊山，盧老未應知此妙。」（《全宋詩》第十五冊，頁10103）所論非其窮困，而是論及盧仝乃懂茶，但飲茶節制之人。

遺民詩人陳觀國（生卒年不詳）但知與周密（1232～1298）同時。而周密《齊東野語》記載了陳觀國〈夢中作〉之歷程：「丙戌之夏，（觀國）寓越，夢訪余於杭。一翁曳杖坐巨石上，仰瞻飛鶴翔舞。烟雲中髣髴有字數行，體雜章草，其詞云云。旁一人指云：此放翁詩也。用賓驚悟，亟書以見寄，詩語清古，非思想之所及。」觀國夢境中，雲烟裡彷彿出現潦草字句，夢境中有另一人指稱爲放翁詩。觀國隨即驚醒，醒後將非思想所及的清古詩句錄下，寄予周密：

> 水聲兮激激，雲容兮茸茸。千松拱綠，萬荷奏紅。爰宅茲
> 巖，以逸放翁。屹萬仞與世隔，峻一極而天通。予乃控野
> 鶴，追冥鴻，往來乎蓬萊之宮。披海氛而一笑，以觀九州
> 之同。（《全宋詩》第六十八冊，頁42823）

〔註67〕同注26，頁12722。
〔註68〕同注64，頁267。

觀國夢見陸游（1125～1210）詩，可見時人多留意放翁詩。如方回所言「乾、淳以來，稱尤、楊、范、陸。……放翁之豪蕩豐腴，各擅一長。」〔註69〕又「宋中興以來，言治必曰乾、淳；言詩必言尤、楊、范、陸。」〔註70〕陸游被譽為南宋四大家之一，詩歌最大特色是充滿愛民愛國的豪氣，光復神州是他一生反覆吟咏的主題，是宋代著名的愛國詩人。因此，陸游對身為南宋遺民的觀國而言，讀陸詩可興起跨越時空的愛國共鳴，陸游詩別具意義。

　　宋人夢中作詩出現的唐代人物，有幸逢盛世與英主的馬周，詩人如劉長卿、盧全，宋代則側重理學家，如張栻、周敦頤與程頤，另有愛國詩人陸游。綜觀唐宋兩代出現的歷史人物，仍以文士居多。

　　宋人夢中作詩出現歷史人物，尚有同一首詩中，出現混雜多位不同時代人物的情況，如南宋陳著（1214～1297）〈春夜夢中得四句〉夢中以孔融（153～208）和陳平（？～BC 178）不同時代的兩人入詩：

　　北海座上客常滿，陳平席門車亦多。貧富不關交際事，二
　　公門戶亦山河。（《全宋詩》第六十四冊，頁 40130）

本詩應作於元世祖至元七年（1285）之後，詩人年過七十，已於宋亡後，隱居四明山中多年。北海指曾任北海相，時稱孔北海的孔融。《後漢書・鄭孔荀列傳第六十》：「及退閑職，賓客日盈其門。常歎曰：『坐上客恆滿，尊中酒不空，吾無憂矣。』」〔註71〕家中時常賓客盈門。而漢初政治家陳平《漢書・張陳王周傳》：「家乃負郭窮巷，以席為門，然門外多長者車轍。」〔註72〕陳平年少時家貧至以席當門，但家門前依然停滿往來交遊的車輛，貧與富不影響與人交往，二公

〔註69〕方回《桐江續集》（影印四庫全書珍本初集本，出版時地不詳），頁3。

〔註70〕方回《桐江集》（臺北：國家圖書館，1970 年），頁 193。

〔註71〕同註 46，頁 2277。

〔註72〕漢・班固著、唐・顏師古注《漢書・張陳王周傳第十》（臺北：鼎文書局，1970 年），頁 2038。

各擁有一片天。也許本首夢中作詩對隱居的清貧詩人，有自我安慰的意味。

　　洪德章（1239～1306）今僅存詩一首，即爲夢中作詩〈希文枕邊談詩謂律詩易工夢中與之辯詩以折其非既覺忘數字因足成之〉，其中出現了曹植（192～232）、李白（701～770）、杜甫（712～770）、韓愈（768～824）與賈島（779～843），自魏晉至唐代數位文人：

　　　　七步成詩語近諧，壇荒李杜乏奇才。僧敲未敢一言定，鳥

　　　　過曾安幾字來。（《全宋詩》第六十九冊，頁43266）

其中出現了曹植、李白、杜甫、賈島、與韓愈，自魏晉至唐代數位文人。洪德章日間與希文論詩，希文主張律詩易作得工整，臨睡前的論詩，不僅延伸至夢中，甚至夢中作詩以折希文之非。「七步成詩語近諧」指曹植七步成詩，《世說新語》載其事：「文帝嘗令東阿王七步中作詩，不成者行大法；應聲便爲詩曰：「煮豆持作羹，漉菽以爲汁；其在釜中燃，豆在釜中泣；本是同根生，相煎何太急。」〔註73〕意味德章看曹植的七步成詩，佩服其才思敏捷。而今日眼下「壇荒李杜乏奇才」，詩壇充斥著一般文人，沒有似李白、杜甫的奇才。「僧敲未敢一言定」意指律詩很費推敲，苦吟詩人賈島和韓愈費盡心思推敲字句，何字入詩最爲妥貼恰當，實費斟酌，連詩名盛高的賈島和韓愈都得爲用字而沈吟一陣，《苕溪漁隱叢話》記載：「島初赴舉京師，一日，於驢上得句云：『鳥宿池中樹，僧敲月下門。』始欲著推字，又欲著敲字，練之未定，遂於驢上吟哦，時時引手作推敲之勢。時韓愈吏部權京兆，島不覺衝至第三節。左右擁至尹前。島具對所得詩句云云。韓立馬良久，謂島曰：『作敲字佳矣。』遂與並轡而歸，留連論詩，與爲布衣之交。自此名著。」〔註74〕。「鳥過曾安幾字來」指杜甫善於鍊字，歐陽脩《詩話》：「陳公時偶得杜集舊本，文多脫誤，至《送

〔註73〕同注52，頁217。
〔註74〕宋・胡仔《苕溪漁隱叢話》前集卷十九（臺北：中華書局，1973年），頁4～5。

蔡都尉》詩云「身輕一鳥」，其下脫一字。陳公因與數客各用一字補之，或云「疾」，或云「落」，或云「起」，或云「下」，莫能定。其後得一善本，乃是「身輕一鳥過」。陳公嘆服，以爲雖一字，諸公亦不能到也。」〔註75〕洪德章夢中列舉曹植、李白、杜甫、賈島、與韓愈，數位大詩人，以說明爲求律詩之工細，不管詩名再高，作詩都得費盡心思。

　　歐陽澈〈宣和四祀季冬夢與人環坐傑閣烹茶飲於左右堆阿堵物茶罷共讀詩集意謂先賢所述首篇題云永叔誦徹三闋遽然而覺特記一句云東野龍鍾衣綠歸議者謂非吉兆因即東野遺事反其旨而足之爲四絕句云〉：

> 東野龍鍾衣綠歸，食齎腸苦竟棲遲。出門顧我渾無礙，未肯徘徊只賦詩。
>
> 東野龍鍾衣綠歸，溧陽何足處男兒，微生縱有孤吟癖，尚擬朝端振羽儀。
>
> 東野龍鍾衣綠歸，平陵投老倦奔馳。黑頭我欲功名立，冷笑馮唐白髮垂。
>
> 東野龍鍾衣綠歸，分甘假尉志何卑。詩名藉甚徒爲爾，不及勳庸顯盛時。（《全宋詩》第三十二冊，頁 20687）

歐陽澈夢中藉讀歐陽脩的詩集，藉歐陽脩之手，寫唐人孟郊（751～814）的坎坷際遇，案《唐才子傳校箋》記載：「貞元十二年李程榜進士，時年五十矣。調溧陽尉。縣有投金瀨、平陵城。林薄蓊翳，下有積水。郊間往來水傍，命酒揮琴，裴回賦詩終日，而曹務多廢。縣令白府，以假尉代之，分其半俸。辭官家居。」〔註76〕孟郊進士即第時已經年過半百，而僅任溧陽（今江蘇省溧陽縣）尉，仍不得志，無所施展。加以孟郊疏於職務，終日揮琴賦詩雖在作詩上有所成就，終致

〔註75〕李逸安點校《歐陽脩全集》第五冊（北京：中華書局，2001 年），頁1951。
〔註76〕同注 64，頁 505～507。

受削職減俸處分，孟郊便以龍鍾高齡，辭「衣綠」小官而家居。歐陽澈夢中得句「東野龍鍾衣綠歸」乃指孟郊生平不得意，年老還是基層官吏致仕的最終結果。醒後續作前二首，細述了孟郊仕途受阻只得寄情詩歌，歐陽澈遂作「食虀腸苦竟棲遲。出門顧我渾無礙，未肯徘徊只賦詩。」道盡孟郊「拙於生事，一貧徹骨。」〔註77〕的生活窘境。第三首，歐陽澈藉年紀老大卻仍仕途失意的孟郊，言「黑頭我欲功名立，冷笑馮唐白髮生」道出自己對未來仕途的操切與急躁，這或許是他日後於高宗建炎元年（1127）復徒步伏闕上書，與太學生陳東同時被殺的原因之一。也藉孟郊聯想到另一位仕途坎坷的漢人馮唐（生卒年不詳），連帶表現出他對到老都不達的前人，欠缺一分仁厚的同情心，據《史記·張釋之馮唐列傳第四十二》：「武帝立，求賢良，舉馮唐。唐時年九十餘，不能復爲官，乃以唐子馮遂爲郎。」〔註78〕漢武帝即位，朝廷廣徵人才，但馮唐當時已是高齡九十的白髮老翁了，錯過出仕機會。第四首，歐陽澈感嘆孟郊詩名甚高，孟郊在詩人輩出的唐代詩壇確實有一席之地，《唐才子傳校箋》：「工詩，大有理致。韓吏部極稱之。」〔註79〕都不足以彌補仕途失意，名利落空的遺憾。

趙蕃（1143～1229）〈十二月初六夜夢客溧陽半月而未見晦菴夢中以見遲爲媿作詩謝之首句云平生知己晦菴老歲晚方懷見晚羞寐而診曰覊於一官久去師門精神之感形見如此耶用其句賦詩一章寄上〉：

> 平生知己晦菴老，歲晚方懷見晚羞。題詩寄公夏始盛，遣弟持書春又浮。謝安東山豈我舍，迂叟洛中常國憂。蟠桃結實動千載，朝菌不與晦朔謀。（《全宋詩》第四十九冊，頁30733）

趙蕃以老師朱熹類比謝安（320～385）心懷天下，早晚要受大用，逆

〔註77〕同上注，頁512。
〔註78〕瀧川龜太郎《史記會注考證》（臺北：萬卷樓，1996年），頁1131。
〔註79〕同注64，頁512。

境中仍保持東山之志，可以東山再起。《晉書‧列傳第四十九》記載：
「時會稽王道子專權，而姦諂頗相扇構，安出鎮廣陵之步丘，築壘曰
新城以避之。帝出祖於西池，獻觴賦詩焉。安雖受朝寄，然東山之志
始末不渝，每形於言色。」〔註80〕就算如謝安隱居東山，仍有捨我其
誰的雄心，沒有放棄自己的責任。老師亦如退處洛陽獨樂園的司馬光
（1019～1086），即使舊黨不受重用，仍懷憂國憂民之心。趙蕃以謝
安和司馬光比喻老師朱熹，雖然老師不得重用，只能退而作學問，但
還是心懷國家的。

　　一首夢中作詩出現不同時代的人物，多是因為出現的人物之
間，具有跨時代的共同點，如東漢孔融與西漢陳平所處時代，與兩人
貧富雖有不同，但都樂於與人交往。而洪德章列舉曹植、李白、杜
甫、韓愈與賈島，數位著名詩人，以說明無論詩名再高，每一次作詩
都得費盡心思。歐陽澈因夢中得「東野龍鍾衣綠歸」，藉唐人孟郊之
坎坷際遇，聯想到西漢至老不達的馮唐。趙蕃也將心懷天下，保持
東山之志的晉人謝安，與始終憂國憂民的北宋司馬光，因均懷有熱
切的愛國心，而繫聯在同一首詩裡。宋人在夢中，還能將跨時代但
具備共同點的異代人物，聯繫在同一首詩裡，足見宋人的作詩功力，
但夢中作詩出現混雜多位不同時代人物的情況，非夢中作詩也能作
得到的。

二、當代人物

　　宋人夢中作詩出現的當代人物較歷史人物出現的次數多，當代人
物多為詩人們的朋友，部分可以知曉其身分，部分卻難以查明，茲析
論如下：

　　梅堯臣共有七首夢中作詩，其中五首夢中作詩出現當代人物，佔
了夢中作詩的過半，是宋人中的特例。首先為〈河陽秋夕夢與永叔遊
嵩避雨於峻極院賦詩及覺猶能憶記俄而僕夫自洛來云永叔諸君陪希

〔註80〕《晉書‧列傳第四十九》，頁2076。

深祠岳因足成短韻〉：

> 夕寢北窗下，青山夢與尋。相歡不異昔，勝事卻疑今。風
> 雨幽林靜，雲煙古寺深。自注：此二句夢中得。攬衣方有感，
> 還喜問來音。(《全宋詩》第五冊，頁 2727)

本首夢中作詩，作於仁宗明道元年（1032），詩人當時任河陽縣主簿，常因公往來洛陽，並與歐陽脩多次同遊，亦多所唱和，如〈依韻和歐陽永叔同遊近郊〉、〈依韻和永叔同遊上林院後亭見櫻桃花悉已披謝〉等。〔註81〕同年另作〈同永叔子聰遊嵩山賦十二題〉將嵩山美景以〈公路澗〉、〈二室道〉、〈自峻極中院步登太室中峰〉、〈玉女窗〉、〈玉女擣衣石〉、〈天門〉、〈天門泉〉、〈天石〉、〈三醉石〉、〈登太室中峰〉、〈峻極寺〉共十二首詩爲記，其中與夢境中和歐陽脩避雨的峻極院相關之詩有兩首。本首夢中作詩重新組合了詩人日間的記憶，熟悉的遊伴——歐陽脩，熟悉的美景——嵩山峻極院，人與景在夢中雜揉，自成新的體驗。

　　而現實生活中，歐陽脩諸君陪希深祭嵩山，希深爲謝絳（994～1039）的字，與梅堯臣亦多所交往，僅與夢中作詩同年的交往詩有〈遊園晚歸馬上希深命賦〉、〈留題希深美檜亭〉、〈和希深避暑香山寺〉、〈和希深晚泛伊川〉、〈希深所居官舍新得相府蔬圃以廣西園〉、〈希深惠書言與師魯永叔子聰幾道遊嵩因誦而韻之〉、〈希深洛中多夕道話有懷善慧大士因探得江字韻聯句〉、〈希深本約遊西溪信馬不覺行過據鞍聯句〉、〈同希深馬上口占送九舅入京成親聯句〉共九首之多。〔註82〕

　　梅堯臣於仁宗皇祐二年（1050）四十九歲，於宣城（今安徽宣州）守制時夢中作〈八月二十七日夢與宋侍讀同賦泛伊水詩覺而錄之〉，夢見了宋祈（998～1061），宋祈曾任侍讀學士，故稱宋侍讀：

> 遨遊非昔時，輕舸偶同泛。山水心有慕，屢往如有欠。平
> 生共好尚，飲食未嘗厭。茲日不言多，醉如春酒釅。(《全

〔註81〕以上詩作見《全宋詩》第五冊，頁 2722、2725。
〔註82〕以上詩作見《全宋詩》第五冊，頁 2722～2732。

宋詩》第五冊，頁 3000）

夢中詩人與宋祁乘一小舟遨遊伊水，伊水的自然景觀是詩人百看不厭的，而詩人當時因父喪，人在宣城守制，夢境中突破了時空的限制，夢與宋祁同遊伊水。「伊水爲洛河支流，在河南中西部。源出熊耳山，東北流經欒川、嵩縣、伊川、洛陽等縣市。」〔註83〕梅堯臣現存的詩作中，有一首〈和希深晚泛伊川〉記錄下遊玩伊川的深刻體驗：

> 放溜下平波，舟移不知遠。稍迴溪口風，恣愛雲中巘。水鳥靜相依，蘆洲藹將晚。歸路莫言賒，何妨乘月返。（《全宋詩》第五冊，頁 2724）

沿岸的山脈覆蓋著雲氣，靜謐的沙洲棲息著水鳥，伊水平靜安寧的山光水色，讓詩人忘路之遠近，更讓詩人流連至明月升起才依依不捨得離開。行旅伊川這是詩人日間確有的美好經驗，但是當時結伴而行的是謝絳，在夢境中旅伴卻是宋祁。宋祁生息年代與梅堯臣相當，翻檢宋祁現存詩作，其中有〈送梅堯臣〉、〈書局梅聖俞劉仲更二學士訃問繼至潸然有感〉，〔註84〕可知宋祁與梅堯臣兩人在當時是有交往的。梅堯臣本首夢中作詩再次重新組合了日間的經驗，有往來的詩友——宋祁，心所嚮往的美景——伊水，再次人與景在夢中雜揉，又成新的體驗。

梅堯臣於仁宗至和元年（1054）夢中作〈至和元年四月二十日夜夢蔡紫微君謨同在閣下食櫻桃蔡云與君及此再食矣夢中感而有賦覺而錄之〉，當時詩人五十三歲，與仁宗皇祐三年（1051）賜同進士出身相距三年。夢中出現的蔡襄（1012～1067），仁宗天聖八年（1030）十九歲即舉進士甲科，擔任過起居舍人、龍圖閣直學士、翰林學士、三司使、端明殿學士等，孝宗乾道中，賜諡忠惠，仕途較年長的梅堯臣順遂得多。梅堯臣心中對蔡襄的欽敬，變換爲與蔡襄共赴櫻桃宴的

〔註83〕戴鈞良等主編《中國古今地名大辭典》，頁 1196。
〔註84〕以上詩作分別見《全宋詩》第四冊，頁 2397、2541。

夢境，而櫻桃之味美無敵，正是因爲包含著登科的喜悅：

> 味兼羊酪何由敵，豉下蓴羹不足宜。（《全宋詩》第五冊，
> 頁 3105）

梅堯臣另有二首〈夢與公度同賦藕華追錄之〉與〈夢同諸公餞仲文夢中坐上作〉都出現當代人物：

> 吳王舊宮闕，水殿芙蓉披。濁泥留玉骨，疑是葬西施。西施魂不滅，嬌豔葬清池。（《全宋詩》第五冊，頁 2768）

> 已許郊間陳祖席，少停車馬莫催行。劉郎休恨三千里，樽酒十分聽我傾。（《全宋詩》第五冊，頁 2963）

公度爲蔡充（1023～1031）字，爲天聖進士，累官至司封員外郎，家貧，以廉節著稱。仲文爲韓綜（生卒年不詳）字，《宋史·列傳第七十四》記載：「使契丹，契丹主問其家世，綜言億在先朝嘗持禮來，契丹主喜曰：『與中國通好久，父子俱使我，宜酌我酒。』綜率同使者五人起爲壽，契丹主亦離席酹之，歡甚。既還，陳執中以爲生事，出知滑州，徙許州。」〔註85〕爲此，梅堯臣作〈送韓仲文知許州〉：「孰不爲太守，所榮歸故鄉。僚官詫舊識，邸吏窺新章。前去別馬上，金仰立道傍。野老拜車塵，里人持壺漿。至家塪薦美，謁壠雲日光。盛事難盡書，且舉國門觴。」〔註86〕同年（慶曆八年（1048））夢作餞別仲文，兩人既是同僚，且梅堯臣與仲文兄弟都有來往，作有〈夏日對雨偶成寄韓仲文兄弟〉。〔註 87〕另尚有〈飲韓仲文家〉、〈和韓仲文西齋閉夜有懷道損舅及子〉、〈和仲文西湖野步至新堰二首〉、〈送仲文〉等多首與仲文相關詩歌，〔註88〕可知梅堯臣與仲文交往之密切。再觀梅堯臣〈與仲文子華陪觀新水磑〉、〈與道損仲文子華陪泛西湖〉、〈送子華〉等，〔註89〕可知梅堯臣不僅與仲文兄弟往來，更

〔註85〕同注26，頁 10300。
〔註86〕《全宋詩》第五冊，頁 2943。
〔註87〕同上注，頁 2891。
〔註88〕以上詩作分別見《全宋詩》第五冊，頁 2908、2909、2912。
〔註89〕以上詩作分別見《全宋詩》第五冊，頁 2910、2911、2912。

是兩代交情，感情密切可見一斑，無怪夢中餞別，依依難捨，得藉酒澆愁。

　　蔡襄於仁宗慶曆七年秋作（1047）〈夢遊洛中十首〉并序，其序文說明了夢境與夢中得句之緣由：

　　　　九月朔，予病在告，晝夢遊洛中，見嵩陽居士留詩屋壁，
　　　　及寤，猶記兩句，因成一篇。思念中來，續爲十首，寄呈
　　　　太平楊叔武。

慶曆四年（1044）蔡襄以母老求知福州，直至皇祐四年（1052）遷起居舍人，才由地方調回中央。所以，蔡襄夢中得句之時，人在故鄉福建，蔡襄病中晝寢，夢境中突破時空的限制，夢回洛中，見嵩陽居士王益恭留詩屋壁，醒後將僅記兩句續成一首：

　　　　天際烏雲含雨重，樓前紅日照山明。嵩陽居士今安否，青
　　　　眼看人萬里情。（《全宋詩》第七冊，頁 4795）

天聖八年（1030）蔡襄十九歲進士及第，任西京留守推官，王益恭是當時的同僚，兩人甚有交遊，王益恭十分推崇蔡襄，彼此青眼相看。本首夢中得句是蔡襄藉王益恭之手所得，在宋人夢中作詩中並不多見。夢中兩句旨在寫陰霾天象下，樓前依然有紅日照山，氣象輝煌開闊。而醒後續成兩句，表達對朋友的掛念，與難忘當年互相青睞，有惺惺相惜之情。將夢中得句續成後，思念更加殷切，往事浮現腦海，髣髴歷歷在目，蔡襄再續作九首，寄予楊叔武，楊叔武與蔡襄相交甚早，聲氣相通，蔡襄另有一首〈楊叔武北堂夜話〉。〔註90〕

　　黃庭堅（1045～1105）〈夢中和觴字韵〉并序，序文詳細記錄夢見蘇軾，及與之唱和的歷程：

　　　　崇寧二年正月己丑，夢東坡先生于寒溪西山之間，予誦寄
　　　　元明觴字韻詩數篇，東坡笑曰：「公詩更進于曩時。」因和
　　　　予一篇，語意清奇。予擊節賞嘆。東坡亦自喜。于九曲嶺
　　　　道中，連誦數過，遂得之。（《全宋詩》第十七冊，頁 11428）

〔註90〕見《全宋詩》第七冊，頁 4751。

哲宗元符三年（1100），徽宗即位，召還以元祐黨人貶培州別駕，黔
州安置的黃庭堅，卻旋以文字罪除名，羈管宜州，直到崇寧四年
（1105），卒於貶所。本詩即於崇寧二年作於宜州，當時蘇軾已逝世
二年了，夢中突破時空、生死的限制，二人歡喜同遊寒溪西山之間，
唱和於嶺道中。

　　黃庭堅與蘇軾不但政治立場相契，黃庭堅更是蘇門四學士之一，
文學信念一脈相承，平時多所唱和，其中有〈次韻子瞻武昌西山〉，
黃庭堅與蘇軾以西山爲題共同唱和。而黃庭堅與元明互有唱和，元明
爲黃大臨之字，黃大臨是黃庭堅的兄長，自號寅菴，紹聖中知萍鄉縣。
在本首夢中作詩之前，黃庭堅作有〈新喻道中寄元明用觴字韻〉、〈罷
姑熟寄元明用觴字韻〉等詩，〔註91〕詩人在夢中複製變更過去的經
驗，哥哥是熟悉的唱和對象，觴是熟悉的韻部，用韻皆爲觴、涼、行、
腸，成爲跨越現實的新體驗。詩人夢中作詩後，崇寧四年（1105）再
次作〈宜陽別元老用觴字韻〉韻腳仍爲觴、涼、行、腸，足見黃庭堅
看中此系列詩。

　　李彭（生卒年不詳）〈夢秦處度持生絹畫山水圖來語予此畫劉隨
州詩也君爲我作詩書其上夢中賦此詩〉夢見秦觀（1049～1100）子秦
湛（生卒年不詳）：

　　　　誰料長城千載下，秦郎復出用偏師。（《全宋詩》第二十四
　　　　冊，頁 15958）

秦湛少好學，善畫著色山水，而李彭善寫書法，並長於詩，爲江西詩
派成員。二人素有交情，李彭另有〈次秦處度贈歸宗老示中上座韻〉、
〈懷秦處度復用山谷韻〉、〈懷秦處度〉、〈春日懷秦髯〉四詩，〔註92〕
數次表達對秦湛的思念。夢中秦湛持畫，要李彭「作詩書其上」，夢
中情境未偏離現實，暗合二人專長，善畫者持畫，工書法、長於詩者，
書詩於畫上，「誰料長城千載下，秦郎復出用偏師。」所云：應指秦

―――――――――――――――

〔註91〕分別見《全宋詩》第十七冊，頁 11422、11423。
〔註92〕分別見《全宋詩》第二十四冊，頁 15845、13900、15923、15930。

湛雖善畫，但是繪畫僅是他眾多才藝中的一項。

鄭剛中（1088～1154）〈十月初夢寄良嗣詩三句云相思一載餘身隨雲共遠夢與汝同居覺而足之〉：

> 武昌分別處，江岸倚籃輿。對飲三杯後，相思一載餘。身隨雲共遠，夢與汝同居。何日秋風夜，燈窗聽讀書。（《全宋詩》第三十冊，頁 19134）

良嗣應是鄭剛中知心好友，才會如此思念，甚至入夢。〔註93〕

張嵲（1096～1148）〈余於今年二月初一日夜夢中與劉彥禮兄弟水邊飲酒賦詩曾記所作元八句忘其餘今足成之〉夢見劉彥禮兄弟：

> 夢裏相逢竟是非，人生皆夢亦何疑。花邊置酒行杯速，石上聽泉得句遲。千里幸能申闊積，一歡何必是前期。諦觀石火光中事，應不長於未覺時。（《全宋詩》第三十二冊，頁 20512）

劉彥禮兄弟二人爲劉子羽（字彥修）、劉子翼（字彥禮），《宋史・列傳第一百二十九》記載劉子羽行迹「建之崇安人，資政殿學士韐之長子也。……吏部郎朱松以子熹託子羽，子羽與弟子翼篤教之，異時卒爲大儒云。」〔註94〕張嵲體會到「人生皆夢」，雖然只是夢見劉彥禮兄弟，但已甚感寬慰。

陸游於寧宗慶元二年（1196）七十二歲，已退休回故鄉多年，夢作〈六月二十四日夜分夢范至能李知幾尤延之同集江亭諸公請予賦詩記江湖之樂詩成而覺忘數字而已〉，夢中與范成大（1126～1193）、李石（？～1181）、尤袤三人（1127～1194），同集江亭，並賦江湖之樂：

> 露篛霜筠織短篷，飄然來往淡烟中。偶經菱市尋谿友，卻揀蘋汀下釣筒。白蘋茝香初過雨，紅蜻蜓弱不禁風。吳中

〔註93〕鄭剛中夢中的良嗣應非《宋史・列傳第四百七十二》記載趙良嗣（？～1126）：「宋人，本燕人馬植，遼大族。仕至光祿卿，行汙而內亂。」

〔註94〕同注26，頁 11504～11508。

近事君知否，團扇家家畫放翁。（《全宋詩》第四十冊，頁
24940）

陸游夢中作詩之時，范成大已逝世三年，李石逝世十五年，尤袤逝世
二年，三人均辭世，四人只能在夢中同集江亭了。心理學者李希特
（Jean Paul Richter）論道：「作夢是一種意識的改變狀態，夢中所記
憶的是一些暫時與外在現實相混淆的影像和幻想。」〔註95〕陸游遭罷
回到山陰，直到過世的二十年裡，都過著田園生活，與農民漁父有較
多接觸，體會到平民百姓生活之苦，和清貧自由的江湖之樂，所以寫
下許多反應平民生活與農村風光的詩篇。本首夢中作詩前四句正是由
漁人箬笠短篷的裝束寫起，往來淡煙，偶尋谿友，蘋汀垂釣，勾勒出
漁人日常生活。後二句寫雨後白菌苕之香美，紅蜻蜓之纖弱，捕捉鄉
村細致的美景。最後卻跳接「吳中近事君知否，團扇家家畫放翁」以
示他「強烈的愛國熱忱，在他閒居的歲月中，不曾減少過，只是化顯
為隱，將熱忱放於內心深處，以歌詠自然風光來進行創作，以淡適的
生活情態來隱藏內心激盪的愛國心」〔註96〕本詩雖欲記江湖之樂，但
是仍難安然享樂，最終又憶起家國時事。

周必大（1126～1204）五首夢中作詩全出現當代人物，惟〈甲申
四月甲子夜夢以焦坑小團及宜春新芽送隆慶長老了遠戲作柬云云曡
然而寤枕上又補一頌以茶送達數日前曾有此意而一點千林非因想所
及也〉夢見隆慶長老，已於四、僧道論及，在此不贅述，僅論其餘四
首，首先為〈九月十八日夜忽夢作送王龜齡詩兩句枕上足成之〉中的
王十朋：

匈奴何敢渡江東，一士真過萬馬雄。唐室安危誰可佩，雪
山輕重屬之公。天臺不納尚書履，鄉縣猶乘御史驄。行樂
休嫌園小小，高歌幸有婢隆隆。自注：龜齡家有小小園，而侍
姬號隆隆。（《全宋詩》第四十三冊，頁26699）

周必大現存詩作中，有紹興三十一年（1161）所作〈次韻王龜齡大著

〔註95〕同注11，頁291。
〔註96〕同注40，頁39。

省中黃梅〉辛巳，兩人已有唱和往來。本首作於孝宗隆興元年（1163），
周必大因繳駁龍大淵、曾覿除知閤門事，奉祠。王十朋亦因上疏論宰
相史浩八罪，史浩雖罷職，十朋亦出知饒州，顛沛輾轉，三年（1165）
知湖州，四年知泉州。二人皆因剛毅直諫，落得降官貶謫的命運。前
四句周必大盛讚十朋乃棟樑之材，五六句反應忠諫卻由中央貶至地
方的現實情況。政治上受挫，幸而有巧致的家園散心解憂。王十朋於
紹興二十四年（1154）修建小小園時，共賦十一首詩爲記，並於詩題
〈予有書閣僅容膝東有隙地初甚荒蕪偶於暇日理成小園徑以通之杖
藜日涉於其間幾欲成趣花木蕭疏不足播之吟詠謾賦十一小詩以記園
中之僅有者時甲戌仲冬也〉詳錄建園之前因後果，〈小小園〉即爲第
一首：

> 預作休休計，先開小小園。杖藜成日涉，得趣與心論。（《全
> 宋詩》第三十六冊，頁 22652）

其後又作〈小小園十月杜鵑花盛開有共蒂雙頭之異因以數語記之〉、
〈小小園納涼〉等詩，〔註97〕不管人事遞嬗，小小園是王十朋安身立
命之地，加上能歌的侍姬隆隆，頓挫的日子也能過得有興味。

　　周必大自隆興元年（1163）奉祠，直到乾道四年（1168）才起知
劍南州。〈夜夢次陳立夫韻〉戊子十二月初八日應作於任劍南州後不久，
夢中次韻陳立夫：

> 慣伴山僧汲澗泉，懶隨年少夢游仙。（《全宋詩》第四十三
> 冊，頁 26716）

周必大自注云：「非想所及，不可曉也。」，但觀奉祠六年間詩作，其
中有〈青衣道人羅尙簡論予命宜退不宜進甚契鄙心連日求詩爲賦一
首〉丙戌正月，「宜退不宜進」似當時處境，只得退而「慣伴山僧汲澗
泉」。同時期尙有〈贈崇壽寺僧善修〉、〈游雲光寺李提舉庚領客將至
留二小時〉等親近佛法，以求逆境中能身心安頓之詩。〔註98〕

〔註97〕見《全宋詩》第三十六冊，頁 22742、22753。
〔註98〕見《全宋詩》第四十三冊，頁 26701、26711。

　　孝宗乾道八年（1172），周必大兼權中書舍人時，以事奉祠還家時作〈前歲冬至與胡邦衡小語端誠殿下道值夏舊事今年邦衡舉易緯六日七分之說輒用子美五更三點為對後數日得劉文潛運使書記去年館中團拜人今作八處感嘆成詩〉壬辰十二月，以「猶勝去年三館客，十人八處耿相望。」，感嘆朋友星散。其後作〈十二月十九日餞別劉文潛運使明日來書云醉夢中作小詩但記後兩句為足成之〉將劉文潛夢中作詩醒後僅記末二句續成一首：

　　　　幽人門巷冷如冰，使節光華肯再登。今夕青燈話三館，明
　　　　年何處說廬陵。（《全宋詩》第四十三冊，頁 26727）

周必大字裡行間都是政治失意，與失勢後接踵而至的人情冷暖，但是最傷感的還是今夕能在餞別的宴席上長談，離別後卻難再聚首。劉文潛飲離別酒後，醉夢中直抒胸臆，無奈友情深厚卻難敵命運的安排，周必大讀後感同身受，遂將之足成。

　　周必大於寧宗慶元六年（1200）七十五歲又夢作〈讀張敬夫南軒集夜夢賦詩〉庚申七月：

　　　　道學人爭說，躬行少似君。中心惟至一，餘事亦多聞。（《全
　　　　宋詩》第四十三冊，頁 26784）

敬夫為湖湘學派代表張栻（1133～1180）的字，號南軒，與朱熹、呂祖謙被時人譽為「東南三賢」，主要成就在理學，為南宋初名臣張浚（1097～1164）子。《宋史・列傳一百八十八》載其師學淵源：「長師胡宏，宏一見，即以孔門論仁親切之旨告之。栻退而思，若有得焉，宏稱之曰：『聖門有人矣。』栻益自奮厲，以古聖賢自期，作〈希顏錄〉。」〔註99〕師五峰先生胡宏（1105～1161），聰慧勤學且悟性高，繼承二程之學，以聖賢自期。周必大夢中作詩的內容，為日間讀南軒集記憶的殘餘「道學人爭說，躬行少似君」，感佩張栻身體力行，實踐去人欲，存天理。「中心惟至一」乃如《宋史》所載：「栻為人表裡洞然，勇於從義，無毫髮滯吝。每進對，必自盟於心，不可以人主義悅

────────────────

〔註99〕同注26，頁 12770。

輒有隨順。……義者，本心之當爲，非有爲而爲也。有爲而爲，則皆人欲，非天理。」〔註100〕張栻表裏動靜均以行義爲標準。「餘事亦多聞」意指自年少時，即展露的幹練「栻以少年，內贊密謀，外參庶務，其所綜畫，幕府諸人皆自以爲不及也。」〔註101〕張栻能幹之處，除學養深厚廣博，還在於善於幕僚謀畫，也善於實際執行，能裡能外，實爲難得人才，其終其一生忠貞國家，敬重學識，堪爲文人典範。

周孚（1135～1177）〈夢與辛幼安遇於一精舍予賦詩一篇覺而記其卒章云它年寄書處當記盧仝窮因賦此詩寄之〉夢見辛棄疾（1140～1207），本詩特殊之處，在於周孚醒後改寫僅記得的末二句，並鋪寫成二十四句的長詩：

> 秋霜草花落，夢君浮屠宮。覊魂得清游，短章見深衷。破屋仰見天，何人記盧仝。相逢大槐國，一笑仍忽忽。與君十年交，九年悲轉蓬。君行牛斗南，我在淮漢東。修途繚山岳，此會何緣同。伏枕自嘆息，衰懷托西風。啾啾籬間雀，冉冉天際鴻。擔簦亦何憾，吾生自當窮。扁舟具簑笠，久已藏胸中。它年君來時，葦間尋此翁。（《全宋詩》第四十六冊，頁28803）

前四句回溯夢境，花落草枯的蕭瑟秋天裡，周孚與辛棄疾相遇於精舍，在現實受挫的二人，得到片刻清游之樂，而生世之感就寄託在詩中。周孚以「盧仝窮」象徵二人報國無門，壯志難酬的感慨，盧仝活在貧窮的艱辛裡，而二人活在忠而見忌，置身仕途的險惡裡。盧仝是物質之窮，二人是宦途之窮，他們皆深刻體會過窮，但是有誰會記得這些行高志潔的不幸呢？周孚安慰彼此，二人巧遇於精舍，好似相遇於槐安國，人浮於世，縱使受萬般苦楚，終如南柯一夢，付諸一瞬與一笑。二人相交十年，九年都各在宦途上輾轉，分隔兩地，如同〈寄辛幼安二首〉之一所云：「我屋與君室，濟河南北州。」兩人相交多以書信，〈寄辛幼安二首〉之二：「別去才三月，人來已兩書。」

〔註100〕同注26，頁12774。
〔註101〕同注26，頁12770。

〔註102〕相會夢中，分外欣喜，也不禁流露回歸林野的念頭。

趙蕃（1143～1229）〈十二月初六夜夢客溧陽半月而未見晦菴夢中以見遲爲媿作詩謝之首句云平生知己晦菴老歲晚方懷見晚羞寐而診日羈於一官久去師門精神之感形見如此耶用其句賦詩一章寄上〉夢見老師朱熹（1130～1200）：

> 平生知己晦菴老，歲晚方懷見晚羞。題詩寄公夏始盛，遣弟持書春又浮。謝安東山豈我舍，迂叟洛中常國優。蟠桃結實動千載，朝菌不與晦朔謀。（《全宋詩》第四十九冊，頁30733）

趙蕃少從朱熹高徒劉清之（1134～1190）學，在官清貧。淳熙十四年（1187）劉清之知衡州，蕃遂求爲監衡州安仁贍軍酒庫，至衡州劉清之卻遭罷，趙蕃與之同歸。而後奉祠家居三十三年，年垂五十，猶受學於朱熹。本詩應作於奉祠家居時期，在〈寄俞玉汝〉詩曾云：「晦菴寄我溧陽書，報道今爲建業居。」趙蕃自收到老師朱熹書信後不久，在夢中突破時空限制，但身處溧陽卻仍不見老師，詩人在夢中深感愧疚，遂作詩謝罪。由夢中作詩二句領起全詩，亦可解釋爲夢中得句引起他醒後續作的動機。趙蕃一想到老師，當年當學生時，如沐春風的情境又浮現，可惜因爲受官職所限，未能及早拜見老師。老師在他心中心懷天下的胸襟，足與謝安和司馬光相比。

在趙蕃主觀的感受裡，朱熹是良師更是知己，多次賦詩表示不捨分離，如〈呈晦菴〉二首之一：「一紙書來遂隔年，江湖遠地水連天。紛紛橫路又逢此，凜凜歲寒嗟獨然。」二首之二：「孟郊五十酸寒尉，想見溧陽神尚遊。」與〈別晦菴〉：「身墮南州已覺賒，五溪從此更天涯。別腸何止成萬轉，霜鬢不堪今半加。頗念客留同此日，絕憐歸夢每還家。公如踵赴仙都約，猶擬頡頏飛佩霞。」〔註103〕在在傾吐對老師的難捨之情。

〔註102〕見《全宋詩》第四十六冊，頁28777。
〔註103〕分別見《全宋詩》第四十九冊，頁30721、30728。

　　孫應時〈十一月二十六夜夢與范石湖各賦梅花六言覺僅記其大意足成二絕〉與范成大同賦梅花詩：

> 小齋遙夜孤坐，何處香來可人。起看一窗寒月，更憐瘦影相親。

> 江路月斜霜重，野橋風峭波寒。知負天公何事，十他冷淡相看。（《全宋詩》第五十一冊，頁 31797）

范成大與梅花關聯密切，范成大曾作《石湖梅譜》，對梅花的品種、特性都提出理論與看法。翻檢其詩作，以梅花入詩之篇幅甚多，惟今已不見與孫應時唱和詩作。孫應時夢中以嗅覺寫花香，視覺寫花影，淡淡勾勒天寒地凍中堅毅孤高的梅花。孫應時現存詩作中，有數首詠梅詩，但不見與范成大往來唱和的詩作，惟夢中作詩後作〈范氏致爽園用石湖韻〉。〔註104〕夢中與范成大一同賦詩的經驗，對醒後的孫應時具有或多或少的影響。

　　戴復古（1167～？）四首夢中作詩裡，共二首提及當代人物，首先為〈夢中題林逢吉軒壁覺來全篇可讀天明忘了落句〉夢見林表民（生卒年不詳）：

> 囂塵不到眼，瀟灑似僧家。風月三千首，圖書四十車。綠垂當戶柳，紅映隔牆花。好讀天台賦，登樓詠落霞。（《全宋詩》第五十四冊，頁 33504）

林表民字逢吉，號玉溪，今僅存詩一卷，卻生卒年不詳，仕歷不詳，在歷史上只留下淡漠的痕跡。但因與戴復古相交，戴復古現存詩作中共十首與林表民相關的詩，藉由戴詩，林表民淡漠的形象得以清晰一些。「囂塵不到眼，瀟灑似僧家。」是其安貧樂道的心性，「風月三千首，圖書四十車。」言其潛心文學且藏書頗贍，「綠垂當戶柳，紅映隔牆花。」是其「門外數根楊柳樹，細看別作一家春。」以陶潛「五柳先生」自勵的居家環境，〔註105〕「好讀天臺賦，登樓詠

〔註104〕見《全宋詩》第五十一冊，頁 31798。
〔註105〕〈寄玉溪林六首之二〉：「問君那向城中住，賴有清風灈市塵。門外

落霞。」是其爲李庚及其父遞修之《天台前集》、《天台續集》增輯別編的經歷。

戴復古甚欽敬林表民，在理宗淳祐二年（1243）七十六歲時突破時空限制，夢至林家題壁後，又另作〈歲暮書懷寄林玉溪〉三首，抒思念之情。隔年開春又作〈寄玉溪林逢吉六首〉癸卯春以抒情，並記述其高潔行跡，特別的是六首之三，將之前夢中作詩的過往，鋪寫入詩：「心腹相知會面稀，一春未有盍簪期。西窗風雨愁眠夜，夢到君家賦小詩。」〔註106〕能跨越現實距離的夢，讓夜雨中思友甚殷的戴復古，與摯友相會，近似弗洛伊德所說「夢是願望的實現」，藉夢境得到滿足與安慰。

不同於一般夢中作詩，戴復古〈趙用甫提舉夢中得片雲不隔梅花月之句時被命入朝雪中送別用其一句補以成章〉夢中得句者爲趙用甫：

> 一時議論動諸公，有詔西來玉節東。又見清朝更大化，好趨丹陛奏孤忠。片雲不隔梅花月，一雪翻成柳絮風。把酒莫辭今夕醉，明朝車馬去匆匆。（《全宋詩》第五十四冊，頁 33567）

趙用甫夢中得「片雲不隔梅花月」，戴復古將其續成八句，爲宋人夢中作詩中較少見的情況。

洪咨夔（1176～1236）〈隆慶徐守作堂名蜀固一夕夢與余賦詩堂上有何時首歸塗樽酒逢故人之句未幾過其堂爲賦之〉亦將徐太守的夢境和夢中所得二句錄於詩題，並只將一句化用於續作的三十六句的長詩中：

> 樽酒逢故人，重圓夢中語。（《全宋詩》第五十五冊，頁 34511）

原爲徐太守的夢中作詩，夢見人物有徐太守與洪咨夔。本詩應續作於

數根楊柳樹，細看別作一家春。」見《全宋詩》第五十四冊，頁33607。

〔註106〕見《全宋詩》第五十四冊，頁 33607。

寧宗嘉定十五年（1222）後，洪咨夔隨崔與之至蜀，歷通判成都府，
知龍州（今四川江油市東北），與當時隆慶（今四川劍閣縣與梓潼、
江油市東北部）二人因地利之便，有所交往，在夢中作詩之前，洪咨
夔曾作〈次徐隆慶壽詩韵〉二首爲徐太守祝壽。〔註107〕徐太守作堂
名蜀固堂，洪咨夔闡明其義爲「蜀固天下固」之意，以其天險地勢，
與駐守重兵，冀能保衛邊土，鞏固中央，二人氣同連枝。無奈在洪咨
夔爲續成夢中作詩後，徐太守即改調金州（今四川源縣北），洪咨夔
慨然作〈用蜀行送徐隆慶守金州〉以抒臣子官位遞嬗、身不由己的無
奈。〔註108〕

　　出現當代人物且續成他人夢中作詩者，尚有方回（1227～1307）
〈上饒周君夢至梅花洞吟曰我家本住梅花洞一陣風來一陣香爲賦長
句〉，但方回僅於詩題錄下上饒周君的夢中得句，續成三十二句長詩
時，以將之改寫化用：

> 帝敕王家專管竹，子猷高風誰可續。西州間生文與可，後
> 來特判篔簹谷。帝敕陶家專管菊，千載淵明一影獨。分司
> 旁出可無人，醉插齊山容杜牧。梅花天下第一花，天下好
> 詩翰林家。孤山山下清淺水，疏影年年橫復斜。水中瀘影
> 出此句，美玉鑿石金淘沙。至今和靖一丘壑，敢有代者需
> 齊瓜。乾坤故異醞雜寶，元來別有梅花洞。玉堂不隔蓬與
> 弱，自是世人肉身重。周郎妙年有仙骨，月夜往來跨鸞鳳。
> 自言家住梅洞中，怕泄天機稱是夢。芙蓉城主傳石丁，洞
> 天是處花冥冥。蓮花博士薇花郎，玉階除拜時告廷。世間
> 善賦梅花者，定皆梅洞諸仙靈。梅洞梅洞果何在，七十萬
> 里天常青。（《全宋詩》第六十六册，頁 41740）

上饒周君夢中得句爲「我家本住梅花洞，一陣風來一陣香。」方回以
竹菊爲鋪墊，襯托梅花才是天下第一。方回應於元成祖元貞元年
（1295）賦此長詩，已江山異主，由南宋入元，但方回仍承襲南宋梅

〔註107〕見《全宋詩》第五十五册，頁 34502。
〔註108〕見《全宋詩》第五十五册，頁 34513。

－143－

花居尊，貴爲「花魁」的觀念。〔註109〕

　　劉翼〈夢呈樂軒先生既覺不失一字錄呈竹溪玉堂〉夢見老師樂軒先生：

> 不見仙翁四十春，幸然丘隴在比鄰。當年四海從游者，報佛深恩有幾人。富貴功名堪學畫，最難學畫子孫賢。（《全宋詩》第六十冊，頁38096）

樂軒先生即陳藻（1150～1225）爲劉翼的老師，劉翼在本首夢中作詩的自注中，將師承淵源簡單爬梳：「艾軒先生，工部侍郎文節林公。一傳爲網山林先生，諱亦之，字學可。再傳爲樂軒陳先生，諱藻，字元潔。皆有集行世。竹溪，樂軒之嫡子也。」陳藻師承林亦之，復傳門人林希逸（1193～？）共倡伊、洛之學於東南。「不見仙翁四十春，幸然丘隴在比鄰。」陳藻與劉翼師徒感情深厚，即使老師逝世四十年，仍戀念不捨，幸而住家與老師的墓地相距不遠，可祭拜以盡其哀，如〈癸卯十月同林子宜拜掃先師樂軒墓因和南谷寺壁間韻〉：「秋風颯颯已華顛，男女猶賖嫁娶錢。問道西軒空有夢，繙經南谷恐無緣。登墳薦酒徒爲爾，對佛拈花亦偶然。回首白雲無叫處，青山長在淚痕邊。」〔註110〕流露對老師逝世之悲痛難釋。「當年四海從游者，報佛深恩有幾人。」應指陳藻家貧，移居福清橫堂，閉門授徒，卻不足自給，只能與所從游的弟子們漂泊東南，布衣終生，而又有幾個學成的弟子回饋師恩呢？劉翼得其師眞傳，亦不樂科舉，夢中直抒對老師辛勞的一生，深感心疼與心痛，醒後一字不失錄呈同門的竹溪玉堂，即陳藻嫡傳弟子林希逸。林希逸爲理宗端平二年（1235）進士，官至中書舍人。劉翼與林希逸素有往來，理宗景定二年（1261）曾摘取其中詩十九首寄予林希逸，林希逸編爲《心游摘稿》，並爲之作序，交情可見一斑。今《全宋詩》亦存詩一首〈題平遠軒呈竹溪玉堂〉。〔註111〕

〔註109〕何小顏《花與中國文化》，頁96～97。
〔註110〕見《全宋詩》第六十冊，頁38094。
〔註111〕見《全宋詩》第六十六冊，頁38096。

　　方岳（1199～1262）共三首夢中作詩，一首夢見書十字於司馬遷《史記》冊上，一首夢見僧人，一首夢見當代人物陳塤（1197～1241），並於詩題〈夢陳和仲如平生交有三言覺而記其一曰錯後亂夢中了了以爲事錯之後此心撩亂不如早謀其始也〉記錄夢境與與夢中得句：

> 睡殘寒月海東頭，不起斯人孰與遊。天下事寧堪幾錯，夢中語亦戒前籌。江湖浩浩二三子，風雨寥寥十五秋。莫向斷雲多感慨，孔顏無命不伊周。（《全宋詩》第六十一冊，頁 38344）

陳塤年長方岳兩歲，爲寧宗嘉定十年（1217）進士，年僅二十一歲。方岳爲理宗紹定五年（1232）進士，慢陳塤十五年才步入仕途。當時陳塤已任嘉興通判，並於端平三年（1236）召爲吏部侍郎後不久，以言罷歸，自娛於泉石，四方學者踵至，於淳祐元年（1241）卒。陳塤退隱辭世後，方岳才於淳祐六年（1236）遷宗學博士，以宗正丞權三部郎官，官位升遷至較高位置。兩人雖僅差兩歲，但因際遇不同，交集應無多。再翻檢《全宋詩》，陳塤今存詩二首，均無提及方岳。方岳雖存詩多達三十六卷，僅本首夢中作詩相涉二人。再者，詩云「夢陳和仲如平生交」在夢中兩人像相識已久，有一見如故之感，均說明二人交集應是無多。方岳醒後思索夢中所得「錯後亂」之意蘊，將其鋪寫成詩。

　　林景熙（1242～1310）〈夢中作四首〉雖題爲夢中作詩，卻於自注中，明言因宋亡入元，不敢直抒其事，所以將四詩假拖爲夢中作詩，後復作〈冬青花〉以盡其哀，主要記錄河西僧官楊勝吉祥盜南宋六陵之劣跡：

> 自注：元兵破宋，河西僧楊勝吉祥，行軍有功，因得於杭置江淮諸路釋教都總統所，以管轄諸路僧人，時號楊總統。盡發越上宋諸帝山陵，取其骨，渡浙江，築塔於宋內朝舊址，其餘骸骨，棄草莽中，人莫敢收。適先生與同舍生鄭樸翁等數人在越上，痛憤乃不能已，遂相率爲採藥者，至陵上，以草囊拾而收之。又聞理宗顱骨，爲北軍投湖

水中，因以錢購漁者求之。幸一網而得，乃盛二函，託言佛經葬於越山。且種冬青樹識之。在元時作詩，不敢明言其事，但以夢中作爲題。下篇冬青花亦此意也。

珠亡忽震蛟龍睡，軒敞寧忘犬馬情。親拾寒瓊出幽草，四山風雨鬼神驚。

一抔自築珠丘土，雙匣猶傳竺國經。獨有春風知此意，年年杜宇泣冬青。

昭陵玉匣走天涯，金粟堆前幾吠鴉。水到蘭亭轉嗚咽，不知真帖落誰家。

珠兔玉雁又成埃，斑竹臨江首重回。猶憶年時寒食祭，天家一騎捧香來。（《全宋詩》第六十九冊，頁 43527）

楊璉真伽爲吐蕃高僧八思巴弟子，深得元世祖寵愛。《元史‧列傳第八十九》載楊璉真伽善於盜墓：「楊璉真伽者，世祖用爲江南釋教總統，發掘故宋趙氏諸陵之在錢唐、紹興者及其大臣塚墓凡一百一十所，戕殺平民四人；受人獻美女寶物無算；且攘奪盜取寶物，計金一千七百兩、銀六千八百兩、玉帶九、玉器大小百一十有一、雜寶貝百五十有二、大珠五十兩、鈔一十一萬六千二百錠、田二萬三千畝；私庇平民不輸公賦者二萬三千戶。他所藏匿未露者不論也。」〔註112〕不但曾盜掘南宋諸帝諸卿相陵墓達一百餘座，更搜刮百姓，行徑貪婪惡劣。林景熙乃宋亡不仕之忠貞之士，痛恨六陵被盜，與鄭樸翁等數人暗中拾回骸骨，網回沈湖的理宗殘顱，盛放二函，假託爲佛經葬於越山，並植冬青樹爲識。本四詩記錄下楊璉真伽盜墓劣行，與林景熙能化爲實際行動的愛國心，同時又揭示了當時夢中作詩應爲普遍情形，林景熙才得以假託蒙混其中。

尚有部分夢中作詩所提及的當代人物，雖然有姓名線索，但或許並非政治人物，亦非文學家，以致在歷史上沒有留名機會，現今已不可考，如李昴英（1201～1257）〈夜夢漁父求詩覺能記其全書贈梁

〔註112〕明‧宋濂等撰《元史》（臺北：鼎文書局，1978 年），頁 4521。

彌仙〉：

> 酒湖無盡春無限，一葉江湖萬里天。明月滿篷風荻響，醉
> 眠正在白鷗邊。(《全宋詩》第六十二冊，頁 38866)

李昴英在夢中應漁父之邀，賦作一首景色宜人，氣氛逍遙自在之詩，
李昴英醒後錄下贈予梁彌仙。梁彌仙生平今已難考，但他在李昴英現
存的兩首詩作裡，留下些許身影，分別為〈羅浮梁彌仙游爛柯山贈以
曲節方笠〉與〈戲題羅浮梁彌仙寫真〉：

> 葛坡龍竹東坡笠，合伴山人到洞天。柯爛想應留斧在，憑
> 君試問石橋仙。(《全宋詩》第六十二冊，頁 38862)

> 八十童顏雙眼明，浪游湖海一身輕。莫將啖肉先生比，箇
> 是羅浮老樹精。(《全宋詩》第六十二冊，頁 38865)

由〈羅浮梁彌仙游爛柯山贈以曲節方笠〉可得知梁彌仙是在羅浮修行
的方外之士，羅浮在今廣東增城縣東，相傳東晉葛洪得仙術於此，因
此，羅浮乃是道教的洞天福地。再者，梁彌仙贈李昴英曲節方笠等爛
柯山特產，在李昴英主觀的感受，梁彌仙像出世的山人，而李昴英亦
對梁彌仙造訪爛柯山提出「柯爛想應留斧在，憑君試問石橋仙。」柯
雖爛了，但斧還在不在？與有沒有遇見仙人？兩個超現實，又有些無
關緊要的問題。但是，藉由李昴英的提問，也可以看出李昴英重視美
感，超乎利害的心境，無怪會與方外之士結交。而〈戲題羅浮梁彌仙
寫真〉指出梁彌仙高齡八十，卻是一張童顏，雙眸澄明，炯炯有神，
乃一修道有成的方外之士，絕非世俗的富貴官僚可以相比，梁彌仙可
視為羅浮山的半仙。

陳著（1214～1297）〈與徐國英名應蜚坐西窗渴睡中得四句〉：

> 古語相宜數日陪，西風未放木犀開。子方興盡欲歸去，小
> 雨又從溪外來。(《全宋詩》第六十四冊，頁 40131)

陳著在詩題中記錄下徐應蜚的全名，但徐應蜚生平，今卻已不可考。
翻檢陳著現存三十四卷存詩，徐應蜚沒有再出現於其他詩作中，只
能就本首夢中作詩，對他有些許的瞭解。東道主陳著與訪客徐應蜚

相處數日，兩人所談論的話題，既不是當時時事，亦與現實利益保持一段清雅的距離，兩人談得很投機。秋風吹拂下，桂花還沒開，在陳著家盤桓數日的徐應鑣已想家了。從溪外飄飛來的細雨，象徵著陳著心中「下雨天留客天」依依不捨，誠意留客的哀愁心情。雖然在陳著現存詩裡，不復見兩人交往，但別有一番「君子之交淡如水」的淡雅滋味。

　　而趙文（1239～1315）〈二月十四夜夢中吟云隔溪啼鳥東風軟滿地落花春雨深次日陪謝少府飲章聖寺足成之〉記錄下曾與紹興府的副知府謝少府有過交往：

> 留得餘寒伴客衾，驀然萬感赴沈吟。隔溪啼鳥東風軟，滿
> 地落花春雨深。草草一樽聊若下，匆匆千載亦山陰。月溪
> 橋上憑欄久，應有游鯈識此心。（《全宋詩》第六十八冊，
> 頁 43253）

趙文夢中得兩句詩，隔日陪謝少府於章聖寺宴飲時，將兩句夢中作詩續成。本詩作於宋末，首兩句「留得餘寒伴客衾，驀然萬感赴沈吟。」即流露暮春仍寒的冷清氣氛下，客居紹興的趙文，忽地興起末世之感。夢中得句「隔溪啼鳥東風軟，滿地落花春雨深。」所營造細雨中溪外傳來鳥鳴，還有些許生氣，然而東風無力，百花零落，氣氛蕭索，應是當時實景，亦是對時代的感慨。「草草一樽聊若下，匆匆千載亦山陰。」中「若下」乃指若耶溪畔，若耶溪在今浙江省紹興市南，〔註113〕趙文以若耶代表紹興。趙文意指當他在紹興飲酒，不由得憶起當年王羲之亦曾在雅集，千年轉眼即逝。「月溪橋上憑欄久，應有游鯈識此心。」趙文在橋上憑欄宴飲直至月亮升起，而他寂寞的心情，只有游魚能明瞭。縱觀全詩，夢中所得兩句自然流利，情景交融，可視為全詩之警冊，醒後補足之句，卻予人些許硬湊的生硬感受。

〔註113〕戴均良主編《中國古今地名大辭典》，頁 1728。

三、具名神祇

　　李覯（1009～1059）〈春社詞〉并序序文中詳述夢中見雷神的情境，雷神出現前大雨滂沱，儘管夢中人在室內，卻仍驚嚇到仆地，以寫雨勢之盛。在異常大的雨中，奇特的天象烘托裡雷神現身，而宋人夢見雷神者，僅此一例：

> 吳臺戲春鎖春色，雨刷花光入龍國。田邊大樹啼老鴉，野雲癡醉寒查牙。年華欲住風雷惡，蘭臉知秋淚先落。時榮時謝無了時，扶起混沌須神醫。（《全宋詩》第七冊，頁4310）

夢中的雷神形象長大宏偉，身穿紫衣而冠，挺拔威嚴，命李覯向前，並授題《春社詞》。夢境中氣氛、人物、情節皆逼真，李覯於夢中作詩八句。按詩序所載本詩作於仁宗寶元二年（1039），李覯時年三十一歲，在醒後僅記得前三句，自評為怪麗，以言其語意隱晦難曉，卻意象藻麗。事隔七年之後，李覯將詩補足，足見他對本首夢中作詩的看重。

　　李覯夢見雷神前來命他作詩，釋道潛（生卒年不詳）則是夢見與江神水仙共飲翠荷上凝結的露水：

> 夜半秋江不見人，翠荷擎出露華新。江神水仙來共飲，一掬遺我生精神。（《全宋詩》第十六冊，頁10810）

場景是「夜半秋江不見人」，飲的是「翠荷」上的露珠，共飲的又是「江神水仙」，以致能「一掬遺我生精神」。

　　蘇軾於神宗熙寧六年（1073）三十七歲夢中作〈夢中賦裙帶〉由視、聽感官形塑他心中的巫山神女：

> 百疊漪漪風皺，六銖縱縱雲輕。獨立含風廣殿，微聞環珮搖聲。（《全宋詩》第十四冊，頁9621）

「縱縱」一詞出自宋玉〈高唐賦〉：「縱縱莘莘，若生於鬼，若出於神。」又〈高唐賦‧序〉云：「王曰：「何謂朝雲？」玉曰：「昔者先王嘗遊高唐，怠而晝寢，夢一婦人曰：「妾巫山之女也，為高唐之客，聞君

遊高唐，願薦枕席。」〔註114〕蘇軾當時納錢塘妓朝雲爲妾，現實生活正是溫柔浪漫之際，羅師宗濤評云：「細緻婉約而隱藏著更隱密的情緒。」〔註115〕東坡將現實懷抱裡的美人，和文學裡的虛幻神女類比，並雜揉在一起。許月卿（1216～1285）同樣夢見與富有中國文化意象的巫山神女，共度浪漫夜晚：

> 我來烟水遠，漁艇夜鳴榔。萬仞巫山聳，一宵秋夢長。金
> 翹何婀娜，玉佩遽叮噹。月冷天難曉，空餘枕屏香。（《全
> 宋詩》第六十五冊，頁 40535）

特殊的山水地理環境，造就了楚懷王的夢，其子襄王的夢，及世世代代中國文人共同的巫山神女夢，巫山神女是中國文學裡一個神秘的美夢，專屬中國文人。「神啟的夢存在於每個社會之中，但顯示的意象必然與各個社會的文化理念和共同信仰有關。」〔註116〕許月卿夢中先寫身寄一小艇泊在雲烟水霧中，烟水中還有高聳的山勢和由「金翹何婀娜」視覺描寫神女華美的裝扮，「玉佩遽叮噹」以聽覺描寫動靜舉止，「空餘枕屏香」嗅覺描寫遺留的香氣，詩人藉視、聽、嗅覺三方面捕捉神女形象，試圖從夢裡、想像裡喚出一個真實的人影。

第三節　夢中他人作詩

　　有部分宋人夢中作詩註明是夢中他人作詩，但其實還是作夢者自己作的，多半是夢中藉他人的口、手表達。而夢中他人作詩，因作詩主體之不同，約略可分爲：一、夢中屬無具名人物作詩，二、夢中屬具名人物作詩，三、夢中屬鬼仙作詩，共三類。

一、夢中屬無具名人物作詩

　　蘇軾是宋人惟一有兩首夢中他人作的詩人，首先爲〈數日前夢人

〔註114〕收入梁・昭明太子編、唐・李善注《文選》（臺北：藝文印書館，1967 年），頁 272。
〔註115〕同註 14，頁 10。
〔註116〕同註 11，頁 32。

示余一卷文字大略若論馬者用吃蹶二字夢中甚賞之覺而忘其餘戲作
數語足之〉：

> 天驥雖老，舉鞭脫逸。交馳蟻封，步中衡石。旁睨駑駘，
> 豐肉減節。徐行方軌，動輒吃蹶。天資相絕，未易致詰。(《全
> 宋詩》第十四冊，頁 9608）

蘇軾夢中藉無具名人物所出示之一卷文字論馬，而一卷文字中，「吃
蹶」兩字甚得蘇軾讚賞，醒後竟也只記得「吃蹶」兩字。「『吃蹶』兩
字成詞，則此為首見，大約東坡覺得夢中所得的新創詞彙，用來形容
駑馬的窘態至為鮮活。」〔註 117〕蘇軾在夢中造出新詞的原因，可藉
心理學解釋，「夢有能力告訴我們某些很受用的事，他會使用最讓人
詫異的語言。」〔註 118〕「吃蹶」除了表現駑馬的窘態，也或許道出
蘇轍內心對朝政的看法，「也許他還聯想到朝中當權派總是推動一些
窒礙難行，必遭覆敗的改革，就像駑馬『吃蹶』一般。他對夢中所創
的新詞彙甚為得意，竟在醒後加上三十八個字，使之成篇。」〔註 119〕
好將夢告訴他的新詞記錄下來。

陳傅良（1137～1203）〈夢人詠詩覺省數句足成一首〉，亦是藉夢
中無具名人物之口作詩：

> 三人共一被，寒夜爭抽牽。一人恥不讓，起坐遲朝暄。明
> 朝復雨雪，忍豈無春妍。四時各天運，兩人正鼾眠。(《全
> 宋詩》第四十七冊，頁 29232）

本首夢中作詩有夢中他人作，和醒後續成兩部分，但看似一氣呵成，
已分不清了。夢中誦詩之人，應就是他一而二的分身。夢中三人在寒
夜裡共蓋一被，遂引起爭搶，其中一人覺得爭很可恥，便不爭奪而起
身等待天亮，期盼陽光讓身體變暖。但天亮後仍下著雪，只好強忍著
冷，心裡想著難道溫暖的春光就不會來嗎？陳傅良內心的答案是樂觀

〔註 117〕 同注 14，頁 8。
〔註 118〕 安東尼‧賽加勒（Stephon Segaller and Merrill Berger）撰，龔卓軍
　　　　　等譯《夢的智慧》，頁 100。
〔註 119〕 同注 14，頁 8。

的，總是等得到天放晴。從四時更替運行，陳傅良體會到人應該要隨緣認運。

舒岳祥（1219～1298）〈八月初三日五更夢覺追記〉：

> 林下青衫卸，尊前白髮欹。少年行樂事，暮景感傷時。鍊
> 藥嫌長嬾，觀書悔已遲。惜花心性在，時復一吟詩。自注：
> 夢行故都天街上，往訪一舊識。路甚迢遙，至其館，則所識不在。有
> 二女子從樓上，亟道致其主偶出之意，請余少俟。因出酒肴酌余，歌
> 詞有「惜花心性」之語。夢覺，不能全記，故追賦之。（《全宋詩》
> 第六十五冊，頁 40972）

舒岳祥將夢境記錄在自注裡，南宋亡後，舒岳祥夢中突破時空的限制，行於故都臨安。雖不欲前往拜訪的舊識，卻受二女子以酒肴盛情招待，並唱歌娛樂，替主人留客。舒岳祥醒後只記得「惜花心性」四字，而「惜花心性」乃藉二女子之口，唱出舒岳祥愛花的心性。翻檢舒岳祥現存詩作，以花為題之詩，數量與所吟詠花的種類，均相當多，如〈稻花桑花〉、〈蠟梅詠〉、〈牡丹〉、〈楊白花〉、〈碧桃〉、〈杜鵑花〉、〈槐花〉、〈旱蓮〉、〈詠海棠〉、〈詠豆蔻花〉、〈楝花〉、〈喜見早梅花〉、〈松花〉、〈詠楨桐花〉、〈七月初四賦紫薇花〉、〈含笑花〉、〈詠紫荊花〉、〈梨花〉、〈牽牛花〉、〈玉毬花〉、〈百合〉、〈梔子花〉、〈詠篆畦垂絲海棠〉、〈詠密囿花〉、〈蓼花〉、〈木芙蓉〉、〈賦素馨花〉、〈楊花〉、〈賦水仙花〉、〈同鄭仲賦鳳仙花〉、〈和正仲月季花〉、〈詠凌霄花〉、〈寶相花〉、〈賦杜若花〉、〈牡丹〉、〈戲咏玉簪花金線草二物〉、〈老梅〉、〈紫木筆花〉、〈對紅香梅〉、〈紅梅〉等。觀其醒後補足詩句，「林下青衫卸，尊前白髮欹。」道出自己只做過小官，年事已高後，連小官都沒得作，只能歸隱林下。「少年行樂事，暮景感傷時。」回想當年行樂，更添當下遲暮之感。「鍊藥嫌長嬾，觀書悔已遲。」已無心煉丹求長生，或讀書謀發展。在百無聊賴中，舒岳祥卻仍保持著「惜花心性在」，個人生命的頓挫，家國的苦難，都消磨不了對花的鍾愛，對花的喜愛與熱情，始終如一，甚至在夢中湧現。

二、夢中屬具名人物作詩

　　如蔡襄〈夢遊洛中十首〉並序，即是蔡襄在夢中藉嵩陽居士王益恭之手題壁：

> 九月朔，予病在告，晝夢遊洛中，見嵩陽居士留詩屋壁，及寤，猶記兩句，因成一篇。思念中來，續為十首，寄呈太平楊叔武。

> 天際烏雲含雨重，樓前紅日照山明。嵩陽居士今安否，青眼看人萬里情。（《全宋詩》第七冊，頁4795）

蔡襄本首夢中作詩有其特殊的時空背景，當時蔡襄以母老求知故鄉福州，在仕途上稍屬頓挫。病中夢裡，卻見摯友又是同僚的王益恭留詩屋壁，蔡襄醒後僅記得兩句「天際烏雲含雨重，樓前紅日照山明。」而這兩句夢中作詩，似乎藉王益恭之手寫下蔡襄當時自己的處境和心境。蔡襄瑜仁宗天聖八年（1030）十八歲即進士及第，少年得志，仕途平順，直到母老，主動求歸故里，人生才稍起波瀾。「天際烏雲含雨重」以陰霾天象，象徵當下既憂母老，又憂仕途頓挫的陰鬱處境。但「樓前紅日照山明」，蔡襄心境仍光明透亮，眼前烏雲遮掩不住光亮的未來，挫折裡仍保持著自信與希望。

　　蘇軾〈和子由記園中草木十一首〉之十，記錄夢中弟弟持詩而來：

> 我歸自南山，山翠猶在目。心隨白雲去，夢繞山之麓。汝從何方來，笑齒粲如玉。探懷出新詩，秀語奪山綠。覺來已茫昧，但記說秋菊。自注：八月十一夜宿府學，方和此詩，夢與弟游南山，出詩數十首，夢中甚愛之。乃覺，但記一句云「蟋蟀悲秋菊」有如採樵人，入洞聽琴筑。歸來寫遺聲，猶勝人間曲。
> （《全宋詩》第十四冊，頁9130）

蘇軾治平元年（1064）作〈和子由記園中草木十一首〉時，人在大理寺寺丞，弟弟蘇轍在汴京家中侍父，父子三人分隔兩地。蘇軾設想到作詩主體不是自己，而是弟弟，因此注意到弟弟當時的處境，同樣是正在體會手足分離的滋味，因而揣摩弟弟的心情。由醒後僅記的一句「蟋蟀悲秋菊」，可以感受夢中蘇軾的情緒是澎拜激動，毫不掩

飾地悲傷。再與蘇軾醒後改寫成「但記說秋菊」對照，可以看出夢中
作詩之奔放無修飾，與非夢中作詩之含蓄富理趣，兩者之間，有細微
的差別。

方岳〈夢陳和仲如平生交有三言覺而記其一日錯後亂夢中了了
以爲事錯之後此心撩亂不如早謀其始也〉：

> 睡殘寒月海東頭，不起斯人孰與遊。天下事寧堪幾錯，夢
> 中語亦戒前籌。江湖浩浩二三子，風雨寥寥十五秋。莫向
> 斷雲多感慨，孔顏無命不伊周。（《全宋詩》第六十一冊，
> 頁 38344）

方岳夢中見陳塏作詩，與蔡襄、蘇軾的夢中他人作詩，情況略有異同。
蔡襄和王益恭是同僚摯友，蘇軾和蘇轍是手足至親，但方岳和陳塏雖
然年紀只差兩歲，生息於同一年代，但詩題云「如平生交」，可知兩
人交集並不多。由「睡殘寒月海東頭」方岳在氣溫冷冽，尚有月色的
靠海之地醒來敘述起，再夢中陳塏贈言「錯後亂」提示他凡事先該有
好的策劃，一但開頭錯了，往後很難補救。方岳在夢中體會深刻，但
醒後情緒相當落寞，由「不起斯人孰與遊」推測當時陳塏已經過世了，
方岳才會有若非陳塏活過來，不然不知道該和誰交遊的感慨。而從方
岳的感嘆疑問，可知方岳對陳塏有仰慕之心，佩服陳塏這位朝中先
進，方岳在夢中分出分身，以陳塏來勸戒自己，夢中云「錯後亂」，
方岳醒後改寫成「天下事寧堪幾錯，夢中語亦戒前籌。」世事經不起
一錯再錯，藉陳塏之口，提醒自己事先策畫的重要。對照方岳的生平，
他究竟在反省自己做錯了什麼？應指寶祐三年（1255）改知饒州，未
上而罷，以致閑居七年。既而，丁大全當國，以忤命劾罷，又賈似到
當國，起知撫州，辭不赴。方岳不願受權臣提拔，以致仕途顛沛，漂
流江湖的下場。「江湖浩浩二三子，風雨寥寥十五秋。」感嘆在野還
有幾個君子？而自己沉於地方也長達十五年了。「莫向斷雲多感慨，
孔顏無命不伊周。」夢中藉陳塏之口，說凡事該有好的策劃，固然是
對的，但終不敵命運的安排，所有策畫在命運之前，全是惘然。感嘆

古代聖賢如孔子、顏回竟無法實現理想，沒當伊尹、周公的命的同時，也感嘆自己，既然當時作了決定，也只能認命了。

三、夢中屬鬼仙作詩

　　薛季宣〈六月三夜夢觀某人詩什其詩一章四絕蓋絕筆也走讀竟太一眞人來告語青猿手裏得長書靜聞丹竈風中雨之句夢而默記之寤矣作詩遵意〉：

> 多謝眞人警夢書，青猿馴擾尚趑趄。任從爐鼎喧風雨，爭奈神明復古初。君樂鍊形咀丹火，我甘飲水灌園蔬。惟當敬佩終焉意，子欲無言致匪虛。（《全宋詩》第四十六冊，頁 28668）

薛季宣夢中觀某人臨終作四絕，而後太一眞人遣使者青猿傳信云：「青猿手裡得長書，靜聞丹竈風中雨。」薛季宣醒後，將兩長句當作觸媒，隱括詩意，不用夢中原句，以一首七言律詩，記錄神秘經驗。觀薛季宣詩作，其中一首〈記夢〉記下夢中侍東坡的經驗，另有〈讀鬼谷子〉與〈讀鬼詩擬作二首〉，[註120] 薛季宣似在生死陰陽兩界間游走。而〈龍翔寺〉、〈昇仙寺〉、〈祈晴車中望安樂宮故址〉、〈雨後憶龍翔寺〉、〈戲寄清虛先生〉諸詩，[註121] 透露著薛季宣對佛道兩教均有涉獵。又〈書顏子傳後〉一詩中有「幾庶都緣有若無」之句，可歸結出薛季宣的思維，穿梭在有無、釋道、生死之中。且日常生活裡，諸多思索的累積之下，因而有夢中作詩的呈現。醒後改寫的詩句，表達了對太一眞人派遣青猿示警的感謝。太一眞人為長生而煉丹，薛季宣對求丹卻無強烈企圖心。「天何言哉？」，自然會無言運行，薛季宣願順服自然與命運而活，因此，他雖然知曉太一眞人的終極意義，但太一眞人無須把話說清楚，無言對薛季宣而言，卻已包含了很多意義。

〔註120〕分別見《全宋詩》第四十六冊，頁 28661、28662、28666。
〔註121〕分別見《全宋詩》第四十六冊，頁 28628、28632、28654、28656、
　　　　28660、28664。

周密〈記夢〉亦記載一段青童授詩的神祕經驗：

> 余前十年，常臥遊神山，登紫翠樓，賦詩兩章，自後忽忽到其處。中秋後二夕，倚桂觀月，不覺坐睡。層城飛闕，歷歷舊遊，青童授詩語極玄妙。窹驚，已丁夜矣，僅憶青高不可極已下二十字。援筆足之，以記仙盟云。
>
> 剛風吹翠冰，倒景浮玄樞。蕭臺萬八千，上有眞仙居。冰綃綯清氣，寶笈龕瓊書。至人青瑤冠，風動雲霞裙。顧我一笑粲，勺以青琳腴。泠泠徹崑崙，肝鬲生明珠，玉童發清謠，引鶴開金鋪。授我碧露牋，字字如瓊琚。踧受九拜起，雲氣隨捲舒。靈文眩五色，奧語探皇初。青高不可極，玄晤常集虛。玉苗日茂茂，珠蕊春如如。天妙不費言，悟解超仙衢。飛樓入紫翠，笑語多天妹。馴龍耕玉田，小鳳扶金車。香滿十二簾，春動紅流蘇。脩欄瞰雲雨，黃道通清都。憶昔遊五城，十載纔須臾。正坐一念差，不覺秋塵汙。華池滌凡髓，重佩三元符。凜凜不可留，欲去還踟躕。仰天發長嘯，萬竅皆笙竽。約我更百年，來此騎鯨魚。（《全宋詩》第六十七冊，頁42556）

周密在十年間，持續夢遊神山，本首記夢藉青童之口，以「青高不可極，玄晤常集虛。玉苗日茂茂，珠蕊春如如。」二十字形容出部分想像的天界：青天是無限、無止盡的高遠，周密即在遙遠虛空的他界裡，與仙人神祕見面。天界裡的玉似會生長，一天天豐富茁壯，珠子長在花蕊中，亦長得繁茂。描述的天界美麗、高雅、富裕。周密醒後以甚長的篇幅搭配和鋪陳夢中得句，最後以「約我更百年，來此騎鯨魚。」表示不但高興有遊仙山的經驗，更視仙界爲日後的歸屬。

　　觀察宋人夢中他人作詩，其中只有蘇軾在夢中能體會弟弟的心境，其原因應該是手足情深，且二人平時多所唱和。其他詩人多半是在夢中，藉他人之口手表達當下的心境，夢中的他人，往往是詩人的分身。

第四章　夢中作詩的事件探索

　　本章按宋人夢中作詩呈現的情境，按其事件內容分為飲食生活、感懷生活、藝術生活、超越生活共四節。

第一節　飲食生活

　　司馬遷（BC 145？～BS 86？）《史記·酈生陸賈列傳》：「王者以民人為天，而民人以食為天。」〔註1〕人類靠飲食維持自己的生命，飲食在我們的生活中自然佔有一席之地。考察宋人夢中作詩，其中也有描寫飲食的景場，如同心理學者云：「夢中出現的多半是日常活動，⋯⋯夢雖然也能發揮補償的大作用，但必須是確實有需要補償的時候才會發生。」〔註2〕有提及飲食之夢中作詩，如梅堯臣〈至和元年四月二十日夜夢蔡紫微君謨同在閣下食櫻桃蔡云與君及此再食矣夢中感而有賦覺而錄之〉以「朱櫻再食雙盤日」櫻桃之味美，是摻和了進士及第之喜悅和皇帝賞賜之榮耀，以致「豉下蓴羹不足宜」，豉下蓴羹雖然也是美食，但少了人為賦予的登科喜悅，滋味自然略遜一籌。（《全宋詩》第五冊，頁39510）黃庭堅〈夢中和觴字韵〉以「何

〔註1〕瀧川龜太郎《史記會注考證》，頁1101。
〔註2〕安東尼·史蒂芬斯（Anthony Stevens）撰，薛絢譯《大夢兩千天》，頁263。

處胡椒八百斛」食用香料之多，象徵飲食豐盛，對「誰家金釵十二行」女性髮飾之多，象徵姬妾成群，形容日常生活之豪奢。(《全宋詩》第十七冊，頁 11428）洪炎（1067～1133）〈夢中作四言用前韵二首之二〉亦提及珍希美食：

> 鶊鶊珍腿，猩猩美脣。醴齊調適，芍藥和勻。
>
> 老商嘻笑，西施解顰。倦龜若士，騺桑餓人。(《全宋詩》
> 第二十二冊，頁 14750）

鶊為似鷺而大，羽色蒼白，善高飛的水鳥。《本草綱目‧獸部》記載：「逸書言猩猩肉食之令人不昧，其惺惺可知矣，古人以為珍味。……呂氏春秋云：肉之美者，猩猩之脣，獲獲之炙，是矣。」〔註3〕洪炎夢中所作非一般飲食，而是珍稀美味的山珍海味，再搭配「醴齊調適，芍藥和勻。」高級的調味，美味的程度，足讓「老商嘻笑，西施解顰。」，卻也觸動洪炎「朱門酒肉臭，路有凍死骨。」的感慨。洪炎在夢中作詩之前先作有〈立秋日上饒郡偶成二首〉、〈盛彥光次韵見和復用前韵因以自嘆〉二首、〈再次四言韵二首〉、〈三次四言韵二首〉，〔註4〕本首夢中作詩便是襲用日間和詩之韻腳，或許也正是因為日間唱和傷神，才會有夢中作詩的情況。夢中又受限於唱和之格律與韻腳，以致夢中作詩內容不一定合邏輯，語句也不順暢，令人費解。

陸游〈夢中作〉己未十二月五日夜作，所書皆夢中事也。夢境裡的飲食又是另一種氣氛：

> 長堤行盡古河濆，小市人稀霧雨昏。櫪馬垂頭嚙菅草，驛門移路避槐根。斷碑零落苔俱徧，漏壁微茫字半存。催喚廚人燎狐兔，強排旅思舉清樽。(《全宋詩》第四十冊，頁
> 25061）

本詩應作於寧宗慶元五年（1199）七十五歲，陸游當時已遭罷回歸故鄉過了十年田園生活，夢中卻在荒涼的古道上行旅，黃昏裡的景象是

〔註3〕明‧李時珍《本草綱目‧獸部》，頁78。
〔註4〕《全宋詩》第二十二冊，頁14750。

小市、人稀、霧雨，青苔佈滿的斷碑，和字僅半存的殘壁。觸目所及的殘舊破敗，籠罩在雨的低氣壓下。在凄苦孤寂中，詩人想藉酒澆愁，至於食物，竟還配合整體荒郊氣氛，催喚廚人燒烤狐兔野味，飲食與詩境大體一致。回歸家鄉的退休時期，另作有〈十月十四夜夢與客分題得早行〉：

> 蓐食寒燈下，脂車小市傍。驛門猶淡月，街樹正清霜。觸目關河異，興懷道路長。丈夫當自力，雙鬢易蒼蒼。（《全宋詩》第四十冊，頁 25416）

本詩應作於寧宗開禧元年（1205）八十一歲。以「蓐食寒燈下，脂車小市傍。」領起，以扣分題「早行」，《左傳・文公七年》：「訓卒利兵，秣馬蓐食，潛師夜起。」注：「蓐食，早食於寢蓐也。」〔註5〕《史記・淮陰侯傳》：「乃晨炊蓐食。」〔註6〕天還沒全亮，詩人在寒燈下早食後，將停在小市傍的車軸塗油，以利運轉，準備遠行。清晨驛門邊仍有下弦月淡漠的痕迹，霜露凝在街樹上，冷清景象雖然令人感傷，卻遠不及江山易主所帶給詩人的痛苦。身爲男人當及時努力，因人的青春有限，時光易過。正是因爲愛惜光陰，才會「蓐食寒燈下」，蓐食有著刻苦自勵的精神。陸游〈夢中江行過鄉豪家賦詩二首既覺猶歷歷能記也〉之一云：「黍酒歡迎客，麻衫旋束縧。」（《全宋詩》第四十一冊，頁 25061）以黍酒代待客飯菜。

楊萬里〈夢種菜〉亦與食相關：

> 予三月一日之夜，夢游故園，課僕夫種菜，若秋冬之交者，尚有菊也。夢中得菜子菊花一聯，覺而足之。
>
> 背秋新理小園荒，過雨畦丁破塊忙。菜子已抽蝴蝶翅，菊花猶著鬱金裳。從教蘆菔專車大，（自注：音情）早覺蔓菁撲鼻香。宿酒未消羹糝熟，析酲不用柘爲漿。（《全宋詩》第四十二冊，頁 26391）

〔註5〕晉・杜預注，唐・孔穎達疏《左傳・文公七年》，頁 317。
〔註6〕瀧川龜太郎《史記會注考證》，頁 1067。

自淳熙十一年（1184）至淳熙十五年（1188），楊萬里任職京中，是他最爲意氣風發的時期，本詩應作於孝宗淳熙十五年（1188）六十二歲，此時楊萬里任職祕書少監，身在官場順境裡，卻作質樸的夢。夢中突破時空的限制，夢回故園，督促家僕種荼，因尚有菊花綻放，時序應在秋冬之交。夢中即以眼前荼子菊花賦一對句，作詩態度如他〈荊溪集・自序〉所言：「步後園，登古城，採擷杞菊，攀翻花竹，萬象畢來，獻余詩才。」〔註7〕他主要感興趣的題材是天然景物，而錢鍾書稱他的筆法爲「一揮而就的『即景』寫法」。〔註8〕類似本詩描寫種荼情景詩作，尚有〈理蔬〉：「小摘吾猶惜，頻來迸自成。青蟲捕仍有，蠹葉病還生。」與〈行圃〉：「薤本新痕割復齊，豆苗初葉合仍離。鶯聲正好還飛去，不爲詩人更許時。」等〔註9〕詩人明瞭若要耳目感官恢復天眞狀態，就必須師法自然，因此他不僅觀察自然入微，亦親近自然，夢中情境可說是反映他一貫生活也是創作的態度，夢中所得「荼子已抽蝴蝶翅，菊花猶著鬱金裳。」兩句表現詩人平日細緻的觀察，並以「蝴蝶翅」優美生動地形容荼的嫩葉，「鬱金裳」柔美高雅地比喻黃菊，藉由夢中所見欣欣生長的荼葉，在醒後引起企盼豐收的希望，而續作「從教蘆菔專車大，（自注：音情）早覺蔓菁撲鼻香。」兩句，夢中得句可視爲本詩之綱領。

虞儔（孝宗隆興元年（1163）進士）〈夢中作虀鱠〉近似反映日常之食：

> 香虀搗就有餘辛，細縷初飛白玉鱗。莫遣佳人頻下筋，翠娥深處要人顰。（《全宋詩》第四十六冊，頁28590）

《釋名・釋飲食》：「虀，濟也。與諸味相濟成也。」通常以薑、蒜等辛味蔬菜，搗碎切細之佐料稱香虀。以帶有「餘辛」的香虀，調味刀功精細的鱠魚，卻不適合佳人吃，因爲魚肉會辣，會讓佳人皺眉。本

〔註7〕楊萬里《誠齋集》（臺北：商務印書館，1990年）。
〔註8〕錢鍾書《宋詩選註》，頁221。
〔註9〕分別見《全宋詩》，頁26090、26158。

詩從備妥調味到主食材鱠魚的去鱗切絲，烹調步驟與手法均細膩講究，且對佳人有著體貼與憐惜。

釋文珦（1210～？）〈春夜夢遊溪上如世傳桃源與梵僧仙子遇具蟠桃丹液靈芝胡麻於雲窗霧閣間請賦古詩頗有思致覺而恍然猶能記憶五句云灘峻舟行遲亂峰青虬蟠一瀑素霓吼靈桃粲丹朱仙飯雜芝糗遂追述夢事足成一十七韻〉詩云：

> 隨意作清遊，唯與筇竹偶。徘徊望原田，宛轉赴林藪。隔溪更幽奇，欲往興彌厚。漁人自知心，涉我不待叩。爛爛桃花明，粼粼白沙走。灘峻舟行遲，輆棹入崖口。亂峰青虬蟠，一瀑素霓吼。微徑上青冥，高木掛星斗。梵宇金碧開，萬象發蒙蔀。老僧雪眉長，妙語滌心垢。乘雲者何人，笙鶴自先後。邀余過殊庭，酌以流霞酒。靈桃粲丹朱，仙飯雜芝糗。白鹿守天壇，彩煙生藥臼。謂言保其真，物我盡芻狗。窗外鐵鐘鳴，驚覺復何有。乃知百年間，夢境匪長久。（《全宋詩》第六十三冊，頁 39515）

南北朝劉宋初年僧祐《明佛論》：「孔、老、如來，雖三訓殊路，而習善共轍也。」〔註 10〕北周道安亦云：「三教雖殊，勸善義一；途迹誠異，理會則同。」〔註 11〕中國歷史上儒、釋、道三教融和，並非始於宋代，但「三教融和的趨勢在宋代臻於化境，與宋代統治者提倡佛道並重、重整儒家綱常倫理、強調三教同道密不可分。」〔註 12〕有了政治力的介入，三教在宋代會進一步融和，已經是大勢所趨。雖然並非所有佛道之人都贊同三教合流，但在早歲即出家的釋文珦身上，便可見釋道交流，如〈贈道士褚雪巘〉之「……策杖時過我，以我機事無。中情了無取，斯為真隱徒。……」（《全宋詩》第六十三冊，頁 39510）道出兩人交往頻繁，並受教於褚道士，更欽敬其隱逸之

〔註 10〕梁・僧祐《弘明集》卷二（臺北：新文豐出版社，1974 年），頁 11。
〔註 11〕唐・釋道宣《廣弘明集》卷八（臺北：新文豐出版社，1976 年），頁 92。
〔註 12〕葉坦、蔣松岩《宋遼夏金元文化史》，頁 316。

心。」又如〈結交〉之「結交盡閒交，日欲共幽討。道人失前期，使我縈懷抱。」（《全宋詩》第六十三冊，頁 39511）言喜向道人請益，若道人失約，便讓他不禁思念，在在皆表現想親近道人，從道人身上提取養分，互相吸收融通的欲望。更作〈遊仙〉六首，其中六首之三：「食每吸丹景，飲常漱玄津。」六首之四：「與彼羣仙游，一夕千萬年。」六首之五：「吾生有道骨，中心常慕之。」六首之六：「拍肩友洪崖，揮手招麻姑。」（《全宋詩》第六十三冊，頁 39532）舉凡飲食、從遊、存心，都有道教意味。若先由外緣背景條件，瞭解宋代三教是以融和爲主要趨向，而釋文珦的詩表現出對道教亦採取接納的態勢，就較能體會爲何他以釋子身分，卻作佛道意象摻和的夢。在醒後僅記得五句的情況下，敷衍成三十四句的長詩，將夢中所見所聞，包括飲食，鉅細靡遺地一一記錄下來。夢中老僧提供的飲食，所食的是「靈桃粲丹朱，仙飯雜芝糗。」飲的是「酌以流霞酒」，均是道教的代表性飲食。道教不戒酒，但是不飲酒原本是佛教五大根本戒律之一，「其中不殺、不盜、不邪淫、不妄語爲性戒，即在任何情況下都不能違背的戒律；而不飲酒被稱爲遮戒。即可以在某種情況下靈活變通的戒律。戒律上的這些規定，就爲學佛之人，乃至一些僧人的飲酒打開了方便之門。」〔註 13〕且夢中較不受現實拘束，更較平日敞開飲酒的方便之門，惟釋文珦所飲的是「流霞酒」，或有接受天地靈氣的象徵吧。釋文珦將夢中得句散排，意在珍惜夢中得句，希望在醒後將夢中得句全部編排入詩，藉由本詩，可以看出對詩人們對夢中得句的看重與珍惜。

　　而鄭思肖〈己卯十一月朔又夢時梅花夢中作〉的食梅花，卻令人有激動甚至瘋狂的感覺：

　　　　雁宇高高兔國斜，濕花飛露沁流霞。狂來清興不可遏，喫
　　　　盡寒梅一樹花。（《全宋詩》第六十九冊，頁 43425）

本詩應作於元世祖至元元年（1279）三十九歲，詩人正值壯年，南宋

─────────────────

〔註 13〕張培鋒《宋詩與禪》（北京：中華書局，2009 年），頁 141。

卻於夢中作詩的前一年亡國，詩人報國無門，只得隱居吳下。詩人又夢見食梅花，梅花原本對偏安的南宋人已別具意義，「南宋時期，文人對梅花更多了一份關注和癡情。這與他們對淪陷於異族的北方故國的思念情懷是分不開的，所謂『天下有花皆北面，歲寒惟雪可同盟』，詠梅之中透著一種淡淡的鄉愁和執著的報國之情。」〔註14〕現在南宋覆亡，梅花透著是永遠的鄉愁和亡國的絕望。若以榮格論夢與心理疾病的看法：「症狀必是有理由的，也必有其目的。」〔註15〕審視鄭思肖當時的夢、月光、晚霞、露水烘托的梅花，畫面是無限的美好，同時是報國永遠的絕望，賞梅成了詩人鬱結痛苦的原因，詩人狂興一來吃盡整整一樹的梅花，吃光眼前會觸發煩惱的媒介。詩人自云吃盡梅花，是因為不可遏止的，發狂般的清興，西方許多權威人士曾把做夢的現象和心理狀態相提並論，「康德就說過：『瘋子就是醒著的做夢者。』弗洛依德引用克勞斯於一八五九年說過的話：『瘋狂乃是知覺清醒狀況下做的夢。』意思與康德的相差無幾。叔本華把夢形容為短暫的瘋狂，把瘋狂形容為很長的夢。」〔註16〕詩人夢中拋去現實的拘牽，藉吃盡一樹寒梅花，夢境短暫的瘋狂，抒壓解放。

　　「飲」則以飲酒為大宗，雖然飲茶已是宋人生活的一部分，夢中作詩出現飲茶詩作卻僅兩篇，遠不及夢中飲酒之詩作。首先為蘇軾〈記夢回文二首〉並敘：

> 十二月二十五日，大雪始晴，夢人以雪水烹小團茶，使美人歌以飲。余夢中為作回文詩，覺而記其一句云亂點餘花唾碧衫，意用飛燕故事也，乃續之為二絕句云。
>
> 酡顏玉碗捧纖纖，亂點餘花唾碧衫。歌咽水雲凝靜院，夢驚松雪落空巖。
>
> 空花落盡酒傾缸，日上山融雪漲江。紅焙淺甌新火活，龍

〔註14〕同上注，頁 50。
〔註15〕同注 2，頁 210。
〔註16〕同上注。

　　　　團小輾鬥晴窗。(《全宋詩》第十四冊，頁9315)

本詩應作於神宗元豐四年（1081），子瞻已在黃州團練副使貶所兩年，始營東坡，自號東坡居士。此時政治失意，生活困頓，同時期所作〈東坡八首〉序云：「余至黃州二年，日以困匱，故人馬正卿哀余乏食，爲於郡中請故營地數十畝，使得躬耕其中。」(《全宋詩》第十四冊，頁9309)子瞻食物匱乏，但所飲皆好茶，甚至能贈茶友人，如〈生日玉郎以詩見慶次其韵并寄茶二十一片〉：「未辦報君青玉案，建溪新餅截雲腴。」(《全宋詩》第十四冊，頁9332)與〈寄周安孺茶〉。且夢境也依然是日間的風雅。日間大雪放晴後，便作以雪水烹茶的夢，雖在夢中但水、茶、茶具皆講究。「雨水和雪水，古人稱之爲『天泉』，尤其是雪水，向爲中國歷代茶人所好。」〔註17〕唐人張又新《煎茶水記》便記載陸羽將雪水列爲茶水品第二十。茶爲貢茶小龍團，小龍團據傳乃是蔡襄所創制，蔡襄爲福建仙游縣人，出產品質優良的茶葉，「仁宗時，慶曆間，蔡君謨造小龍團以進。自小團出，龍鳳遂次之。神宗元豐年間，又造密雲龍，其品又高於小團之上。」〔註18〕北宋北苑貢茶遞嬗快速，代有新出，本詩夢作元神宗元豐四年（1081），應當還是小龍團居上時期。盛茶的茶器亦是高貴玉碗，亦或是有「白如玉，薄如紙，明如鏡，聲如磬。」人稱「假白玉」的景德鎮白瓷茶具，都代表著考究。在子瞻主觀的感受中，喝一杯好茶的快樂，足以媲美「大雪始晴」的痛快舒暢。而一碗好茶再由一位紅顏美人以纖纖素手捧著，更加相得益彰。子瞻由醒後僅記得一句「亂點餘花唾碧衫」的捧茶美人，追憶以雪水烹煮小龍團的夢境，並作二絕以記下飲茶聽歌的好時光。

　　歐陽澈（1097～1127）〈宣和四祀季冬夢與人環坐傑閣烹茶飲於左右堆阿堵物茶罷共讀詩集意謂先賢所述首篇題云永叔誦徹三闋遽

〔註17〕姚國坤等編著《中國茶文化》(臺北：洪葉文化事業有限公司，1994年)，頁123。

〔註18〕朱自振等著《中國茶酒文化史》(臺北：文津書局，1995年)，頁58。

然而覺特記一句云東野龍鍾衣綠歸議者謂非吉兆因即東野遺事反其旨而足之爲四絕句云）：

> 東野龍鍾衣綠歸，食齏腸苦竟棲遲。出門顧我渾無礙，未肯徘徊只賦詩。
>
> 東野龍鍾衣綠歸，溧陽何足處男兒，微生縱有孤吟癖，尚擬朝端振羽儀。
>
> 東野龍鍾衣綠歸，平陵投老倦奔馳。黑頭我欲功名立，冷笑馮唐白髮垂。
>
> 東野龍鍾衣綠歸，分甘假尉志何卑。詩名藉甚徒爲爾，不及勳庸顯盛時。（《全宋詩》第三十二冊，頁 20687）

詩題中說明詩人先與人同坐傑閣烹茶，飲茶後才共讀詩集。先飲茶後讀詩的次序應與茶的特性有些相關，「詩人們發現，茶不僅能讓大腦清醒，還能使大腦興奮，這有助於詩思的清暢和靈感的發生。」〔註 19〕若此，飲茶可視爲文人作詩贈答的楔子。因歐陽澈醒後將僅記得的一句「東野龍鍾衣綠歸」衍成四首絕句，內容與飲茶並無相涉。

楊萬里亦有一首〈夢作碾試館中所送建茶絕句〉：

> 天上蓬山新水芽，羣仙遠寄野人家。坐看寶帶黃金銙，吹作春風白雪花。（《全宋詩》第四十二冊，頁 26405）

此詩應作於孝宗淳熙十五年（1188）六十二歲，當時楊萬里二事件，自請補外，出知筠州。其一：因太上皇高宗崩，孝宗行三年之喪，遂命太子參決庶務，楊萬里分別上書孝宗與太子，言「天無二日，民無二王」，〔註 20〕其二乃因張浚享之事，〔註 21〕接連得罪孝宗，只得自

〔註19〕同注 13，頁 152。

〔註20〕楊萬里《誠齋集・上皇太子書》（臺北：商務印書館，1990 年），頁 513。

〔註21〕見《宋史・列傳第一九二》：「高宗未葬，翰林學士洪邁不俟集議，配饗毒以呂頤浩等姓名上。萬里上疏詆之，力言張浚當預，且謂邁無異指鹿爲馬。孝宗攬疏不悅，曰：『萬里以朕爲何如主！』由是以直祕閣出知筠州」，頁 12868～12869。

請補外。當時楊萬里出知筠州，因此夢中作自喻「野人家」，而同朝為官，仍在朝中天子左右的同僚朋友，即稱為「羣仙」，朋友們沒忘記貶謫的楊萬里，為他捎來新茶，讓他深感安慰，藉夢中作詩流露內心感受。宋人對茶有專門的詞彙，如熊蕃《宣和北苑貢茶錄》記載了貢茶附圖共三十八幅，與本詩相關之茶有貢新銙、試新銙、香口焙銙、興國岩銙、御苑玉芽、萬壽龍芽、無比壽芽、上品揀芽、新收揀芽、興國岩揀芽、龍團勝雪、雪英、宜年寶玉等。〔註22〕本詩之「天上蓬山新水芽」、「坐看寶帶黃金銙」、「吹作春風白雪花」均化用茶名入詩，可知楊萬里亦是精於茶道的懂茶之人。

宋人夢中作詩中飲酒的詩作篇幅甚多，其中僅詩題出現酒，先是周必大（1126～1204）〈十二月十九日餞別劉文潛運使明日書來云醉夢中作小詩但記後兩句為足成之〉（《全宋詩》第四十三冊，頁26727）乃現實生活中餞別劉文潛運使，文潛酒醉後於夢中作詩，醒後將僅記得兩句寄予周必大，周必大將之續成。另一首為汪炎昶（1261～1338）〈程存虛夢與六人飲酒賦詩余亦與焉而眉長夾鼻下與鬚齊覺而記其詩以見示或以此為余壽徵因憶羅漢中有長眉尊者戲次韻〉：

> 莫是阿羅漢，前身住化城。夢猶形法相，業未劉詩情。翃復論修短，真當外死生。世人寬作計，端欲俟河清。（《全宋詩》第七十一冊，頁44828）

夢中作詩者乃是程存虛，程存虛夢中與六人飲酒賦詩，汪炎昶為其中一人。夢中程存虛或許是受酒力影響，眼前汪炎昶眉長夾鼻下與鬚鬚齊長，不同平時形象。醒後將夢中作詩寄予汪炎昶，汪炎昶次韻一首，但未提夢中飲酒，而是依程存虛的夢境加以發揮。

由於夢中飲酒篇數甚多，為條理陳述，茲下將大部分有關飲酒的詩作略就樂和愁兩種情緒加以分類，另外再將介於兩者之間，或超越兩者之上的別出第三類。

〔註22〕同注17，頁329～332。

（一）傾向歡樂的作品

夢中飲酒的情緒有時明朗強烈，有時卻也淡然，不甚明顯。因此，只要有此傾向的詩作便加以列入。例如蘇轍〈夢中咏西湖〉：

> 誰鑿西湖十里中，扁舟載酒颺輕風。草木蕃滋百事足，寒暄淡薄四時同。東鄰適與吾廬便，西岸遙將岳麓通。閒遊草草無人識，竹杖藤鞋一老翁。自注：前四句夢中得，後四句起而足之。（《全宋詩》第十五冊，頁 10122）

「宋代是我國歷史上商品經濟和手工業較發達的時期，酒的釀造技術自然也有一個相應的較大發展，這先反映在酒的著作的增多上。宋代有關酒的重要著作，主要有《酒經》、《東坡志林》、《北山酒經》、《續北山酒經》、《桂梅酒志》、《酒名記》、《山家清供》、《山家清事》、《新豐酒法》、《酒爾雅》、《酒譜》、《酒小史》等等。」〔註23〕酒書的增多又促進各地釀酒和釀酒技術的發展，交互影響下，酒在宋代是空前的蓬勃興盛。由酒逐步成為宋代主要稅收來源，更能明確看出酒是飛躍的發展，「眞宗景德中（1005 左右）一年榷酒收入，約為四百二十八萬貫，至仁宗慶曆年間（約 1045）」，增至一千七百一十萬貫，短短四十年時間，增長了三數倍以上。……高宗末年東南及四川的酒課，達一千四百萬多貫，諸稅中僅次於鹽課，佔其時全年財政收入六千萬貫的近四分之一。」〔註24〕宋代有質精量豐的酒品，同時又是文風鼎盛的時代，酒與文學通過文人匯合與交融。文人因酒而得陶醉，酒因文人而添詩意，如張培鋒所言：「文人與酒似乎有天生的因緣。」〔註25〕宋代文人甚至將酒，從生活中帶入夢中。

子由相當喜愛西湖，雖已退休閒居穎昌，卻在夢中突破時空的限制，悠揚地載酒乘舟，落在西湖的清風美景裡。在淡淡柔柔的飲酒歡喜情緒裡，能感受子由沈靜的陶然。這份穩重靜謐的喜悅，便成為夢

〔註23〕同注 18，頁 208。
〔註24〕《中國酒類專賣》（北京：中國商業出版社，1982 年），頁 174。
〔註25〕同注 13，頁 144。

中所得四句之基調，並延伸至醒後足成的四句。李昴英（1201～1257）
〈夜夢漁父求詩覺能記其全書贈梁彌仙〉：

> 西湖無盡春無限，一葉江湖萬里天。明月滿蓬風荻響，醉
> 眠正在白鷗邊。（《全宋詩》第六十二冊，頁 38866）

本詩應作於理宗寶祐三年（1255），因論救御史洪天錫斥宦官董宋臣
等專權與俱貶，遂歸隱之後。夢中清幽清淨，閒適自在的氛圍與子由
〈夢中咏西湖〉樂在自然的意境十分相似。二詩不同之處在於，子由
是抒寫自己的感受，而李昴英夢中應漁父之邀賦詩，有揣摩漁人心境
的意味。「酒湖無盡春無限」生活在無盡大的湖，有無限量的酒可喝，
永遠快適地如沐春風，或許美化、理想化了漁人的生活。清風明月懷
抱著一葉小舟，醉酒便兀自在小舟上白鷗邊睡去，這些都似傾向於
樂。在本首夢中作詩之前，李昴英作有〈重九日游南山峽覺海寺〉：「恰
重陽日到南山，小摘黃花供綠樽。鐘叩一聲蕭寺晚，移舟載月過前彎。」
（《全宋詩》第六十二冊，頁 38865）詩中拈花供酒，與乘月移舟的
淡雅遊興，和夢中作詩的情境有些相似。二詩之間，應有記憶和感受
的連結。

又如陸游〈夢中作二首〉之二：

> 平羌江上月，伴我故山來。幽興依然在，浮雲正爾開。清
> 秋纔幾日，黃葉已成堆。未醉江樓酒，扁舟可得回。（《全
> 宋詩》第四十一冊，頁 25528）

夢中由江、月、山、雲等幽靜意象組合而成的意境，陸游用傾向於樂
的「幽興」來表述。淡淡喜悅的幽興，像是陸游心中乘載情緒的浮力，
即使眼見剛入秋就已零落成堆的黃葉，亦無需藉酒澆悲秋之愁，而靜
觀時間流轉。在淡薄的幽興和酒意裡，浮起一不繫小舟，悠悠蕩蕩地
回程。

蘇轍、李昴英、陸游三首夢中飲酒的心境與情境均有近似之處。
陸游帶有好心情的飲酒作品還有〈甲子歲十月二十四日夜半夢遇故人
於山水間飲酒賦詩既覺僅能記一二乃追補之二首〉之一：

> 拂衣金馬門，稅駕石帆村。喚起華山夢，招回湘水魂。心
> 親頻握手，目擊欲忘言。最喜藤陰下，翛然共一樽。（《全
> 宋詩》第四十冊，頁 25343）

夢中在陸游最喜歡的藤陰下，與故人「翛然」飲酒，翛然意指無拘束
的超脫心境，自可歸屬於樂的這一邊。又如張嵲（1096～1148）〈余
於今年二月初一日夜夢中與劉彥禮兄弟水邊飲酒賦詩曾記所作元八
句忘其餘今足成之〉：

> 夢裡相逢竟是非，人生皆夢亦何疑。花邊置酒行杯速，石
> 上聽泉得句遲。千里幸能申闊積，一歡何必是前期。諦觀
> 石火光中事，慮不常於未覺時。（《全宋詩》第三十二冊，
> 頁 20512）

抒寫下同是喜逢故人，身在石畔聽泉賞花，在優美風雅的環境下，欣
然飲酒的情境。再如舒岳祥（1219～1298）〈紀夢〉：

> 有序：初八日曉夢乘款段行故鄉麥隴上，見梅花兩株，一紅一白，意
> 甚愛之。有一人同遊，故人也，取酒共飲，不知身在他山亂離中也。
> 寐覺之間，恍成一絕，其人誦數過，既覺能記之。
>
> 款款徐行穩不危，迢迢溪路見疎梅。青枝欲挽憐香雪，喚
> 取芳尊樹下來。（《全宋詩》第六十五冊，頁 41014）

詩序詳細記錄下夢境，夢中也是與故人取酒共飲，而飲酒的場景更是
足以影響舒岳祥飲酒的心情。在夢中突破了時空的困限，暫時拋卻了
南宋已亡國的事實，回到故鄉麥隴上，麥隴在此應象徵著亡國離亂
中，物富民豐的渴望。吃的有著落，再又見一紅一白舒岳祥甚愛的梅
花，還有故人同遊，夢中種種細節與情境，滿足了現實身處他山亂離
不幸中的舒岳祥，隨夢境推衍與情緒堆疊到最後，「喚取芳尊樹下來」
在梅樹下欣喜共飲。

（二）傾向愁苦的作品

張耒（1054～1105）〈夢中作〉：

> 去路迎朝日，齊安客馬西。山行逢曉雨，客褲濺寒泥。歷
> 險輿何健，衝風酒自攜。回頭思舊止，陳迹已淒淒。呂本注：

第三句夢中作，逢雨山行亦夢中事。(《全宋詩》第二十冊，頁
13381）

本詩應作於哲宗紹聖元年（1094）親政後，以直龍圖閣學士出知潤洲
不久，故自稱「客」，在本首夢中作詩前，張耒先做一首〈正月二十
夢在京師〉：「客睡何展轉，青燈暗又明。春雲藏澤國，夜雨嘯山城，
許國有寸鐵，耕田無一成。朦朧五更夢，俄頃踏王京。」張耒遷客的
身分，讓他展轉難眠，只在天快亮時朦朧入夢，夢中忘卻了貶謫的際
遇，重回京師。同時期又作〈和晁十七晝眠〉中亦有「冉冉殘春去，
悠悠歸夢賒。」與〈山夜〉：「曉來南國夢，不覺寄他鄉。」能夢回京
師，對張耒而言，已是現實生活中奢侈的快樂，貶謫時期的夢對張
耒而言，意義大於平時。他也應有特別留意自己的夢，因而他兩首
夢中作詩（另一首為〈九月十八日夢中作聞雁詩〉）均作於初貶時
期。張耒消減痛苦，除了藉夢，就是藉酒，如〈晚同永源小酌漫成〉
云：「客思方淒切，流年可嘆驚。平生一樽酒，正為此時傾。」得藉
酒澆客愁了。〔註26〕而第三句夢中作詩，和夢中山行逢雨狼狽情境，
應是象徵張耒當時坐黨籍落職的貶謫窘境，此如榮格云：「夢也在表
達某種真相，並打開意識心智的格局，教它慎重思考另一種看待事
物的觀點。」〔註27〕因此，張耒勇敢面對難關，雖然飲酒的情境傾向
愁苦，但能感受張耒企圖從愁苦中破繭而出，「榮格發現，如果認真
看待他自己的夢和想像，進而認真看待他案主的夢和想像，就可以
找到了解『生命幕後的奧秘世界』之鑰，這裡面含藏了人生問題的解
決之道。……他發現，心靈含藏有它自己的療癒妙方，只要好好探
索過夢和想像，這種療癒妙方就會活化啟動。」〔註28〕張耒即做到認
真審視自己的夢，雖醒後只記得一句夢中作詩，卻續作成一首律詩，
前四句重建夢的淒涼情境，五、六句由被動受苦轉化成咬牙面對，終

〔註26〕以上詩作見《全宋詩》第二十冊，頁 13381～13384。
〔註27〕安東尼‧賽加勒（Stephen Segaller and Merrill Berger）撰，龔卓軍等
　　　譯《夢的智慧》，頁 102～103。
〔註28〕同上註，頁 70。

於獲得「回頭思舊止，陳迹已淒淒」的釋懷與安慰。續成本首夢中作詩之後，張耒另作〈晨起〉：「……更老心猶壯，雖貧尊不空。浮生仗天理，不擬哭途窮。」與〈他鄉〉：「春寒客古寺，草草過鶯花。小榼供朝酒，溫爐煮夜茶。柏庭鳴曉吹，樓角麗朝霞。莫嘆萍蓬迹，心安即是家。」〔註29〕二詩延續著近似〈夢中作〉所流露的正向思考和勇氣。

相較於張耒藉酒能暖身特性而飲酒，洪朋（生卒年不詳）〈夢登滕王閣作〉夢中是落寞獨飲，藉酒澆愁：

> 朱簾翠幕無處所，抖擻凝塵戶牖開。萬里烟雲渾在眼，九秋風露獨登臺。西江波浪連天去，北斗星辰抱棟迴。獨佩一瓢供勝事，恨無陶謝與俱來。（《全宋詩》第二十二冊，頁 14462）

洪朋為江西詩派著名詩人，在當時富有盛名，為時人推重，卻兩舉進士不第，後以布衣終，卒年僅三十七歲。在本首夢中作詩前曾作〈晚登秋屏閣作示杜氏兄弟〉：「病夫湯熨暫時停，漫向秋屏閣上行。白日忽隨飛鳥去，青山斷處落霞明。林間嘒嘒寒蟬急，江上悠悠烟艇橫。富貴功名付公等，嗟予老矣負平生。」（《全宋詩》第二十二冊，頁 14462）於是日間登高所見之秋景，和所觸動深悲時光飛逝，年命有限，而功業無成之痛。再對照同儕個個建功名享富貴，屢試不第的洪朋，又感到孤獨落寞。多重的負面情緒和日間影像，在夢中作詩中依稀可見，且洪朋強化了「獨」，獨自登臺後，獨自飲酒澆愁，「富貴功名付公等，嗟予我矣負平生。」科舉仕途上，失意地踽踽獨行，想尚友古人又不可得，憑添遺憾。雖然洪朋科舉失意，但他對自己的才學應頗自信，夢中登滕王閣或許與王勃作〈滕王閣序〉後驚豔四座有關，「時都督閻公新修滕王閣成，九月九日大會賓客，將令其婿作記，以誇盛事。勃至入謁，帥之其才，因請為之。勃欣然對客操觚，頃刻而就，文不加點，滿座大驚。酒酣辭別，帥贈百縑，即舉帆去。」

〔註29〕分別見《全宋詩》第二十冊，頁 13382、13383。

〔註 30〕王勃一揮而就，在眾人欽佩中，飲酒後灑然而別的才情與灑脫，應讓洪朋有些欣慕。加以序中名句「落霞與孤鶩齊飛，秋水共長天一色。」與日間登秋屏閣所見之秋景類似，遂在多重情感與聯想下，洪朋在夢中登上了滕王閣。

　　需藉酒澆愁的作品還有陸游〈夢中作〉己未十二月五日夜作，所書皆夢中事也、〈夢題驛壁〉十二月二十七日夜：

> 長堤行盡古河濱，小市人稀霧雨昏。櫪馬垂頭囓菅草，驛門移路避槐根。斷碑零落苔俱徧，漏壁微茫字半存。催喚廚人燎狐兔，強排旅思舉清樽。（《全宋詩》第四十冊，頁25061）

> 半生征袖厭風埃，又向關門把酒杯。車轍自隨芳草遠，歲華無奈夕陽催。驛前歷歷堠雙隻，陌上悠悠人去來。不爲途窮身易老，百年回首總堪哀。（《全宋詩》第四十冊，頁25064）

本詩應作於寧宗慶元五年（1199）七十五歲，已歸故鄉十年了，陸游還作著征行的夢。兩首夢中作詩的飲酒心情雖然都是深懷殷憂，但前首欲藉酒消之愁，乃傾向漂泊不定的旅思。後首「又向關門把酒杯」，需再次藉酒消之頑強之愁，乃悲年命有限，而功業無成之愁。陸游於十二月底，歲末將近之際，先作有〈己未冬至〉云「老人畏添歲，每嘆時序速。」（《全宋詩》第四十冊，頁25064）歲末年終最讓人感嘆時光飛逝。應是日間的憂慮延伸至夢中，而夢作此詩，夢中情境又是一天將盡的黃昏，以「夕陽催」表現深感時間流逝的壓迫，此時暮年的他，也只能「無奈」以對。

　　嚴羽（1192？～1245？）〈夢中作〉予客盧陵日，夢至一大府。主人自稱劉荊州，與予觴燕，各賦詩爲樂。覺而彷彿一二，因續成之。中末兩句云：

> 懷哉揮此觴，別路如風雨。（《全宋詩》第五十九冊，頁

〔註 30〕傅璇琮《唐才子傳校箋》第一冊，頁 29。

37199）

雖詩序中言自己和主人劉荊州各賦詩爲樂，但「主人敬愛客，開宴臨長浦。高論極興亡，歷覽窮川渚。」夢中嚴羽受主人盛宴款待，且談論歷代始盛終衰的緣由又飽覽四方美景，可謂賓主盡歡，全詩歡愉的情緒卻也只至此。因天下無不散的宴席，嚴羽以無比感懷不可的心情，飲下離別酒，告別短暫宴樂，獨自回歸有風有雨的來時路。

（三）介於苦樂超越苦樂

王安石（1021～1086）〈夢中作〉乃以酒爲象徵：

> 青門道北雲爲屋，大壚貯酒千萬斛。獨龍注雨如車軸，不畏不售畏不續。（《全宋詩》第十冊，頁 6516）

本詩應作於正在推動新政之時，王安石得神宗強力奧援，改革得天子大力支持，得天子庇蔭。「大壚貯酒千萬斛」，象徵自己有本領、有自信、有很多政策，也在神宗支持下，「獨龍注雨如車軸」，新政得以雷力風行。但王安石的心情是「不畏不售畏不續」，固然眼前新政得神宗支持，王安石心裡還是忐忑，擔心支持他的力量能持續多久？畢竟新政需要永續經營，朝野與社會才能調適，政策效力才能顯現。王安石流露一則以喜，一則以憂的情緒，可說是介於苦樂、徘徊在苦樂之間。

蘇轍〈夢中咏醉人〉四月十日夢得篇首四句，起而足之：

> 城中醉人舞連臂，城外醉人相枕睡。此人心中未必空，暫爾頹然似無事。我生從來不解飲，終日騰騰少憂累。昔年曾見樂全翁，自說少年飲都市。一時同飲石與劉，不論升斗俱不醉。樓中日夜狂歌呼，錢盡酒空姑且止。都人疑是神仙人，誰謂兩人皆醉死。此翁年老不復飲，面光如玉心如水。我今在家同出家，萬法過前心不起。此翁已死誰與言，欲言已似前生記。（《全宋詩》第十五冊，頁 10091）

本詩應作於徽宗崇寧二年（1103）六十五歲，蘇轍自哲宗元符三年（1100）遇赦北歸後，寓居許昌潁水之濱，自號潁濱遺老，杜門謝客

十多年，直至徽宗政和二年（1103）病逝。本詩即夢作於潁昌，《宋史》載其「築室于許，號潁濱遺老，自作傳萬餘言，不復與人相見。終日默坐，如是者幾十年。……徹性沉靜簡潔，為文汪洋澹泊，似其為人，不願人知之，而秀傑之氣終不可掩。」〔註31〕子由似乎成了真正的隱士，無法經世濟民，兼善天下，轉而內求修心，獨善其身。子由夢中所得四句「城中醉人舞連臂，城外醉人相枕睡。此人心中未必空，暫爾頹然似無事」意指別人飲酒，自己卻「我生從來不解飲」，因他體會到飲酒只能暫時忘卻煩惱，而「似無事」，若要真正消除煩惱，根本辦法得藉由修心。本詩由夢中四句領起後，藉樂全翁和「一時同飲」的石與劉，夾敘夾議，論飲酒的害處，亦可見夢中得句之重要。石與劉雖被人視為「不論升斗俱不醉」的神仙人，二人竟皆醉死，而樂全翁在戒酒後，卻身強體健，心緒澄明。子由自己不藉酒，藉修心養性，已能心靜如止水，萬法不動心，雖未必達到太上忘情的境界，卻也超越塵世苦樂之上，陸游〈八月二十三夜夢中作〉亦為類似心境：

> 道士上天鶴一隻，老僧住庵雲半間。去來盡向無心得，癡點相除到處閒。江山千里互明晦，魚鳥十年相往還。高巖縹緲人不到，醉中為子題其顏。（《全宋詩》第四十一冊，頁 25707）

本詩應作於寧宗嘉定二年（1209）八十五歲，夢中陸游感覺自己與有道之士，同在人到不了的高處，沉浸在自然中，醉中為有道之士題詩於門口，情緒超過苦樂之上，已臻悠然自在的世外境界，酒意中又帶有詩意。

陸游另作〈夢中作二首〉之一：

> 試說山翁事，諸君且勿譁。百年看似夢，萬里不想家。夜艾猶添酒，春殘更覓花。卻嗤勾漏令，辛苦學丹砂。（《全宋詩》第四十一冊，頁 25528）

〔註31〕元・脫脫《宋史・列傳第九十八》，頁 10835。

本詩作於寧宗開禧三年（1027）八十三歲。全詩由好酒的山簡（253～312）領起，並以酒能醉人之特性貫串全詩。山簡性好飲酒是歷代知名的，唐人李白同是好酒之人，遂將山簡入詩，如〈秋浦歌〉之七：「醉上山公馬，寒歌甯戚牛。」，與〈魯郡堯祠送竇明府薄華還西京〉：「高陽小飲真瑣瑣，山公酩酊如何我？」等。以至於陸游要諸君暫且靜默，替山簡稍作辯駁。山簡之所以好酒，是希望藉酒力超越時空，忘卻自己正鎮守襄陽，而不再思家，藉酒忘憂。「夜艾猶添酒，春殘更覓花。」道盡及時行樂，幾乎是苦中作樂的心情，雖然情緒有些悲愁，但藉飲酒以及時行樂，又可暫時得到抒解和歡愉，飲酒的情緒，可謂介乎苦樂之間。年事已高的陸游得到感觸乃是，生活內容非只求長生，其實只要飲酒即可跨越時間。陸游還有寫〈夢中作〉二首之一，是慷慨激昂的飲酒心情，也不宜用苦樂悲喜來判定：

> 征途遇秋雨，數士集郵亭。酒拆官壺綠，山圍草市青。劇談猶激烈，瘦影各伶俜。四海皆兄弟，悠然共醉醒。（《全宋詩》第四十一冊，頁 25703）

本詩應作於寧宗二年（1209）八十五歲，陸游耄耋之年，還作征行之夢，愛國心情在夢中更不受年齡和現實的拘牽，仍壯遊征途上。夢中因雨與數士集於郵亭，蕭颯秋雨絲毫影響不了他們熱烈的心情，飲酒助興下，彼此感情交流，「劇談猶激烈」氣氛更加慷慨激昂，四海之內皆兄弟也，獨飲不如眾飲，一行人一同悠然共醉。

第二節　感懷生活

一、送別

　　自古歌詠送別之詩為數甚多，宋人夢中作詩夢作送別者，有梅堯臣〈夢同諸公見仲文夢中坐上作〉與周必大〈十二月十九日餞別劉文替運使明日書來云醉夢中作小詩但記後兩句為足成之〉二首夢中作詩，均在夢中複製了日間餞別時依依不捨的心情：

已許郊間陳祖席，少停車馬莫催行。劉郎休恨三千里，樽
酒十分聽我傾。(《全宋詩》第五冊，頁 2963)

幽人門巷冷如冰，使節光華肯再登。今夕青燈話三館，明
年何處說廬陵。(《全宋詩》第四十三冊，頁 26727)

二詩所流露面對離別的難捨之情，與一般人較為貼近。而陳與義(1090
～1138)〈夢中送僧覺而忘第三聯戲足之〉一首流露的離別情緒較為
特殊：

兩鴻同一天，羽翼不相及。偶然一識面，別意已超忽。去
程秋光好，萬里無斷絕。雖無仁人言，贈子以明月。(《全
宋詩》第三十一冊，頁 19521)

檢視陳與義詩作，與佛教相涉者有〈聞葛工部寫華嚴經成隨喜賦詩〉、
〈陳叔易賦王秀才所藏梁織佛圖詩邀同賦因次其韻〉、〈八關僧房遇
雨〉、〈雨中宿靈峰寺〉等詩，[註32] 可知佛教有融入詩人的日常生活，
其詩作中尚有〈以石龜子施覺心長老〉可看出詩人與僧人有所交往。
另外〈送善相僧超然歸廬山〉一首可從兩方面來看：其一是詩人與僧
人有深切交往，其二是詩人與僧人離別時，較能淡化聚散之無常，其
自我寬慰與勸解的心情，和夢中作詩的情緒如出一轍：「九疊峰前遠
法師，長安塵染坐禪衣。十年依舊雙瞳碧，萬里今持一笑歸。鼠目向
來吾自了，龜腸從與世相違。酒酣更欲煩公說，黃葉漫山錫杖飛。」
[註33] 詩人夢中送僧的情境，可視為日間記憶的殘餘。

二、餽贈

　　兩宋詩人相互餽贈的物品很多樣，但夢中作詩的餽贈卻只有
茶。有關茶名最早的文字記載，應為《爾雅・釋木第十四》：「檟，苦
茶。」郭璞注：「樹小如梔子，冬生，葉可作羹飲，今呼早采為茶，
晚取者為茗。」[註34] 茶即今之茶。《爾雅》成書於秦漢年間(公元

〔註32〕以上詩作分別見《全宋詩》，頁 19480、19483、19563。
〔註33〕上二詩見《全宋詩》，頁 19485、19500。
〔註34〕晉・郭璞注、宋邢昺疏《爾雅・釋木》(臺北：藝文印書館，1997 年)，

前 200 年），可見中國飲茶歷史源遠流長。陸羽總結唐代及唐以前的飲茶情況：「茶之爲飲，發乎神農氏，聞於魯周公，齊有晏嬰，漢有揚雄、司馬相如，晉有劉琨、張載、謝安、左思之徒，皆飲焉。滂時浸俗，盛於國朝兩都關俞間，以爲比屋之飲。」〔註35〕可知飲茶自神農開始，漸成飲食風俗，到了中唐後已相當盛行，至宋代更普及於社會更階層。

　　由於茶普及於宋代士人階層，茶遂成爲士人吟詠的主題之一，「宋詩比起唐詩，在詩題上吟詠茶事的可說相當多，這也是最適當的贈答品，同時也可以說喫茶習慣已深深浸透至士大夫階層，而成爲一種生活方式。」〔註36〕宋人喜歡飲茶、贈茶、詠茶，而日間生活片段，延伸入夢境，就成爲宋人夢中作詩中的贈茶情境，字如與贈茶情境相關之詩有兩首，分別爲蘇轍（1039～1112）〈夢中謝和老惠茶〉與周必大（1126～1204）〈甲申四月甲子夜夢以焦坑小團及宜春新芽送隆慶長老了遠戲作柬云云矍然而寤枕上又補一頌以茶送達數日前曾有此意而一點千林非因想所及也〉：

> 西鄰禪師憐我老，北苑新茶惠初到。晨興已覺三嗅多，午枕初便一杯少。七碗煎嘗病未能，兩腋風生空自笑。定中直往蓬萊山，盧老未應知此妙。（《全宋詩》第十五冊，頁10103）

> 達上座，惺惺著，靈根一點便神通，敗葉千林都掃卻。自注：夢中戲作（《全宋詩》第四十三冊，頁 26819）

因徽宗崇寧中重開黨禁，蘇轍遂閑居穎昌，本詩即夢作於當時期。西鄰道和禪師所贈「北苑新茶」乃是宮廷飲用的高級品，「供應宮廷生活之需要的，主要是由建州北苑進貢的臘茶等高級品。……到了徽宗

頁 160。

〔註35〕張宏庸編纂《陸羽茶經叢刊》（臺北：茶學文學出版社，1985 年），頁 76。

〔註36〕水野正明撰、許賢瑤譯〈宋代喫茶的普及〉，收入《中國古代喫茶史》（台北：博遠出版社，1991 年），頁 122。

時，早在早春（陰曆二月）第一綱就到達了京師開封，並以此第一綱為頭綱，稱為「龍焙貢新」、「北苑試新」等。〔註37〕道和禪師餽贈的北苑新茶，珍貴之處還在於新。按宋人的禮俗，「受賜的一方則以所謂的「謝賜某某茶表」的形式回禮。」〔註38〕，蘇轍理應作詩酬謝，又「夢往往是跟著意識的心境和態度走的，好像在告訴做夢者：事實本來是如此。夢中出現的多半是日常的活動。」〔註39〕日常活動和禮節讓詩人孵出了本首夢中作詩。

《晉書・藝術傳》記載單道開稱飲茶後能「晝夜不臥」，〔註40〕說明飲茶能驅睡氣，養生氣，由「晨興已覺三嗅多，午枕初便一杯少。」可知詩人深諳茶性，一早起來只敢聞茶香，午休後才多喝。後四句脫胎自盧全〈走筆謝孟諫議寄新茶〉：

> ……一椀喉吻潤，兩椀破孤悶。三椀搜枯腸，唯有文字五千卷。四椀發輕汗，平生不平事，盡向毛孔散。五椀肌骨清，六椀通仙靈。七椀喫不得，唯覺兩腋習習清風生。蓬萊山，在何處。……〔註41〕

盧全細數逐椀喝茶後的不同好處，若喝下第七椀茶，人便兩腋生風簡直舒爽成仙，所以飲茶應當有所節制。蘇轍必定熟讀過盧全詩，在夢中裁剪並熔入律詩格律，贊同盧全所言，喝到七椀之多，果然會兩腋生風，陶醉茶味之中。但蘇轍認為盧全喝茶有所節制，不能盡興，實在太可惜了。

周必大於孝宗隆興二年（1164）春夏之際，夜夢贈焦坑小團及宜春新芽與隆慶長老，並寫下短信：茶已送達了，我們惺惺相惜，所以靈根相通，雖彼此相距甚遠，路途上又阻礙重重，但都阻擋不了我們的交流。詩人夢中作詩後突然醒悟，想起數日前曾想惠茶隆慶長老的

〔註37〕同上注，頁 123～124。
〔註38〕同注 42，頁 122。
〔註39〕同注 2，頁 263。
〔註40〕《晉書・藝術傳》，頁 2491。
〔註41〕見《全唐詩》第十二冊，頁 4379。

念頭，果眞是晝想夜夢。

　　兩首夢中作詩情境皆爲贈茶，蘇軾夢中作詩中道和禪師惠茶蘇轍，和周必大夢中惠茶隆慶長老之事件，均代表古人「茶佛一味」之說。而佛教徒飲茶最初目的，是爲了坐禪修行。「唐宋期間，佛教盛行，禪宗強調以坐禪方式，徹悟心性，因此，寺院飲茶風尚更加推崇。……認爲飲茶能夠徹悟，飲茶可以長生。可見『茶禪一味』，關係至深，飲茶乃是禪僧日常生活中不可缺少的重要內容，並逐漸使飲茶成爲寺院制度的一個重要部分。特別在宋代期間，在我國許多寺院中，逐漸形成了一套肅穆莊嚴的寺院茶禮和寺院茶宴。」〔註42〕中國歷史上，僧人視茶爲神物，飲茶之風傳遍大小寺廟，僧人對飲茶的傳播與發展甚有貢獻，甚至因與文人交往惠茶，使宋人夢中作詩之事件更加多元。

三、詠物

梅堯臣〈夢與公度同賦藕筆追錄之〉夢中詠藕華：
　　吳王舊宮闕，水殿芙蓉披。濁泥留玉骨，疑是葬西施。西
　　施魂不滅，嬌豔葬清池。（《全宋詩》第五冊，頁2768）
本詩應作於仁宗寶元元年（1038），當時詩人旅居吳國舊地。詩人著眼於吳王宮闕遺跡，感嘆儘管當時是盛世霸王，仍不敵有限年光，抵擋不住時間的推移，終歸塵土。但水殿植栽的芙蓉，由一朵朵有限的花期，因年年綻開，相連成花開無限的恆久錯覺。在吳王和西施都成過去之後，仍歲歲年年永恆綻放。

　　蘇轍共有六首夢中作詩，而其中四首集中於徽宗崇寧二年（1103）至大觀元年（1107）五年間完成，詩人當時因黨禁重開，罷祠，閑居潁昌。四首夢中作詩，分別爲〈夢中咏醉人〉、〈夢中謝和老惠茶〉、〈夢中反古菖蒲〉、〈夢中咏西湖〉。其中〈夢中反古菖蒲〉並

〔註42〕王存禮、姚國坤、程啓坤編著《中國茶文化》（上海：上海文化出版
　　　社，1992年），頁57～58。

引古詩云：「石上生菖蒲，一寸十二節。仙人勸我食，令我好顏色。」詠菖蒲，並為之翻案：

> 石上生菖蒲，一寸十二節。仙人勸我食，再三不忍折。一
> 人得飽滿，餘人皆不悅。已矣勿復言，人人好顏色。（《全
> 宋詩》第十五冊，頁 10114）

仙人勸食石上新生的菖蒲，「農曆二、三月發笋，……初生之蒲可作蔬菜，稱蒲笋；白色地下莖口感甘脆可生食，浸酒後『食之大美』。」〔註43〕蘇轍面對可口菖蒲，儘管「仙人勸我食」，卻能「再三不忍折」，可見詩人愛物之心性，又云「一人得飽滿，餘人不悅」更流露心性仁厚和平的一面。

洪咨夔（1176～1236）〈夢中得蕎粥詩覺而記其景聯〉夢中詠蕎粥：

> 墨雲吹雨落霜空，滿地珊瑚樹樹紅。老磨踏烟霏淅籟，鈍
> 鐺奏火沸蒙茸。寒江浪起雪飛外，古嶂風鳴雲攪中。識破
> 太官羊氣味，故山好處夢先通。（《全宋詩》第五十五冊，
> 頁 34494）

詩人夢中詠蕎粥，但醒後僅記得景（頸）聯「寒江浪起雪飛外，古嶂風鳴雲攪中。」氣候惡劣，而家又在千山萬水之外，予人淒涼孤寂的感受。據《本草綱目‧穀一》記載：「蕎麥南北皆有，立秋前後下種，八九月收刈，……北方多種，磨而為麪，作煎餅配蒜食，或做湯餅，謂之河漏，以供常食，滑細如粉，亞於麥麪。南方一種但作粉餌食，乃農家居多穀也。」〔註44〕可知南、北方均有產蕎麥，均將其磨成粉後，再製成餅、麵條或煮粥，是尋常百姓的食材。詩人醒後續作先寫冷冽的秋風秋雨，吹打落滿地楓紅，一派蕭瑟冷清。「老磨踏烟霏淅籟，鈍鐺奏火沸蒙茸。」指磨好蕎麥後，以釜烹煮滾沸，而家遠在重巒疊嶂，暴風飛雪之外。「識破太官羊氣味，故山好處夢先通。」為官雖可以享用高級的飲食，但詩人仍想念故鄉的蕎麥粥。而「蒙茸」

〔註43〕潘富俊《唐詩植物圖鑑》（台北：貓頭鷹出版社，2003 年），頁 113。
〔註44〕同註15，頁 61。

與「羊氣味」一語雙關，蒙茸亦喻國事紛擾，羊氣味可解讀為詩人為官後，已嚐到腥羶官味，詩人苦於無法施展抱負之際，想起代表故鄉的平民食物蕎麥粥，和樸素的生活。

另有張耒（1054～1114）〈九月十八日夢中作聞雁詩〉：引詩第二章曾引用何日離燕磧，（二十冊，頁 13380）夢中憑著日間記憶，描繪出雁鳥隨季節南北遷徙的生態，路途上滿佈著惡劣天候和獵人陷阱，儘管路途險阻，雁鳥仍必須年復一年冒險南飛避冬，雁鳥世世代代南北遷徙的生態，好似鉗制雁鳥的枷鎖，將雁鳥和求生不易的宿命，永遠相鎖。以致夜間雁鳴，聽在有心的詩人耳裡，能激動詩人的情緒，喚起詩興。宋人夢中詠禽類上有胡憲（1086～1162）〈夢中賦白鷳〉，〔註45〕雖然是在夢中歌詠白鷳，但仍切中歷代文人多所著墨的耿介性情。

慕容彥逢〈甲申十一月夢中詠假山〉，夢中詩人以假山為歌詠主題，流露詩人對圓林造景的審美情趣：

> 欲雨烟雲凝，經秋苔蘚多。憑君莫拋擲，留取伴吟哦。（《全宋詩》第二十二冊，頁 14679）

馮鍾平云：「到了宋代，造園之風大盛，特別開始大量利用太石湖堆砌假山。」〔註46〕詩人欲詠假山，不孤立聚焦於單調的累疊石頭，而是連帶描寫假山浸潤在烟雨雲氣的水氣中，所滋養出的苔蘚，反映宋代園林疊山的卓越藝術成就，「在石頭本體態勢上的精湛和形氣上完足之外，假山的效果也靠許多外加添飾的工夫。宋代於此也相當細緻。其一是假山上的花草植栽，第二種添飾的方法是以苔蘚來潤養。……而苔蘚的包覆可以在色澤上使山石蒼翠，近於山色；可以在質地上使山石鬆柔，近於山林；可以使石頭更富於水氣而易生煙嵐氤氳之感。」〔註47〕苔蘚覆蓋山石，可使假山煙雲籠罩，生動逼真，使

〔註45〕見《全宋詩》第二十九冊，頁 18809。
〔註46〕馮鍾平《中國園林建築研究》（台北：丹青出版社，1985 年），頁 17。
〔註47〕侯迺慧《宋代園林及其生活文化》（臺北：三民書局，2010 年），頁

假山假得眞一些，能讓詩人「留取伴吟哦」，變換成日常生活，一種
藝術化的欣賞對象，無怪張潮會云：「石不可無苔」。〔註48〕

四、惜時

「盛極衰至，物有竟時的自然規律，使得作爲社會實踐主體的
人，很早就對其自身生命歷程的有限性體認到了。」〔註49〕當人意識
到自我生命的有限，詩歌遂成爲抒情的出口之一。日本學者吉川幸次
郎以「推移的悲哀」詮釋中國抒情傳統，並以〈古詩十九首〉爲悲觀
主義之祖。〔註50〕呂正惠進一步說明悲哀的原由，乃因詩人以「嘆逝」
的角度去觀察自然。〔註51〕悲哀感傷的氛圍，自〈古詩十九首〉而後
魏晉，而後源遠流長地籠罩中國文人。今觀察送人夢中作詩，反應詩
人即使在夢中仍能感受時間推移的壓迫，如梅堯臣（1002～1060）〈正
月十日五更夢中〉：

> 今年花似去年新，去年人比今年老。我勸厚地一杯酒，收
> 拾白日莫苦早。（《全宋詩》第五冊，頁 2993）

梅堯臣父親梅讓於仁宗皇祐元年（1049）年初病逝，本首夢中作詩應
作於隔年（1050）年初，當時詩人在宣城守制。又是春天，歲月帶走
父親一年了，自己也年近半百，今年花開看似鮮新如同去年，但是時
間其實是流逝不止的。花儘管相似，但畢竟不同了。去年遭逢喪父之
痛，父親隨著時間推移而逝，悲痛使人突然老化，一年過去了，時間
緩和了哀傷。今敬天地一杯酒，詩人早起欲珍惜有限的年光。

231～233。
〔註48〕張潮著、林政華約評詳註《幽夢影評註》，頁 7。
〔註49〕王立《中國古代文學十大主題》（台北：文史哲出版社，1994 年），
　　　　頁 27。
〔註50〕吉川幸次郎著，鄭清茂譯〈推移的悲哀〉，分見《中外文學》六卷四、
　　　　五期（1977 年 10 月），分別見頁 24～55，113～131。
〔註51〕呂正惠〈物色論與緣情說──中國抒情美學在六朝的開展〉，收入中
　　　　國古代文學研究會主編《文心雕龍綜論》（台北：學生書局，1988
　　　　年），頁 285～312。

面對時間推移的悲哀，北宋道教丹鼎派所追求長生不老成仙的內丹術，成為道門修行的主流。時至南宋，流行的道派亦有自丹鼎派系演化而來的丹金派。人們藉由內丹修練，冀以達成不死的願望，陸游（1125～1209）〈夢中作〉訴說著如是願望：

> 萬里行求藥，三生誓棄官。鶴巢投暮宿，松麨續朝餐。進火金丹熟，凌風玉宇寒。人間日月速，歲曆又將殘。（《全宋詩》第四十冊，頁 25476）

本詩應作於寧宗開禧二年（1206），高齡八十二歲。詩人在夢中似拋去愛國詩人的身分，願三生棄官，萬里求藥，讓有限生命服食內丹後得以永續無限。由末兩句「人間日月速，歲曆又將殘」可知年邁詩人在夢中仍感受時間快速流逝的壓迫。同年〈夢中作〉：「海山又見春風到，丹竈苔封人未歸。」隔年〈夢中作〉二首之一：「夜艾猶添酒，春殘更覓花。」分別藉用春風又到，或春風又殘來描寫大自然的變動不居，循環不息，以投訴詩人被時間拋擲的感傷。

陳文蔚（1154～1247）〈一夕夢中得絕句覺時惟記後二句最眞因潤色足成之〉流露對時間敏銳的主觀意識，投射於人間與自然界，作為蕭瑟傷感的基調：

> 歲月苦為身口累，風霜無奈鬢毛侵。自注：夢中彷彿如此中間
> 一事卻奇特，存得當時一片心。（《全宋詩》第五十一冊，
> 頁 31967）

陳文蔚自孝宗淳熙十一年（1184）三十一雖從朱熹學，後於寧宗慶元初（1195）回故鄉上饒（今屬江西）聚徒講學，教授子弟。慶元三年（1197）曾應朱熹之邀，講學武夷精舍。理宗端平初（1234）八十歲，講學龍山學書院、袁州學院，仍篤信謹守，傳授師說。本詩應作於寧宗嘉定十六年（1223）七十歲，由一、二句「歲月苦為身口累，風霜無奈鬢毛侵」表示詩人已被時間推移至鬢髮斑白的年紀，體會到身衰體弱的老化辛苦，但是「中間一事卻奇特，存得當時一片心。」兩句，強調詩人面對時間所推移來的悲哀時，產生了強烈的主觀，即使無力

又傷感卻也顯出了清明篤定的態度，詩人自信時間推移不了他躬行道學，學不厭，教不倦的信念，詩人在流動的歲月裡，掌握住自己恆長不變的心，這或許是他能享九十四高壽的原因之一。

鄭清之（1176～1251）〈八月初五夢桃杏枝上皆小蕊頃刻間一花先開既而次第皆拆色殊紅鮮可愛夢中爲賦一詩覺但記其第二句戲足成之。〉記錄夢中桃杏爛漫的盛開動態，詩人僅記得的一句流露著惜春心情：

> 天孫紅錦淺深裁，爲惜芳苞未肯開。爭奈東風披拂甚，枝頭次第吐香腮。（《全宋詩》第五十五冊，頁 34622）

日本學者小尾郊一於〈魏晉文學所表現的自然及自然觀〉一文中，注意到四季的代表景物已經深印在文人腦海中，文人描寫季節的不同景色是一種觀念上的發揮，而非就地取材。〔註52〕詩人夢見桃杏，自然而然在醒後續成之句按上「春風」，美麗的夢境，亦是他心境中的春境。詩人僅管在夢境中仍帶著自我意識，欣賞自然。在追求描寫美好春境的同時，詩人藉描寫春天投射自己的情感，即「爲惜芳苞未肯開」的惜惜心情，誠如王國維云：「一切景與皆情語也。」〔註53〕張嶷（1096～1148）〈夢中作後兩句覺後足成皆夢中所見也〉夢中所作後兩句爲「傳語春風能幾日，愼無吹折最高花。」（《全宋詩》第三十二冊，頁20534）同樣藉夢中春景流露惜時心情。

五、戰爭

若按時代檢視宋人夢中作詩情境爲戰爭之作，數量分佈並不均勻，北宋僅一首趙抃（1008～1084）〈續夢中作〉：

> 邊寄今儒弁，帷籌得將才。甘辛均士卒，號令走風雷。驚曉城聲急，吹秋隴笛哀，先聲羌膽碎，聞道漢兵來。（《全

〔註52〕小尾郊一撰、高輝陽譯〈魏晉文學所表現的自然與自然觀〉，《藝術學報》第四十二期（1988 年 6 月），頁 77～135。

〔註53〕王國維撰、滕咸惠校注《人間詞話新注》（臺北：里仁書局，1994年），頁 70。

宋詩》第六冊，頁 4143）

「邊寄今儒弁，帷籌得將才。」所指儒將，應爲范仲淹（989～1052）
與韓琦（1008～1075），時稱韓范。但事實宋代對外一向積弱不振，
「眞宗時，西夏已陷靈州。至仁宗，西夏驟強，邊患逐盛。范仲淹、
韓琦以中朝名臣到陝西主持兵事，結果還是以和議了事。（陝西用兵
只五、六年）宋歲賜西夏銀、綺、絹、茶共二十五萬五千。」〔註54〕
但已大大振奮趙抃的愛國心，在夢中都會作詩以揚宋兵勇挫西夏的
威風。

　　宋室南渡至南宋，僅陸游（1125～1204）與周必大（1126～1204）
夢作有關戰爭之詩，其執著終生，欲光復神州的主戰思想，與當權高
宗的主和私心，背道而馳，「惜乎高宗自藏私心，一意求和。對內則
務求必伸，對外則不惜屈服。……南方自求和議後，秦檜專相權十
五，忠臣良將，誅鋤略盡。人才既息，士氣亦衰。……孝宗頗有意恢
復，然國內形勢已非昔比。……孝宗抱志未伸，亦不願老做此屈辱皇
帝，遂禪位於光宗，光宗又禪寧宗，乃鬧出韓侂胄的北伐。結果宋兵
敗求和，殺韓侂胄自解。……此後宋、金皆衰，只坐待蒙古鐵騎之來
臨。」〔註55〕令人感佩的是，陸游終其一生處於屈和積弱的時代，但
是大環境對北伐的冷漠，澆不熄他渴望報國殺敵，收復山河的熱情。
永不熄滅的愛國熱情，醞釀成強悍的力量，轉攻夢中。陸游的紀夢詩
總數爲八百一十一首，〔註56〕其中包含三十六首夢中作詩，數量之龐
大，稱霸古今中外。鄭新華云：「陸游的紀夢詩是值得我們重視的。
一方面，它作爲近萬首陸游的縮影，集中體現了以愛國主義爲基本主
題，憂國憂民積極的用世爲感情基調的陸游特點；另一方面，它又成
功地同時繼承屈原上天入地，執著求索的游仙行式和李白飄逸豪放的

〔註54〕錢穆《國史大綱》下冊（臺北：商務印書館，2010 年），頁 533。
〔註55〕同上注，頁 617～623。
〔註56〕數據引自劉奇慧《陸游紀夢詩研究》（東吳大學中文研究所碩士論
　　　　文，2004 年），頁 2。

任俠放歌手法，又吸收了盛唐邊塞詩雄渾瑰麗、悲壯激昂的藝術風格。」〔註 57〕按照佛洛伊德對夢的意義與本質之詮釋，「每個夢的意義都是一次願望實現」、「夢本質上是人把被禁止的願望在幻想中實現」〔註 58〕陸游百折不饒的愛國精神，實令人動容。

　　陸游熱忱於主戰復國，不是只呼口號，是願親上沙場，夢中作詩亦出現奮戰沙場的描寫，如〈五月十一日夜且半夢從大駕親征盡復漢唐故地見城邑人物繁麗云西涼府也喜甚馬上作長句未終篇而覺乃足成之〉、〈夢中作〉與〈五月七日夜夢中做二首〉之二：

> ……五百年間置不問，聖主下詔初親征。熊熊百萬從鑾駕，故地不勞傳檄下。……（《全宋詩》第三十九冊，頁 24514）

> ……拓地移屯過酒泉，策功圖像上凌煙。……（《全宋詩》第三十九冊，頁 24550）

> ……振臂忘身德，憑天報國讎。……（《全宋詩》第四十冊，頁 24938）

二詩分別作於孝宗淳熙七年（1180）五十六歲，淳熙八年（1181）五十七歲，與寧宗慶元二年（1196）七十二歲，僅已暮年，夢中豪情仍暢快奔放，血氣方剛絲毫不被歲月和現實消磨如榮格言：「夢會畫出自我的肖像，畫得是潛意識中的實況。」〔註 59〕路由潛意識中的自我，隨時可以衝赴沙場，殺敵報國，七十歲的身體，卻有年輕熱血的心和夢。另作於寧宗開禧元年（1205）八十一歲之〈夢中作〉，感嘆天下戰事紛起，不再太平：

> 大慶橋頭春雨晴，行人馬上聽鶯聲。祥符西祀曾迎駕，惆悵無人說太平。（《全宋詩》第四十冊，頁 25409）

春雨放晴的大好時光，行旅之人在馬背上聆聽鶯聲，詩人夢中突破時空的限制，回到生機盎然的過去美好時光裡，憶起真宗祥符年間，皇

〔註 57〕鄭新華〈夢幻文學的一朵奇葩——讀陸游的紀夢詩〉，《文史知識》第九十一期（1989 年 1 月），頁 96。

〔註 58〕同注 2，頁 47。

〔註 59〕同上注，頁 82。

帝曾到西都洛陽巡狩，百姓迎駕，場面威儀壯闊，而今太平時代已過，洛陽一帶已被金人淪陷，實令詩人惆悵不已。

周必大（1126～1204）〈九月十八日夜忽夢作送王龜齡師兩句枕上足成之〉：

> 匈奴何敢渡江東，一士真過萬馬雄。唐室安危誰可佩，雪山輕重屬之公。天臺不納尚書履，鄉縣猶乘御史驄。行樂休嫌園小小，高歌幸有婢隆隆。自注：龜齡家有小小園，而侍姬號隆隆。（《全宋詩》第四十三冊，頁26699）

詩人夢中作詩將時代向前推置唐朝，面對以匈奴象徵的侵略性強的異族，國家只要用對王十朋一人，即可勝過千軍萬馬，宗室朝廷安危能倚仗誰呢？四川松潘縣雪山一帶的安危，全繫在王十朋一人身上，詩人夢中幾近神化了王十朋剽悍善戰形象。而周必大眼中的棟樑之材，未受朝廷重用，僅在孝宗隆興元年（1163）任侍御史，隨即因上疏論宰相而出知饒州，乾道元年（1165）移知夔州，歷知湖、泉、台三州。沒被留在朝廷支撐中央，而被貶至鄉縣，大材小用，只好投閒置散，過清閒日子。

遺民詩人僅鄭思肖（1241～1318）〈補夢中所作〉出現與戰爭相關之描述：

> 鴻雁流離夢亦驚，滿懷淒怨足秋聲。此身不死胡兒手，留與君王取太平。（《全宋詩》第六十九冊，頁43418）

詩人自注「夢作一絕，覺而遺首兩句。君王二字夢中作中原兩字，嫌其忘於本朝，改而足之。」詩人醒後藉大雁就算在夢中仍會被流離失所所驚醒，喻亡國人難在人世安身立命之苦，亡國的悲苦，自現實延伸入夢境，無所不在。大雁淒怨的鳴叫聲，更添秋天衰颯悲哀之氣。中國的權統政權，雖由北方遷到南方，卻仍不敵蒙古鐵騎，終於覆滅。夢中所作「此身不死胡兒手」道出詩人親身經歷了九死一生，嘗盡戰爭的慘烈和殘酷。「蒙古與宋啟釁，亦用大迂迴的戰略，先從西康繞攻大理，再回攻荊襄。但只攻陷襄陽一城，已先後費時六年。自襄陽

陷後至宋滅，又六年。」〔註60〕蒙古鐵騎踏著宋人肉身，一路曲折向
南前進，詩人有幸生還，懷抱「留與君王取太平」一個信念，將夢中
得中原二字改爲君王，應是意指江山不幸易主，蒙古得以入主中原，
但詩人心中的君王，永遠是漢人建立的政權。

　　觀察宋人夢中作詩裡的戰爭，北宋趙抃夢作一首頌揚宋軍軍威。
南渡至南宋有陸游三首欲報國仇，一首惆悵時局動盪；周必大歌詠
王十朋之善戰。南宋遺民僅鄭思肖苟活戰火下的復國決心。絕大部
分詩人都沒有夢見戰爭場景，或許夢境成爲詩人們逃離現實苦難的
私我空間。

第三節　藝術生活

一、題畫詩

　　宋代主政者重文輕武的立場，推使文藝發展空前熱絡，文化高度
發達，在宋代的藝術天地裡，詩歌、繪畫、書法、音樂等，均在繼承
前代的基礎上，得到長足的發展。以詩、畫而言，作詩可謂是宋人的
全民運動，創作之普及與數量遠遠超越唐代。繪畫有官方設立的「翰
林圖書院」，爲宋代繪畫發展的一大助力。祝振玉云：「入宋以後，隨
著皇家顯貴的嗜好是與社會風習的推移，繪畫藝術地位提高，題畫詩
形式逐漸成爲文人士大夫風雅身分的標志，於是題畫詩更具備獨立自
主的審美價值。透過當時流行的詩情畫意的審美趣味的一致，題畫詩
在應酬航籌之間越顯盛行。」〔註61〕至宋興盛的題畫詩遂將自漢魏六
朝以來，詩與畫彼此幫襯，相輔相成的對應關係交流至極致，成爲文
人展現才學，抒情表意的寬廣新天地，甚至有夢中作題畫的情境，可
見題畫之普遍與深受文人青睞。

〔註60〕同注60，頁635。
〔註61〕祝振玉〈略論宋代題畫詩興盛的幾個原因〉，《文學遺產》第二期
　　　　（1988年），頁91～98。

　　宋人夢中作詩共有三首記述夢作題畫詩，首先爲李彭（生卒年不詳）〈夢秦處度持生絹畫山水圖來語予此畫劉隨州詩也君爲我作詩書其上夢中賦此詩〉：

　　　　隨州句法自無敵，寫作無聲絕妙詞。誰料長城千載下，秦郎復出用偏師。（《全宋詩》第二十四冊，頁 15958）

李彭會夢見秦湛持生絹畫山水圖，求己賦詩書畫上，平日兩人會往來唱和，切磋文藝，應是原因之一，如李彭另有〈次秦處度贈歸宗老示中上座韵〉（《全宋詩》第二十四冊，頁 15958），反映夢乃是日間記憶的殘餘。再者，「詩畫家互動的情形也見頻繁，詩人爲友人畫壁、畫扇、畫屏的酬酢活動增加，自然投贈詩中有許多的題畫詩。」〔註62〕李彭與秦湛素有交情，李彭善詩書、秦湛善畫，將平時文人雅集的酬酢活動，在夢中複製，觀其詩作，另有〈題胡九齡畫夏牛圖〉、〈題蘭亭修禊圖〉、〈題嚴立本醉客圖〉、〈東庵舒老出徐兔圖障求詩章末兼戲行叟〉、〈題伯時所畫邵平種瓜圖〉、〈題盧鴻草堂圖〉、〈題伯時畫蓮社圖〉、〈題吳成伯家文與可所畫晚靄橫春圖〉、〈賦張邈所畫山水圖〉、〈賦米芾所畫金山圖〉、〈題駒父家江千秋老圖〉等，〔註63〕李彭爲人賦詩題畫之作，爲數甚多，李彭的才情，應已得時人所推崇。夢中秦湛所持劉隨州詩意圖，秦湛品味到了詩中蘊藏的畫意，可以「畫是無聲詩，詩是有聲畫。」詮釋，在劉隨州逝世數百年後，秦湛用畫表現其詩特色，以視覺美感傳達詩的意境美，匯通形式美與意境美，並得到李彭的共鳴，李彭盛讚秦湛不只擅長繪畫，繪畫非他主要成就，還有其他造詣。

　　劉克莊（1187～1269）僅兩首夢中作詩，爲〈夢中爲人跋畫兩絕〉：

　　　　三相入朝馬，諸姨照夜驄。故應留小寨，專載拾遺公。

〔註62〕劉繼才〈杜甫不是題畫詩的首創者——兼論題畫詩的產生與發展〉，《遼寧大學學報》第二期（1982 年），頁 69。

〔註63〕以上詩見《全宋詩》第二十四冊，頁 15847、15866、15902、15903、15904、15905、15907、15908、15967。

花鳥皆詩料，江山即畫圖。暮歸錦囊重，壓殺小奚奴。(《全
宋詩》第五十八冊，頁 36370)

第一首所題的畫，應當是畫馬，劉克莊憶起唐代宰相上朝所騎的名
駒，和受寵幸女眷們豢養的嬌貴寶馬，常是畫師繪畫的主題。但也應
當畫一些杜甫騎的駑馬，劉克莊意指真正的詩人，往往得受窮困之
苦，《新唐書》載其少貧，杜甫上唐玄宗〈三大禮賦〉：「自七歲屬辭，
且四十年，然衣不蓋體，常寄食於人，竊恐轉死溝壑。」〔註64〕道盡
貧窮辛酸。又逢安史之亂，在失序大環境中，生活更加不易「時所在
寇奪，甫家寓鄜，彌年艱窶，孺弱至餓死，……關輔飢，輒棄官去，
客秦州，負薪採橡栗自給。流落劍南，營草堂成都西郭浣花溪。」
〔註65〕窮困讓杜甫受盡謀生之苦，更得承受生離死別之痛，杜甫面對
貧窮束手無策，讓劉克莊的同情憐惜之情油然而生，即使沒有名駒可
供馳騁，也想讓一代大詩人有駑馬可代步。

　　第二張畫的中的人物為唐代詩人李賀，由題詩「花鳥皆詩料，江
山即畫圖」來想像圖畫，在夕照下的山川花鳥自然佈景中，「暮歸錦
囊重，壓殺小奚奴。」表現李賀與背錦囊的小奚奴，外出覓句後緩緩
歸家，詩人據李賀構思詩句的過程作詩，「每旦日出，騎弱馬，從小
奚奴，背古錦囊，遇有得，書投囊中，未始先立題然後寫詩，如他人
牽合程課者。及暮歸，足成之，非大醉弔喪日率如此。」〔註66〕這構
圖具有宋代山水的特點，「兩宋山水畫的題材和內容，較之前代，開
拓出新局面，畫家不再局限於描繪山川景象，而是與社會生活諸如行
旅、遊樂、探險、尋幽、訪道以及漁、樵、耕、讀等活動聯繫起來，
反映當時社會的一些風貌。」〔註67〕李賀沿路覓句花鳥江山皆入詩，
便是受宋人喜愛山川結合詩人生活的繪畫題材。

〔註64〕同注30，頁395。
〔註65〕同注30，頁397。
〔註66〕同注30，頁288。
〔註67〕鄭師渠主編《中國文化通史、兩宋卷》(北京：北京師範大學出版社，
　　　　2009年)，頁364。

翻檢劉克莊詩作，有諸多題畫詩，如〈題眞仁夫畫卷〉、〈跋周忘機畫一首〉、〈題江貫道山水十絕〉、〈跋唐賢論史圖〉、〈跋張敞畫眉圖〉、〈題四賢像〉、〈題四夢圖〉、〈題周從龍養生圖〉、〈題崔白訪載圖〉、〈題賺蘭亭圖〉、〈題畫二首〉、〈題放翁像兩首〉、〈題誠齋像兩首〉、〈題福清薛明府太禾圖〉夢桂、〈題畫六言一首〉、〈題桃源圖一首〉、〈畫贊〉等。〔註68〕劉克莊在當代享有詩名，因此爲他人賦題之作甚多，如同李彭時常爲人題畫酬酢。鄭文惠對宋人爲何常會爲人題畫作了闡釋：「文人雖藉由政治階層的向上流動，逐漸取得文化支配權，詩歌、書法之外，繪畫才藝也逐漸成爲突顯其身分的標記。但繪畫創作完之後，自題畫者仍不普遍，……倒是繪畫作品完成後，由他人賦題較爲普遍。……但即使由他人賦題，亦十分挑剔題畫詩作者的身分內涵，……即要文末足相映發，又要性情品格相契者，才能突顯繪畫作品的意蘊。」〔註69〕若此，可證李彭與秦湛二人之相知相契，李彭洞曉秦湛才情廣博，故謂之其「偏師」足以繪出劉隨州之詩意圖。劉克莊則對前朝大詩人得受貧困之苦，並在創作路途上艱辛地踽踽獨行，流露不平與憐惜。

另有舒岳祥（1219～1298）〈二十五日晚西窗坐睡夢美人出紈扇所題爲題一覺既覺則童子已明燭矣忘其上三句足成此篇〉：

> 皎皎瓊華了不疑，綠窗團扇索題詩。風流自是天生句，燕
> 子梨花恰並時。（《全宋詩》第六十五冊，頁41014）

「可以說，宋人就活在詩的世界裡。」〔註70〕不但宋人生活詩化，作詩題詩幾乎成了全民運動。同時詩也更加更生活化，如同詩人夢中竟會有美人出紈扇索題，以詩人的審美眼光來看，夢境出現的女子，毫無疑問是個美人，而裝有綠紗窗的場景，和持紈扇的索詩美人，均說

〔註68〕以上詩分別見《全宋詩》，頁36277、36278、36323、36375、36376、36980、36448、36518、36549、36603、36684、36719、36725、36742。
〔註69〕鄭文惠《詩情畫意》（臺北：東大圖書公司，1995年），頁31。
〔註70〕羅師宗濤〈從傳播的視角析論宋人題壁詩〉，《東華漢學》第七期（2008年6月），頁27。

明著詩人對夢的印象十分鮮明。詩人自認夢中得句應是寫得最好的，醒後才會用「風流自是天生句」形容得句的渾然天成，以烘托出「燕子梨花洽並時」。詩人應是相當珍惜這詩情畫意的夢境和夢中得句，才會在醒後僅記得一句的情況下，還將其續成。

二、題壁詩

蔡襄於仁宗慶曆七年秋作（1047）〈夢遊洛中十首〉并序，序文說明了夢中作詩之緣由：「九月朔，予病在告，晝夢遊洛中，見嵩陽居士留詩屋壁，及寤，猶記兩句，因成一篇。思念中來，續為十首，寄呈太平楊叔武。」慶曆四年（1044）蔡襄以母老求知福州，蔡襄夢中得句之時，人在故鄉福建，蔡襄病中晝寢，人在病中又在夢中，感情比較脆弱，夢境中突破時空的限制，夢回洛中，見嵩陽居士王益恭屋中題壁，醒後將僅記兩句續成一首：

> 天際烏雲含雨重，樓前紅日照山明。嵩陽居士今安否，青眼看人萬里情。（《全宋詩》第七冊，頁 4795）

天聖八年（1030）蔡襄十九歲進士及第，王益恭是當時的同僚，兩人相交甚早，彼此青眼相看，聲氣相通。醒後續成兩句，更表達對朋友的思念，與難忘當年情誼，有惺惺相惜之情。將夢中得句續成後，思念更加殷切，往事浮現腦海，歷歷在目，蔡襄一連續作九首，寄予楊叔武，足見蔡襄對夢中得句的看重。

「宋代文化人多喜在自家屋壁題詩，如有朋友過訪，也喜歡請友人留題。」〔註71〕戴復古〈夢中題林逢吉軒壁覺來全篇可讀天明忘了落句〉：

> 囂塵不到眼，瀟灑似僧家。風月三千首，圖畫四十車。綠垂當戶柳，紅映隔牆花，好讀天臺賦，登樓詠落霞。（《全宋詩》第五十四冊，頁 33504）

戴復古與林表民相知相契，戴復古洞曉林表民為人，賦詩讚揚其瀟

〔註71〕同上注，頁 38。

灑高潔的人品時，能入木三分，寫的深刻。惟二人分隔兩地，戴復古總掛念摯友，甚至夢到遠離塵囂，親赴似僧家瀟灑簡樸的林表民家中題壁，藉詩歌抒發情感。夢中題壁後又作〈寄玉溪林逢吉六首〉癸卯春之一：「經年不見玉溪翁，百里江山萬里同，無計相從話心曲，時揮一紙寄西風。」〔註72〕，表示兩人雖經年不見，但千山萬水的距離，卻阻隔不斷彼此深厚友誼。可是現實距離的隔閡，確實讓兩人無法盡情傾訴心裡話，只能藉詩抒情表意了，與「詩」乃表情達意的媒介，可視爲詩人何以會在夢中突破時空限制，題詩林吉軒壁的部分原因。

三、和詩

　　蘇軾（1037～1101）蘇轍（1039～1112）兄弟兩人，宦途上進退出處榮辱與共，文藝亦相互切磋，二人多所唱和，且兩人各有一首夢中和詩。英宗治平元年（1064），子瞻在大理寺寺丞、簽書鳳翔府節度判官聽公事任寫的詩，子由在汴京家中侍父，寄了〈賦園中所有十首〉給哥哥。子瞻答作〈和子由記園中草木十一首〉，內容不盡相應，韻亦不同，其中一首甚至是由夢中讀弟弟所做的很多好詩中，醒後僅記得的一句「蟋蟀悲秋菊」所敷衍成的：

> 我歸自南山，山翠猶在目。心隨白雲去，夢繞山之麓。汝從何方來，笑齒粲如玉。探懷出新詩，秀語奪山綠。覺來已茫昧，但記說秋菊。自注：八月十一夜宿府學，方和此詩，夢與弟游南山，出詩數十首，夢中甚愛之。乃覺，但記一句云「蟋蟀悲秋菊」有如採樵人，入洞聽琴筑。歸來寫遺聲，猶勝人間曲。

（《全宋詩》第十四冊，頁9130）

子瞻娓娓道出由遊終南山歸後，身心仍浸潤在山林美景中，在舒暢快活的心境下，欲和詩弟弟，卻夜夢與弟弟歡喜相聚，弟弟探懷出的數十首新詩，子瞻覺得弟弟夢中鍛鍊的錦字繡句，秀麗更勝天地造化的

〔註72〕《全宋詩》第五十四冊，頁33606。

自然山景，格調高妙，非平時創作能相提並論的。後子由作〈和子瞻記夢二首〉似可反映兄弟二人均看中夢中所得詩句，同時又對其來歷感到疑惑：

> 兄從南山來，夢我南山下。探懷出新詩，卷卷盈君把。詩詞古人似，弟則吾弟也。相與千里隔，安得千里馬。攜手上南山，不知今乃夜。晨雞隔牆唱，欹枕窗月亞。百語記一詞，秋菊悲蛩吒。此語鮑謝流，平日我不暇。我本無此詩，嗟此誰所借。

> 蟋蟀感秋氣，夜吟抱菊根。霜降菊叢折，寸根安可存。耿耿荒苗下，唧唧空自論。不敢學蝴蝶，菊盡兩翅翻。蟲凍不絕口，菊死不絕芬。志士豈棄友，列女無兩婚。（《全宋詩》第十五冊，頁 9836）

子由將子瞻遊終南山後，夢見自己滿懷新詩出現在哥哥面前的夢境再敘述一次，再以「詩詞古人似的，弟則吾弟也」說明子瞻夢中讀子由詩後，感覺詩深具古風，不似弟弟風格，詩與人不甚相符。且對如何跨越千里的空間阻隔，二人何以同遊南山深感疑問。子由以「百語記一詞」敘說子瞻醒後但記一句，並將原句「蟋蟀悲秋菊」改寫成「秋菊悲蛩吒」，以蛩為趨寒所發聲響，讓同為秋霜凍折的菊花感到悲傷。相較子瞻改為情緒較平穩的「但記說秋菊」，子由句則承襲原夢中得句的哀傷，保留原意以說明「此語鮑謝語，平日我不暇。我本無此詩，嗟此誰所借。」非己風格亦非己作，再次疑惑子瞻夢中得詩的來歷。第二首和記夢詩，闡發夢中得句「蟋蟀悲秋菊」之意涵為「蟲凍不絕口，菊死不絕芬。」再藉生物界的自然現象，獲得「志士豈棄友，列女無兩婚。」的啟示，在子由年僅二十六歲時，中正秀傑之氣已盎然。

子瞻於元祐七年（1092）五十六歲，因在揚州飲酒，而首次創作和陶詩〈和陶飲酒二十首〉并敘，〔註73〕而子瞻和陶詩的創作高峰集

〔註73〕《全宋詩》第十四冊，頁 9466～9468。

中自紹聖元年至四年（1094～1097），史良朝對此提出說明：「東坡晚年在藝術上追求冲淡，但他生活並不平靜。和陶詩便成了他在逆境中的精神歸宿，我們也藉此瞭解詩人在貶謫中的風霜經歷與思想活動。」〔註74〕子瞻於惠州貶所，體會陶潛作詩之思維後，在詩意與格律的範圍內，似借題發揮一般，抒發他的心情，以同聲相應。子瞻並在有生之年，將陶潛詩全部唱和，子由亦和作部分子瞻和陶詩，子由和詩中最特別的是一首夢中和子瞻和陶〈讀山海經〉并引。茲下，先讀陶詩，再討論兄弟二人和作：〔註75〕

> 孟夏草木長，繞屋樹扶疏。眾鳥欣有託，吾亦愛吾廬。既耕亦已種，時還讀我書。窮巷隔深轍，頗迴故人居。歡言酌春酒，摘我園中蔬。微雨從東來，好風與之俱。泛覽周王傳，流觀山海圖。俯仰終宇宙，不樂復何如？

陶潛〈讀山海經〉除首篇序詩，之後十二首分別取材自《山海經》和《穆天子傳》，本組詩應作於東晉安帝義熙四年（408）四十四歲，詩人這時已棄官求去，歸居田園，耕讀之餘，便以詩書自娛。清馬墣《陶詩本義》卷四：「此《讀山海經》十三首，十二首皆出第一首內「俯仰終宇宙」一語，故十二首皆即以《山海經》所載之事，慨慷後世之事，而晉、宋之事在其中，並不專言晉、宋也。」〔註76〕道盡本組詩之梗概。陶潛當時雖已脫離政治而居於田園，但仍在賦詩的最後一首，流露對史上忠臣的欽敬，和對政治的看法，反映詩人不幸生逢亂世，為保持固窮之節，雖然對政治懷抱理想，但仍不得不辭官歸隱的悲哀。明黃文煥云：「首章專言讀書之快，曰：不樂復何如，至十二章而《山海經》內所寄懷者，遞舉無餘矣；卻於經外別作論史之感，自了一身則易樂，念及朝廷則易悲。以樂起，以悲結，有意布置；題只是《讀山海經》，結及旁及論史，有意於隱藏，因讀經，生肆惡放

〔註74〕史良昭《浪跡東坡路》（南京：江蘇古籍出版社，1990 年），頁 166。
〔註75〕本組詩見明倫出版社編輯《陶淵明詩文彙編》（臺北：明倫出版社，1972 年），頁 286～288。
〔註76〕同上注，頁 310。

士之嘆，故亟承十一、十二之後，言及舉士黜惡，有意於穿插。陶潛
《讀山海經》由樂而哀的轉折，子瞻有所體悟，〈和陶讀山海經〉并
序即作於紹聖二年，惠州貶所，第一首云：

> 淵明讀《山海經》十三首，其七皆仙語。余讀《抱朴子》有所感，用
> 其韵賦之。
>
> 今日天始霜，眾木斂以疏。幽人掩關臥，明景翻空廬。開
> 心無良友，寓眼得奇書。建德有遺民，道遠我無車。無糧
> 食自足，豈謂穀與蔬。愧此稚川翁，千載與我俱。畫我與
> 淵明，可作三士圖。學道雖恨晚，賦詩豈不如。(《全宋詩》
> 第十四冊，頁 9517)

謝榛云：「和古人詩，起自蘇子瞻，遠謫南荒，風土殊惡；神交異代，
而陶令可親，所以飽惠州之飯，和淵明之詩，藉以自遣爾。」〔註77〕
說明了子瞻於惠州大量和陶的主因，而子瞻自述次韻本組詩的動機又
因日讀《抱朴子》有感，遂藉步陶韻以和作，表達安居惠州，靜心讀
書，雖身處逆境，心卻能順受。和對葛洪和陶潛的欽敬。最後一首更
流露貶謫惠州的感觸：

> 東坡信畸人，涉世眞散材。仇池有歸路，自注：在潁州，夢至
> 一官居，顧視堂上榜曰仇池。覺而念之，仇池，武都氏故地，楊難當
> 所保，余何爲居之。明日以問客，客有趙令畤者曰：此乃福地小有洞
> 天之附庸也。杜子美蓋云萬谷沈池穴，潛通小有天。羅浮豈徒來。
> 踐蛇及茹蠱，心空了無猜。攜手葛與陶，歸哉復歸哉。(《全
> 宋詩》第十四冊，頁 9519)

陶潛《讀山海經》有寓興亡之感，子瞻和詩則重在盼望自己的心能
有所歸向。江惜美云：「這一次的貶謫，東坡已經步入晚年，不像
黃州被貶時，充滿著再度被朝廷起用的信心，於是他以淵明依皈，求
仙學道，企圖擺脫人世間的羈絆。」〔註78〕當時人進羅浮道場，遂

〔註77〕見明・謝榛《四溟詩話》卷三（臺北：木鐸出版社，1966 年），頁
　　　　1193。
〔註78〕江惜美《蘇軾詩分期代表作研究》（臺北：華正書局，1996 年），頁
　　　　191。

無引用佛教典故，而在羅浮得到的啓示，就是要能「踐蛇及茹蠱，心空了無猜。」心若能無所芥蒂，就能與葛陶攜手，共達安頓身心的境地。

子由和作爲〈子瞻和陶公讀山海經詩欲同作而未成夢中得數句覺而補之〉：

> 此心淡無著，與物常欣然。盧閑偶有見，白雲在空間。愛之欲吐玩，恐爲時俗傳。逡巡自失去，雲散空長天。永愧陶彭澤，佳句如珠圓。（《全宋詩》第十五冊，頁 10074）

子由此時同受黨爭影響，以元祐黨人落職，降受朝議大夫、分司南京，筠州居住。子由身處逆境，但無論是夢中得句或醒後續作，縱觀全詩，由格律來看，並無步韻。由內容上來看，不見怨懟憤懑，也不懷憂喪志，心清淡平靜，「無著」所展現不受外塵附著的心境，已達《維摩詰經》記載，菩薩身上不會黏著天女散落仙花的境界：「時維摩詰室，有一天女，見諸天人，聞所說法，便現其身，即以天華，散諸菩薩、大弟子上。華至菩薩，即皆墮落；至大弟子，便著不墮。一切弟子神力去華，不能令去。爾時，天問舍利弗：「何故去華？」答曰：「此華不如法，是以去之。」天曰：「物謂此華爲不如法，所以者何？是華無分所分別，仁者自生分別想耳。若於佛法出家，有所分別，爲不如法；若無所分別，是則如法。觀諸菩薩華不著者，已斷一切分別想故；譬如人畏時，非人得其便。如是弟子畏生死故，色、聲、香、味、觸得其便也。已離畏者，一切五欲無能爲也。結習未盡，華著身耳；結習盡者，華不著也。」〔註79〕子由自覺斷盡了一切分別妄想，煩惱消盡，外塵是黏不住心的，心能自在面對貶謫，隨遇而安。子由亦體悟了《金剛般若波羅蜜經·如理實見分第五》所言：「佛告須菩提：凡所有相，皆是虛妄。若見諸相非相，則見如來。」〔註80〕

〔註79〕陳慧劍《維摩詰經今譯·觀眾生品第七》（臺北：東大書局，1999年），頁 256～257。

〔註80〕明·朱棣集註《金剛經集註》（上海：上海古籍出版社，1984年），頁 24。

人活在現象界，無法規避也不必規避種種色相，「佛典就盛讚佛有『三十二相，八十種好』只要不爲色相所蔽障，不爲色相所黏滯，而能穿透色相，就能見到如來本體。」﹝註81﹞因此，偶而清閑的心情下，也會欣看天空的白雲，與外物相得自在。子由想把白雲抓來玩，又擔心太過驚世駭俗，遲疑片刻，白雲兀自消散了。惟最後兩句似醒後補作，讚美陶詩無規角、不造作，渾然天成，自然如珠，本首夢中和詩似讀陶詩後的心得，表現深受陶詩啓發的空靈心情。《宋史》：「轍與兄進退出處，無不相同，患難之中，友愛彌篤，無少怨尤，近古罕見。獨其齒爵皆優於兄，意者造物之所賦與，亦有乘除於其間哉。」所論極爲精當。﹝註82﹞

子由在詩題表明未能和作，因而夢中唱和，子由的難處在於先要知道陶詩與子瞻和詩之異同，包括二人當時作詩的情境、思維和感情。子由需明瞭陶詩後，再揣摩子瞻如何和陶，要有兩層的體會後，最後表達自己獨特的感受，實費思量，遂將日間的難題，帶入夢中解開。

子由另和有〈次韵子瞻和淵明飲酒二十首〉、〈次韵子瞻和陶公止酒〉雷州作、〈次韵子瞻和淵明擬古九首〉、〈和子瞻次韵陶淵明停雲詩〉并引、〈和子瞻次韵陶淵明勸農詩〉并引、〈和子瞻和陶淵明雜詩十一首〉時有赦書北還等，﹝註83﹞共六次和子瞻和陶詩，均有步韻，足見本首夢中和詩之特殊。

黃庭堅〈夢中和觴字韵〉並序：

崇寧二年正月己丑，夢東坡先生于寒溪西山之間，予誦寄元明觴字韵詩數篇，東坡笑曰：「公詩更進于曩時。」因和予一篇，語意清奇。予擊節賞歎，東坡亦自喜。于九曲嶺道中，連誦數過，遂得之。

天教兄弟各異方，不使新年對舉觴。作雲作雨手翻覆，得馬失馬心清涼。何處胡椒八百斛，誰家金釵十二行。一邱

﹝註81﹞ 羅師宗濤〈全宋詩禪師自讚畫像之考察〉，頁 1。
﹝註82﹞ 同注 21，頁 10837。
﹝註83﹞ 分別見《全宋詩》第十五冊，頁 10062、10077、10081、10112、10158。

一壑可曳尾，三沐三釁取刲腸。(《全宋詩》第十七冊，頁
11428)

黃庭堅夢中誦數篇寄給兄長黃大臨的觸字韻詩作，得到子瞻讚賞，並
在夢中藉子瞻之口和詩一首，子瞻因自喜而連誦數遍，故黃庭堅醒後
能記下全首。是天意也是朝廷的分派，情同手足的兩人，相隔天涯，
無法團圓。雖然對奸臣翻雲覆雨主導朝政無能為力，卻能掌握自己的
心，看開得失，亦不羨慕他人飲食豐美、姬妾成群的豪奢生活。尾聯
分別用兩個典故以名心志，「一邱一壑可曳尾」出自《莊子·秋水第
十七》：「莊子釣於濮水，楚王使大夫二人往先焉，曰：「願以境內累
矣！」莊子持竿不顧，曰：「吾聞楚有神龜，死已三千歲矣，王巾笥
而藏之廟堂之上。此龜者，寧其死為留骨而貴乎？寧其生而曳尾塗中
乎？」二大夫余曰：「寧生而曳尾塗中。」莊子曰：「往矣！吾將曳尾
於塗中。」〔註84〕黃庭堅宦途雖不如意，但如生而曳尾塗中之龜，安
享平凡，樂得自在，遠勝過接受高級禮遇，卻要屈己從人，阿諛承上，
屆時如同留骨而貴的死龜。「三沐三釁取刲腸」典出自《國語·齊語》：
「管仲比至，三釁三浴之。桓公親逆之于郊，而與之坐而問焉。韋昭
注：以香塗身曰釁，亦或為薰。」〔註85〕均表示鄭重其事。再次強調
自己不願意當廟堂上的神龜，再三沐浴、薰香，受盡優禮尊重，代價
卻是失去生命。黃庭堅於〈元勛字序〉亦用此典：「有居成功之心則
不達，自智而敄不能則不達，故三釁三沐之，而字之曰：不伐。」黃
庭堅好用典故，可說是他的風格，也可視為江西詩派的綱領，如他所
說：「老杜作詩，退之作文，無一字無來處；蓋後人讀書少，故謂韓
杜自作此語耳。古之能為文章者，真能陶冶萬物，雖取古人陳言入於
翰墨，如靈丹一粒，點鐵成金也。」看待並奉行杜詩與韓文「無一字
無來處」，就連夢中作詩也用古典成語，好「點鐵成金」已臻登峰造

〔註84〕清·郭慶藩集釋《莊子集釋》(臺北：貫雅文化事業有限公司，1991
　　　年)，頁603～604。
〔註85〕春秋·左秋明撰《國語·齊語》(臺北：中華書局，1983年)，頁2。

極。但若能了解他用的典故，就能確切知道他的心思。

洪咨夔（1176～1236）作〈夢中和人梅詩山礬韵〉二首：

> 溪路槎牙木葉乾，角聲吹動五更寒。疏疏梅蕊疏疏雲，一段生綃不用礬。

> 竹外橫梢半欲乾，透香肌骨不勝寒。定知天上梅花腦，不比人間柳絮礬。（《全宋詩》第五十五冊，頁34536）

二首夢中和詩應作於理宗寶慶三年（1227），當時南宋局勢已趨緊張，「角聲吹動五更寒」以聽見軍營的號角聲，暗示隱約的緊張氣氛，角聲讓清晨更加淒涼。綜觀二詩，寫梅花色之潔白，香之沁人，上天賦予梅花凌寒而開的特性，能經受風霜歲月的考驗，梅花象徵的高潔，自是人間柳絮所不能比擬的。南宋文人對梅花觀注和喜愛的原因，張培鋒在《宋詩與禪》中析論精當：「梅花屬於花中寒品，不是什麼富貴之花，卻有一種高雅的情味，這與宋代士林普遍提倡的淡薄守志的道德自律精神有某種內在的相通之處，於是成為他們喻托貞節的重要媒介。」〔註86〕洪咨夔作有多首詠梅詩，其中亦有唱和之作，如〈答仲肅梅〉、〈次韵曹提管梅〉、〈和黃幾叔墨梅〉二絕、〈答程教見和梅詩〉二絕、〈次韵梅影〉、〈和樓前梅〉兩絕、〈僅和老人賦海〉、〈和俞成大八月梅花〉多達十一首，〔註87〕和梅篇數著實不少，應可視為會夢中和人梅詩的原因之一。

四、聯句

楊萬里（1127～1206）〈寄夢中紅碧一聯〉：

> 喜教兒聯句，那知是夢中。天窺波底碧，日抹樹梢紅。覺後念何說，意間難強通。元來一夜雪，明曉散晴空。（《全宋詩》第四十二冊，頁26452）

本詩應作於光宗紹熙元年（1190）立春不久後，時年六十四歲，任江

〔註86〕同注13，頁50。

〔註87〕以上詩作，分別見《全宋詩》第五十五冊，頁34466、34470、34471、34493、34537、34596、34598、34606。

東轉運副使。「喜教兒聯句，哪知是夢中。」表示楊萬里平日喜與晚輩聯句，夢境又十分真切，以致他一時誤把夢境當成實境。與晚輩聯句，有教導觀摩之意，亦是溝通情感的聯誼，翻檢楊萬里現存詩作，卻無其他聯句詩作，甚是可惜。夢中聯句寫天空倒影使水波變藍，夕陽在樹梢塗上一抹紅，營造明亮鮮活的美麗景象。而醒後雖然忘卻了夢中原意，但夜雪也放晴了，希望天亮天晴後，能見如夢中聯句般的藍天、淨水、紅日。

五、弈棋

圍棋在中國文化具有相當的地位，因士人的德性素養，往往以琴棋書畫多方面衡量。圍棋在中國有著悠久的歷史，「唐代是圍棋活動的發展階段，宮廷中設立了棋博士和棋待詔的職位，並為宋代所延續和發展。宋代無疑是中國圍棋大發展的時期。……宋代圍棋的普及，表現為一般士人和普通百姓的善弈和藝高。宋代的圍棋已經普及到下層民眾，成為全民性體育娛樂活動。」〔註88〕圍棋在宋代已滲入各個階層，由於士人生活離不開棋，還有以棋入詩的情形，如王洋〈和方丞觀棋詩兼戲戎琳二僧〉、王安石〈棋〉、黃庭堅〈夜觀蜀志〉、邵雍〈觀棋長吟〉、〈觀棋絕句二首〉等，歐陽脩與陸游，甚至在夢中將棋入詩。

歐陽脩為愛棋之人，其〈歸田錄〉記述了一個「里巷庸人」卻是「舉世無敵手」棋藝高超，〔註89〕藉此可知棋在宋代深入民間，且歐陽脩對棋事也相當關注。歐陽脩晚號「六一居士」，意謂藏書一萬卷、金石遺文一千卷、琴一張、棋一局、酒一壺、老翁一也，視棋為日常生活的一部分。又《大光明藏》下卷記載歐陽脩請法遠禪師「因棋說法」，法遠禪師云：「休誇國手，謾說神仙，贏局輸籌即不問，且道黑

〔註88〕同注 12，頁 142。

〔註89〕見李逸安點校《歐陽修全集》第五冊：「近時有李憨子者，頗為人所稱，云舉世無敵手。然其人狀貌昏濁，垢穢不可近，蓋里巷庸人也，不足置尊俎間。」，頁 1931。

白未分時，一著落在什麼處？良久曰：從前十九路，迷悟幾多人。」
法遠禪師意指無論棋力多高，一局棋下完就算完結，輸贏要能看開。
且若無十九路，若無黑白子等相對概念，棋就無意義了。多少人就迷
失在如十九路、黑白子，自我設定的區別環境裡。爾後，歐陽脩寫下
〈夢中作〉：

> 夜涼吹笛千山月，路暗迷人百種花。棋罷不知人換世，酒
> 闌無奈客思家。（《全宋詩》第六冊，頁 3691）

仁宗慶曆五年（1045），慶曆新政失敗，歐陽脩因力為新政主持者范
仲淹、韓琦等申辯，貶知滁州，徙揚州、穎州。本詩即作於皇祐元年
（1049）初至穎州。前二句寫弈棋的情境，也象徵著歐陽脩當時的心
境，「夜涼吹笛千山月」以清明澄靜之景喻悟，「路暗迷人百種花」以
混沌陰幽之景喻迷，當時的歐陽脩正處在迷悟之間。「棋罷不知人換
世」，典出自《述異記·斧柯爛》：「信安郡有石室山。晉時，王質伐
木；至見童子數人棋而歌。質因聽之。童子以一物與質，如棗核。質
含之，不覺飢。俄頃，童子謂曰：『何不去？』質起，視斧柯爛盡。
既歸，無復時人。」〔註90〕在歐陽脩的體會，人生就像一局棋，雖然
我們可以領悟人生像一局棋，但人終究是人，漂泊在外終究會想家。
想家時對酒也失去興味，因思家的無奈心情，即便是酒也消彌不了。
因「客思家」的「客」應是指他當時遷客的身分，歐陽脩在夢中還殘
存著日間的記憶，面對多年貶謫在外，心裡無奈又想家。蘇軾評論本
詩時云：「著時自有輸贏，著了並無一物。」〔註91〕，下棋之前後本
無一物，下完棋就沒事了，關鍵在看開沒有。以棋喻政局的變化，政
治某一場鬥爭，過了也就沒事了，表現對本詩有所體會。張培鋒云：
「這首詩曲折地表達了歐陽脩既想超塵出世，又留戀人間的矛盾心
情。」〔註92〕指出了歐陽脩身處悟迷之間，所論亦十分中肯。

〔註90〕陳萬益編《歷代短篇小說選》（臺北：大安出版社，2008年），頁101。
〔註91〕蘇軾《東坡志林》（臺北：木鐸出版社，1982年），頁20。
〔註92〕同註13，頁172。

陸游〈甲子歲十月二十四日夜半夢遇故人於山水間飲酒賦詩既覺僅能記一二乃追補之〉二首之二：

> 小山緣曲澗，路斷得藤陰。忽遇平生友，重論一片心。興闌棋局散，意豁酒杯深。難唱俄驚覺，淒然淚滿襟。（《全宋詩》第四十冊，頁 25343）

本詩應作於寧宗嘉泰四年（1204）詩人已高齡八十歲，閒居故鄉山陰。弈棋場景似歐陽脩夢境，情境設在自然環境中。陸游夢境以山水為背景，棋局設在藤陰下，與不期而遇的故友，在優美自然氣氛裡弈棋、飲酒、賦詩，流露出風雅清新的隱退氣息。但陸游面對的是故友，不由得「重論一片心」，觸動他深切的愛國意識，在大我的國家意識的對照下，小我的弈棋雅事顯得微不足道，驟轉原本欣喜的閒適心情，無心弈棋，轉而斟滿酒杯。陸游夢的真切，且夢中有明顯的情緒起伏。榮格發現大多數人記憶清楚的夢都有故事結構，而故事結構又似希臘悲劇，「榮格發現，夢的固有內容與希臘悲劇的形式結構有明顯的相似之處。他將之分為四階段：（1）提示說明（exposition），表明事發的地點，有時也表明時間，以及劇中人物；（2）情節展開（development），情況趨於複雜，且一定會展生緊繃張力，因為不知下一步會發生什麼事；（3）高潮（culmination）或突變（peripeteia），發生左右大局的事或情勢驟然大變；（4）緩解（lysis），夢的運作的結局或後果。他的海關稽查夢是在與弗洛依德絕交前不久發生的，這個夢也合乎這種四階段模式。」〔註93〕夢境中情緒曲線因陸游論心而起伏，波動之大，藉棋興闌珊，具體的行動以表現抽象的心情。再以夢中斟滿的酒，和醒後滿襟的淚，緩解淒涼激動的情緒。

第四節　超越生活

本節要處理的是夢中作詩所呈現的情境，超越了實際生活的範圍，依次為一、醫療夢二、預言夢三、遊仙夢。

〔註93〕同注 2，頁 68。

一、醫療夢

　　人類學家基於其學科底線，向來強調文化有差異性，卻也承認解釋夢的行爲是一種「文化的共相」。每個曾被研究過的群體社會中都自有一套夢的民俗、一套詳夢術，以及利用夢來從事占卜的方法。因此，總括人類學的研究結果，夢大致可分以分成四種基本模型，其一便是有助於治病的醫療夢。〔註94〕而中國東漢王符《潛夫論‧夢列》將夢分爲十類，其一爲病夢，王符云：「觀其所疾，察其所夢，謂之病。……陰病夢寒，陽病夢熱，內病夢亂，外病夢發。」夢境乃由不同的病理原因所致。中西的夢文化中，均注意到夢與病有所相涉，惟西方的醫療夢可追溯早在古希臘時代，人們篤信療病之神阿斯克列比歐，因此相信夢具醫療功能，夢是療癒的管道，「當時希臘全境有三百多座阿斯克列比歐神廟，都修建在環山臨海、有樹林和神聖河川的美麗所在。來拜廟的信徒都必須遵循療病的儀式和求夢的過程。」〔註95〕人乃是有意識、有方法、有步驟，並在自覺地狀態下主動祈作醫療夢。但觀宋人夢中作詩，宋人並不刻意求作醫療夢，而是久病無奈下，在夢中得到解脫，如徐積（1028～1103）〈夢中作〉：

> 詩翁吟袖忽翩然，使脫紅塵騰紫煙。一身病骨如生翅，兩道銀河不用船。奔星相隨趁明月，鳴鸞引去追飛仙。琅玕樹下夜宴起，雲童爲汲瑤山水。仍遣詩筒寄閬風，詩筒落下煙霞中。人閒知是吟哦翁，舉頭齊望青冥空。（《全宋詩》第十一冊，頁7629）

本詩應作於哲宗元符元年（1098）七十歲之後。早在神宗朝，神宗數次召對，徐積卻因耳聵不能出仕，可知他長年爲病痛所苦，同時期另作〈三月三日作〉：「一分春色能幾多，吟翁老病無如何。」與「若無疾病與死亡，人家大抵無煩惱。」表示久病纏身，已讓死亡的陰

〔註94〕詳見《大夢兩千天》，頁15。
〔註95〕同上注，頁31。

影籠罩著他。因此，他視夢爲解脫病痛的一帖良方，如〈睡〉二首所云：

> 睡入淨域居，夢有殊方樂。不須汎海裝，去採神仙藥。手
> 闢黃金闕，足踏巨鼇殼。更作西方行，眞到崑崙腳。
>
> 人莫嗟勞生，睡者吾一樂。因來入醉鄉，夢去得仙藥。瘦
> 脛鶴伸足，老背龜側殼。日出紙窗明，烟霞忽失腳。(《全
> 宋詩》第十一冊，頁 7630)

一睡著就到了他界，不必大費周章似徐福出海，用精神力量就可達仙境，不但可以乘坐巨鼇東到蓬萊仙島，也可以西到崑崙山。別怨人世苦，從睡眠就能讓他感到快樂。酒和夢成爲他解脫人世痛苦的兩帖良藥，但是「日出紙窗明，烟霞忽失腳」，他也明瞭酒和夢的療效甚短且睡覺尚有翻身不易的不便之處，待陽光照亮紙窗，他就得從夢中極樂的烟霞上，忽地失足摔回現實。因此，徐積並不指望夢能根治痼疾，但能藉夢得一暫時的喘時空間，已視爲一大樂事。而他〈夢中作〉另一特殊之處在於一再自稱「詩翁」、「吟哦翁」，擺脫病體後，自由自在樂遊仙境，還不忘作詩，作詩後還要以詩筒寄回人間公開發表，可見他多熱愛作詩，多渴望詩作能傳播天下。

釋文珦（1210～？）〈記夢〉并序：

> 余九月三日忽病瘧，日必一作，肢體憊甚。至十日，隱几坐臥，忽夢
> 二人幅巾杖藜，相過談詩。及寤，但記得一聯云：「骨換言方異，心
> 空意始圓。」是夕瘧止。次夜又自夢坐亡，手書遺偈四句，前二句雖
> 已書而不能記，憶後二句云：「放身行碧落，古樂聽鈞天」書至落字
> 而覺，末句雖書未全，而口尚能誦。於是起就佛燈書之，病遂脫然。
> 信詩之能愈瘧矣。今足以起結，成唐律一篇，語不工，以記異也。
>
> 吟是大乘禪，禪深夢亦儒。放身行碧落，古樂聽鈞天。骨
> 換言方異，心空意始圓。手按黃菊蕊，寫放瀑崖邊。(《全
> 宋詩》第六十三冊，頁 39582)

釋文珦序文詳細記錄兩個夢境，九月三日忽得瘧疾後，每日發作一次，身體甚是疲憊痛苦。九月十日，忽夢與二人談詩，醒後只記一聯

「骨換言方異,心空意始圓。」意指脫胎換骨後,誠於中的意念才會圓滿,形於外的語言方會改變,要脫胎換骨也勢必得經過一番折騰與痛苦,此夢甚有自我寬慰與期許的意味,當天晚上瘧疾就沒有發作。十一日夜又夢中坐亡,且夢中作一遺偈四句,醒後將僅記的二句「放身行碧落,古樂聽鈞天。」錄下,二句流露僧人面對死亡時,宗教的力量讓他的內心平靜而坦然,「佛教主要是一種理解和對付死亡的辦法。……其目的在於引導芸芸眾生去得到徹底地『解脫』罷了。佛教認為人生的束縛就是『苦』,只有徹底的死,才算從『苦』中解脫出來。……這樣,佛教徒一般都不怕死,他們認為死了只不過是換了一個好去處。」〔註96〕僧人在夢中平靜行於碧落,還聽見了飄飄仙樂,感受到他從病痛、從人生解脫出來的豁然。榮格認為「死亡的夢與個人蛻變成長的原始意象有關——也就是個人的舊我『死亡』,新的自我才能重生。榮格派的心理治療師馮佛杭茲堅稱,夢到將死之人,可解釋成意識上做好深層改變的準備,並準備死後延續新生。」〔註97〕觀釋文珦將兩次夢中得句組合成詩時,錯置了先後次序,將後夢得「放身行碧落,古樂聽鈞天。」置前,先夢得「骨換言方異,心空意始圓。」置後,有死亡後得換骨清心的意味,死亡反倒釋出釋文珦內在的積極力量,夢中死亡換得重生的因果關係,接近榮格學派的主張。在此,亦可以推測釋文珦夢中作詩之際,身體健康已逐漸在康復,才能作夢且作詩,否則重症之時,人是只能昏迷昏睡的。

二、預言夢

人類學的研究結果,預言夢乃意指預卜將要發生的事或預先發出警戒,西方學者歌德云:「在某些特殊情況下,我們靈魂的觸角可以伸到身體範圍外,使我們能有一種預感,可以預見到最近的未來。」

〔註96〕陳美英、方愛平等著《中華占夢術》(臺北:文津書局,1995 年),頁 178。

〔註97〕詹姆士・洛威(James R. lewis)撰,王宜燕、戴育賢譯《夢的百科全書》,頁 55～56。

〔註98〕精神分析學派的代表人物弗洛依德亦云：「古老的信念認為夢可以預示未來，也並未全然沒有真理。夢作為願望的實現，當然欲試著我們期望的將來。」〔註99〕但他所言的預示未來，是夢期望的將來，與現實生活中的未來，有一點差距。而榮格則明確肯定有些夢具有展望和預視的功能，「這種向前展望的功能，是在潛意識中對未來的預測和期待，是某種預演，某種藍圖，或事先忽忽擬就的計劃。它的象徵性內容有時會勾畫出某衝突的解決。」〔註100〕生物學家也試圖從人的生理提出解釋，如「大腦某半邊處理訊息的速度稍稍快過另半邊，……還有研究員也提出類似這種局部慢半拍的假設，例如假設潛意識接收訊息的速度比意識心靈快。」〔註101〕因此，人在夢中預見，醒後對全然陌生的地方卻感到似曾相識的熟悉感，如王珩（徽宗大觀三年（1109）進士）〈夢中作〉：

> 杖履步斜暉，煙村景物宜。溪深水馬健，霜重橘奴肥。春罷雞爭黍，人行犬吠籬。可憐田舍子，理亂不曾知。（《全宋詩》第三十三冊，頁 20913）

據《夷堅甲志》記載：「王彥楚少年時夢作詩云云。建炎初，將漕京西，遇寇至，彥楚腦間中刃，奔走墟落，聞農家春聲，正如昔年夢中作詩景象。」王珩遇匪寇，受傷躲避之際，逃至一村落，全然陌生的環境，卻有種熟悉感，好像昔年夢中作詩的場景，王珩亦並非刻意尋訪夢境中的場景，彷彿是避難時無機心地闖入昔年夢中作詩的景象，不只是視覺上「墟落」的吻合，聽覺上「春聲」也相同，先夢與後見的情境一致，榮格稱之為「先知式的預言。」

王耕（徽宗大觀間州貢入太學）〈夢中作〉：

〔註98〕愛克曼（Eckermann. I. P.）輯錄，朱光潛譯《歌德談話錄》（北京：人民文學出版社，1978 年），頁 157。

〔註99〕弗洛依德（Freud, S）撰，趙辰譯《夢的解析》（北京：光明日報出版社，2006 年），頁 219。

〔註100〕霍爾（C. S. Hall）、諾德貝（V. J. Nordby）等撰，蔡春輝譯《榮格心理學入門》（臺北：五洲出版社，1988 年），頁 84。

〔註101〕同注99，頁 58。

> 樓上虛懷待月時，寫景應難不賦詩。一天列宿坐中見，萬
> 里青天雲外歸。（《全宋詩》第三十三冊，頁 20913）

王耕在科舉前夕，曾夢見身處二相祠，如榮格所言，王耕當時的夢呈
現了展望和預視的功能，應是王耕理想仕途的藍圖，士人出將入相的
宿願。王耕對美好未來的期待，在夢中轉化成怡然待月的優美心情，
此刻王耕萬念消除盡，只把心神投入在待月，因此無心寫景賦詩了，
但在坐中看一天星宿。吳曾卻注意到最後一句「萬里青天雲外歸」，
吳曾云：「大觀間，鄉人王耕被貢西上。入辟雍，丐夢於二相祠。是
夕，夢在一樓上顧視，賦詩云云。明春，耕以上舍二十八名釋褐，再
任筠州司理，以旅櫬歸，豈雲外之應耶？」視本首夢中作詩是王耕客
死異鄉的預言夢，可惜當時王耕忽略或並未參透最末句，未能明白夢
的示警而有所警惕，讓自己避禍。

鄭剛中（1088～1154）〈己酉三月二十一日夜夢中作〉：

> 曲闌干畔短籬邊，用意春工剪不圓。一夜西風借霜力，幽
> 香噴出小金錢。（《全宋詩》第三十冊，頁 19079）

本詩作於高宗建炎四年（1129）四十二歲，當時詩人處於備考狀態，
未來前途茫茫。而夢中作詩呈現了金錢花在涼爽西風吹拂下，一夜驟
放的奇景，又美又香的壯觀盛況，是春天都難以造化的。詩人於三年
後，紹興二年（1132）中進士舉，因此本首夢中作詩以金錢花不尋常
地盛放預言了日後的榮盛順遂，也可以看出士人對科舉，對仕途的關
切。歐陽澈（1097～1127）同樣是在未中科舉的布衣時期，夢中作〈宣
和四祀季冬夢與人環坐傑閣烹茶飲於左右堆阿堵物茶罷共讀詩集意
謂先賢所述首篇題云永叔誦徹三闋遽然而覺特記一句云東野龍鍾衣
綠歸議者謂非吉兆因即東野遺事反其旨而足之為四絕句云〉：

> 東野龍鍾衣綠歸，食齏腸苦竟棲遲。出門顧我渾無礙，未
> 肯徘徊只賦詩。
>
> 東野龍鍾衣綠歸，溧陽何足處男兒，微生縱有孤吟癖，尚
> 擬朝端振羽儀。
>
> 東野龍鍾衣綠歸，平陵投老倦奔馳。黑頭我欲功名立，冷

笑馮唐白髮垂。

東野龍鍾衣綠歸，分甘假尉志何卑。詩名藉甚徒爲爾，不
及勳庸顯盛時。(《全宋詩》第三十二冊，頁 20687)

夢中雖讀了歐陽脩三首，醒後僅記一句「東野龍鍾衣綠歸」意指孟郊
到晚年還是只以衣綠的基層官吏身分退休的爲官經歷，歐陽澈以布衣
身分夢中得此詩，與他一同解詩的朋友，皆認爲對年輕正蓄勢待發的
歐陽澈而言，此夢並非吉兆。歷代士人，大部分都嘗過十年寒窗之苦，
都盼望著一舉成名天下知的榮祿，進而獲得自我實現與自我肯定，個
人的生命才臻圓滿。因此，或許可以解釋何以王耕、鄭剛中、歐陽澈
都會在未達的布衣時期，對未知的將來深感茫然又殷切憧憬的時候，
作預言夢了。正因爲歐陽澈視此夢象徵著未來吉凶，才會甚爲重視地
由一句夢中作詩，續寫成四首，由夢中出現的唐人孟郊又聯想到至老
都不達的漢人馮唐，這些致死不達的前人們，曾永世痛苦的眞實存
在，應是讓布衣們對未來感到焦慮的原因之一，促使布衣們預想未
來，作預言夢。

三、遊仙夢

中國文學史裡的神仙思想，可上溯《楚辭‧離騷》中三度遠遊的
神話，黃節涇云：「遊仙之作，始自屈原。」〔註102〕屈原可視爲遊仙
詩的遠祖，《楚辭》則是遊仙文學的典型。而遊仙詩觸及到了歷代詩
人們都熱衷的長生夢想，同時也讓不如意的痛苦詩人們，有一個極樂
的世界可以憧憬，「在人類所探索的終極問題中，仙界、仙人極仙務
所象徵的終極眞實，是國人探求不死之夢，神話和夢正是一種集體的
文化符號。楚騷、遊仙詩即步虛即是這些民族心靈的象徵表現：一個
長壽永生的生命與和諧安寧的樂園。所有的巫歌、道曲正是嘗試溝通
人與神，通過此界與彼界的神話象徵，這是屈原之夢、郭璞之夢，也
是奉道或非奉道者所共同嚮往的，仙道文學或道教文學正是這一傳統

〔註102〕見黃節注《曹子建詩注》卷二（臺北：藝文印書館，1996 年）。

文化下的產物。」〔註103〕於是詩人們異代同心，從先秦、漢魏六朝、
隋唐至宋，詩人們作著同一主題的遊仙夢，宋人甚至懷著遊仙夢入
夢，如張寘（神宗熙寧時人）〈夢中詩〉：

　　天風吹散赤城霞，染出連雲萬樹花。誤入醉鄉迷去路，傍

　　人應笑不還家。（《全宋詩》第十六冊，頁 10711）

前兩句「天風吹散赤城霞，染出連雲萬樹花。」是對仙境的描寫，天
風吹散雲霞，天朗氣清，掃除原本朦朧的視覺障礙揭開仙境的神秘
感，仙境不再若隱若現，也不再若有似無，赤城仙境，豁然就清晰在
眼前。連天雲朵，萬樹鮮花組合成壯闊背景，烘托出非凡的奇幻感。
由第三句「誤入醉鄉迷去路」，可歸為有關人仙奇遇遊仙譚三大類型
之一的「誤入仙境型」，〔註104〕儘管張寘是誤入仙境，卻「傍人應笑
不還家」，想停留在仙境，不願復返人間。

　　朱松（1097～1143）〈夏夜夢中作〉從另一角度描寫仙境：

　　萬頃銀河太極舟，臥吹橫管漾中流。瓊樓玉宇生寒骨，不

　　信人間有喘牛。（《全宋詩》第三十三冊，頁 20755）

朱松此夢應受日間記憶的影響，化用了魏晉志怪小說「八月槎」天河
與海通的想像，朱松在夢境裡的舟中臥吹橫笛，浮於仙境銀河上，在
建築華麗富貴，氣候涼爽怡人的仙境終徜徉，如張鈞莉云：「作者便
不可避免地會將己身在現實生活中的耳聞目睹，欽羨渴望等主觀情緒
反應於其中，產生了各人不同的描寫風格。」〔註105〕面對侷促有限
的人生，夏季高溫的炎熱，朱松對仙境興起非非之想，特別嚮往清涼
意象的銀河，夢中便乘著記憶裡，文學打造的八月槎，通往仙境，以
解脫煩惱，六朝詩人醒著作遊仙夢，朱松則懷著遊仙夢入夢。

〔註103〕李豐楙《憂與遊：六朝隋唐遊仙詩論集》，頁 7。

〔註104〕李豐楙《憂與遊：六朝隋唐遊仙詩論集》分人仙奇遇的遊仙譚為一、
　　　　誤入仙境型，二、仙人下降型，三、修道成為仙眷型，共三類。同
　　　　上注，頁 141。

〔註105〕張鈞莉《六朝遊仙詩研究》（臺北：花木蘭出版社，2008 年），頁
　　　　163。

曹勛〈夢中作四首〉均描寫仙境：

> 閬苑東頭白玉京，五雲拂拂護層城。龍鸞高並旌幢過，知是仙班退紫清。

> 鮮雲覆首肅朝衣，青靄橫宵映玉鷗。浩闕一聞金石奏，人間幾度歲華移。

> 賜得淵書下太微，淵靈元已載雲旗。便從碧海方瀛去，清道鸞歌與鳳吹。

> 八景雲輿駕六龍，東方常御太和風。簫筋冉冉升黃道，冠劍重重拜木公。（《全宋詩》第三十三冊，頁 21171～21172）

曹勛平日即作有數首遊仙詩，如〈夢仙謠〉、〈游仙謠〉、〈小遊仙三首〉、〈遊仙四首〉、等，〔註106〕曹勛熟悉也鍛練過遊仙詩特殊的詞彙和意象，營造他心中的仙境，異言之，遊仙詩是曹勛熟悉的主題，這或許是他會夢中作四首遊仙詩的部分原因。觀〈夢中作〉四首，以「五雲」、「鮮雲」、「青靄」等朦朧的視覺效果，加深仙境的神聖、神祕感。聽著「金石奏」、「鸞歌」、「鳳吹」、「簫筋」等仙家樂曲，出現的動物是「龍鸞」、「玉鷗」、「六龍」的仙界動物。綜合以上的感官意象和物象描寫，曹勛在夢中依然記憶著遊仙詩應具備的細節、物件、氛圍，並統攝、佈局、組織成神仙世界。

顏進雄將遊仙詩成為詩歌永恆主題的原因析論甚詳，「時間亦是可說是人類自身生命最密切的內在經驗。……人的生命在時間的洪流中一點一滴流失，並在流失的過程中引發自身對生命存續的危機感，並進而想突破有限生命的侷限與藩籬，因此對青春易失，人生短暫的感嘆便成為詩歌的永恆主題之一。」〔註107〕而宋人連夢中作詩都會作遊仙夢，應是生命有限和時間易逝的壓力，有時候會潛入夢中，化為仙境，讓詩人們得到片刻生命永恆的安寧。

〔註106〕見《全宋詩》第三十三冊，頁 21053、21054、21074、21079。
〔註107〕顏進雄《唐代遊仙詩研究》（臺北：文津出版社，1996 年），頁 75～76。

第五章　結　論

　　所謂詩無達詁，詩可以從多方面解釋，而夢中作詩更加隱晦。本文配合詩人個性、履歷、詩風，以探索宋人夢中作詩的大意，冀能貼近詩人的原意並解讀詩作，並不敢斷言本文所論皆是確解。

　　夢，幾乎是全人類共有的經驗，人類心靈的運作大致相同，反映在各地的傳說、民俗、迷信都有近似的主題。「東方習俗研究者、文化人類學家、榮格派分析家、美術史研究者、神話學家，以及熟知比較宗教神祕主義支派發展的人士，也都從研究中得到證據，認為多樣象徵形式底層有基本的『一元性』。身體語言、手勢、面部表情，以及言語溝通依據的『深層結構』等方面的研究也顯示，一切文化表象都有相同的原型起源。文化提供傳統，以便原型模式在個體發展過程供被吸收進去。」〔註1〕因此，朗克曾云：「神話是人們集體做的夢。」坎伯將這句話擴充得更完整：「神話是公眾的夢，夢是私有的神話。」既然，全世界的人，傾向於做相同主題的夢，本文在詮釋宋人夢中作詩時，遂酌酌徵引西方心理學與精神分析之理論，冀讓立論有所依據，論述清晰。

　　觀察宋人夢中作詩呈現的情境，部分夢境與記述較完整的詩

〔註 1〕安東尼・史蒂芬斯（Anthony Stevens）撰，薛絢譯《大夢兩千天》，
　　　　頁 224。

作，所記錄下夢的內容，如榮格所言，與希臘悲劇的形式結構有明顯的相似之處，榮格將之分爲四階段：一、提示說明，表明事發的地點，有時也表明時間，以及劇中人物二、情節展開，三、高潮或突變，四、緩解，即夢的結局與後果。本文的論述的步驟，遂在解讀宋人夢中作詩，與參照夢的結構理論後，依次分爲時空、人物、事件三方面析論宋人夢中作詩，其中事件一章便容納了情節開展、高潮或突變和緩解。

　　首先在第二章時空探索，探索宋人夢中作詩的時空意識，就時間而言，出現最多的是春季，其次是秋、冬、夏，與古典詩歌中季節頻率相符，或許說明了詩人夢中仍受日間作詩經驗的干擾。季節的書寫尚可分爲符合時間秩序，與打破時間秩序兩類，符合時間秩序之詩作，往往寫出當季的特色，春花燦爛、夏季燠熱、秋景衰颯、冬梅幽香，詩人在夢中仍受現實拘牽，思路未偏離日間思考的常軌。而詩人作夢時間與夢中作詩呈現的時間不一致，打破日間秩序者，如鄭剛中〈己酉三月二十一日夜夢中作〉以當時的布衣身分，想望未來，在春夜夢見秋天開花象徵富貴的金錢花。如蘇軾〈往年宿瓜步夢中得小絕錄示謝民師〉夢中春風體察詩人對時間流逝的無奈，竟將時間倒流。愛國的陸游藉夢重回到二百年前眞宗祥符年間的太平歲月，五十歲才賜同進士出身的梅堯臣亦藉夢重回三年前登科的喜悅情境，詩人們的夢中作詩一如坎伯所言：夢是私有的神話，有其個人獨特性又深具意義。打破時間秩序之夢中作詩，王禹偁、梅堯臣、王珩還夢作了先知式的預言詩。

　　檢視夢中作詩描繪的場景空間，大致可分爲三類：一、固定場景，二、動線場景，三、打破空間秩序，固定場景以山林水際等自然風光的出現頻率，高過寺觀、宴會、處所所代表的人文空間。而動線場景又可分爲陸路和水路兩類，陸路還可細分爲山行和行旅，動線歷程隨著詩人的視線或身體的移動，變換場景，帶領讀者歷經夢中旅程。場景打破空間秩序之夢中作詩，最能展現詩人在夢中不受空間觀念的拘

率，空間不再是眞實存在的概念或地點，而是詩人的想像地域和心靈
空間，是不存在於實際生活的虛空間，詩人們作著個自不同的夢，又
可區分爲設想空間和神話空間，就設想空間而言，因北宋覆亡，南宋
卻又積弱不振，復國無望，晁公遡、陸游不禁在臥榻上夢回故國。艱
鉅的年代，頹喪的國勢，衰潰苟安的氣氛，讓偏安時代的詩人們，作
著具有重要文化意涵的大夢。陸游亦夢作有跨越空間秩序，重回成都
浣花溪，故地重遊，只與作夢者個人相關的小夢。由此，可看出夢複
雜的多樣性，人藉由夢在大我和小我之間，巧妙地平衡。而神話空間
則出現中國古典志怪小說的仙境、神話中蓬萊和崑崙兩大仙鄉、具宗
教僧道意味的仙境、中國文人創生的神女佇立的煙雨巫山，神話場景
多元多樣，也可看出詩人們對神話、傳說、宗教、小說中所描寫的美
好仙境，相當熟稔也相當嚮往。宋人夢中作詩時空意象紛呈，且夢中
作詩出現的人物更是多樣，本文將出現的人物分爲無具名人物和具名
人物兩類。無具名人物計有自己、親人、君王、僧道、鬼神，有現象
界實存的人物，也有難以言說、難以名狀的鬼神。詩人藉夢中作詩展
現自己的思維，其中有同爲南渡時期的王銍與晁公遡，抒發南遷後對
故鄉故國的懷念，與北人流離至南方，生活和心情皆難以調適的無
奈。鄭思肖在南宋也覆亡後，夢中的情緒轉而淒怨激烈，但是宋人夢
中流露自我心跡的「大夢」卻不多，而以書寫個人小我情懷的「小夢」
數量較多，諸如楊備、蘇轍均流露想拋卻士人身分所附加的困限，悠
遊在隱退的自在裡。江端本夢中浮現了縣長的離恨春情，劉允夢中的
心境開適寬廣，而蘇炯在夢中忘卻了人世的束縛，冒雪前行，返樸歸
眞。夢中作詩篇數最多的陸游，夢中自己的思緒，可大致區分爲享受
自我開適生活，和千里孤征的淒涼無奈，可看出夢的複雜，而各個不
同夢中的感情悲喜，巧妙地平衡著人的心理狀態。

　　夢中作詩出現的親人並不多，楊萬里夢中教兒子聯句，蘇軾夢見
弟弟「探懷出新詩」得「蟋蟀悲秋菊」句，黃庭堅夢見誦讀哥哥黃大
臨的詩作，詩人們夢見親人的部分原因，是平日文學的交往，唱和的

聯繫，宋人詩化的生活，亦讓生活詩化。而戴復古夢中把自己託付給兒子，流露安寧溫情；陸游告誡子孫當勤以持家，流露關懷教誨；梅堯臣夢中突破生死時空的限制，與亡妻同在江上早行，是惟一一首夢見過世親人之夢中作詩。

　　夢見君王的亦只有王禹偁、秦觀、陸游三人，夢境對三人各自有補償作用。夢中作詩出現的僧道與情境，除反映詩人們的信仰傾向，也可看出詩人們與僧道之間互動的情形。陸游於七十五歲曾藉夢中作詩表達悟道太遲的遺憾，而作於八十五歲的夢中作詩，展現了又經過十年歲月的歷練，陸游對佛道兩教的態度有所轉變，不再執著教義的領會，和局限於形式的追求，心情豁達開放。薛季宣以其理學家身分，卻夢見道教人物「太一眞人」，在夢中顯示他習染道教，但醒後在儒家和道教之間釐清辨正後，選擇單一的儒者身分，飲水食蔬，而不煉丹服藥，明確以儒家正統爲信念，夢中得句可視爲他思考立身處世原則的契機。總體而言，宋人與佛教相關的夢中作詩，數量略多於道教，應是反映了宋代佛教較道教興盛的時代背景因素。至於宋代流行的其他宗教，主要有自唐代以來的基督教、伊斯蘭教、祆教、猶太教和摩尼教等，雖然在一定的範圍內有所傳播，但未在夢中作詩裡出現。

　　宋人夢中作詩部分有神仙色彩，有的泛指一般仙人，有的乃具名之雷神、江神、水仙和巫山神女。檢視各詩中的神仙意象，在日間文獻和口耳傳說中，皆有跡可循。夢中宋人在既有的日間印象裡，各自衍生、創造遇仙的虛幻情境。其中南宋末年周密所作〈記夢〉較爲特殊，序文中表示自己十年來常夢遊神山，作同一遊仙主題的夢。西方夢的流行病學權威赫爾，在 1950 與 1960 年代於世界各地共收集五萬多個夢後推斷，有些典型的主題會一再出現，所謂主題，是指相同的基本情節和事件。〔註2〕觀周密夢中得句，仙境高渺難以企及，仙境

───────────────

〔註2〕同上注，頁91。

裡珍希的奇花異草，生氣勃勃，生機盎然，滿是生的豐盈和喜悅。對
照周密立足的人世，爲國勢已衰頹至無可挽回的南宋末年，人民普遍
嚐到的是生的無奈和痛苦。所以，周密每夢一次遊神山，可視爲一次
願望的實現，夢把他心裡的願望，在幻覺中實現。

　　夢中作詩中出現的具名人物，涵括古今，甚爲豐富，本文遂將人
物區分爲古、今兩大類別，歷史人物再按其人物時代，分爲（一）先
秦時期、（二）漢魏晉南北朝時期、（三）唐宋時期。先秦時期出現的
人物，以堯舜出現三次爲最多，分別是仁宗朝進士金君卿，以仁宗類
比堯舜；蘇軾尊舜爲奠定普世價值的英主，預感北宋政治有失序的危
機；南渡詩人胡憲，感嘆生不逢堯舜太平盛世。同樣是堯舜，在不同
時代不同人的夢裡，代表意義便有所不同，各自作著私我的堯舜夢。
西施亦出現兩次，梅堯臣與洪炎夢中作詩裡，描寫西施的角度亦不相
同，梅堯臣寫西施的高潔，如蓮花出污泥而不染，又由花開易謝，嘆
息美人易逝；洪炎寫西施的笑，歡喜滿足口腹之欲。宋人夢中作詩出
現的先秦歷史人物，偏重堯、舜、周公、孔子、顏回等聖賢。除聖賢
之外，尚有忠愛的屈原。

　　漢魏晉南北朝時期之歷史人物，東漢僅出現趙飛燕，魏晉英雄人
物眾多，卻僅嚴羽夢見劉表。至於魏晉名士則較爲豐富，如山簡、葛
洪、嵇康、謝鯤等，與文士陶淵明與謝靈運。而綜觀漢魏晉南北朝時
期，出現次數最多的歷史人物是文士陶淵明，宋人在夢中仍欽敬陶淵
明的文學造詣。如蘇轍因欲和子瞻和陶詩未成而夢中和作，西方心理
學者稱之爲「孵夢」，蘇轍日間全心投入和詩，遂夢中和作，並在詩
中感佩陶潛渾然天成的文學造詣。夢中蘇轍浸淫在自然與文學的歡愉
自在裡，絲毫不見連年貶謫下的沮喪之氣。洪朋兩舉進士不第，夢透
明無僞裝的特質，將日間受拘束的感情釋放，以致夢中登高遠矚時，
情緒格外波動，倍感寂寞。孤絕中聯想到仕途同樣不順，卻才華洋溢
的陶謝，以呼應自己的際遇，同時也獲得寬慰，畢竟，懷才不遇，是
歷朝歷代文人習見的普遍悲哀。

　　唐宋時期夢中作詩中出現的人物，有洪咨夔夢見馬周，李彭夢見五言長城劉長卿，周孚夢寫盧仝之窮，蘇轍則在夢中仍記得盧仝懂茶好茶，且飲茶節制，周孚與蘇轍雖都夢寫盧仝，但有不同著眼之處，所寫均是盧仝特殊之處。宋代則側重理學家，如周必大日讀張栻文集，因而觸動聯想，夜夢理學宗師周敦頤和程頤，可觀察出夢境與日間活動的聯繫，周必大夢中思路有條不紊，由個人經歷、學養、品德、育才，多方面盛讚周程二人。綜觀唐宋兩代出現的歷史人物，仍以文士居多，有後輩對文壇前輩敬重之意。陸游是宋人夢中作詩篇數最多的詩人，而陸游亦被遺民詩人陳觀國所夢，夢中烟霧裡彷彿有數行字，夢中另有旁人指為陸游詩，可見時人多留意陸游詩，留意之因應是陸詩充滿熱烈豪情的愛國意識。

　　在一首夢中作詩亦有出現不同時代人物的情形，多是藉由出現的人物之間，具有跨時代的共同點，而加以繫聯。如陳著把握住東漢孔融與西漢陳平都樂於與人交往的特點，雖然所處時代與兩人貧富有所不同，卻將二人自然順當聯結在一起。又洪德章列舉曹植、李白、杜甫、韓愈與賈島，數位著名詩人，以說明無論詩名再高，都得費盡心思作詩。歐陽澈因夢中得「東野龍鍾衣綠歸」，藉唐人孟郊之坎坷際遇，聯想到西漢至老不達的馮唐。趙蕃也將心懷天下，保持東山之志的謝安，與始終憂國憂民司馬光，因均懷有憂以天下的胸懷，而繫聯在同一首詩裡。宋人在夢中，還能將跨時代但具備共同點的異代人物，繫聯在同一首詩裡，足見宋人對格律之熟稔，和夢中理路之清晰。

　　至於當代人物較歷史人物出現的次數多，身分多為詩人們的師友同僚或敬重的人，雖然部分已難查明身分，但是其中有些許可參照詩人們的非夢中作詩，拼出局部輪廓，如王山〈夢中作〉中懷念的已逝歌妓盈盈，雖在歷史上難以留下清楚行跡，但是王山今存的七首詩寫的全是盈盈。藉由王山另外六首非夢中作詩，可知盈盈善舞，尤工彈箏，性情溫柔，容貌甚冶，只可惜紅顏薄命。盈盈藉由王山的詩，留

下令人嘆息的嬌弱身影。又如李昴英〈夜夢漁父求詩覺能記其全書贈梁彌仙〉梁彌仙生平今也已難考，但部分的梁彌仙記載在李昴英的詩裡，藉〈羅浮梁彌仙游爛柯山贈以曲笻方笠〉與〈戲題羅浮梁彌仙寫眞〉二詩，可知梁彌仙乃是童顏鶴髮，精神奕奕的修道之士。

　　大部分的夢中情境，反映了部分日間實際情況，或可解釋爲夢中作詩重新組合並微調了詩人們日間的生活經驗，如梅堯臣夢與歐陽脩共登嵩山峻極院，又夢與宋祈遊伊水，又夢餞別韓綜；又或周必大日讀張栻文集，遂夜夢張栻，夢中的人物與情境，均或多或少聯結著實際。思念而夢的詩篇亦多，如蔡襄因思念友人王益恭而夢，又如鄭剛中夜夢良嗣，張嵲夢劉彥禮兄弟，戴復古夢林表民，洪咨夔夢徐太守等。還有學生夢恩師，如趙蕃夢老師朱熹，與劉翼夢老師陳藻，均流露對師恩的感謝。還有雖然是當代交遊，但已天人永隔的特殊情況，夢中突破生死時空的隔閡，再次聚首，如黃庭堅夢已亡故的蘇軾，陸游夢已亡故的范成大、李石、尤袤，夢中不改詩人本色，共同賦詩爲樂，除表現對詩友的思念，也傳達對詩文創作的熱衷。餞別同僚的夢境，如蔡襄夢餞別韓綜，周必大餞別劉文潛，反映了同僚間深切的情誼，和些許仕途不能操之在已的無奈，以及面對官職轉換的難以調適。

　　夢中出現的具名神祇有雷神、江神、水仙和巫山神女，詩人們夢中神祇出現的場景大致與其身分相符，如李覯夢雷神出現在大雨滂沱之後；釋道潛夢江神水仙於夜半無人的秋江之畔；蘇軾夢神女獨立宮殿，許月卿所夢神女即身處巫山。詩人們在夢中對於神祇的想像，並非只想到神祇本身的單一形象，而是包含了神祇的職掌，如雷神掌雨，江神水仙掌水，巫山神女掌浪漫邂逅。詩人們在夢中仍耐心鋪墊，用心描寫，以致儘管書寫抽象神祇，依然傳神到位，與我們既有的想像相去不遠。

　　宋人在夢中還有藉他人之手作詩的情形，「他人」可分爲無具名人物；或具名人物，如蔡襄夢摯友王益恭題壁、蘇軾夢弟弟持詩而

來、方岳夢得陳塤贈言；又或夢中得鬼仙作詩，如薛季宣夢中得太一真人詩句、周密夢遊神山得青童授詩等神秘經驗。其中只有蘇軾夢弟弟持詩而來，他在夢中揣摩了弟弟的心意。其餘各人，夢中雖然是他人作詩，流露的卻是作夢詩人自己的心境和情感。

觀察宋人夢中作詩呈現的事件，與心理學者對夢的析論近似，夢中出現的事件多半與日常活動相關。本文以夢中事件的內容，分為飲食生活、感懷生活、詩畫生活與超越生活。除超越生活之預言夢、醫療夢、遊仙夢的情境超過日常生活經驗，其餘諸如飲食生活，感懷生活之送別、餽贈、詠物、惜時、戰爭，藝術生活之題畫、題壁、和詩、聯句、弈棋等，細節和情節雖然是虛構幻象，但是依然不出人的實際經驗範圍，依然在一定的常軌上行進。

詩是宋人生活中不可或缺的一部分，由宋人會有夢中作詩的情況來看，寫詩不僅滲入生活，也已滲入宋人的潛意識。夢中作詩較不受現實拘牽，內容活潑而豐富，為宋詩增添異彩。

附錄：宋人夢中作詩彙編

1. **刁衎**（945～1013）〈夢中詩〉

   聖朝文物古難過，何事寒門寵遇多。父向石渠新拜職，子從金殿又登科。須教枚馬暫踪跡，堪笑巢由隱薜蘿。報國報君何所有，一心待欲枕長戈。（《全宋詩》第一冊，頁 510）

2. **王禹偁**（954～1001）〈淳化二年八月晦日夜夢于上前賦詩既寤唯省一句云九日山州見菊花間一日有商於貳車之命實以十月三日到郡重陽已過殘菊尚多意夢已徵矣今忽然一歲又逼登高追續前詩句因成四韻〉

   節近登高忽歎嗟，經年憔悴別京華。貳車何處搔蓬鬢，九月山州見菊花。夢裡榮哀安足道，眼前盃酒且須賒。商於鄒魯雖迢遞，大底攜家即是家。（《全宋詩》第二冊，頁 734）

3. **謝濤**（961～1034）〈夢中作〉

   百年奇特幾張紙，千古英雄一窖塵。惟有炳然周孔教，至今仁義浸生民。（《全宋詩》第二冊，頁 1045）

4. **楊備**（仁宗天聖中知長溪縣）〈爲長溪令夢中作〉

   月入蚨錢數甚微，不知從宦幾時歸。東吳一片清波在，欲問何人買釣磯。（《全宋詩》第三冊，頁 1427）

5. 張君房（真宗景德二年 1005 進士）〈夢中作〉

（《全宋詩》第三冊，頁 1487）

亭尤逢夜竹，不識自知音。朦朧望明月，終得拂青塵。（《全宋詩》
第三冊，頁 1487）

6. 梅堯臣（1002～1060）〈河陽秋夕夢與永叔遊嵩避雨於峻極院賦詩
及覺猶能憶記俄而僕夫自洛來云永叔諸君陪希深祠岳因足成短
韻〉

夕寢北窗下，青山夢與尋。相歡不異昔，勝事卻疑今。風雨幽林
靜，雲煙古寺深。自注：此二句夢中得。攬衣方有感，還喜問來音。

（《全宋詩》第五冊，頁 2727）

梅堯臣〈夢與公度同賦藕華追錄之〉

吳王舊宮闕，水殿芙蓉披。濁泥留玉骨，疑是葬西施。西施魂不
滅，嬌豔葬清池。（《全宋詩》第五冊，頁 2768）

梅堯臣〈丙戌五月二十二日晝寢夢亡妻謝氏同在江上早行忽逢岸
次大山遂往遊陟予賦百餘言述所覩物狀及寤尚記句有共登雲母山
不得同宮處倣像夢中意續以成篇〉

晝夢與予行，早發江上渚。共登雲母山，不得同宮處。何嗟不同
宮，似所厭途旅。樹杪俯鳥巢，坏墼方仰乳。雄雌更守林，號噪
見飛鼠。鼠驚豎毛怒，裊枝如發弩。逶巡吼風雲，遠望射雨。東
南橫虹霓，萬壑水噴吐。下尋歸路迷，欲暮各愁語。忽覺皆已非，
空庭日方午。（《全宋詩》第五冊，頁 2891）

梅堯臣〈夢同諸公餞仲文夢中坐上作〉

已許郊間陳祖席，少停車馬莫催行。劉郎休恨三千里，樽酒十分
聽我傾。《全宋詩》第五冊，頁 2963）

梅堯臣〈正月十日五更夢中〉

今年花似去年新，去年人比今年老。我勸厚地一杯酒，收拾白日
莫苦早。（《全宋詩》第五冊，頁 2993）

梅堯臣〈八月二十七日夢與宋侍讀同賦泛伊水詩覺而錄之〉

遨遊非昔時，輕舸偶同泛。山水心有慕，屢往如有欠。平生共好
尚，飲食未嘗厭。茲日不言多，醉如春酒釅。（《全宋詩》第五冊，
頁 3000）

梅堯臣〈至和元年四月二十日夜夢蔡紫微君謨同在閣下食櫻桃蔡
云與君及此再食矣夢中感而有賦覺而錄之〉

朱櫻再食雙盤日，紫禁重頒四月時。澒朗天開雲霧閣，依稀身在
鳳皇池。味兼羊酪何由敵，豉下蓴羹不足宜。原廟薦來應已久，
黃鶯猶在最深枝。（《全宋詩》第五冊，頁 3105）

7. **歐陽脩**（1007～1072）〈夢中作〉

夜涼吹笛千山月，路暗迷人百種花。棋罷不知人換世，酒闌無奈
客思家。（《全宋詩》第六冊，頁 3691）

8. **張方平**（1007～1091）〈夢中吟〉

神歸自何處，記此夢中吟。道爲無心合，人因省語深。自注：此兩
句夢中作。窗燈寒影薄，庭月曉光沈。悟境真泡幻，迷情妄古今。
（《全宋詩》第六冊，頁 3855）

9. **趙抃**（1008～1084）〈續夢中作〉

邊寄今儒弁，帷籌得將才。甘辛均士卒，號令走風雷。驚曉城鼙
急，吹秋隴笛哀，先聲羌膽碎，聞道漢兵來。（《全宋詩》第六冊，
頁 4143）

10. **李覯**（1009～1059）〈春社詞〉寶元二年，嘗夢大雨震所居室，驚而仆
地。既已，有一人甚長大，紫衣而冠，意謂雷之神也。呼覯使前，授之題曰
《春社詞》。覯懼栗栗，援筆得八句與之。及覺，尚記其首三句，頗怪麗。
今七年矣，值暇日以五句足之。

吳臺甗春鎖春色，雨刷花光入龍國。田邊大樹啼老鴉，野雲癡醉
寒查牙。年華欲住風雷惡，蘭臉知秋淚先落。時榮時謝無了時，
扶起混沌須神醫。（《全宋詩》第七冊，頁 4310）

11. **蔡襄**（1012～1067）〈夢中作〉年十八時入京就進士舉，過舒州相城夢中作

白玉樓臺第一天，琪花風靜彩鸞眠。誰人得似秦臺女，吹徹雲簫上紫煙。

蔡襄〈夢遊洛中十首〉九月朔，予病在告，晝夢遊洛中，見嵩陽居士留詩屋壁，及寤，猶記兩句，因成一篇。思念中來，續為十首，寄呈太平楊叔武。

天際烏雲含雨重，樓前紅日照山明。嵩陽居士今安否，青眼看人萬里情。（《全宋詩》第七冊，頁 4795）

12. **金君卿**（仁宗慶曆間 1041～1048 進士）〈感夢因接夢中所得詩句〉

我后同堯舜，君臣詠載歌。天顏春日煦，庭列眾星羅。雅奏鈞音合，穠香瑞氣和。逢辰膺帝睠，既醉任顏酡。薦翠珍蒲異，儀庭舞獸多。太平無一事，圖報顧如何。（《全宋詩》第七冊，頁 4931）

13. **司馬光**（1019～1086）〈和始平公夢中有懷歸之念作詩始得兩句而寤因足成一章〉

元宰撫洪鈞，四海可薰灼。至人養天真，視此猶嬰縛。出入金鼓威，寤寐琴樽樂。乃知伊呂心，未始忘丘壑。（《全宋詩》第九冊，頁 6039）

14. **王安石**（1021～1086）〈夢中作〉

青門道北雲為屋，大壚貯酒千萬斛。獨龍注雨如車軸，不畏不售畏不續。（《全宋詩》第十冊，頁 6516）

15. **徐積**（1028～1103）〈夢中作〉

詩翁吟袖忽翩然，使脫紅塵騰紫煙。一身病骨如生翅，兩道銀河不用船。奔星相隨趁明月，鳴鸞引去追飛仙。琅玕樹下夜宴起，雲童為汲瑤山水。仍遣詩筒寄閬風，詩筒落下煙霞中。人間知是

吟哦翁，舉頭齊望青冥空。（《全宋詩》第十一冊，頁 7629）

16. 王欽臣（神宗熙寧三年〔1070〕進士）〈述夢〉

曉雪誰驚最後時，土膏方得助甘滋。歲功已覺三元近，春事何憂一覽遲。自注：此聯乃得於夢中。不著寒梅容觸冒，半留紅杏惜離披。神交彼此無勞辨，更為公題述夢詩。（《全宋詩》第十三冊，頁 8705）

17. 郭祥正（1035～1113）〈夢游金山作四韵既覺止記一聯因足成之〉
夢中作第二聯
珠簾高卷倚危欄，望盡方知出世間。江海交流雲縹緲，樓臺相待月回環。薰成香界渾無地，化作天宮別有山。京口瓜洲竟安在，夢醒卻欲泛舟還。（《全宋詩》第十三冊，頁 8946）

18. 蘇軾（1037～1101）〈和子由記園中草木十一首之十〉
我歸自南山，山翠猶在目。心隨白雲去，夢繞山之麓。汝從何方來，笑齒粲如玉。探懷出新詩，秀語奪山綠。覺來已茫昧，但記說秋菊。自注：八月十一日夜宿府學，方和此詩，夢與弟游南山，出詩數十首，夢中甚愛之。乃覺，但記一句云「蟋蟀悲秋菊」。有如採樵人，入洞聽琴筑。歸來寫遺聲，猶勝人間曲。（《全宋詩》第十四冊，頁 9130）
蘇軾〈記夢回文二首〉十二月二十五日，大雪始晴，夢人以雪水烹小團茶，使美人歌以飲。余夢中為作回文詩，覺而記其一句云亂點餘花唾碧衫，意用飛燕故事也，乃續之為二絕句云。
酡顏玉碗捧纖纖，亂點餘花唾碧衫。歌咽水雲凝靜院，夢驚松雪落空巖。空花落盡酒傾缸，日上山融雪漲江。紅焙淺甌新火活，龍團小輾鬥晴窗。（《全宋詩》第十四冊，頁 9315）
蘇軾〈金山夢中作〉
江東賈客木綿裘，會散金山月滿樓。夜半潮來風又熟。臥吹簫管到揚州。（《全宋詩》第十四冊，頁 9349）

蘇軾〈破琴詩〉舊說，房琯開元中嘗宰盧氏，與道士邢和璞出遊，過夏口村，入廢佛寺，坐古松下。和璞使人鑿地，得甕中所藏婁師德與永禪師書，笑謂琯曰：「頗憶此耶？」琯因悵然，悟前生之為永師也。故人柳子玉寶此畫，云是唐本宋復古所臨者。元祐六年三月十九日，予自杭州還朝，宿吳淞江，夢長老仲殊挾琴過余，彈之有異聲，熟視，琴頗損，而有十三絃。予方歎息不已，殊曰：「雖損，尚可修。」曰：「奈十三絃何？」殊不答，誦詩云：「度數形名本偶然，破琴今有十三絃。此生若遇邢和璞，方信秦箏是響泉。」予夢中了然識其所謂，既覺而忘之。明日晝寢復夢，殊來理前語，再誦其詩，方驚覺而殊適至，意其非夢也，問之殊，蓋不知。是歲六月，見子玉之子子文京師，求得其畫，乃作詩并書所夢其上。子玉名瑾，善作詩及行草書。復古名迪，畫山水草木，蓋妙絕一時。仲殊本書生，棄家學佛，通脫無所著，皆奇士也。

破琴雖未修，中有琴意足。雖云十三絃，音節如佩玉。新琴空高張，絲聲不附木。宛然七絃箏，動與世好逐。陋矣房次律，因循墮流俗。懸知董庭蘭，不識無聲曲。（《全宋詩》第十四冊，頁9442）

蘇軾〈十一月九日夜夢與人論神仙道術因作一詩八句既覺頗記其語錄呈子由弟後四句不甚明了今足成之耳〉

析塵妙質本來空，自注：夢中於此句若了然有所得者。更積微陽一線功，照夜孤燈長耿耿，閉門千息自濛濛。養成丹竈無煙火，點盡人間有暈銅。寄語山神停伎倆，不聞不見我何窮。（《全宋詩》第十四冊，頁9524）

蘇軾〈行瓊儋間肩輿坐睡夢中得句云千山動鱗甲萬谷酣笙鐘覺而遇清風急雨戲作此數句〉

四州環一島，百洞蟠其中。我行西北隅，如度月半弓。登高望中原，但見積水空。此生當安歸，四顧真途窮。眇觀大瀛海，作詠談天翁。茫茫太倉中，一米誰雌雄。幽懷忽破散，永嘯來天風。千山動鱗甲，萬谷酣笙鐘。安知非群仙，鈞天宴未終。喜我歸有

期，舉酒屬青童。急雨豈無意，催詩走羣龍。夢雲忽變色，笑電亦改容。應怪東坡老，顏衰語徒工。久矣此妙聲，不聞蓬萊宮。（《全宋詩》第十四冊，頁9542）

蘇軾〈往年宿瓜步夢中得小絕錄示謝民師〉

吳塞蒹葭空碧海，隋宮楊柳只金堤。春風似恨無情水，吹得東流竟日西。（《全宋詩》第十四冊，頁9573）

蘇軾〈夢中作寄朱行中〉類本注：舊傳先生本敘云：前一日夢作此詩寄朱行中，覺而記之，自不曉所謂，漫寫去，夢中分明用此色紙。

舜不作六器，誰知貴璵璠。哀哉楚狂士，抱璞號空山。相如起睨柱，頭璧與俱還。何如鄭子產，有禮國自閑。雖微韓宣子，鄙夫亦辭環。至今不貪寶，凜然照塵寰。（《全宋詩》第十四冊，頁9588）

蘇軾〈數日前夢一僧出二鏡求詩僧以鏡置日中其影甚異其一如芭蕉其一如蓮花夢中與作詩〉

君家有二鏡，光景如湛盧。或長如芭蕉，或圓如芙蕖。飛電著子壁，明月入我廬。月下合三璧，日月跳明珠。問子是非我，我是非文殊。（《全宋詩》第十四冊，頁9598）

蘇軾〈夢中絕句〉

楸樹高花欲插天，暖風遲日共茫然。落英滿地君方見，惆悵春光又一年。（《全宋詩》第十四冊，頁9605）

蘇軾〈數日前夢人示余一卷文字大略若論馬者用吃蹶二字夢中甚賞之覺而忘其餘戲作數語足之〉

天驥雖老，舉鞭脫逸。交馳蟻封，步中衡石。旁睨駑駘，豐肉滅節。徐行方軌，動輒吃蹶。天資相絕，未易致詰。（《全宋詩》第十四冊，頁9608）

蘇軾〈夢中賦裙帶〉

百疊漪漪風皺，六銖縰縰雲輕。獨立含風廣殿，微聞環珮搖聲。（《全宋詩》第十四冊，頁9621）

蘇軾〈句〉

寒食清明都過了，石泉槐火一時新。(《全宋詩》第十四冊，頁
9636)

19. 蘇轍（1039～1112）〈將之績溪夢中賦泊舟野步〉

扁舟逢野岸，試出步崇岡。山轉得幽谷，人家餘夕陽。被畦多綠
茹，堆屋剩黃粱，深羨安居樂，誰令志四方。(《全宋詩》第十五
冊，頁 9998)

蘇轍〈子瞻和陶公讀山海經詩欲同作而未成夢中得數句覺而補
之〉

此心淡無著，與物常欣然。虛閑偶有見，白雲在空間。愛之欲吐
玩，恐爲時俗傳。逡巡自失去，雲散空長天。永愧陶彭澤，佳句
如珠圓。(《全宋詩》第十五冊，頁 10074)

蘇轍〈夢中咏醉人〉四月十日夢得篇首四句，起而足之

城中醉人舞連臂，城外醉人相枕睡。此人心中未必空，暫爾頹然
似無事。我生從來不解飲，終日騰騰少憂累。昔年曾見樂全翁，
自說少年飲都市。一時同飲石與劉，不論升斗俱不醉。樓中日夜
狂歌呼，錢盡酒空姑且止。都人疑是神仙人，誰謂兩人皆醉死。
此翁年老不復飲，面光如玉心如水。我今在家同出家，萬法過前
心不起。此翁已死誰與言，欲言已似前生記。(《全宋詩》第十五
冊，頁 10091)

蘇轍〈夢中謝和老惠茶〉

西鄰禪師憐我老，北苑新茶惠初到。晨興已覺三嗅多，午枕初便
一杯少。七碗煎嘗病未能，兩腋風生空自笑。定中直往蓬萊山，
盧老未應知此妙。(《全宋詩》第十五冊，頁 10103)

蘇轍〈夢中反古菖蒲〉并引　古詩云:「石上生菖蒲，一寸十二節。仙人
勸我食，令我好顏色。」十一月八日四鼓，夢中反之作四韵，見一愚公在側
借觀。示之，赧然有愧恨之色。

石上生菖蒲，一寸十二節。仙人勸我食，再三不忍折。一人得飽滿，餘人皆不悅。已矣勿復言，人人好顏色。（《全宋詩》第十五冊，頁 10114）

蘇轍〈夢中咏西湖〉

誰鑿西湖十里中，扁舟載酒颺輕風。草木蕃滋百事足，寒暄淡薄四時同。東鄰適與吾廬便，西岸遙將岳麓通。閑遊草草無人識，竹杖藤鞋一老翁。自注：前四句夢中得，後四句起而足之。（《全宋詩》第十五冊，頁 10122）

20. **張寊**（神宗熙寧時人）〈夢中詩〉
天風吹散赤城霞，染出連雲萬樹花。誤入醉鄉迷去路，傍人應笑不還家。（《全宋詩》第十六冊，頁 10711）

21. **釋道潛**（生卒年不詳與蘇軾友善）〈八月十七夜夢中作〉
夜半秋江不見人，翠荷擎出露華新。江神水仙來共飲，一掬遺我生精神。（《全宋詩》第十六冊，頁 10810）

22. **黃庭堅**（1045～1105）〈夢中和觸字韵〉崇寧二年正月己丑，夢東坡先生于寒溪西山之間，予誦寄元明觸字韵詩數篇，東坡笑曰：「公詩更進于曩時。」因和予一篇，語意清奇。予擊節賞歎，東坡亦自喜。于九曲嶺道中，連誦數過，遂得之。
天教兄弟各異方，不使新年對舉觴。作雲作雨手翻覆，得馬失馬心清涼。何處胡椒八百斛，誰家金釵十二行。一邱一壑可曳尾，三沐三釁取劊腸。（《全宋詩》第十七冊，頁 11428）

23. **張舉**（？～1105）〈夢中作〉
楚峽雲嬌宋玉愁，月明溪淨印銀鉤。襄王定是思前夢，又抱霞衾上玉樓。（《全宋詩》第十七冊，頁 11794）

24. **秦觀**（1049～1100）〈夢中得此〉
縞帶橫秋匣，寒流炯暮堂。風塵如未息，持此奉君王。（《全宋詩》

第十八冊，頁 12118）

25. 張耒（1054～1114）〈九月十八日夢中作聞雁聲〉

何日離燕磧，來投江上洲。高鳴雲際夜，冷度雨中秋。繒繳須遠
避，稻梁寒未收。春風歸翼便，容易一冬留。（《全宋詩》第二十
冊，頁 13380）

張耒〈夢中作〉

去路迎朝日，齊安客馬西。山行逢曉雨，客褲濺寒泥。歷險興何
健，衝風酒自攜。回頭思舊止，陳迹已凄凄。呂本注：第三句夢中作，
逢雨山行亦夢中事。（《全宋詩》第二十冊，頁 13381）

26. 晁說之（1059～1129）〈洛川驛中夢與一故人作詩十餘韻既覺惟記
其兩句南山絡條華四顧吃所哀因識之〉

西征豈不樂，夢中詩佳哉。南山絡條華，四顧吃所哀。山川今可
夢，小謝恨能裁。無令辜此夕，羸馬空徘徊。（《全宋詩》第二十
一冊，頁 13698）

27. 王山（生卒年不詳）〈夢中作〉

絳闕琳宮鎖亂霞，長生未曉棄繁華。斷無方朔人間信，遠阻麻姑
洞裏家。歷劫易翻滄海水，濃春難謝碧桃花。紫臺樹穩瑤池闊，
鳳懶龍嬌日又斜。（《全宋詩》第二十一冊，頁 13913）

28. 鄒浩（1060～1111）〈冬至夜夢中作〉

爐烟颯颯對團蒲，暮去朝來只自如。還見人間好時節，羣陰消盡
一陽初。（《全宋詩》第二十一冊，頁 13981）

29. 李新（1062～？1124 以後）〈甲辰正月二十三日夕壬申夢坐一江
樓上見雪月輝映汀洲高下澄流金碧林野疏迥景物清華絕非人間世
所有因賦數詩既覺止記一首〉

風卷寒雲雪壓船，樓臺隱約隔明煙。黃庭掩映桃紅篆，靜看雙鵝
一水天。自注：樓下有一道士云水一天，予云不如一水天。（《全宋詩》

第二十一冊，頁 14229）

30. 洪朋（生卒年不詳）〈夢中所作〉

秋風插羽翰，樓觀天上行。朝霞帶空洞，海日注疏櫺。一一琪樹
遶，粲粲芝草榮。中有一道士，靜嘯無俗情。顧我有靈氣，授我
以長生。咄嗟一世間，擾擾何所營。（《全宋詩》第二十二冊，頁
14446）

洪朋〈夢登滕王閣作〉

朱簾翠幕無處所，抖擻凝塵戶牖開。萬里烟雲渾在眼，九秋風露
獨登臺。西江波浪連天去，北斗星辰抱棟迴。獨佩一瓢供勝事，
恨無陶謝與俱來。（《全宋詩》第二十二冊，頁 14462）

31. 慕容彥逢（1067～1117）〈甲申十一月夢中詠假山〉

欲雨烟雲凝，經秋苔蘚多。憑君莫拋擲，留取伴吟哦。（《全宋詩》
第二十二冊，頁 14679）

32. 劉允（？～1125）〈夢中作〉二首

盡日看山不厭山，白雲飛去又飛還。傍人莫指雲相似，雲自無心
我自閑。

劉郎平昔志烟霞，時到雲山隱士家。除卻松篁芝朮外，川源遠近
遍桃花。（《全宋詩》第二十二冊，頁 14763）

劉允〈又五言絕句一首〉

武陵源上雪，片片雜雲霞。惟有雪中桃，長開三尺花。（《全宋詩》
第二十二冊，頁 14764）

33. 釋德洪（1071～1128）〈夢中作〉

無賴春風試怒號，共乘一葉傲驚濤。不知兩岸人皆愕，但覺中流
笑語高。（《全宋詩》第二十三冊，頁 15308）

釋德洪〈明教夢中作〉

劍戟光芒星斗動，虎方肉醉山嶽恐。層崿斷處一庵深，宴坐不言
百神悚。臨際仆地掖而起，眼蓋叢林氣深穩。覷面堂堂不覆藏，

個中無地容思忖。(《全宋詩》第二十三冊,頁 15330)

34. 許景衡(1072～1128)〈乙巳八月二十九日宿內府夢過村落循溪而行問路旁人家此何曰士村也涉溪入山崦謂同行曰此可賦詩因得鳩燕二句既覺足之以爲異日之觀〉

仗策徐行山水間,天然新句得非難。鳴鳩報雨天欲曉,紫燕哺雛春尚寒。物外勝遊方字適,枕邊幽夢忽驚殘。士村他日尋陳迹,卻記曾爲內府官。(《全宋詩》第二十三冊,頁 15557)

35. 李彭(生卒年不詳)〈夢秦處度持生絹畫山水圖來語予此畫劉隨州詩也君爲我作詩書其上夢中賦此詩〉

隨州句法自無敵,寫作無聲絕妙詞。誰料長城千載下,秦郎復出用偏師。(《全宋詩》第二十四冊,頁 15958)

36. 王耕(徽宗大觀間州貢入太學)〈夢中作〉

樓上虛懷待月時,寫景應難不賦詩。一天列宿坐中見,萬里青天雲外歸。(《全宋詩》第二十五冊,頁 16473)

37. 江端本(徽宗初,特補河南府助教)〈夢中作〉

晚風殘日下危樓,斜倚闌干滿眼愁。休唱陽關催別酒,春情離恨總悠悠。(《全宋詩》第二十五冊,頁 16887)

38. 李綱(1083～1140)〈足成夢中〉五月十六日夜,夢中得兩句云:「誰信曹谿一滴水,流歸法海作全潮。」既覺,因足成一絕。

本來佛法無多子,正覺菩提彈指超。誰信曹谿一滴水,流歸法海作全潮。(《全宋詩》第二十七冊,頁 17575)

39. 歐陽澈(1097～1127)〈宣和四祀季冬夢與人環坐傑閣烹茶飲於左右堆阿堵物茶罷共讀詩集意謂先賢所述首篇題云永叔誦徹三關邃然而覺特記一句云東野龍鍾衣綠歸議者謂非吉兆因即東野遺事反其旨而足之爲四絕句云〉

東野龍鍾衣綠歸,食蘗腸苦竟棲遲。出門顧我渾無礙,未肯徘徊

只賦詩。

東野龍鍾衣綠歸，溧陽何足處男兒，微生縱有孤吟癖，尚擬朝端振羽儀。

東野龍鍾衣綠歸，平陵投老倦奔馳。黑頭我欲功名立，冷笑馮唐白髮垂。

東野龍鍾衣綠歸，分甘假尉志何卑。詩名藉甚徒爲爾，不及勳庸顯盛時。（《全宋詩》第三十二冊，頁 20687）

40. 許安仁（徽宗政和間爲順昌尉）〈夢中作〉

山色濃如滴，湖光平如席。風月不相識，相逢便相得。（《全宋詩》第二十二冊，頁 14517）

41. 洪炎（1067～1133）〈夢中作四言用前韵二首〉

鵝鵝珍腿，猩猩美脣。醴齊調適，勺藥和勻。

老商嬉笑，西施解嚬。倦龜若士，翳桑餓人。（《全宋詩》第二十二冊，頁 14750）

42. 朱松（1097～1143）〈夏夜夢中作〉

萬頃銀河太極舟，臥吹橫笛漾中流。瓊樓玉宇生寒骨，不信人間有喘牛。（《全宋詩》第三十三冊，頁 20755）

43. 王玠（徽宗大觀三年（1109）進士）〈夢中作〉

杖履步斜暉，煙村景物宜。溪深水馬健，霜重橘奴肥。春罷雞爭黍，人行犬吠籬。可憐田舍子，理亂不曾知。（《全宋詩》第三十三冊，頁 20913）

44. 曹勛（1098？～1174）〈夢中作四首〉

閬苑東頭白玉京，五雲拂拂護層城。龍鸞高並旌幢過，知是仙班退紫清。

鮮雲覆首肅朝衣，青靄橫霄映玉鷗。浩闕一聞金石奏，人間幾度歲華移。

賜得淵書下太微，淵靈元已載雲旗。便從碧海方瀛去，清道鸞歌
與鳳吹。

八景雲輿駕六龍，東方常御太和風。簫箾冉冉升黃道，冠劍重重
拜木公。（《全宋詩》第三十三冊，頁 21171）

曹勛〈夢中作〉

畫版凌虛意欲仙，彩旗招入綺羅川。阿誰借我鴉鴉版，一蹙須教
蹙上天。（《全宋詩》第三十三冊，頁 21180）

45. **劉一止**（1080～1161）〈和故人二首丁卯年九月二十二日夢中得
之〉

平生事業較粗疏，晚歲欣陪謝幼輿。林下商量好消息，不須嵇子
絕交書。

目前得已便休休，事業何曾有到頭。客問函三孰爲一，月明風靜
好清秋。（《全宋詩》第二十五冊，頁 16713）

46. **胡憲**（1086～1162）〈夢中賦白鷗〉

惟餘虛名在，長江與蒼山。不逢堯舜世，終此若鳥閑。（《全宋詩》
第二十九冊，頁 18809）

47. **鄭剛中**（1088～1154）〈己酉三月二十一日夜夢中作〉

曲闌干畔短籬邊，用意春工剪不圓。一夜西風借霜力，幽香噴出
小金錢。（《全宋詩》第三十冊，頁 19079）

鄭剛中〈十月初十月初夢寄良嗣詩三句云相思一載餘身隨雲共遠
夢與汝同居覺而足之〉

武昌分別處，江岸倚籃輿。對飲三杯後，相思一載餘。身隨雲共
遠，夢與汝同居。何日秋風夜，燈前聽讀書。（《全宋詩》第三十
冊，頁 19134）

48. **陳與義**（1090～1138）〈夢中送僧覺而忘第三聯戲足之〉

兩鴻同一天，羽翼不相及。偶然一識面，別意已超忽。去程秋光

好，萬里無斷絕。雖無仁人言，贈子以明月。(《全宋詩》第三十一冊，頁19521)

49. 張嵲（1096～1148）〈夢中作得六句覺後足成〉
山中茅屋好，況復竹籬新。一逕往來客，萬山迎送人。葉殷渾欲染，冬暖卻疑春。近得幽棲地，時來岸角巾。
張嵲〈余於今年二月初一日夜夢中與劉彥禮兄弟水邊飲酒賦詩曾記所作元八句忘其餘今足成之〉
夢裏相逢竟是非，人生皆夢亦何疑。花邊置酒行杯速，石上聽泉得句遲。千里幸能申闊積，一歡何必是前期。諦觀石火光中事，慮不長於未覺時。(《全宋詩》第三十二冊，頁20512)
張嵲〈夢中作後兩句前句覺後足成皆夢中所見也〉
山南山北是人家，紅杏香中日未斜。傳語春風能幾日，慎無吹折最高花。(《全宋詩》第三十二冊，頁20534)

50. 王銍（高宗建炎四年（1130）權樞密院編修官）〈夢中賦秋望〉
閣小寒宜遠，林荒晚帶風。遙山秋色外，獨樹雨聲中。念起三生異，心傷萬境同。此邦非我里，隨意作流通。(《全宋詩》第三十四冊，頁21301)

51. 許顗（生卒年不詳）〈夢中詩〉
閑花亂草春春有，秋鴻社燕年年歸。青天露下麥苗濕，古道月寒人跡稀。(《全宋詩》第三十四冊，頁21597)

52. 晁公遡（高宗紹興八年進士）〈夢中作〉
舉鞭重到故都行，予亦咨嗟恨不勝。心與隴雲留漢苑，目隨煙樹遶秦陵。(《全宋詩》第三十五冊，頁22448)

53. 陸游（1125～1209）〈夜夢從數客雨中載酒出遊山川城闕極雄麗云長安也因與客馬上分韻作詩得遊字〉
有酒不謀州，能詩自勝侯。但須繩繫日，安用地理憂。射雉侵星

出，看花秉燭遊。殘春杜陵雨，不恨濕貂裘。(《全宋詩》第三十九冊，頁 24269)

陸游〈九月十八夜夢避雨叩一僧院有老宿年八十許邀留甚勤若舊相識者夢中為賦此詩〉

畫簷急雨傾高秋，夜投丈室燈幽幽。耆年擁毳雪滿頭，拂拭床敷邀我留。雛猊戲擲香出喉，蓬蓬結成蒼玉毬。蠻童揭簾侍者憂，觸散香烟當罰油。(《全宋詩》第三十九冊，頁 24433)

陸游〈五月十一日夜且半夢從大駕親征盡復漢唐故地見城邑人物繁麗云西涼府也喜甚馬上作長句未終篇而覺乃足成之〉

天寶胡兵陷兩京，北庭安西無漢營。五百年間置不問，聖主下詔初親征。熊羆百萬從鑾駕，故地不勞傳檄下。築城絕塞進新圖，排仗行宮宣大赦。岡巒極目漢山川，文書初用淳熙年。駕前六軍錯錦繡，秋風鼓角聲滿天。苜蓿峰前盡亭障，平安火在交河上。涼州女兒滿高樓，梳頭已學京都樣。(《全宋詩》第三十九冊，頁 24514)

陸游〈夢中作〉

拓地移屯過酒泉，第功圖像上凌煙。事權皂纛兼黃鉞，富貴金貂映玉蟬。油築毬場飛驌騻，錦裁步障貯嬋娟。擁塗士女千層看，應記新豐舊少年。(《全宋詩》第三十九冊，頁 24550)

陸游〈夢中作〉

路平沙軟淨無泥，香草丰茸沒馬蹄。搗紙聲中春日晚，怳然重到浣花溪。(《全宋詩》第三十九冊，頁 24559)

陸游〈夢宴客大樓上命筆作詩既覺續成之〉

梅蕊香清簪寶髻，熊蹯味美按新醅。眼邊歷歷興亡事，欲賦章華恐過哀。(《全宋詩》第三十九冊，頁 24569)

陸游〈夢與數客劇飲或請賦詩予已大醉縱筆書一絕覺而錄之〉

高談雄辯憑陵酒，豪竹哀絲蹴蹋春。占斷名園排日醉，不教虛作太平人。(《全宋詩》第三十九冊，頁 24806)

陸游〈五月七日夜夢中作二首〉

征行過孤壘，寂寞已千年。馬病霜菅瘦，狐鳴古冢穿。烟塵身欲老。金石志方堅。零落英雄盡，何人共著鞭。

霜露薄貂裘，連年塞上留。蘆笳青冢月，鐵馬玉關秋。振臂忘身懧。憑天報國讎。諸公方袞袞，好運幄中籌。（《全宋詩》第四十冊，頁 24938）

陸游〈六月二十四日夜分夢范至能李知幾尤延之同集江亭諸公請予賦詩記江湖之樂詩成而覺忘數字而已〉

露箬霜筠織短篷，飄然來往淡烟中。偶經菱市尋谿友，卻揀蘋汀下釣筒。白菡萏香初過雨，紅蜻蜓弱不禁風。吳中近事君知否，團扇家家畫放翁。（《全宋詩》第四十冊，頁 24940）

陸游〈丁巳正月二日雞初鳴夢至一山寺名鳳山其尤勝處曰咪軒予爲賦詩既覺不遺一字〉

已窮阿閣勝，更作咪軒遊。不盡山河大，無根日月浮。吾身元是幻，何物彊名愁。久覓卓庵處，是間應可留。（《全宋詩》第四十冊，頁 24954）

陸游〈夢中作遊山絕句二首〉

霜風吹帽江村路，小蹇迢迢委彎行。忽到雲山幽絕處，穿林啼鳥不知名。

寺樓已斷暮鐘聲，照佛琉璃一點明。不道溪深待船久，老僧驚怪太遲生。（《全宋詩》第四十冊，頁 25056）

陸游〈夢中作〉己未十二月五日夜作，所書皆夢中事也。

長堤行盡古河濆，小市人稀露雨昏。櫪馬垂頭齧菅草，驛門移路避槐根。斷碑零落苔俱徧，漏壁微茫字半存。催喚廚人燎狐兔，強排旅思舉清樽。（《全宋詩》第四十冊，頁 25061）

陸游〈夢題驛壁〉十二月二十七日夜

半生征袖厭風埃，又向關門把酒杯。車轍自隨芳草遠，歲華無奈夕陽催。驛前歷歷堠雙隻，陌上悠悠人去來。不爲途窮身易老，

百年回首總堪哀。(《全宋詩》第四十冊,頁 25064)

陸游〈二月二日夢中作〉

零落薔薇萎道傍,更堪寒雨漬殘香。象床玉尺人何在,腸斷新裁
錦一方。(《全宋詩》第四十冊,頁 25234)

陸游〈夢中賦早行〉

夜分秉炬治裝賚,千里霜風入馬蹄。擁褐卻尋孤驛夢,垂鞭時聽
近村雞。荒烟漫漫沈殘月,宿莽離離上古堤。天色漸分寒更力,
道傍沽酒圻官泥。(《全宋詩》第四十冊,頁 25277)

陸游〈八月四日夜夢中作〉

太華巉巉敷水長,白驢依舊繫斜陽。山深乳洞藥爐冷,花發雲房
醅瓮香。鄰叟一樽迎谷口,蠻童三髻拜溪傍。中原俯仰成今古,
物外自閑人自忙。(《全宋詩》第四十冊,頁 25324)

陸游〈夢中作〉甲子十月二日夜,雞初鳴,夢宴客大樓上。山河奇麗,東
南隅有古關尤壯。酒半樂闋,索筆賦詩,終篇而覺,不遺一字。遂錄之,亦
不復加竄定也。

富貴誇人死即休,每輕庸子覓封侯。讀書歷見古人面,好義常先
天下憂。獨往何妨刀買犢,大烹卻要鼎函牛。坐皆豪傑眞成快,
不負凌雲百尺樓。(《全宋詩》第三十九冊,頁 25337)

陸游〈甲子歲十月二十四日夜半夢遇故人於山水間飲酒賦詩既覺
僅能記一二乃追補之二首〉

拂衣金馬門,稅駕石帆村。喚起華山夢,招回湘水魂。心親頻握
手,目擊欲忘言。最喜藤陰下,翛然共一樽。

小山緣曲澗,路斷得藤陰。忽遇平生友,重論一片心。興闌棋局
散,意豁酒杯深。雞唱俄驚覺,淒然淚滿襟。(《全宋詩》第四十
冊,頁 25343)

陸游〈夢中作〉

華山敷水本閑人,一念無端墮世塵。八十餘年多少事,藥爐丹竈
尚如新。(《全宋詩》第四十冊,頁 25358)

陸游〈夢中作二首〉

繫馬朱橋上酒樓，樓前敷水拍堤流。春風又作無情計，滿路楊花輥雪球。

大慶橋頭春雨晴，行人馬上聽鶯聲。祥符西祀曾迎駕，惆悵無人說太平。（《全宋詩》第四十冊，頁25409）

陸游〈十月十四夜夢與客分題得早行〉

蓐食寒燈下，脂車小市傍。驛門猶淡月，街樹正清霜。觸目關河異，興懷道路長。丈夫當自力，雙鬢易蒼蒼。（《全宋詩》第四十冊，頁25416）

陸游〈夢中作〉

世事何由可控摶，故山歸臥有餘歡。澗泉見底藥根瘦，石室生雲丹竈寒。人遠忽聞清嘯起，山開頻得異書看。一朝出赴安期約，萬里烟霄駕紫鸞。（《全宋詩》第四十冊，頁25430）

陸游〈夢中作〉

萬里行求藥，三生誓棄官。鶴巢投暮宿，松麨續朝餐。進火金丹熟，凌風玉宇寒。人間日月速，歲曆又將殘。（《全宋詩》第四十冊，頁25476）

陸游〈夢中作〉

野鶴翩啄粒微，碧桃縹緲著花稀。海山又見春風到，丹竈苔封人未歸。（《全宋詩》第六十冊，頁25494）

陸游〈夢中作二首〉

試說山翁事，諸君且勿譁。百年看似夢，萬里不想家。夜艾猶添酒，春殘更覓花。卻嗤勾漏令，辛苦學丹砂。

平羌江上月，伴我故山來。幽興依然在，浮雲正爾開。清秋纔幾日，黃葉已成堆。未醉江樓酒，扁舟可得回。（《全宋詩》第四十一冊，頁25528）

陸游〈夢中江行過鄉豪家賦詩二首既覺猶歷歷能記也〉

築屋傍江皋，牆垣締結牢。深門蔭楊柳，高架引蒲萄。黍酒歡迎

客,麻衫旋束絛。兒孫勿遊惰,常念起家勞。

蒲席乘風健,江潮帶雨渾。樹餘梢纜跡,岸有刺篙痕。酒酹湘君
廟,歌招屈子魂。客途嗟草草,無處采芳蓀。(《全宋詩》第四十
一冊,頁 25637)

陸游〈夢中作〉

久向人間隱姓名,看花幾到武昌城。一壺春色常供醉,萬里煙波
懶問程。斜日挂帆堤外影,便風擊鼓驛前聲。丈夫入手皆勛業,
廊廟江湖未易評。(《全宋詩》第四十一冊,頁 25652)

陸游〈夢中作二首〉

征途遇秋雨,數士集郵亭。酒拆官壺綠,山圍草市青。劇談猶激
烈,瘦影各伶俜。四海皆兄弟,悠然共醉醒。

一客若蜀士,相逢意氣豪。偶談唐夾寨,遂及楚成皋。自注:二者
皆所論事。頓洗風塵惡,都忘箠轡勞。蟬嘶笑餘子,辛苦學離騷。
(《全宋詩》第四十一冊,頁 25703)

陸游〈八月二十三夜夢中作〉

道士上天鶴一隻,老僧住庵雲半間。去來盡向無心得,癡黠相除
到處閑。江山千里互明晦,魚鳥十年相往還。高巖縹緲人不到,
醉中爲子題其顏。(《全宋詩》第四十一冊,頁 25707)

54. 范成大(1126～1193)〈夢中作〉

漠漠人間一氣平,虛無宮殿鎖飛瓊。碧雲萬里海光動,何處書來
金鶴鳴。(《全宋詩》第四十一冊,頁 25949)

55. 楊萬里(1127～1206)〈記夢三首〉夢遊一山寺,山水清美,花草方鮮。
未見寺而聞鐘,夢中作三絕,覺而記之。

雲袖危相複,霜鐘韻正遲。忽然數聲急,卻是住撞時。

水動花梢動,水搖水影搖。不知各無意,爲復兩相招。

霧外知何寺,鐘聲只隔山。望來無里許,還在九霄間。(《全宋詩》
第四十二冊,頁 26384)

楊萬里〈夢種菜〉予三月一日之夜，夢游故園，課僕夫種菜，若秋多之交者，尚有菊也。夢中得菜子菊花一聯，覺而足之。

背秋新理小園荒，過雨畦丁破塊忙。菜子已抽蝴蝶翅，菊花猶著鬱金裳。從教蘆菔專車大，（自注：音惰）早覺蔓菁撲鼻香。宿酒未消羹糝熟，析酲不用柘爲漿。（《全宋詩》第四十二冊，頁 26391）

楊萬里〈夢作碾試館中所送建茶絕句〉

天上蓬山新水芽，羣仙遠寄野人家。坐看寶帶黃金銙，吹作春風白雪花。（《全宋詩》第四十二冊，頁 26405）

楊萬里〈二月十一日夜夢作東都蚤春絕句〉

道是春來早，如何未見春。小桃三四點，偏報有情人。（《全宋詩》第四十二冊，頁 26406）

楊萬里〈記夢中紅碧一聯〉

喜教兒聯句，那知是夢中。天窺波底碧，日抹樹梢紅。覺後念何說，意間難強通。元來一夜雪，明曉散晴空。（《全宋詩》第四十二冊，頁 26452）

56. **周必大**（1126～1204）〈九月十八日夜忽夢作送王龜齡師兩句枕上足成之〉

匈奴何敢渡江東，一士眞過萬馬雄。唐室安危誰可佩，雪山輕重屬之公。天臺不納尚書履，鄉縣猶乘御史驄。行樂休嫌園小小，高歌幸有婢隆隆。自注：龜齡家有小小園，而侍姬號隆隆。（《全宋詩》第四十三冊，頁 26699）

周必大〈夜夢次陳立夫韻〉戊子十二月初八日

慣伴山僧汲澗泉，懶隨年少夢游仙。風流輸與賢兄弟，朱閣臨風教李娟。自注：非想所及，不可曉也。（《全宋詩》第四十三冊，頁 26716）

周必大〈十二月十九日餞別劉文潛運使明日書來云醉夢中作小詩但記後兩句爲足成之〉壬辰

幽人門巷冷如冰，使節光華肯再登。今夕青燈話三館，明年何處

說廬陵。(《全宋詩》第四十三冊，頁 26727)

周必大〈讀張敬夫南軒集夜夢賦詩〉庚申七月

道學人爭說，躬行少似君。中心惟至一，餘事亦多聞。湖廣規模遠，濂伊講習勤。平生忠與敬，彷彿在斯文。(《全宋詩》第四十三冊，頁 26784)

周必大〈甲申四月甲子夜夢以焦坑小團及宜春新芽送隆慶長老了遠戲作柬云云矍然而寤枕上又補一頌以茶送達數日前曾有此意而一點千林非因想所及也〉

達上座，惺惺著，靈根一點便神通，敗葉千林都掃卻。自注：夢中戲作(《全宋詩》第四十三冊，頁 26819)

57. **虞儔**（孝宗隆興元年（1163）進士）〈夢中作膾鱠〉

香虀擣就有餘辛，細縷初飛白玉鱗。莫遣佳人頻下筯，翠娥深處要人饔。(《全宋詩》第四十六冊，頁 28590)

58. **薛季宣**（1134～1173）〈六月三夜夢觀某人詩什其詩一章四絕蓋絕筆也走讀竟太一真人來告語青猿手裏得長書靜聞丹竈風中雨之句夢而默記之寤矣作詩導意〉

多謝真人警夢書，青猿馴擾尚趑趄。任從爐鼎喧風雨，爭奈神明復古初。君樂鍊形咀丹火，我甘飲水灌園蔬。惟當敬佩終焉意，子欲無言致匪虛。(《全宋詩》第四十六冊，頁 28668)

59. **周孚**（1135～1177）〈夢與辛幼安遇於一精舍予賦詩一篇覺而記其卒章云它年寄書處當記盧仝窮因賦此詩寄之〉

秋霜草花落，夢君浮屠宮。羈魂得清游，短章見深衷。破屋仰見天，何人記盧仝。相逢大槐國，一笑仍忽忽。與君十年交，九年悲轉蓬。君行牛斗南，我在淮漢東。修途繚山岳，此會何緣同。伏枕自嘆息，衰懷托西風。啾啾籬間雀，冉冉天際鴻。擔簦亦何憾，吾生自當窮。扁舟具蓑笠，久已藏胸中。它年君來時，葦間尋此翁。(《全宋詩》第四十六冊，頁 28803)

60. 林亦之（1136～1185）〈續夢中所見兩句〉

長劍歌明月，吳門一夜過。紅樓何處是，爲說馬闌坡。（《全宋詩》
第四十七冊，頁 28997）

林亦之〈記九月二十五夜夢中作〉

藥圃幽人徑，桃源處士居。歲時雖屢改，蹤跡尙如初。（《全宋詩》
第四十七冊，頁 28997）

61. 陳傅良（1137～1203）〈夢人詠詩覺省數句足成一首〉

三人共一被，寒夜爭抽牽。一人恥不讓，起坐遲朝暄。明朝復雨
雪，忍豈無春妍。四時各天運，兩人正鼾眠。（《全宋詩》第四十
七冊，頁 29232）

62. 趙蕃（1143～1229）〈十二月初六夜夢客溧陽半月而未見晦菴夢中
以見遲爲愧作詩謝之首句云平生知己晦菴老歲晚方懷見晚羞寐而
診日羈於一官久去師門精神之感形見如此耶用其句賦詩一章寄
上〉

平生知己晦菴老，歲晚方懷見晚羞。題詩寄公夏始盛，遣弟持書
春又浮。謝安東山豈我舍，迂叟洛中常國優。蟠桃結實動千載，
朝菌不與晦朔謀。（《全宋詩》第四十九冊，頁 30733）

63. 孫應時（1154～1206）〈夢蜀中一山寺曰龍塘有龍祠余似嘗屢游也
題詩別之未足兩句而爲因足成之〉

客遊幾度到龍塘，沙路縈紆草木香。雪後江山餘壯觀，秋來樓閣
記新涼。百年此役何時再，萬里東歸託興長。風景留人重迴首，
猶須好句與平章。（《全宋詩》第五十一冊，頁 31791）

孫應時〈十一月二十六夜夢與范石湖各賦梅花六言覺僅記其大意
足成二絕〉

小齋遙夜孤坐，何處香來可人。起看一窗寒月，更憐瘦影相親。
江路月斜霜重，野橋風峭波寒。知負天公何事，十他冷淡相看。
（《全宋詩》第五十一冊，頁 31797）

64. 陳文蔚（1154～1247）〈一夕夢中得絕句覺時惟記後二句最眞因潤色足成之〉

歲月苦爲身口累，風霜無奈鬢毛侵。自注：夢中彷彿如此中間一事卻奇特，存得當時一片心。（《全宋詩》第五十一冊，頁 31967）

65. 徐璣（1162～1214）〈夢成〉

向晚菱歌起，風平水不流。鴛鴦兩相逐，飛過採蓮舟。（《全宋詩》第五十三冊，頁 32887）

66. 劉學箕（生卒年不詳）〈九月十八日夜夢賞春某氏園池賦春詞二首題柱〉

芍藥花開日漸長，小窗閒理舊笙簧。憑誰爲喚詩宗匠，共賦留雲借月章。

樓下醲醹壓架香，翠圍帷幄覆池塘。桃花浪煖魚成陣，人倚雕欄到夕陽。（《全宋詩》第五十三冊，頁 32919）

67. 程珌（1164～1242）〈五鼓夢中作覺而成之二首〉

人生萬幻一氂輕，須築銅駝萬里城。莫道斜陽光不遠，斷霞收盡十分明。

當時千馴已無聞，寧說牛羊上塚行。同是博陵評古者，肯令千載尙麒卿。（《全宋詩》第五十三冊，頁 33028）

68. 戴復古（1167～？）〈醉眠夢中得夏潤得秋早雨多宜歲豐一聯起來西風悲人且聞邊事〉

夏潤得秋早，雨多宜歲豐。今朝上東閣，昨夜已西風。田野一飽外，乾坤萬感中，傳聞招戰士，人尙說和戎。（《全宋詩》第五十四冊，頁 33494）

戴復古〈夢中題林逢吉軒壁覺來全篇可讀天明忘了落句〉

囂塵不到眼，瀟灑似僧家。風月三千首，圖畫四十車。綠垂當戶柳，紅映隔牆花，好讀天臺賦，登樓詠落霞。（《全宋詩》第五十

四冊，頁 33504）

戴復古〈趙用甫提舉夢中得片雲不隔梅花月之句時被命入朝雪中送別用其一句補以成章〉

一時議論動諸公，有詔西來玉節東。又見清朝更大化，好趨丹陛奏孤忠。片雲不隔梅花月，一雪翻成柳絮風。把酒莫辭今夕醉，明朝車馬去匆匆。（《全宋詩》第五十四冊，頁 33567）

戴復古〈清明前夢得花字〉

白頭那辦老生涯，幸有癡兒可主家。百歲光陰一場夢，三春消息幾番花。掃松欲造清明酒，入峽先租穀雨茶。隨分支吾度時節，那求不死煉丹砂。（《全宋詩》第五十四冊，頁 33585）

69. **蘇泂**（1170～？）〈夢中作〉

青燈一盞照青編，月色霜華兩皓然。交友歲寒何所憶，水僊王廟竹林邊。（《全宋詩》第五十四冊，頁 33972）

蘇泂〈夢句〉

元日新春又一年，剡溪仍是舊山川。白頭野叟無時事，獨自尋僧雪滿船。（《全宋詩》第五十四冊，頁 33973）

70. **洪咨夔**（1176～1236）〈青草夢詩後兩句早作足之〉

乾馬坤牛放手騎，縱橫上下盡通逵。杖頭挑起東風海，掛向東邊若木枝。（《全宋詩》第五十五冊，頁 34486）

洪咨夔〈夢中得蕎粥詩覺而記其景聯〉

墨雲吹雨落霜空，滿地珊瑚樹樹紅。老麚踏烟霏浙瀝，鈍鎗奏火沸蒙茸。寒江浪起雪飛外，古嶂風鳴雲攪中。識破太官羊氣味，故山好處夢先通。（《全宋詩》第五十五冊，頁 34494）

洪咨夔〈隆慶徐守作堂名蜀固一夕夢與余賦詩堂上有何時首歸塗樽酒逢故人之句未幾過其堂爲賦之〉

高堂挹橫山，雲木叫杜宇。樽酒逢故人，重圓夢中語。（《全宋詩》第五十五冊，頁 34511）

洪咨夔〈夢中和人梅詩山礬韵二首〉

溪路槎牙木葉乾，角聲吹動五更寒。疏疏梅蕊疏疏雪，一段生綃不用礬。

竹外橫梢半欲乾，透香肌骨不勝寒。定知天上梅花腦，不比人間柳絮礬。（《全宋詩》第五十五冊，頁 34536）

洪咨夔〈五月庚申夢人相指爲馬周且誦詩兩句覺而足之〉

伸縮一雙手，去來三世身。新豐驚昨夢，斗酒滿懷春。（《全宋詩》第五十五冊，頁 34543）

71. 鄭清之（1176～1251）〈八月初五夢桃杏枝上皆小蕊頃刻間一花先開既而次第皆拆色殊紅鮮可愛夢中爲賦一詩覺但記其第二句戲足成之〉

天孫紅錦淺深裁，爲惜芳包未肯開。爭奈東風披拂甚，枝頭次第吐香腮。（《全宋詩》第五十五冊，頁 34622）

72. 魏了翁（1178～1237）〈游北巖之疇昔夢作二詩覺而僅記一聯云鬢髮絲絲半已華猶將文字少年誇明日爲客誦之客十三人請以是爲韻予分鬢字〉

時事彫壯心，詞華誤雙鬢。昨夢忽儆予，覺來起孤憤。五官予所司，此夢乃予訓。是心協著龜，是氣通浸煇。形骸且不察，理性抑難盡。曉筇度雲壑，疏林露鷹隼。暮歸踏江聲，寒流爇蛟蜃。惕思懷襄日，氣勢如項陳。天根忽晨見，卷去不盈瞬。猶然玩文采，吾果不知分。飲餕習未忘，依前賦分韻。（《全宋詩》第五十六冊，頁 34915）

73. 陽枋（1187～1267）〈端平甲午踏槐前記夢中作〉

莫學寒蚤窗下吟，嗤嗤不作兩般聲。大千世界都聞了，管甚癡龍睡不驚。（《全宋詩》第五十七冊，頁 36131）

74. 劉克莊（1187～1269）〈夢中爲人跋畫兩絕〉

三相入朝馬，諸姨照夜璽。故應留小蹇，專載拾遺公。

花鳥皆詩料，江山即畫圖。暮歸錦囊重，壓殺小奚奴。（《全宋詩》第五十八冊，頁 36370）

75. 嚴羽（1192？～1245？）〈夢中作〉予客廬陵日，夢至一大府。主人自稱劉荊州，與予觴燕，各賦詩爲樂。覺而彷彿一二，因續成之。

少小尚奇節，無意縛珪組。遠遊江海閒，登高屢懷古。前朝英雄事，約略皆可覩。將軍策單馬，談笑有荆楚，高視蔑袁曹，氣已蓋寰宇。天未豁壯圖，人空坐崩沮。丈夫生一世，成敗固有主。要非僄儓人，未死名已腐。夫何千載後，亦忝趨大府。主人敬愛客，開宴臨長浦。高論極興亡，歷覽窮川渚。殷勤芳草贈，窈窕邯鄲舞。媿無登樓作，一旦濫推許。懷哉揮此觴，別路如風雨。（《全宋詩》第五十九冊，頁 37199）

76. 晏乂（生卒年不詳）〈夢中〉

春樹年年少，寒雲浦浦連。片帆高浪起，斗酒夕陽偏。沙市懷司馬，州城哭老邊。太平冠蓋盡，爾敢望諸賢。（《全宋詩》第五十九冊，頁 37222）

77. 白玉蟾（1194～？）〈夢中得五十六字〉

醉醒曳仗訪松關，正在黃昏杳靄間。既去復來秋後暑，似無還有雨山中。澗邊幾葉晚花落，天際一鉤明月彎。自覺餘煙埋屐齒，行行印破蘚痕班。（《全宋詩》第六十冊，頁 37551）

78. 劉翼（1198～？）〈夢呈樂軒先生既覺不失一字錄呈竹溪玉堂〉

不見仙翁四十春，幸然丘隴在比鄰。當年四海從游者，報佛深恩有幾人。富貴功名堪擘畫，最難擘畫子孫賢。（《全宋詩》第六十冊，頁 38096）

79. 方岳（1199～1262）〈夢書十字史記冊上太史公此書眞是筆斡造化夢語非夸也因足之識於策〉

禹穴探幽眇，神功接混茫。絕麟纔此筆，春夢試平章。（《全宋詩》

第六十一冊，頁38267）

方岳〈夢陳和仲如平生交有三言覺而記其一日錯後亂夢中了了以
爲事錯之後此心撩亂不如早謀其始也〉

睡殘寒月海東頭，不起斯人孰與遊。天下事寧堪幾錯，夢中語亦
戒前籌。江湖浩浩二三子，風雨寥寥十五秋。莫向斷雲多感慨，
孔顏無命不伊周。（《全宋詩》第六十一冊，頁38344）

方岳〈夢有饟予寶器一衲者曰僧某甲入寂奉以別也一念不敢受當
與善知識作供耳顧僧在傍恢然偉岸與之揖甚野劃然笑曰我不管也
因墨格上筆書云老藤一枝孤雲萬里如是我聞我聞如是放筆趺座而
逝既覺因作偈言焉知僧非異人與予宿有緣契庶幾聞之〉

何師何許人，何用與世絕。向來修何行，於今得寂滅。復以何因
緣，夢與老夫訣。是身如虛空，而有何差別。云何作我相，饟別
何屑屑。彼分香賣履，何者謂豪傑。老師出世間，亦復何戀結。
我法一切無，何以此寶訣。問寶何從來，豈爲我輩設。師今何方
去，更吐廣長舌。（《全宋詩》第六十一冊，頁38420）

80. 李昂英（1201～1257）〈夜夢漁父求詩覺能記其全書贈梁彌仙〉
酒湖無盡春無限，一葉江湖萬里天。明月滿篷風荻響，醉眠正在
白鷗邊。（《全宋詩》第六十二冊，頁38866）

81. 施樞（生卒年不詳）〈夢遊徑山值雪擁爐賦詩〉
雪天元自冷，何況是山中。自注：此聯是夢中句。雙徑衝寒霧，千
林戰晚風。室中人已定，爐內火常紅。萬事皆如夢，誰知夢亦空。
（《全宋詩》第六十二冊，頁39095）

82. 釋文珦（1210～？）〈春夜夢遊溪上如世傳桃源與梵僧仙子遇具蟠
桃丹液靈芝胡麻於雲窗霧閣間請賦古詩頗有思致覺而恍然猶能記
憶五句云灘峻舟行遲亂峰青虯蟠一瀑素霓吼靈桃粲丹朱仙飯雜芝
糇遂追述夢事足成一十七韻〉

隨意作清遊，唯與邛竹偶。徘徊望原田，宛轉赴林藪。隔溪更幽

奇，欲往興彌厚。漁人自知心，涉我不待叩。爛爛桃花明，粼粼白沙走。灘峻舟行遲，轇棹入崖口。亂峰青虬蟠，一瀑素霓吼。微徑上青冥，高木掛星斗。梵宇金碧開，萬象發蒙蔀。老僧雪眉長，妙語滌心垢。乘雲者何人，笙鶴自先後。邀余過殊庭，酌以流霞酒。靈桃粲丹朱，仙飯雜芝糗。白鹿守天壇，彩煙生藥臼。謂言保其眞，物我盡芻狗。窗外鐵鐘鳴，驚覺復何有。乃知百年間，夢境匪長久。（《全宋詩》第六十三冊，頁 39515）

釋文珦〈夢中作〉

棄置何足憂，貧賤元非病。山邊水邊行，頗適幽人情。柴門絕輪鞅，蒼苔滿修徑。忽聽漁者歌，還動江湖興。（《全宋詩》第六十三冊，頁 39515）

釋文珦〈記夢〉并序

余九月三日忽病瘧，日必一作，肢體憊甚。至十日，隱几坐臥，忽夢二人幅巾杖藜，相過談詩。及寤，但記得一聯云：「骨換言方異，心空意始圓。」是夕瘧止。次夜又自夢坐亡，手書遺偈四句，前二句雖已書而不能記，憶後二句云：「放身行碧落，古樂聽鈞天」書至落字而覺，末句雖書未全，而口尚能誦。於是起就佛燈書之，病遂脫然。信詩之能愈瘧矣。今足以起結，成唐律一篇，語不工，以記異也。

吟是大乘禪，禪深夢亦僊。放身行碧落，古樂聽鈞天。骨換言方異，心空意始圓。手按黃菊蕊，寫放瀑厓邊。（《全宋詩》第六十三冊，頁 39582）

釋文珦〈春夜夢中得觀與心爲度身將世作仇一聯既覺而足成四韻寄修觀者〉

高人持遠流，淨行在林丘。觀與心爲度，身將世作仇。不曾過午食，常滿六時修。苦海人求度，師應駕法舟。（《全宋詩》第六十三冊，頁 39582）

83.陳著（1214～1297）〈春夜夢中得四句〉

北海座上客常滿，陳平席門車亦多。貧富不關交際事，二公門戶

亦山河。(《全宋詩》第六十四冊,頁 40130)

陳著〈與徐國英名應蚩坐西窗渴睡中得四句〉

古語相宜數日陪,西風未放木犀開。子方興盡欲歸去,小雨又從溪外來。(《全宋詩》第六十四冊,頁 40131)

陳著〈夢中得詩二句王景雲聞之擬成八句來因次韻〉

浮生誰不愛名成,未到頭時未是名。不意事多人易老,知音者少路難行。自注:夢中二句。清閒信是終身福,得失須教一念輕。林下有家歸有日,離騷聲裏聽猨聲。(《全宋詩》第六十四冊,頁 40182)

84. **許月卿**(1216～1285)〈夢中作〉

我來烟水遠,漁艇夜鳴榔。萬仞巫山聳,一宵秋夢長。金翹何婀娜,玉佩遽叮噹。月冷天雞曉,空餘枕屏香。(《全宋詩》第六十五冊,頁 40535)

85. **舒岳祥**(1219～1298)〈八月初三日五更夢覺追記〉

林下青衫卸,尊前白髮欹。少年行樂事,暮景感傷時。鍊藥嫌長嬾,觀書悔已遲。惜花心性在,時復一吟詩。自注:夢行故都天街上,往訪一舊識。路甚迢遙,至其館,則所識不在。有二女子從樓上,亟道致其主偶出之意,請余少俟。因出酒肴酌余,歌詞有「惜花心性」之語。夢覺,不能全記,故追賦之。(《全宋詩》第六十五冊,頁 40972)

舒岳祥〈紀夢〉有序:初八日曉夢乘款段行故鄉麥隴上,見梅花兩株,一紅一白,意其愛之。有一人同遊,故人也,取酒共飲,不知身在他山亂離中也。寐覺之間,恍成一絕,其人誦數過,既覺能記之。

款款徐行穩不危,迢迢溪路見疏梅。青枝欲挽憐香雪,喚取芳尊樹下來。(《全宋詩》第六十五冊,頁 41014)

舒岳祥〈夢中作〉

桃李成蹊春不言,有人扶瘦倚欄杆。柔柔軟軟愁如困,燕子初歸帶薄寒。(《全宋詩》第六十五冊,頁 41104)

舒岳祥〈二十五日晚西窗坐睡夢美人出紈扇所題爲題一覺既覺則童子已明燭矣忘其上三句足成此篇〉

皎皎瓊華了不疑，綠窗團扇索題詩。風流自是天生句，燕子梨花恰並時。（《全宋詩》第六十五冊，頁 41014）

86. **方回**（1227～1307）〈夢作〉

幾年于此矣，愁鬢雪垂垂。已悟身爲幻，猶能夢作詩。百骸誰不朽，一念未全衰。用盡平生力，唯吾影自知。（《全宋詩》第六十六冊，頁 41537）

方回〈上饒周君夢至梅花洞吟曰我家本住梅花洞一陣風來一陣香爲賦長句〉

帝敕王家專管竹，子猷高風誰可續。西州間生文與可，後來特判篔簹谷。帝敕陶家專管菊，千載淵明一影獨。分司旁出可無人，醉插齊山容杜牧。梅花天下第一花，天下好詩翰林家。孤山山下清淺水，疏影年年橫復斜。水中漉影出此句，美玉鑿石金淘沙。至今和靖一丘壑，敢有代者需齊瓜。乾坤故異醯雞甕，元來別有梅花洞。玉堂不隔蓬與弱，自是世人肉身重。周郎妙年有仙骨，月夜往來跨鸞鳳。自言家住梅洞中，怕泄天機稱是夢。芙蓉城主傳石丁，洞天是處花冥冥。蓮花博士薇花郎，玉階除拜時告廷。世間善賦梅花者，定皆梅洞諸仙靈。梅洞梅洞果何在，七十萬里天常青。（《全宋詩》第六十六冊，頁 41740）

87. **何夢桂**（1229～？）〈夢中作〉

草濃阡陌眠黃犢，沙煖汀洲浴翠禽。一徑梧桐花落後，半江春水綠陰陰。（《全宋詩》第六十七冊，頁 42194）

88. **周密**（1232～1298）〈記夢〉

余前十年，常臥遊神山，登紫翠樓，賦詩兩章，自後忽忽到其處。中秋後二夕，倚桂觀月，不覺坐睡。層城飛闕，歷歷舊遊，青童授詩語極玄妙。窹驚，已丁夜矣，僅憶青高不可極已下二十字。援筆足之，以記仙盟云。

剛風吹翠冰，倒景浮玄樞。蕭臺萬八千，上有眞仙居。冰綃綱清氣，寶笈龕瓊書。至人青瑤冠，風動雲霞裾。顧我一笑粲，勺以青琳腴。泠泠徹崑崙，肝鬲生明珠，玉童發清謠，引鶴開金鋪。授我碧露牋，字字如瓊琚。跽受九拜起，雲氣隨捲舒。靈文眩五色，奧語探皇初。青高不可極，玄晤常集虛。玉苗日茂茂，珠蕊春如如。天妙不費言，悟解超仙衢。飛樓入紫翠，笑語多天姝。馴龍耕玉田，小鳳扶金車。香滿十二簾，春動紅流蘇。脩欄瞰雲雨，黃道通清都。憶昔遊五城，十載纔須臾。正坐一念差，不覺秋塵汙。華池滌凡髓，重佩三元符。凜凜不可留，欲去還踟躕。仰天發長嘯，萬竅皆笙竽。約我更百年，來此騎鯨魚。(《全宋詩》第六十七冊，頁 42556)

89. 陳觀國（生卒年不詳）〈夢中作〉

水聲兮激激，雲容兮茸茸。千松拱綠，萬荷奏紅。爰宅茲巖，以逸放翁。屹萬仞與世隔，峻一極而天通。予乃控野鶴，追冥鴻，往來乎蓬萊之宮。披海氛而一笑，以觀九州之同。(《全宋詩》第六十八冊，頁 42823)

90. 趙文（1239～1315）〈二月十四夜夢中吟云隔溪啼鳥東風軟滿地落花春雨深次日陪謝少府飲章聖寺足成之〉

留得餘寒伴客衾，驀然萬感赴沈吟。隔溪啼鳥東風軟，滿地落花春雨深。草草一樽聊若下，匆匆千載亦山陰。月溪橋上凭欄久，應有游鯈識此心。(《全宋詩》第六十八冊，頁 43253)

91. 洪德章（1239～1306）〈希文枕邊談詩謂律詩易工夢中與之辯詩以折其非既覺忘數字因足成之〉

七步成詩語近諧，壇荒李杜乏奇才。僧敲未敢一言定，鳥過曾安幾字來。(《全宋詩》第六十九冊，頁 43266)

92. 鄭思肖（1241～1318）〈補夢中所作〉夢作一絕，覺而遺首兩句。君王二字夢中作中原二字，嫌其忘於本朝，改而足之。

鴻雁流離夢亦驚，滿懷凄怨足秋聲。此身不死胡兒手，留與君王取太平。（《全宋詩》第六十九冊，頁43418）

鄭思肖〈己卯十一月朔又夢時梅花夢中作〉

雁宇高高兔國斜，濕花飛露沁流霞。狂來清興不可遏，喫盡寒梅一樹花。（《全宋詩》第六十九冊，頁43425）

93. 林景熙（1242～1310）〈夢中作四首〉

自注：元兵破宋，河西僧楊勝吉祥，行軍有功，因得於杭置江淮諸路釋教都總統所，以管轄諸路僧人，時號楊總統。盡發越上宋諸帝山陵，取其骨，渡浙江，築塔於宋內朝舊址，其餘骸骨，棄草莽中，人莫敢收。適先生與同舍生鄭樸翁等數人在越上，痛憤乃不能已，遂相率爲採藥者，至陵上，以草囊拾而收之。又聞理宗顱骨，爲北軍投湖水中，因以錢購漁者求之。幸一網而得，乃盛二函，託言佛經葬於越山。且種冬青樹識之。在元時作詩，不敢明言其事，但以夢中作爲題。下篇冬青花亦此意也。

珠亡忽震蛟龍睡，軒敞寧忘犬馬情。親拾寒瓊出幽草，四山風雨鬼神驚。

一抔自築珠丘土，雙匣猶傳竺國經。獨有春風知此意，年年杜宇泣冬青。

昭陵玉匣走天涯，金粟堆前幾吠鴉。水到蘭亭轉嗚咽，不知眞帖落誰家。

珠鳧玉雁又成埃，斑竹臨江首重回。猶憶年時寒食祭，天家一騎捧香來。（《全宋詩》第六十九冊，頁43527）

94. 戴表元（1244～1310）〈夢中作〉

晴霞冠領朝紅潔，新漲連空晚綠醅。惆悵春風倦游夢，木蘭亭上望淮南。（《全宋詩》第六十九冊，頁43713）

95. 仇遠（1247～？）〈予自存博解印歸鄉心日夜相趣古人有名山川處輒忘歸然歸未易忘也夢得一聯續之〉

業風宦海足波瀾，常憶西湖南北山。熟處肯忘生處樂，別時雖易

見時難。自注：得此二句。奉親還舍君先得，投檄歸田我未開。漫說桃源人跡絕，故園松菊半荒殘。（《全宋詩》第七十冊，頁44197）

96. **羅公升**（生卒年不詳）〈夢中作〉

絳橋孤掀壓星斗，闌干回首乾坤小。不知金井晚月寒，鶴弄一聲春夢曉。（《全宋詩》第七十一冊，頁44348）

97. **陳紀**（1255～？）〈夜夢遊一野人家萬竹蒼寒老翁款留意甚厚予題詩贈之獨記一聯云與誰共住只明月所可論交惟此君覺足成之亦夢中意也〉

（《全宋詩》第七十一冊，頁44651）

98. **汪炎昶**（1261～1338）〈余於汪推官別墅靚壁間蜀道山水欲賦未能一夕忽夢如所見而有作覺記門字韻一聯就枕上續之〉

滿壁蠶叢墨未昏，牽情一夜役吟魂。舟掀波浪經巫峽，袖撲雲煙度劍門。九折乍驚身出險，三聲猶似耳聞猿。無端一事留遺恨，欠覓浣花溪上村。（《全宋詩》第七十一冊，頁44822）

汪炎昶〈程存虛夢與六人飲酒賦詩余亦與焉而眉長夾鼻下與髯齊覺而記其詩以見示或以此爲余壽徵因憶羅漢中有長眉尊者戲次韻〉

莫是阿羅漢，前身住化城。夢猶形法相，業未劃詩情。矧復論修短，真當外死生。世人寬作計，端欲俟河清。（《全宋詩》第七十一冊，頁44828）

參考文獻舉要

一、古籍（按四庫提要順序排列）

1. 漢・孔安國傳，唐・孔穎達疏《尚書》，收入《十三經注疏》，臺北：
   藝文印書館，1997 年。

2. 漢・毛亨傳、鄭玄箋，唐・孔穎達疏《詩經》，收入《十三經注疏》，
   臺北：藝文印書館，1997 年。

3. 漢・鄭玄注，唐・賈公彥疏《周禮》，收入《十三經注疏》，臺北：
   藝文印書館，1997 年。

4. 漢・鄭玄注，唐・孔穎達疏《禮記》，收入《十三經注疏》，臺北：
   藝文印書館，1997 年。

5. 晉・杜預注，唐・孔穎達疏《左傳》，收入《十三經注疏》，臺北：
   藝文印書館，1997 年。

6. 漢・鄭玄注，唐・孔穎達疏《論語》，收入《十三經注疏》，臺北：
   藝文印書館，1997 年。

7. 晉・郭璞注，宋・邢昺疏《爾雅》，收入《十三經注疏》，臺北：藝
   文印書館，1997 年。

8. 清・納蘭性德輯《通志堂經解》，揚州：廣陵古籍刻印社，1993 年。

9. 東漢・許慎撰，清・段玉裁注《說文解字》，臺北：萬卷樓出版社，
   2000 年。

10. 東漢・司馬遷撰，瀧川龜太郎考證《史記會注考證》，臺北：萬卷
    樓出版社，1996 年。

11. 漢・班固撰，唐・顏師古注《漢書》，臺北：鼎文書局，1970 年。

12. 宋・范曄《後漢書》，臺北：鼎文書局，1978 年。

13. 梁·沈約著《宋書》,臺北:鼎文書局,1975年。

14. 唐·房玄齡等著《晉書》,臺北:鼎文書局,1976年。

15. 後晉·劉昫等撰《舊唐書》,臺北:鼎文書局,1979年。

16. 元·脫脫《宋史》,北京:中華書局,1997年。

17. 明·宋濂等撰《元史》,臺北:鼎文書局,1978年。

18. 清·徐松輯《宋會要輯稿》,臺北:新文豐書局,1976年。

19. 周·墨翟,張純一箋《墨子閒詁》,臺北:新文豐出版社,1975年。

20. 周·尹喜撰,宋·陳㣙注《關尹子》,臺北:中國子學名著集成編印基金會,1978年。

21. 清·郭慶藩集釋《莊子集釋》,臺北:貫雅文化事業有限公司,1991年。

22. 漢·劉安撰,高誘注《淮南子》,上海:上海書店,1986年。

23. 隋·楊上善《黃帝內經太素》,上海:上海古籍出版社,1995年。

24. 明·李時珍《本草綱目》,北京:中國書店,1996年。

25. 歷代學人《筆記小說大觀》,臺北:新興書局,1978年。

26. 明倫出版社編輯《陶淵明詩文彙編》,臺北:明倫出版社,1972年。

27. 宋·歐陽脩《歐陽脩全集》,北京:中華書局,2001年。

28. 宋·蘇軾《東坡志林》,臺北:木鐸出版社,1982年。

29. 宋·楊萬里《誠齋集》,臺北:商務印書館,1990年。

30. 宋·胡銓《胡澹菴文集》,臺北:漢華文化事業有限公司,1970年。

31. 元·方回,《桐江集》,臺北:國家圖書館,1970年。

32. 元·方回《桐江續集》,影印四庫全書珍本初集本,出版時地不詳。

33. 清·李漁《閒情偶寄》,臺北:長安書局,1979年。

34. 梁·昭明太子編,唐·李善注《文選》,臺北:藝文印書館,1967年。

35. 梁·僧祐《弘明集》,臺北:新文豐出版社,1974年。

36. 唐·釋道宣《廣弘明集》,臺北:新文豐出版社,1976年。

37. 清聖祖輯《全唐詩》,北京:中華書局,2003年。

38. 北京大學古文獻研究所編《全宋詩》,北京:北京大學出版社,2003年。

39. 梁·鍾嶸《詩品》,臺北:地球出版社,1994年。

40. 宋·朱弁《風月堂詩話》,臺北:廣文書局,1973年。

41. 宋‧林洪《山家清供》，臺北：藝文印書館，1965 年。

42. 明‧謝榛《四溟詩話》，臺北：木鐸出版社，1966 年。

二、近代專著（按作者姓氏筆畫排列）

1. 于北山《楊萬里年譜》，上海：上海古籍出版社，2006 年。

2. 王立《中國古代文學十大主題》，臺北：文史哲出版社，1994 年。

3. 王存禮、姚國坤、程啓坤編著《中國茶文化》，上海：上海文化出版社，1992 年。

4. 王國維著、滕咸惠校注《人間詞話新注》，臺北：里仁書局，1994 年。

5. 王國瓔《中國山水詩研究》，臺北：聯經出版公司，1986 年。

6. 仇小屏《古典詩詞時空設計之研究》，臺北：花木蘭文化出版社，2007 年。

7. 史良昭《浪跡東坡路》，南京：江蘇古籍出版社，1990 年。

8. 江惜美《蘇軾詩分期代表作研究》，臺北：華正書局，1996 年。

9. 呂正惠《文心雕龍綜論》，臺北：學生書局，1988 年。

10. 何小顏《花與中國文化》，北京：人民出版社，1999 年。

11. 朱自振等著《中國茶酒文化史》，臺北：文津出版社，1995 年。

12. 李豐楙《憂與遊：六朝隋唐遊仙詩論集》，臺北：學生書局，1996 年。

13. 周啓成《楊萬里和誠齋體》，臺北：萬卷樓出版社，1993 年。

14. 周裕鍇《宋代詩學通論》，上海：上海古籍出版社，2007 年。

15. 邱燮友等《世說新語新譯》，臺北：三民書局，1997 年。

16. 侯迺慧《宋代園林及其生活文化》，臺北：三民書局，2010 年。

17. 南懷瑾《楞嚴大義今釋》，臺北：老古文化事業公司，1987 年。

18. 高莉芬《蓬萊神話》，臺北：里仁書局，2007 年。

19. 姚國坤等編著《中國茶文化》，臺北：洪葉文化事業有限公司，1994 年。

20. 胡業敏《敘事學》，武漢：華中師範大學出版社，2008 年。

21. 茍波《仙境仙人仙夢——中國古代小說中的道教理想主義》，四川：巴蜀書社，2008 年。

22. 黃節注《曹子建詩注》，臺北：藝文印書館，1996 年。

23. 張宏庸編纂《陸羽茶經叢刊》，臺北：茶學文學出版社，1985 年。

24. 張潮著、林政華評註《幽夢影評註》，臺北：慧炬出版社，1980 年。

25. 張培鋒《宋詩與禪》，北京：中華書局，2009 年。

26. 張鈞莉《六朝遊仙詩研究》，臺北：花木蘭文化出版社，2008 年。

27. 張燕瑾主編《中國古代小說專題》，北京：高等教育出版社，2005 年。

28. 陳美英、方愛平等著《中華占夢術》，臺北：文津書局，1995 年。

29. 陳萬益編《歷代短篇小說選》，臺北：大安出版社，2008 年。

30. 陳慧劍《維摩詰經今譯》，臺北：東大書局，1999 年。

31. 陳繼龍註《韓偓詩註》，上海：學林出版社，2001 年。

32. 傅正谷《中國夢文化》，天津：中國社會科學出版社，1993 年。

33. 傅璇琮《唐才子傳校箋》，北京：中華書局，2000 年。

34. 葉坦、蔣松岩《宋遼夏金元文化史》，上海：東方出版中心，2007 年。

35. 葉慶炳《中國文學史》，臺北：學生書局，1997 年。

36. 黃啓方《東坡的心靈世界》，臺北：學生書局，2002 年。

37. 曾棗莊《蘇轍評傳》，臺北：五南圖書公司，1995 年。

38. 馮鍾平《中國園林建築研究》，台北：丹青出版社，1985 年。

39. 歐小牧《陸游年譜》，臺北：木鐸出版社，1980 年。

40. 楊恩寰《審美心理學》，臺北：五南圖書公司，1993 年。

41. 鄧瑩輝《兩宋理學美學與文學研究》，湖北：華中師範大學出版社，2007 年。

42. 鄭文惠《詩情畫意》，臺北：東大圖書公司，1995 年。

43. 鄭師渠主編《中國文化通史》，北京：北京師範大學出版社，2009 年。

44. 鄭毓瑜《文本風景——自我與空間的相互定義》，臺北，麥田出版社，2005 年。

45. 魯迅《中國小說史略》，北京：團結出版社，2005 年。

46. 蔡文輝《社會學》，臺北：三民書局，1993 年。

47. 顏進雄《唐代遊仙詩研究》，臺北：文津出版社，1996 年。

48. 潘富俊《唐詩植物圖鑑》，臺北：貓頭鷹出版社，2003 年。

49. 劉小楓《拯救與逍遙》，臺北：久大，1991 年。

50. 劉文英《夢的迷信與夢的探索》，北京：中華社會科學出版社，2000 年。

51. 劉文英、曹田玉《夢與中國文化》，北京：人民出版社，2003 年。

52. 輔仁大學中國文學系、中國古典文學研究會主編《建構與反思——中國文學史的探索學術研討會論文集》，臺北：學生書局，2002 年。

53. 錢穆《國史大綱》，臺北：商務印書館，2010 年。

54. 錢鍾書《宋詩選註》，臺北：書林出版社，1990 年。

55. 韓學宏《宋詞鳥類圖鑑》，臺北：貓頭鷹出版社，2004 年。

56. 顧頡剛《中華文史論叢》，上海：上海古籍出版社，1979 年。

三、譯著

1. 水野正明撰、許賢瑤譯《中國古代喫茶史》，臺北：博遠出版社，1991 年。

2. （Allen J. Coonbes）艾倫‧J‧柯莫斯撰、黃星凡審校《樹木圖鑑》，臺北：貓頭鷹出版社，2004 年。

3. （Anthony Stevens）安東尼‧史蒂芬斯撰，薛絢譯，《大夢兩千天》，臺北：立緒出版社，2006 年。

4. （C. S. Hall）霍爾、（V. J. Nordby）諾德貝等撰，蔡春輝譯《榮格心理學入門》，臺北：五洲出版社，1988 年。

5. （Eckermann. I. P.）愛克曼輯錄，朱光潛譯《歌德談話錄》，北京：人民文學出版社，1978 年。

6. （Edward E. Smith）愛德華‧史密斯撰，洪光遠譯《普通心理學》，臺北：桂冠圖書股份有限公司，2007 年。

7. （E. M. Forster）佛斯特撰，李文彬譯《小說面面觀》，臺北：志文出版社，2002 年。

8. （Freud, S）弗洛依德撰，趙辰譯《夢的解析》，北京：光明日報出版社，2006 年。

9. （James R. Lewis）詹姆斯‧洛威撰，王宜燕、戴育賢譯《夢的百科全書》，臺北：五南圖書出版有限公司，1999 年。

10. （Lesley Bremness）萊斯莉‧布倫尼斯撰，傅燕鳳等譯《藥用植物圖鑑》，臺北：貓頭鷹出版社，2004 年。

11. （John, H.）約翰‧希克撰，王志成譯《宗教的解釋》，四川：四川人民出版社，2003 年。

12. （Keesing, R.）基辛撰，于嘉雲、張恭啟譯《當代人類文化學》，臺北：巨流出版社，1980 年。

13. （Maggie Hyde）麥基‧豪得撰，蔡昌雄譯《榮格》，臺北：立緒文化，2000 年。

14. （Michel Foucault）麥可‧福考特撰，劉絮愷譯《臨床醫學的誕生》，臺北：時報文化出版，1994 年。

15. （Robert H Hopcke）羅伯特‧霍普克撰，蔣韜譯《導讀榮格》，臺北：立緒文化，2000 年。

16. （Robert, H）羅伯特‧色柯克等編，龔方震譯，《宗教與意識型態》，四川：四川人民出版社，1992 年。

17. （Stephen Segaller and Merrill Berger）安東尼‧賽加勒撰，龔卓軍等譯《夢的智慧》，臺北：立緒文化，2000 年。

四、學位論文

1. 陳玟璇，《唐代夢詩研究》，成功大學中國文學研究所碩士論文，2006 年。

2. 楊曉玫，《唐代文人尋訪詩研究》，玄奘大學中國文研究所博士論文，2008 年。

3. 歐純純，《陸游與楊萬里詠梅詩之比較研究》，中正大學中文研究所博士論文，2003 年。

4. 劉奇慧，《陸游紀夢詩研究》，東吳大學中國文學研究所碩士論文，2004 年。

五、期刊論文

1. 白貴，〈論詩話傳統中的「夢中作」現象〉，《浙江大學學報》第五期，2003 年。

2. 何寄澎，〈悲秋——中國文學傳統中時空意識的一種典型〉，《臺大中文學報》第七期，1995 年。

3. 林美清，〈極目傷神——杜詩視覺意象的形構與其儒家心性論的崩解〉，《玄奘人文學報》第三期，2004 年。

4. 祝振玉，〈略論宋代題畫詩興盛的幾個原因〉，《文學遺產》第二期，1988 年。

5. 夏春豪，〈中古朝鮮詩人崔致遠漢詩藝術成就〉，《城師專學報》第四期，1997 年。

6. 鄭新莘，〈夢幻文學的一朵奇葩——讀陸游的紀夢詩〉，《文史知識》第九十一期，1989 年。

7. 劉繼才，〈杜甫不是題畫詩的首創者——兼論題畫詩的產生與發展〉，《遼寧大學學報》第二期，1982 年。

8. 羅師宗濤，〈蘇東坡夢中作詩之探討〉，《玄奘人文學報》第一期，2003 年。

9. 羅師宗濤，〈從傳播的視角析論宋人題壁詩〉，《東華學報》，2008 年。

10. 羅師宗濤，〈唐五代詩僧之夢初探〉，《政治大學學報》，1994 年。